AGATHA CHRISTIE

# DER UNHEIMLICHE WEG
# ELEFANTEN VERGESSEN NICHT

AGATHA CHRISTIE

# DER UNHEIMLICHE WEG

# ELEFANTEN VERGESSEN NICHT

VERLEGT BEI

KAISER

Der unheimliche Weg – Titel des Originals: »Destination Unknown«.
Einzig berechtigte Übertragung aus dem Englischen.

Elefanten vergessen nicht – Titel des Originals: »Elephants Can Remember«.
Einzig berechtigte Übertragung aus dem Englischen von Ruth Bieling.


Berechtigte Ausgabe für den Neuen Kaiser Verlag – Buch und Welt,
Hans Kaiser, Klagenfurt, mit Genehmigung des Scherz Verlages,
Bern und München.

Schutzumschlag: Volkmar Reiter unter Verwendung eines Fotos von
Hubertus Mall, Stuttgart.
Reproduktion: Schlick KG, Graz · Fotosatz: 10 Punkt Times
Satz und Druck: Theiss, Wolfsberg
Bindearbeit: Kaiser, Klagenfurt

# DER UNHEIMLICHE WEG

# 1

Der Mann hinter dem Schreibtisch zeigte jenes blasse Aussehen, das Menschen eigen ist, die meist bei künstlicher Beleuchtung arbeiten. Sein Alter war schwer zu schätzen. Das glatte, jugendliche Gesicht paßte nicht recht zu den müde und gleichgültig blickenden Augen.

Der andere Mann, der sich mit ihm im Zimmer befand, wirkte älter, doch schien er im Gegensatz zu ersterem von einer inneren Rastlosigkeit beherrscht zu werden. Das zeigte sich in der Art, wie er ruhelos auf und ab schritt. »Diese Berichte!« brach es aus ihm heraus. »Berichte, Berichte, Berichte – wie Sand am Meer und keiner darunter, der was taugt.«

Der Mann am Schreibtisch blickte in die aufgeschlagene Akte, die vor ihm lag. Seine Hand spielte mit einer Kartei, welche die Aufschrift trug: »Betterton, Thomas Charles.« Dann folgte ein Fragezeichen. Der Mann seufzte leicht. »Die Berichte sind also unbrauchbar?« fragte er.

Der andere zuckte die Achseln. »Wer kann das mit Bestimmtheit sagen? Da sind Berichte aus Rom, andere aus der Touraine; an der Riviera hat man ihn gesehen, in Antwerpen soll er aufgetaucht sein; in Oslo wurde er erkannt, in Biarritz bemerkt; in Straßburg soll er sich verdächtig benommen haben; in Ostende wurde er mit einer bildschönen Blondine gesichtet; in Brüssel soll er mit einem Hund spazierengegangen sein. Ich wundere mich nur, daß nicht behauptet wird, er sei in einem Zoo gewesen, Arm in Arm mit einem Zebra. Aber ich denke, daß wir uns auch darauf noch gefaßt machen müssen.«

»Und Sie selbst, Wharton? Haben Sie sich kein Urteil gebildet?«

Oberst Wharton schüttelte den Kopf und setzte sich mit einer heftigen Bewegung auf die Armlehne eines Sessels. »Wir müssen ihn finden«, sagte er eindringlich, »wir können es uns einfach nicht leisten, beinahe jeden Monat einen bedeutenden Wissenschaftler zu verlieren, ohne zu wissen, warum er geht und wohin er geht. Haben Sie in den amerikanischen Blättern all das Zeug über Betterton gelesen?«

Der Mann hinter dem Schreibtisch nickte. »Vor dem Krieg war er als Physiker tätig, leistete aber zunächst nichts Hervorragendes. Er wurde Mannheims Assistent, als dieser nach Amerika geflüchtet war, und hatte schließlich dessen Tochter geheiratet. Nach Mannheims Tod machte er sich selbständig und wurde über Nacht berühmt durch die sensationelle Entdeckung der ZE-Spaltung. Er hatte eine glänzende Laufbahn vor sich. Seine Frau war allerdings bald nach der Heirat gestorben, was ihn schwer traf. Dann kam er nach England und lebte die letzten achtzehn Monate in der Atomstation Harwell. Vor ungefähr sechs Monaten hat er zum zweiten Mal geheiratet.«

»Wer ist diese zweite Frau?« fragte Wharton gespannt.

»Die Tochter eines kleinen Anwalts. Vor ihrer Heirat arbeitete sie in einem Versicherungsbüro. Soviel wir festgestellt haben, interessiert sie sich nicht für Politik.«

»ZE-Spaltung«, wiederholte der Oberst düster, »zum Teufel mit diesen Fachausdrücken. Ich bin altmodisch, ich verstehe nicht mal, was ein Molekül ist, aber heutzutage spalten sie sogar das Universum. Und Betterton war einer der Hauptspalter.«

»Er war ein ganz liebenswürdiger Mensch. Aber inzwischen hat er nichts Epochemachendes mehr entdeckt. In letzter Zeit beschäftigte er sich hauptsächlich mit den Verwertungsmöglichkeiten der ZE-Spaltung.«

Beide Männer schwiegen eine Weile. Dann fragte Wharton: »Haben Sie die Frau vernommen?«

»Ja, mehrmals.«

»Hatten Sie den Eindruck, daß sie etwas weiß?«

»Nein. Jedenfalls tut sie so, als ob sie nichts wüßte. Angeblich glaubt sie an eine Entführung.«

»Glauben Sie ihr das?«

»Ich pflege niemandem zu glauben«, versetzte der andere bitter.

»Nun«, sagte Wharton langsam, »irgendeine Meinung müssen Sie sich doch über sie gebildet haben.«

»Ach, sie scheint nichts Besonderes zu sein, so ein Typ, der sich nur für Bridge interessiert. Sie ist mir übrigens vorhin gemeldet worden.«

Wharton nickte verständnisvoll und ging aus dem Zimmer. Der andere hob den Hörer ab und sagte: »Schicken Sie jetzt bitte Mrs. Betterton herein.«

Kurz darauf betrat Mrs. Betterton das Zimmer. Sie war groß und mochte etwa siebenundzwanzig Jahre alt sein. Das Auffallendste an ihr waren ihre rotbraunen Haare. Unter dieser wundervollen Haarfülle wirkte das Gesicht ziemlich uninteressant.

Sie hatte blaugrüne Augen mit den bei Rothaarigen häufig anzutreffenden hellen Wimpern. Sie setzte sich in den angebotenen Sessel und begann ziemlich erregt: »Oh, Mr. Jessop, haben Sie Nachricht von meinem Mann?«

Er schüttelte den Kopf und erwiderte liebenswürdig: »Es tut mir sehr leid, Mrs. Betterton, daß wir Ihnen immer noch nichts Bestimmtes mitteilen können.«

Olivia Betterton sagte schnell: »Ich weiß, das stand ja auch in Ihrem Brief. Aber ich hab's zu Hause einfach nicht mehr ausgehalten. Immer grübeln und nachdenken und nichts tun können – das ist unerträglich.«

Der Mann, den sie mit Mr. Jessop angeredet hatte, sagte in seiner halb sanften, halb feierlichen Art: »Nehmen Sie es mir bitte nicht übel, Mrs. Betterton, wenn ich Sie immer und immer wieder dasselbe frage. Aber vielleicht ist Ihnen nachträglich noch das eine oder andere eingefallen. Sie haben Ihren Mann also am 23. August zum letzten Mal gesehen?«

»Ja. Das war, als er England verließ, um an einer Konferenz in Paris teilzunehmen.«

Jessop fuhr rasch fort: »An den beiden ersten Tagen war er auf der Konferenz. Am dritten Tag erschien er nicht mehr. Haben Sie sich darüber gewundert?«

»Ja, ziemlich«, entgegnete sie, »denn ich dachte, die Konferenz sei ihm sehr wichtig.«

»Nun also, am Abend dieses Tages kam er nicht in sein Hotel. Wie wir feststellten, kann er nicht über die Grenze gegangen sein, zumindest nicht mit seinem eigenen Paß. Hatte er vielleicht einen zweiten Paß, der auf einen anderen Namen ausgestellt war?«

Sie schüttelte energisch den Kopf. »Nein, das glaube ich nicht. Nie wäre er freiwillig fortgegangen. Aber vielleicht – vielleicht ist ihm etwas zugestoßen –, oder vielleicht hat er gar sein Gedächtnis verloren und irrt irgendwo umher.«

»Kam er Ihnen in der letzten Zeit vor seinem Verschwinden besorgt oder bedrückt vor, Mrs. Betterton?«

»Nichts dergleichen«, sagte sie mit bebender Stimme und griff nach ihrem Taschentuch, »das alles ist so schrecklich« – ihre Stimme brach –, »er wäre doch nie fortgegangen, ohne mir Lebewohl zu sagen – sicher hat man ihn entführt. Manchmal fürchtete ich, daß man ihn umgebracht hat.«

»Aber dann hätte man doch seine Leiche finden müssen.«

»Nicht unbedingt. Heutzutage passieren schließlich die schrecklichsten Dinge. Vielleicht hat man ihn getötet und dann ins Wasser geworfen. In Paris ist alles möglich.«

»Liebe Mrs. Betterton, Paris hat eine sehr gute Polizei.«

Sie nahm das Taschentuch von den Augen und starrte ihn zornig an. »Ich weiß genau, was Sie denken. Tom soll Geheimnisse verkauft oder verraten haben. Aber er war kein Kommunist. Er war ein hervorragender Gelehrter, das ist alles.«

»Das war er. Und vielleicht liegt hier des Rätsels Lösung. Vielleicht hat ihn sein Forschertrieb veranlaßt, dieses Land zu verlassen und anderswohin zu gehen.«

»Es kann aber nicht wahr sein«, rief sie schluchzend, »das behaupten die Zeitungen, und darum werde ich immer wieder ausgefragt. Nie wäre er ohne Abschied von mir gegangen.«

Jessop erhob sich. »Verzeihen Sie, Mrs. Betterton, daß wir Sie so quälen müssen. Seien Sie versichert, daß wir alles tun, um über das Schicksal Ihres Mannes etwas zu erfahren. Fast jeden Tag laufen Berichte ein . . .«

»Berichte?« fragte sie schnell. »Was für Berichte?«

Er zuckte die Achseln. »Nichts von Belang.« Dann beugte er sich über einen Streifen Papier, der vor ihm lag. »Ihr Mann erhielt kurze Zeit vor seinem Verschwinden den Besuch einer gewissen Mrs. Speeder aus Amerika. Warum hat sie ihn aufgesucht?«

»Sie hatte irgendwas mit der UNO zu tun. Sie rief bei uns an und wollte mit uns zu Mittag essen. Aber es kam nicht dazu.«

»Doch, es kam dazu, aber Sie waren nicht dabei.«

»Was?« fragte sie und erstarrte.

»Am 12. August speiste sie mit Ihrem Mann im Hotel Dorset. Haben Sie seitdem eine Veränderung an ihm bemerkt?«

»Nein, nicht die geringste.«

Jessop seufzte. Ein leises Summen ertönte, und Jessop nahm den Hörer ab. »Ein Mann?« fragte er. »Ja, er soll warten.« Dann legte er den Hörer wieder auf und wandte sich erneut an Mrs. Betterton. »Kennen Sie diesen Namen?« fragte er und hielt ihr den Zettel hin, auf dem er sich soeben den Namen des neuen Besuchers notiert hatte.

Ihre Augen verrieten, daß sie erschrocken war. »Ja, ich kenne ihn. Er hat mir geschrieben.«

»Wann?«

»Gestern. Er ist ein Vetter von Toms erster Frau und gerade erst nach England gekommen. Er hat sich sehr aufgeregt über Toms Verschwinden.«

»Haben Sie nie zuvor von ihm gehört?«

»Nein. Aber dieser Mann scheint alles über Toms erste Frau, Professor Mannheims Tochter, und Tom zu wissen. Er ist mir ganz ehrlich vorgekommen. Soll ich ihm etwa nicht trauen?«

»Wir sind hier grundsätzlich mißtrauisch.«

»Ja, das ist es«, sagte sie zusammenschauernd, »hier in dem Haus mit den vielen dunklen Gängen ist es so unheimlich. Ich kann es nicht länger ertragen, dieses Sitzen und Warten und – ich muß hier weg. Die Freunde und Reporter bringen mich beinahe um mit ihrer Anteilnahme und Neugier. Ich muß fort. Mein Doktor sagt das auch. Er hat mir deshalb ein Attest geschrieben.«

Sie fingerte in ihrer Handtasche herum, zog ein Papier heraus und gab es Jessop. Der warf einen flüchtigen Blick auf das Attest und reichte es ihr zurück.

»Kann ich also reisen?« fragte sie, sichtlich nervös.

»Selbstverständlich, Mrs. Betterton, warum denn nicht?«

»Ich dachte, Sie hätten vielleicht etwas dagegen.«

»Aber nein. Sie brauchen mir nur Ihre Adresse zu geben, damit wir uns mit Ihnen in Verbindung setzen können, wenn wir Nachrichten für Sie haben. Wohin wollen Sie übrigens gehen, Mrs. Betterton?«

»Irgendwohin, wo viel Sonne ist und nicht so viele Engländer hinkommen. Spanien oder Marokko.«

»Sehr schön. Ich wünsche Ihnen eine gute Reise.«

»Vielen Dank, Mr. Jessop.« Sie erhob sich erleichtert und ging rasch hinaus.

Jessop sah ihr gedankenvoll nach und lächelte. Dann nahm er den Hörer ab und sagte: »Bitte, Major Boris Glyn.«

## 2

Ein etwa dreißigjähriger Mann von straffer Haltung trat ein. Im Gegensatz zu den meisten Leuten, mit denen Jessop zu tun hatte, zeigte er keine Nervosität.

»Mr. Jessop?« begann er. »Ich möchte zunächst ein Empfehlungsschreiben meiner Botschaft überreichen. Ich bin geborener Pole und jetzt naturalisierter Amerikaner.«

Jessop las die wenigen Zeilen und fragte höflich: »Womit kann ich Ihnen dienen?«

»Ich bin gekommen, um mich zu erkundigen, was man inzwischen über Thomas Betterton erfahren hat. Man sagte mir, daß Sie, Mr. Jessop, der zuständige Mann für diesen Fall seien.«

»Vorläufig wissen wir leider noch nichts Genaues, Major Glyn.«

»Ich dachte, man habe ihn vielleicht wegen irgendeines Auftrags verschwinden lassen – Sie verstehen –, so unter der Hand.«

»Mein lieber Major«, sagte Jessop, »Betterton war Wissenschaftler – also weder Diplomat noch Geheimagent.«

»Ich verstehe. Aber die Etiketten stimmen nicht immer. Übrigens war Betterton durch seine Heirat mit mir verwandt.«

»Sie sind, soviel ich weiß, Professor Mannheims Neffe?«

»Oh, das wissen Sie auch schon. Sie sind offenbar gut unterrichtet.«

»Bettertons Frau war hier und sagte, daß Sie ihr geschrieben hätten.«

»Meine Mutter war Professor Mannheims einzige Schwester«, erklärte der Major. »Nachdem meine Eltern gestorben waren, wuchs ich bei meinem Onkel Mannheim und seiner Tochter Elsa auf. Dann kamen diese schrecklichen Zeiten – mein Onkel und Elsa flüchteten nach Amerika. Ich selbst ging in den Untergrund, und nach dem Krieg übernahm ich gewisse Aufträge. Als in Europa nichts mehr für mich zu tun war, wollte ich nach Amerika zu meinem Onkel und Elsa. Aber – sie waren beide nicht mehr am Leben. Betterton war nach England gegangen und hatte wieder geheiratet. So hatte ich zum zweiten Mal meine nächsten Verwandten verloren. Und dann las ich von dem rätselhaften Verschwinden Bettertons und möchte nun Genaueres wissen. Warum ist er verschwunden?«

»Wir wissen es nicht.«

»Und was vermuten Sie?«

»Der Fall Betterton«, bemerkte Jessop vorsichtig, »hat Ähnlichkeiten mit anderen Fällen, die schon weiter zurückliegen.«

»Sind die Leute hinter dem Eisernen Vorhang verschwunden?«

»Das kann sein, Major, aber wir wissen es nicht.«

»Ich interessiere mich übrigens lediglich für den Fall Betterton«, stellte der Major fest.

»Entschuldigen Sie«, sagte Jessop, »aber Sie sind doch nur ein angeheirateter Verwandter Bettertons. Sie kannten ihn ja nicht einmal persönlich . . .«

»Das stimmt«, gab der Major zu, stand auf und verbeugte sich steif. »Es tut mir leid, daß ich Ihre Zeit in Anspruch genommen habe. Besten Dank und leben Sie wohl.«

Auch Jessop erhob sich. »Schade, daß wir Ihnen nicht helfen können. Aber der Fall liegt ziemlich im dunkeln. Wo kann ich Sie übrigens erreichen?«

»Über die amerikanische Botschaft. Vielen Dank.« Nochmals verbeugte sich Boris Glyn und verließ das Zimmer.

Jessop lehnte sich in seinen Stuhl zurück. Ich habe schon lange nicht mehr Urlaub genommen, sagte er zu sich selbst, ich werde noch krank in diesem Bau. Ich glaube, ich muß ein wenig verreisen . . .

## 3

»Flug 108 nach Paris. Air France. Hier entlang bitte!«

Die Fluggäste in der Wartehalle des Flughafens von Heathrow standen auf. Sylvia Craven ergriff ihren kleinen Handkoffer aus Eidechsenleder und ging mit den übrigen hinaus. Es blies ein kalter Wind. Sylvia fröstelte und hüllte sich fester in ihren Pelz. Sie folgte den anderen zu dem wartenden Flugzeug. Ihre Flucht begann, die Flucht vor dem grauen Himmel, vor der Kälte, vor dem elenden Dasein, das sie zuletzt geführt hatte. Und am Ende ihrer Flucht warteten blauer Himmel, Sonne, ein neues Leben.

Zum ersten Mal seit Monaten wich der Druck von ihrer Seele. Und als sie sich auf ihren Sitz niedergelassen hatte, fühlte sie sich schon beinahe glücklich.

Das Flugzeug rollte über die Startbahn, wurde immer schneller, hob ab und stieg höher und höher. Sylvia schloß die Augen und lehnte sich zurück. Nur fort, nur fort! Fort von Norbert, der sie verraten hatte, fort von Brendas kleinem Grab. Ein tiefer Seufzer stahl sich über ihre Lippen und sie schlief ein . . .

Sie erwachte erst, als das Flugzeug zur Landung ansetzte. Wir sind in Paris, dachte sie, richtete sich auf und griff nach ihren Sachen. Aber es war noch nicht Paris. Man mußte des dichten Nebels wegen in Beauvais laden. Die Fluggäste warteten stundenlang in einer Baracke, bevor sie endlich in verschiedene Omnibusse verfrachtet und nach Paris gefahren wurden; erst lange nach Einbruch der Dunkelheit kamen sie an, und Sylvia fiel todmüde in ihr Hotelbett.

Das Flugzeug nach Casablanca sollte am folgenden Morgen um 10 Uhr 30 von Orly abfliegen. Aber als man in Orly ankam, befand sich dort alles in größter Verwirrung. In allen Teilen Europas hatte es Terminverschiebungen gegeben, und die flugplanmäßigen Zeiten konnten nicht eingehalten werden. Sylvia erfuhr, daß sie ein Flugzeug nach Dakar nehmen müsse, das ausnahmsweise auch in Casablanca landen würde. Das bedeutete einen Zeitverlust von drei Stunden.

Und als Sylvia endlich in Casablanca in den Sonnenschein hinaustrat, sagte der Gepäckträger zu ihr: »Sie haben Glück gehabt, Madame, daß Sie nicht mit der planmäßigen Maschine einen Tag früher nach Casablanca geflogen sind.«

»Warum denn?« fragte Sylvia erstaunt.

Der Mann dämpfte die Stimme. »Ein Unglück! Das Flugzeug ist kurz vor der Landung abgestürzt. Der Pilot, der Navigator und fast alle Passagiere sind tot. Nur wenige Menschen konnte man retten. Sie liegen schwerverletzt im Krankenhaus.«

Sylvias erstes Gefühl war das eines blinden Zorns. Warum, ach warum hatte *sie* nicht in diesem Flugzeug gesessen? Dann wäre alles vorbei. Kein Kummer mehr, alle Schmerzen ausgestanden. Aber die Leute in diesem Flugzeug hatten vielleicht gern gelebt. Und sie . . .?

Sie passierte den Zoll und fuhr durch den leuchtenden Sommerabend in ihr Hotel. Der klare Horizont, das goldene Licht, alles war so, wie sie es sich vorgestellt hatte. Sie war am Ziel, hatte das düstere, neblige London hinter sich gelassen und mit ihm alle ihre Sorgen. Hier war alles voller Leben, Farbe und Sonnenschein. Sie durchquerte ihr Zimmer, öffnete die Läden und setzte sich erschöpft aufs Bett. Sie war am Ende ihrer atemlosen Flucht.

Und nun, im ersten Augenblick der Ruhe und des Alleinseins, fühlte sie mit plötzlichem Schreck, daß diese Flucht vergebens gewesen war, denn – sie selbst hatte sich nicht verän dert. Den Schmerzen und Enttäuschungen ihrer verratenen Liebe und der Erinnerung an ihr totes Kind hatte sie nicht entrinnen können. Sie hatte ihre schwere Krankheit überwunden um Brendas willen; aber dann war Brenda unter qualvollen Schmerzen gestorben, und ihr blieb nichts mehr – ein Leben ohne Sinn und Ziel. Ihr blieb nur noch der letzte Ausweg. Jene Schlaftabletten, die ihr der Arzt in London verweigert hatte, sie mußte sie hier auftreiben. Entschlossen sprang sie auf.

Doch so einfach, wie sie gedacht hatte, war auch hier in Casablanca die Sache nicht. Der Apotheker gab ihr nur eine kleine Dosis und verlangte ein ärztliches Rezept, als sie mehr haben wollte. Sie mußte in vier Apotheken gehen, bevor sie die nötige Menge beisammen hatte. Und jedesmal, wenn sie eine Apotheke verließ, stieß sie mit einem hochgewachsenen, etwas feierlich wirkenden jungen Mann zusammen, der sich jedesmal höflich in englischer Sprache entschuldigte.

Sie aß im Hotel und bestellte sich eine Flasche Vichywasser auf ihr Zimmer. Der Kellner brachte die Flasche, öffnete sie und zog sich dann zurück. Sylvia schloß die Tür ab, nahm die vier Päckchen aus der Tasche und wickelte sie aus. Nun brauchte sie nur noch die Tabletten zu schlucken und mit Wasser hinunterzuspülen. Sie zog sich aus, hüllte sich in ihren Morgenrock und setzte sich an den Tisch. Nun kam die zweite, die endgültige Sache. Sie wollte keinen Abschiedsbrief für Norbert hinterlassen. Er hatte sie längst über seiner neuen Liebe vergessen!

Aber gerade als sie die Hand nach der ersten Tablette ausstreckte, klopfte es leise an ihre Tür. Sylvia hielt inne und runzelte die Stirn. Konnte man sie nicht in Frieden sterben lassen?

Wieder klopfte es, diesmal etwas stärker. Sylvia saß regungslos, und ihre Augen weiteten sich vor Erstaunen: Der Schlüssel bewegte sich in sachter Drehung, bis er auf den Boden des Zimmers fiel. Dann wurde leise die Klinke runtergedrückt und herein trat jener hochgewachsene Mann, mit dem sie an den Türen der Apotheken zusammengestoßen war. Er bückte sich, hob den Schlüssel auf, schloß die Tür wieder ab und setzte sich an den Tisch, der erstarrten Sylvia gegenüber. »Mein Name ist Jessop«, sagte der merkwürdige Eindringling.

Sylvia faßte sich endlich und fragte mit zorngerötetem Gesicht: »Was machen Sie hier?«

Er entgegnete ruhig: »Das eben wollte ich Sie fragen!«

»Ich weiß nicht, wovon Sie reden.«

»O doch, das wissen Sie sehr genau.«

Sylvia wußte nicht, was sie sagen sollte. Am liebsten hätte sie den Menschen hinausgeworfen. Aber sie vermochte es nicht. So fragte sie nur spöttisch: »Sie sind also ein Einbrecher?«

»O nein, Mrs. Craven, Sie tun mir unrecht. Ich habe doch angeklopft. Das pflegen Einbrecher im allgemeinen nicht zu tun. Aber auf andere Weise hätten Sie mich nicht hereingelassen.«

Er überflog die Vorbereitungen auf dem Tisch und sagte: »Ich würde es an Ihrer Stelle nicht tun. Es ist nicht so, wie Sie es sich vorstellen. Man bekommt Krämpfe und verätzt sich die Magenwände. Leistet Ihr Organismus lange Widerstand, so werden Sie entdeckt und man pumpt Ihnen den Magen aus – keine sehr angenehme Sache. Oder man gibt Ihnen Öl ein oder heißen Kaffee, und Sie werden geschlagen und gestoßen. Das ist alles sehr übel.«

Sylvia zwang sich zu einem Lächeln. »Haben Sie sich vielleicht eingebildet, ich wolle Selbstmord begehen?«

»Nicht nur eingebildet, ich bin meiner Sache sicher. Ich habe Sie von einer Apotheke in die andere rennen sehen.«

Sylvia gab ihr Leugnen auf. »Ihr Benehmen ist unerhört. Gut, Sie können mich im Augenblick daran hindern und die Tabletten beschlagnahmen. Aber Sie können mich nicht daran hindern, aus dem Fenster zu springen oder mich vor einen Zug zu werfen, denn ich habe das Leben satt.«

»Interessant!« bemerkte er nachdenklich.

»Nicht im mindesten. Ich bin keine interessante Frau. Der Mann, den ich liebte, hat mich verlassen; mein einziges Kind starb an Gehirnhautentzündung. Ich habe weder Verwandte noch Freunde. Und da ich auch über kein besonderes Talent auf irgendeinem Gebiet verfüge, ist mein Leben völlig sinnlos geworden. Und jetzt, Mr. Jessop, lassen Sie mich bitte allein.«

»Nun weiß ich also Bescheid«, sagte Jessop ganz gemütlich, »und wir können weiterreden. Ich möchte Ihnen einen Vorschlag machen, der besser ist als Ihre Selbstmordideen. Allerdings handelt es sich dabei um eine lebensgefährliche Sache.«

»Ich kann mir absolut keinen Vers machen auf das, was Sie sagen.«

»Natürlich nicht – darf ich es Ihnen daher erklären?«

»Wenn es denn sein muß«, gab sie widerwillig nach.

Aber Jessop ließ sich durch ihren abweisenden Blick nicht einschüchtern. »Also – Sie haben gewiß in den Zeitungen über das Verschwinden verschiedener Wissenschaftler gelesen. Vor einem Jahr verschwand ein Italiener und vor zwei Monaten ein junger Gelehrter namens Thomas Betterton.«

»Ja, ich erinnere mich.«

»Wir möchten nun herausfinden, ob diese Leute freiwillig gegangen sind oder ob sie entführt oder sonstwie gezwungen wurden. Und dabei können Sie uns helfen.«

*»Ich?* Wieso?« fragte Sylvia aufs äußerste erstaunt.

»Ich komme gleich zum springenden Punkt. Der verschwundene Thomas Betterton ließ in England seine Frau zurück. Sie hat geschworen, nichts über den Verbleib ihres Mannes zu wissen. Aber ich glaube ihr nicht. Nun kam sie vor etwa vierzehn Tagen in mein Büro und erklärte, daß sie verreisen müsse. Zeitungen, Freunde, Verwandte brächten sie zur Verzweiflung mit ihren Fragen.«

»Das kann ich mir vorstellen«, sagte Sylvia trocken.

»Aber wir sind mißtrauisch – das gehört zu unserem Metier. So ließen wir sie beobachten. Nun, kürzlich hat sie England verlassen, um nach Casablanca zu fliegen.«

»Nach Casablanca?« wiederholte Sylvia erstaunt.

»Genau. Aber die Reise nahm für Mrs. Betterton ein unerwartetes Ende.«

Sylvia zuckte die Achseln. »Was habe denn ich damit zu tun?«

»Sie werden damit zu tun haben, weil Sie wundervolles rotes Haar besitzen, Mrs. Craven.«

»Was soll denn das nun wieder heißen?«

Jessop lächelte. »Das hervorstechendste Kennzeichen an Mrs. Betterton ist ihr Haar. Sie haben vielleicht gehört, daß ihr Flugzeug abgestürzt ist.«

»Ja. Ich hatte ursprünglich auch dieses Flugzeug nehmen wollen. Der Nebel hat es verhindert.«

»Nun, Mrs. Betterton war in diesem Flugzeug. Sie wurde zwar noch lebend geborgen, liegt aber schwerverletzt im Krankenhaus. Laut Aussage des Arztes wird sie morgen früh nicht mehr am Leben sein.«

In Sylvias Augen dämmerte langsam ein Schimmer von Verständnis auf.

»Vielleicht begreifen Sie nun die Art des Selbstmordes, die ich Ihnen anbiete«, sagte Jessop. »Sie sollen als Sylvia Craven sterben und als Mrs. Olivia Betterton auferstehen.«

»Aber das geht doch nicht«, stammelte Sylvia, »das würde man doch sofort merken.«

»Das kommt ganz auf Sie an«, erwiderte Jessop. »Bei dem Unglück hat keiner auf den andern achtgegeben. Die meisten Mitreisenden sind tot, die anderen, falls sie am Leben bleiben, werden so rasch wie möglich heimkehren. Wenn Olivia Betterton tot ist, wird niemand darauf achten, wer als Leiche aus dem Krankenhaus geschafft wird. Und die Paßbeschreibung Mrs. Bettertons deckt sich mit der Ihrigen.«

»Aber die hiesigen Behörden . . .«

Jessop lächelte abermals. »Das macht keine Schwierigkeiten. Die Franzosen sind selbst an der Sache interessiert, denn sie haben in letzter Zeit wertvolle Leute verloren. Sie werden mit uns zusammenarbeiten. Also, Mrs. Craven wird beerdigt, und Mrs. Betterton verläßt genesen die Klinik.«

»Aber das ist doch Wahnsinn!«

»Gewiß«, pflichtete Jessop ihr bei, »es handelt sich um einen sehr schwierigen Auftrag, und wenn ich Sie richtig beurteile, so werden Sie ihn gerade deshalb übernehmen. Das wäre doch entschieden amüsanter als ein Sturz aus dem Fenster oder dergleichen.«

Plötzlich lachte Sylvia ganz unerwartet auf. »Ich glaube, Sie haben recht!«

»So wollen Sie den Auftrag übernehmen?«

»Gewiß, warum nicht?«

»Dann dürfen wir keine Sekunde mehr verlieren«, schloß Jessop und stand schnell auf.

## 4

Im Krankenhaus war es nicht eigentlich kalt, doch lag eine frostige Atmosphäre über den einsamen Gängen, die mit dem Geruch der Desinfektionsmittel und Medikamente erfüllt waren. Sylvia Craven saß an einem Krankenbett. In diesem Bett lag die verunglückte Olivia Betterton mit dick einbandagiertem Kopf.

»Es kann nicht mehr lange dauern«, sagte der Arzt zu Jessop, der sich im Hintergrund des Zimmers hielt.

»Wird sie ihr Bewußtsein noch einmal wiedererlangen?«

fragte dieser gespannt. Der Franzose zuckte die Achseln. »Möglich wäre es, vielleicht im allerletzten Augenblick noch mal.«

Er ging und nahm die Pflegerin mit sich. Anstelle der letzteren setzte sich eine Nonne mit ihrem Rosenkranz ans Kopfende des Bettes. Sylvia schlich sich auf ein Zeichen Jessops leise zu ihm hinüber.

»Haben Sie gehört?« flüsterte er, »Sie müssen versuchen, irgend etwas, ein Kennwort, eine Botschaft oder sonst irgend etwas zu erfahren.«

»Es erscheint mir wie Verrat an einer Sterbenden«, sagte Sylvia zögernd, »ich tue es sehr ungern. Macht es Ihnen denn gar nichts aus?«

»Nein. Es ist meine Pflicht. Aber Sie können frei handeln. Wenn Ihnen die Sache widersteht, so verzichten Sie darauf.«

»Nur eins möchte ich noch wissen. Muß man ihr sagen, daß sie im Sterben liegt?«

»Das will ich mir noch überlegen.«

Sylvia nahm ihren Platz am Bett wieder ein. Minute um Minute verrann. Ungefähr zwei Stunden später hörte die Nonne zu beten auf und sagte: »Ich glaube, Madame, es geht zu Ende. Ich hole den Arzt.«

Die Lider der Sterbenden zuckten ein paar Mal, und die Augen öffneten sich. Sie blickten teilnahmslos auf Sylvia. Dann kam so etwas wie Staunen in ihren Ausdruck. »Wo . . .«, begann sie mühsam.

In diesem Augenblick trat der Arzt ein. »Sie sind im Krankenhaus, Madame«, sagte er, »Ihr Flugzeug ist abgestürzt. Befindet sich jemand in Casablanca, den Sie zu sehen wünschen, Madame? Können wir etwas für Sie tun?«

»Nein« – ein gebrochenes Flüstern.

Sylvia beugte sich über die Sterbende und sagte langsam und deutlich: »Ich komme aus England – kann ich Ihnen irgendwie helfen?«

»Nein – nichts – nichts – außer . . .«

»Ja?«

»Nichts.«

Sylvia wandte sich fragend an Jessop. Er trat ans Bett.

Wieder öffnete Olivia mühsam die Augen, und diesmal trat ein Schimmer des Erkennens in ihren Blick. »Ich kenne Sie«, murmelte sie mühsam.

»Ja, Mrs. Betterton, wir kennen uns. Wollen Sie mir nicht alles über Ihren Gatten sagen?«

Aber Olivia schwieg und schloß wieder die Augen. Jessop wandte sich zögernd um und verließ das Zimmer.

Der Doktor sagte sehr leise zu Sylvia: *»C'est la fin!«*

Doch noch einmal öffnete die Sterbende die Augen – sie blieben auf Sylvia haften, die nun die weißen kalten Hände Olivias in die ihren nahm. Der Arzt ging auf Zehenspitzen hinaus. Die beiden Frauen waren allein.

Mühsam begann Olivia wieder zu sprechen: »Sagen Sie mir – sagen Sie mir bitte . . .«

Sylvia erriet, was sie fragen wollte und beugte sich über die hilflose Gestalt. »Ja«, sagte sie leise, aber deutlich, »Sie werden vielleicht sterben. Das wollten Sie doch wissen, nicht wahr? Hören Sie mir bitte gut zu: Ich werde Ihren Mann suchen. Soll ich ihm eine Botschaft von Ihnen überbringen, wenn ich ihn finde?«

»Sagen Sie ihm – sagen Sie ihm – Boris – gefährlich . . .«

»Können Sie mir sagen, wie ich zu ihm komme?«

Aber Olivia wiederholte nur: »Boris – gefährlich – kann's nicht glauben – will nicht – aber wenn's wahr ist – dann . . .« In die Augen der Sterbenden trat ein gehetzter Ausdruck – »achtgeben.« Schließlich noch ein schwaches Murmeln: »Schnee, schöner Schnee . . .«, ein letzter rasselnder Atemzug, und Olivia Betterton war tot.

Die folgenden Wochen brachten für Sylvia eine Reihe mühseliger und außerordentlich anstrengender Übungen. Sie hatte ihr eigenes Selbst völlig abzustreifen und sich ganz in Olivia Bettertons Gestalt und Wesen einzuleben. Sie mußte lernen, sich zu bewegen wie jene, sich ihre Art zu sprechen aneignen, sich auf ihre Gewohnheiten und Liebhabereien einstellen. Oft verzweifelte sie am Erfolg ihrer Bemühungen; aber Jessop, ihr Lehrmeister, wußte sie immer wieder anzuspornen und pries ihre rasche Auffassungsgabe und ihr gutes Gedächtnis.

Die Paßbeschreibung Olivias entsprach fast der ihrigen; die Paßbilder jedoch glichen sich recht wenig. Olivias Gesicht war zwar hübsch, aber ziemlich gewöhnlich und uninteressant. Ganz anders dagegen Sylvias feingeschnittene und intelligente Züge, die einen Bildhauer begeistert hätten.

Aber Jessop beruhigte sie auch in diesem Punkt. »Machen

Sie sich nur keine Sorgen, Sie sind eine gelehrige Schülerin.«

Eines Tages eröffnete er ihr, daß man auch sie unter Beobachtung stellen müsse. Sonst würde die gegnerische Seite, die ohne Zweifel auf Olivia Betterton wartete, mißtrauisch werden. Aber er verriet ihr nicht, von wem und auf welche Weise sie beobachtet werden würde.

»Es ist besser, Sie wissen nichts – dann können Sie auch nichts verraten. Bitte, seien Sie nicht gekränkt, es braucht gar nicht mit Worten zu geschehen. Aber sind Sie überzeugt, eine so gute Schauspielerin oder eine so gute – Lügnerin zu sein, daß Sie sich nicht mit der kleinsten Geste, nicht mit einem Wimpernzucken verraten werden?«

»Und was wird geschehen, wenn ich am Ende der Reise angelangt bin?« fragte Sylvia.

»Wie meinen Sie das?«

»Nun, wenn ich zum ersten Mal Thomas Betterton von Angesicht zu Angesicht gegenüberstehe.«

Jessop nickte grimmig. »Ja, das wird der gefährlichste Augenblick des ganzen Unternehmens sein. Sie stehen zwar überall unter unserem Schutz, aber Sie werden sich erinnern, daß ich Ihnen gleich gesagt habe, es sei sehr fraglich, ob Sie mit dem Leben davonkommen würden.«

»Warum haben Sie sich eigentlich nie danach erkundigt, was Mrs. Betterton vor ihrem Tod zu mir gesagt hat?«

»Ich dachte, Sie hätten Bedenken gehabt, sie zu fragen.«

»Ja, aber ich fragte sie dann doch, und ich will Ihnen sagen, was sie antwortete: ›Sagen Sie ihm (Betterton) – er soll vorsichtig sein – Boris – gefährlich . . .‹«

»Boris«, wiederholte Jessop interessiert, »ah, unser korrekter Major Boris Glyn.«

»Kennen Sie ihn? Wer ist er?«

»Er ist gebürtiger Pole, jetzt in Amerika. In London kam er zu mir ins Büro und behauptete, ein angeheirateter Vetter von Betterton zu sein.«

»Er behauptete es nur?«

»Genauer gesagt gab er an, ein Vetter der verstorbenen Mrs. Elsa Betterton zu sein. Aber wir können das nicht nachprüfen.«

»Sie hatte Angst«, bemerkte Sylvia nachdenklich. »Können Sie ihn mir beschreiben? Ich möchte ihn gleich erkennen, falls ich mit ihm zusammentreffen sollte.«

»Er ist ein Meter achtzig groß, blond, hat helle Augen und

eine etwas steife, militärische Art . . . Unsere Beobachtungen haben nichts erbracht. Nachdem er mein Büro verlassen hatte, ging er direkt zur amerikanischen Botschaft, von der er mir ein Empfehlungsschreiben vorgelegt hatte, das die Botschaft zu nichts verpflichtet. Dann verloren wir seine Spur. Vermutlich hat er die Botschaft als Postbote oder was auch immer verkleidet durch irgendeinen Hinterausgang verlassen. Wahrscheinlich hatte Olivia Betterton recht, wenn sie Boris Glyn für gefährlich hielt.«

## 5

In dem kleinen Salon des Hotels St. Louis in Casablanca saßen zwei Damen, die niemand für etwas anderes als für harmlose Touristinnen gehalten hätte. Die Amerikanerin Mrs. Calvin Baker war mit Briefeschreiben beschäftigt. Ihre englische Gefährtin, Miß Hetherington, thronte in einem Empiresessel und war dabei, irgendeine nutzlose Strickerei ihrer Vollendung zuzuführen. Mrs. Baker war plump und untersetzt, Miß Hetherington lang und dünn.

Gerade als letztere eifrig mit dem Zählen der Maschen beschäftigt war, warf eine rothaarige, hochgewachsene Dame einen flüchtigen Blick herein, zog sich aber rasch wieder in den Gang zurück. Die beiden Damen wurden sofort sehr lebendig.

»Miß Hetherington, haben Sie die rothaarige Dame bemerkt?« fragte Mrs. Baker im Flüsterton. »Man sagt, sie sei die einzige Überlebende des schrecklichen Flugzeugunglücks in der letzten Woche.«

»Ich war heute nachmittag dabei, als sie ankam«, sagte Miß Hetherington und stach sich vor Aufregung unter den Nagel, »sie wurde mit der Ambulanz gebracht, direkt vom Krankenhaus, wie mir der Manager sagte.«

»Ich finde es unvernünftig, das Krankenhaus so bald wieder zu verlassen«, erklärte Mrs. Baker, »sie muß doch schwere Verletzungen erlitten haben.«

»Ihr Gesicht ist verbunden – wahrscheinlich hat sie auch viele Schnittwunden davongetragen.«

»Arme junge Person. Ich möchte wohl wissen, ob ihr Mann bei ihr war und ob er unter den Geretteten ist.«

»Das glaube ich nicht«, sagte Miß Hetherington kopfschüttelnd, »in den Zeitungen war nur die Rede von einem einzigen weiblichen Fluggast, der gerettet wurde.«

»Das stimmt. Man brachte sogar ihren Namen. Eine Miß – Mrs. Beverly –, nein, Betterton, so heißt sie.«

»Betterton?« wiederholte Miß Hetherington nachdenklich. »Das war doch der Name, den ich so oft in den Zeitungen gelesen habe – die Geschichte von dem verschwundenen Gelehrten.«

An dem Nachmittag, da dieses Gespräch zwischen den beiden Damen stattfand, war Mrs. Betterton aus dem Krankenhaus entlassen und im Krankenwagen ins Hotel St. Louis gebracht worden. Es war der fünfte Tag nach dem Unglück. Blaß und leidend aussehend, mit bandagiertem Kopf, wurde sie sofort in das für sie reservierte Zimmer gebracht, wo sie müde in einen Sessel sank. Erst nach einer guten Weile stand sie auf und betrachtete sich im Spiegel. Sie hatte sich so in ihre Rolle eingelebt, daß sie tatsächlich eine Schwäche in den Gliedern fühlte, wie es bei Rekonvaleszenten der Fall ist, die längere Zeit im Krankenhaus zugebracht haben. In der Hotelhalle hatte sie bereits gefragt, ob Post für sie angekommen sei. Es war nichts da. So mußte sie die ersten Schritte ihres neuen Lebens in ziemlicher Unklarheit unternehmen. Sie konnte nicht wissen, ob Olivia Betterton in Casablanca jemanden hätte anrufen oder besuchen sollen. Olivias Paß, ihr Kreditbrief, ihre Cook-Billetts und die für sie reservierten Zimmer mußten ihr genügen. Dies alles zusammen berechtigte zu zwei Tagen Aufenthalt in Casablanca, sechs Tagen Aufenthalt in Fes und fünf Tagen Aufenthalt in Marrakesch. Das Foto im Paß war das ihrige, die Unterschrift auf dem Kreditbrief hatte sie ebenfalls geleistet. Sie mußte nun ihre Rolle so natürlich spielen, wie sie es vermochte, und im übrigen abwarten. Zum Glück ließen sich etwaige Schnitzer durch eine verletzungsbedingte Gedächtnisschwäche erklären. Im übrigen fühlte sie sich wirklich schwach und benommen.

Beim Flugzeugabsturz war auch Olivias ganzes Gepäck verlorengegangen. Im Krankenhaus hatte man Sylvia mit dem Nötigsten versehen, und Jessop hatte ihr außerdem noch eine hübsche Halskette aus unechten Perlen geschenkt . . .

Den ihr gegebenen Anweisungen entsprechend ging Sylvia in den Speisesaal, nachdem sie sich ein wenig ausgeruht hatte.

Man tuschelte bei ihrem Erscheinen und flüsterte sich die Geschichte ihres Unglücks zu. Peinlich berührt flüchtete sie gleich nach der Mahlzeit in den kleinen Salon. Sie war gespannt, ob jemand sie ansprechen würde.

Und wirklich kam nach einiger Zeit eine beleibte Dame in mittleren Jahren herein und setzte sich neben sie. In teilnehmendem Ton begann sie: »Sie wollen mich bitte entschuldigen, aber ich fühle das Bedürfnis, mit Ihnen zu reden. Sie sind doch die Dame, die auf so wunderbare Weise das schreckliche Unglück überlebt hat?«

Sylvia ließ das Magazin sinken, in dem sie gelesen hatte. »Ja!« entgegnete sie kurz.

»Gott, wie furchtbar – ich meine natürlich den Absturz. Man sagt, es habe nur drei Überlebende gegeben. Ist das richtig?«

»Nur zwei«, berichtigte Sylvia, »und von diesen beiden starb eine Frau kurz nach der Einlieferung ins Krankenhaus.«

»Du meine Güte, was Sie nicht sagen. Nun nehmen Sie es mir bitte nicht übel, wenn ich Sie etwas frage, Miß . . . Mrs. . . .«

»Betterton«, half Sylvia nach.

»Darf ich Sie fragen, ob Sie vorn oder hinten im Flugzeug gesessen haben?«

Glücklicherweise wußte Sylvia die Antwort. »Ich habe ganz hinten gesessen.«

»Man behauptet immer, das sei der sicherste Platz; künftig werde ich mich auch nur noch da hinsetzen.«

»Aber irgend jemand muß doch auch vorne sitzen«, bemerkte Sylvia, indem sie sich mühsam das Lachen verkniff.

»Dieser Irgendjemand werde jedenfalls nicht ich sein«, entgegnete die neue Bekanntschaft in entschiedenem Ton, »übrigens, mein Name ist Baker, Mrs. Calvin Baker. Wo gedenken Sie hinzufahren, Mrs. Betterton?«

»Ich möchte ganz gern Fes kennenlernen«, antwortete Sylvia vorsichtig, »muß aber vorher vor allem meine Zimmerreservierungen erneuern, die ja inzwischen abgelaufen sind.«

»O ja, Fes oder Rabat, das dürfen Sie auf keinen Fall versäumen.«

»Waren Sie selbst schon dort?«

»Bis jetzt noch nicht – ich werde aber demnächst hinfahren.«

Die Unterhaltung plätscherte noch eine Weile so dahin, dann zog sich Sylvia, unter dem Vorwand, müde zu sein, auf ihr Zim mer zurück. Diese Mrs. Baker war offenbar eine harmlose, unbedeutende Touristin. Von ihr durfte sie keine Verhaltensmaßregeln oder Hinweise erwarten.

Am nächsten Morgen ging Sylvia ins Reisebüro, um sich alles zur Weiterreise Erforderliche zu beschaffen. Aber zu ihrem Erstaunen erfuhr sie dort, daß schon alles erledigt war.

»Aber wieso denn?« fragte sie, »ich habe doch . . .«

»Gleich nach Ihrem Anruf, Madame, haben wir alles besorgt.«

Sylvia erschrak. Sie wußte genau, daß weder sie selbst noch ein Dritter in ihrem Auftrag das Reisebüro angerufen hatte. Somit war also bewiesen, daß irgendeine mysteriöse Organisation ihre Schritte überwachte. Sie nahm Fahrkarten und sonstige Belege entgegen und begab sich zurück in ihr Hotel. Sie konnte also schon morgen nach Fes reisen. Mrs. Baker sah sie an diesem Tag nicht mehr . . .

## 6

Von Casablanca war Sylvia eigentlich ein wenig enttäuscht gewesen; es hatte so gar nichts Orientalisch-Geheimnisvolles an sich, sondern wirkte mehr wie eine französische Niederlassung. Das Wetter war immer noch schön, sonnig und klar. Mit Entzücken betrachtete Sylvia von ihrem Fensterplatz im Zug aus die vorüberfliegende Landschaft. Ihr gegenüber saß ein kleiner Franzose, offenbar ein Geschäftsreisender. Er gab ihr Feuer für ihre Zigarette und knüpfte alsbald ein Gespräch an.

»Eigentlich sollten Sie nach Rabat gehen, Madame. Es ist schade, wenn man sich Rabat nicht angesehen hat.«

»Ich werde es versuchen; aber ich habe nicht viel Zeit, und außerdem« – sie lächelte: »ich bin nicht so gut bei Kasse. Sie wissen ja, wie wenig Devisen man mitnehmen darf.«

»Aber das ist doch die einfachste Sache von der Welt – man setzt sich mit seinen hiesigen Freunden in Verbindung.«

»Ich habe keine Freunde in Marokko.«

»Wenn Sie wieder einmal verreisen, Madame, so schreiben Sie mir nur ein Wort. Ich erledige alles für Sie. Ich komme geschäftlich oft nach England, und dann können Sie Ihre Schulden bei mir begleichen.«

»Sehr freundlich von Ihnen. Ich hoffe wirklich sehr, später wieder einmal nach Marokko kommen zu können.«

»Es muß für Sie eine angenehme Abwechslung sein, Madame. In England ist es so kalt und neblig. Wie war das Wetter, als sie England verließen?«

»Genau wie Sie sagen – kalt und neblig.«

»Ach ja, jetzt ist ja dort die häßlichste Jahreszeit. Und Schnee – hatten Sie keinen Schnee?«

»Nein, Schnee hatten wir nicht.«

Im stillen wunderte sie sich, daß der kleine Franzose so sehr am Wetter in England interessiert war. Doch vergaß sie es bald wieder und unterhielt sich gut mit ihm über alle möglichen Themen, bis sie endlich gegen Abend in Fes eintrafen. Sylvia stand auf dem Perron, halb betäubt von dem Lärm und Geschrei rundherum.

»Gestatten Sie, Madame, daß ich Ihnen behilflich bin. Sie steigen doch gewiß im Palais Djamai ab?«

»Ja, dort habe ich ein Zimmer bestellt.«

»Gut. Es ist acht Kilometer von hier entfernt.«

Sylvia war enttäuscht. »Es ist also nicht in der Stadt?«

»Es ist im alten Fes. Ich wohne allerdings in einem Hotel in der Neustadt. Wer aber zum Vergnügen nach Fes kommt, der steigt im Djamai ab. Auf diese Weise lernt er das alte, interessante Fes kennen. Es sieht so aus, als habe man keinen Wagen an die Bahn geschickt. Ich werde Ihnen ein Taxi besorgen.«

In flüssigem Arabisch verhandelte er mit den Leuten, und in kürzester Frist war ein Taxi zur Stelle und Sylvias Gepäck verstaut. Als sie eingestiegen war, überreichte der Franzose ihr eine Visitenkarte mit den Worten: »Bitte, Madame, machen Sie Gebrauch davon, wenn Sie Hilfe benötigen. Ich wohne die nächsten vier Tage im hiesigen Grand Hotel.« Er zog seinen Hut und entfernte sich. Auf der Karte stand nur *Monsieur Henri Laurier*.

Der Wagen setzte sich in Bewegung, doch Sylvia gewahrte außer hier und da einem erleuchteten Haus nicht viel von der Gegend, da die Dunkelheit bereits hereingebrochen war. So lehnte sie sich zurück und grübelte darüber nach, ob Laurier wohl zu der Organisation gehörte, die Thomas Betterton veranlaßt hatte, seine Arbeit, sein Heim und seine Frau zu verlassen? Und wohin würde sie wohl mit diesem Taxi gebracht werden, das Laurier für sie aufgetrieben hatte?

Doch es brachte sie ganz vorschriftsmäßig ins Palais Djamai. Sie stieg aus, durchschritt einen gewölbten Eingang und kam zu ihrem Entzücken in eine durchaus orientalische Umgebung – mit breiten Ruhebetten, Mokkatischchen und wertvollen einheimischen Teppichen. Sie wurde nach Erledigung der üblichen Formalitäten über eine von Lorbeerbäumen gesäumte Terrasse, deren Blumenschmuck einen betäubenden Duft ausströmte, zu einer Wendeltreppe und in einen Raum geführt, der gleichfalls in orientalischem Stil eingerichtet war, zugleich aber alle modernen Bequemlichkeiten aufwies. Man sagte ihr, daß das Dinner um 7 Uhr 30 serviert werde.

Sylvia packte ihren Handkoffer aus, machte etwas Toilette und stieg dann wieder die Wendeltreppe hinunter, durchquerte einen großen Rauchsalon und gelangte schließlich in den rechteckigen Speisesaal. Während sie die ausgezeichnet zubereitete Mahlzeit verzehrte, konnte sie ein ständiges Kommen und Gehen der Gäste beobachten – Angehörige der verschiedensten Nationen. Ihre besondere Aufmerksamkeit erregte ein ältlicher kleiner Herr mit gelblicher Gesichtsfarbe und einem kleinen Spitzbart. Er schien eine Person von Bedeutung zu sein, denn er wurde mit ungewöhnlicher Sorgfalt bedient, und man gehorchte seinem leisesten Wink. Aber sie fühlte sich zu abgespannt, um noch Fragen an den Kellner zu richten, und begab sich frühzeitig zu Bett.

Am nächsten Morgen suchte sie wieder die Terrasse auf und setzte sich unter einen weiß- und rotgestreiften Sonnenschirm. Ihre sonderbare Lage kam ihr überdeutlich zu Bewußtsein. Da saß sie nun, eine todgeweihte Frau, auf die unbekannte Gefahren lauerten. Sie verstand die arme Olivia Betterton, die bereits am Rande ihrer Nervenkraft gewesen war und gehofft hatte, sich hier, an dieser friedlichen Stätte, erholen zu können.

Ihr Gedankengang wurde unterbrochen durch den alten gelbhäutigen Herrn mit dem Spitzbärtchen, der die Terrasse betrat, gefolgt von einem dienstbeflissenen Kellner, der sofort davoneilte, nachdem er eine Bestellung entgegengenommen hatte.

Sylvia verlangte einen Martini und fragte ihren Kellner leise, wer der alte Herr sei.

»Das ist Monsieur Aristides«, flüsterte jener, »ein reicher, ein ungeheuer reicher Mann.«

Sylvia faßte die hagere, gebeugte Gestalt genauer ins Auge.

Was für eine menschliche Ruine! Und seinen ganzen Nimbus verdankte er seinem Reichtum, da er anderes nicht mehr zu bieten hatte. In diesem Augenblick begegnete Sylvia den Augen des alten Mannes. Sie leuchteten blitzartig auf und wandten sich schnell wieder ab. Allmählich wurde die Terrasse leer, da die Gäste sich zum Lunch begaben. Sylvia, die sehr spät gefrühstückt hatte, wollte nicht schon wieder essen. Sie blieb auf der Terrasse und bestellte ein weiteres Getränk. Dabei schlenderte ein gutaussehender junger Mann an ihr vorüber und summte im Weitergehen:

*Le long des lauriers roses*
*Rêvant de douces choses.*

Diese Worte brachten Sylvia wieder ihren Beschützer in Erinnerung. Laurier – das war doch sein Name gewesen? Bestand hier vielleicht ein Zusammenhang? Aber sie konnte sich keinen Reim darauf machen. In diesem Augenblick schien sich die Sonne hinter einer Wolke zu verstecken – sie sah verwundert auf und stellte fest, daß der reiche Monsieur Aristides zwischen ihr und der Sonne stand. Er schien in den Anblick der fernen Hügel versunken. Dann seufzte er, drehte sich plötzlich um, und im Vorübergehen stieß er an ihren Tisch, so daß ihr Glas herunterfiel und zerbrach. Schnell wandte er sich um und sagte höflich: »Ich bitte tausendmal um Vergebung, Madame!« Er winkte gebieterisch einen Kellner herbei, bestellte ein neues Getränk und entfernte sich mit nochmaliger Entschuldigung.

Als der Kellner mit ihrem Martini kam, fragte sie ihn, ob Monsieur Aristides allein hier sei.

»Aber nein, Madame«, war die Antwort, »ein so reicher Herr reist niemals ohne Begleitung. Er hat seinen Kammerdiener, seine beiden Sekretäre und seinen Chauffeur bei sich.«

Später sah Sylvia den Nabob allein an seinem Tisch sitzen. Seine Sekretäre befanden sich in der Nähe und ließen kein Auge von ihrem Gebieter, der sie überhaupt nicht beachtete.

Am Nachmittag durchstreifte Sylvia die Gärten des Palastes, erfüllt von dem Frieden und der köstlichen Ruhe, die über diesem gesegneten Fleckchen Erde lagen. Ach, dachte sie, könnte ich doch ewig, ewig hier bleiben. Hier würde meine Seele zur Ruhe kommen. Und gerade jetzt darf ich nicht an mich denken. Ich habe eine Mission übernommen, die mir Gefahren, vielleicht sogar den Tod bringt. Aber würde sie hier wirklich auf Dauer glücklich sein können?!

Es war schon spät am Abend, und die Hitze hatte bedeutend nachgelassen, als Sylvia wieder ins Hotel zurückkehrte. In der großen Diele stieß sie auf Mrs. Baker, die sie sofort mit Beschlag belegte. »Ich bin gerade mit dem Flugzeug angekommen«, erklärte sie, »ich kann die langweilige Eisenbahn nicht ausstehen. Alles ist so unappetitlich. Auf den Nahrungsmitteln, die man kauft, sitzen die Fliegen. Zellophanpackungen kennt man hier wohl nicht. Nun sagen Sie mir aber, wie es Ihnen hier gefällt. Sicher haben Sie sich schon die Altstadt angesehen?«

»Leider habe ich noch gar nichts unternommen«, antwortete Sylvia lächelnd, »ich habe lediglich in der Sonne gesessen, unter dem Sonnenschirm natürlich, und bin durch die Gärten gegangen.«

»Ach ja, ich vergaß, Sie kommen ja gerade erst aus dem Krankenhaus. Wie konnte ich nur so töricht fragen. Sie sollten eigentlich noch im verdunkelten Zimmer liegen und ruhen. Gelegentlich, wenn Sie sich frischer fühlen, können wir aber vielleicht doch einen kleinen Ausflug miteinander machen. Ich werde nie müde und nehme alles mit, was dem Reisenden geboten wird.«

Sylvia beglückwünschte die energische Dame zu ihrer Tatkraft.

»Erinnern Sie sich noch an Miß Hetherington in Casablanca? Nicht? Eine englische Dame mit langem Gesicht. Sie kommt auch heute abend hier an. Aber mit dem Zug. Was für Gäste sind denn in diesem Hotel? Viele Franzosen, nehme ich an. Übrigens – wie gefällt Ihnen Ihr Zimmer? Meines ist gräßlich – man muß mir unbedingt ein anderes geben . . .« Und wie ein Wirbelwind stürmte Mrs. Baker davon.

Später traf Sylvia wieder mit ihr und der angekündigten Miß Hetherington zusammen. Mrs. Baker entwickelte gerade ihren Plan für den morgigen Tag.

»Wir wollen lieber nicht in die Altstadt«, sagte sie, »dort ist alles so verwinkelt und schmutzig. Ich habe genug vom letzten Mal. Wäre mein Führer nicht gewesen, so hätte ich nicht ins Hotel zurückgefunden. Er brachte mich übrigens in ein Teehaus auf den Hügeln mit schöner Aussicht. Aber der Pfefferminztee, den man dort trinken mußte, und die kitschigen Reiseandenken, die einem zum Kauf angeboten werden, haben mir die Freude daran verdorben. Ich bin mehr für eine schöne Wagenfahrt in die Umgebung.«

## 7

Da am andern Tag Miß Hetherington wirklich von Mrs. Baker zu einem Ausflug im Wagen eingeladen wurde, blieb es Sylvia erspart, die Altstadt in Gesellschaft der trockenen Engländerin genießen zu müssen. Sie bestellte sich einen Führer und zog mit ihm los. Durch verschiedene Terrassengärten hindurch kamen sie an ein riesiges Tor, das der Führer mit einem unförmigen Schlüssel öffnete. Sobald man dieses Tor durchschritten hatte, tat sich eine andere Welt auf. Überall ragten die alten Festungswälle empor, vor ihr schlängelten sich geheimnisvolle labyrinthische Gäßchen mit unbekanntem Ziel; man kam an muffigen Hinterhöfen vorbei, aus denen fremdartiger Gesang ertönte; man mußte keinen Autos, sondern schwerbeladenen Maultieren ausweichen; hier spielte sich das Leben der alten maurischen Stadt ab.

Durch ihre Gassen wandernd vergaß Sylvia ihren Auftrag, vergaß ihr früheres Leben. Die einzige Störung bildete das unaufhörliche Geschwätz des Führers, der ihr alles mögliche anpries, was sie kaufen sollte. Als all seine Überredungskünste nichts fruchteten, brachte er sie in das von Mrs. Baker erwähnte Teehaus auf dem Hügel.

In einem großen Raum, dessen Fenster einen Ausblick auf die tiefer liegende Stadt gewährte, setzte sie sich an ein Tischchen. Es gab wirklich keinen Kaffee, sondern nur Pfefferminztee, den sie gottergeben trank. Auch kaufte sie einige von den hier feilgebotenen Reiseandenken. Der Führer versicherte ihr, daß er sie in einer knappen Stunde in ihr Hotel zurückbringen würde.

»Aber vorher«, er dämpfte diskret seine Stimme, »wird Ihnen das Mädchen hier die Damentoilette zeigen; sie ist sehr schön.«

Sylvia folgte mit belustigtem Lächeln dem Mädchen, das den Tee serviert hatte. Sie hegte keine großen Erwartungen bezüglich der Ausstattung dieses Etablissements. Aber es war wenigstens ein Waschbecken mit fließendem Wasser vorhanden. Sylvia wusch sich die Hände und trocknete sie trotz des Gästehandtuchs mit ihrem eigenen Taschentuch ab. Doch als sie gehen wollte, ließ sich die Tür nicht mehr öffnen. Vergebens zerrte sie an dem Riegel und rüttelte an der Klinke. Der Riegel gab nicht nach. Die Tür war von außen zugeschlossen worden. Zornig sah Sylvia sich um und entdeckte auf der gegenüberliegenden Seite eine zweite Tür, deren Klinke dem Druck ihrer Hand willig nachgab. Sie ging durch und befand sich plötzlich in einem kleinen Raum, der sein Licht nur durch ein paar Öffnungen hoch oben in der Mauer empfing. Und auf dem einzigen Diwan saß rauchend der kleine Franzose, den sie im Zug getroffen hatte, Monsieur Henri Laurier!

Er stand nicht auf, um sie zu begrüßen, und sein Ton war gegenüber früher merklich verändert, als er sagte: »Guten Tag, Mrs. Betterton!«

Sylvia stand regungslos da. Die Verblüffung hatte ihr die Sprache verschlagen. Das also war ihr Auftraggeber. Mühsam nahm sie sich zusammen. Damit mußtest du schließlich rechnen, sagte sie sich, handle, wie *sie* gehandelt haben würde. Sie trat einen Schritt vor und fragte eifrig: »Sie haben also Nachrichten für mich? Sie können mir helfen?«

Er nickte und erwiderte vorwurfsvoll: »Im Zug, Madame, zeigten Sie sich ziemlich begriffsstutzig. Sind Sie so sehr gewohnt, übers Wetter zu sprechen?«

»Übers Wetter?«

Sie starrte ihn verwirrt an. Was hatte er denn im Zug über das Wetter gesagt? Kalt? Neblig? Schnee? Schnee! Das war das Wort, das Olivia im Sterben gemurmelt hatte – Schnee, schöner Schnee –, und Sylvia wiederholte stockend diese beiden Worte.

»Richtig – aber warum antworteten Sie nicht sofort darauf, wie befohlen?«

»Ich bin sehr krank gewesen, Monsieur Laurier. Mein Flugzeug stürzte ab, und ich lag mit einer schweren Gehirnerschütterung im Krankenhaus. Mein Gedächtnis hat seitdem gelitten. Jetzt geht es wieder so ziemlich, aber da sind immer noch große Lücken – leere Stellen . . .«, sie legte die Hand an die Stirn und fuhr mit zitternder Stimme fort: »Sie können nicht begreifen, wie schrecklich das ist – ich fühle, wichtige Dinge vergessen zu haben –, und je mehr ich darüber nachgrüble, desto tiefer weichen sie ins Dunkel zurück.«

»Ja«, sagte Laurier kühl, »dieses Flugzeugunglück war ein unvorhersehbarer, ein unangenehmer Zwischenfall. Es ist fraglich, ob Sie die nötige Energie zur Fortsetzung Ihrer Reise aufbringen können.«

»Natürlich kann ich sie fortsetzen«, schrie Sylvia, »mein Mann . . .«, ihre Stimme brach.

»Soweit ich unterrichtet bin«, sagte er, »werden Sie von Ihrem Mann sehnlichst erwartet.«

»Sie haben keine Vorstellung davon«, stammelte sie, »was mein Dasein seit seinem Verschwinden gewesen ist.«

»Glauben Sie, daß die britischen Behörden sich über Ihr Wissen oder Nichtwissen im klaren sind?«

Sylvia zuckte hilflos die Achseln. »Wie kann ich das sagen? Sie schienen mit meiner Aussage zufrieden gewesen zu sein. Aber«, fügte sie langsam hinzu, »ich glaube, ich werde beschattet. Ich kann keine bestimmte Person angeben, aber ich habe das unabweisbare Gefühl, daß ich seit meiner Abreise aus England unter Beobachtung stehe.«

»Natürlich«, sagte Laurier kalt, »wir haben nichts anderes erwartet.«

»Ich dachte, ich müßte Sie warnen.«

»Meine liebe Mrs. Betterton, wir sind keine kleinen Kinder. Wir wissen, was wir zu tun haben.«

»Es tut mir leid«, versetzte Sylvia demütig, »daß ich so töricht bin.«

»Das schadet nichts, wenn Sie nur gehorchen.«

»Ich werde gehorchen«, versprach Sylvia leise.

»Sie wurden in England seit der Abreise Ihres Mannes ständig überwacht. Aber Sie haben unsere Botschaft trotzdem bekommen?«

»Ja.«

»Nun«, fuhr Laurier fort, »werde ich Ihnen weitere Instruktionen geben.«

»Ich bitte darum.«

»Übermorgen werden Sie nach Marrakesch aufbrechen. Wie ich aus Ihren Zimmerbestellungen ersehe, haben Sie das ohnehin vorgehabt. Am Tag nach Ihrer Ankunft in Marrakesch werden Sie ein Telegramm aus England erhalten. Was darinstehen wird, weiß ich nicht, aber es wird Sie veranlassen, augenblicklich Vorbereitungen für Ihre Rückkehr nach England zu treffen.«

»Ich soll nach England zurück?« fragte Sylvia verblüfft.

»Bitte, hören Sie mir genau zu. Ich bin noch nicht zu Ende. Sie werden einen Platz belegen in einem Flugzeug, das am folgenden Tag Casablanca verläßt.«

»Und wenn schon alles besetzt ist?«

»Es wird nicht alles besetzt sein, dafür ist gesorgt. Verstehen Sie nun?«

»Ja, ich verstehe.«

»Dann gehen Sie jetzt zu Ihrem Führer zurück, der auf Sie wartet. Übrigens, haben Sie nicht die Bekanntschaft einer amerikanischen und einer englischen Dame gemacht, die ebenfalls im Palais Djamai abgestiegen sind?«

»Ja, es ließ sich nicht vermeiden. War das ein Fehler?«

»Durchaus nicht. Es paßt sogar recht gut in unsere Pläne. Wenn Sie eine der Damen veranlassen könnten, Sie nach Marrakesch zu begleiten, um so besser. Leben Sie wohl, Madame.«

»Auf Wiedersehen, Monsieur Laurier.«

»Es ist nicht sehr wahrscheinlich, daß wir uns je wiedersehen werden«, entgegnete er kalt. Sylvia ging durch die jetzt nicht mehr verriegelte Tür zurück und fand ihren Führer im Teezimmer wartend vor.

»Ich habe einen sehr guten Wagen aufgetrieben«, sagte er, »wir werden nun eine interessante Fahrt machen.«

»So, Sie fahren morgen nach Marrakesch«, sagte Miß Hetherington, »da haben Sie sich aber nicht sehr lange Zeit für Fes genommen. Wäre es nicht einfacher gewesen, zuerst nach Marrakesch, dann nach Fes zu gehen und später nach Casablanca zurückzufahren?«

»Das mag sein«, antwortete Sylvia, »aber es ist eine so schwierige Sache mit den Vorbestellungen. Hier ist alles überfüllt.«

»Aber nicht mit Engländern. Nur Franzosen.«

Sylvia lächelte schwach. Miß Hetherington hatte offenbar vergessen, daß Marokko eine französische Kolonie war.

»Franzosen und Deutsche und Armenier und sogar Griechen gibt es hier«, fiel Mrs. Baker mit glucksendem Lachen ein, »wenigstens glaube ich, daß dieser zerzauste kleine alte Mann ein Grieche ist.«

»So sagte man mir«, bemerkte Sylvia.

»Er scheint etwas Bedeutendes zu sein«, fuhr Mrs. Baker fort, »die Kellner überschlagen sich förmlich, wenn sie ihn bedienen.«

»Ich würde mich freuen, wenn sie beide mit mir nach Marrakesch kämen«, sagte Sylvia, »wir verstehen uns so gut, und es ist so langweilig, allein zu reisen.«

»Ich war aber doch schon dort«, erwiderte Miß Hetherington mißmutig. Doch Mrs. Baker schien an Sylvias Idee Gefallen zu finden.

»Warum eigentlich nicht«, sagte sie. »Es ist schon Monate her, daß ich in Marrakesch war. Ich würde ganz gern noch einmal einen Sprung hinüber machen, und ich könnte Sie dort herumführen und Ihnen alles zeigen. Nur so lernt man einen Ort richtig kennen.«

Miß Hetherington erhob sich sichtlich verärgert. »Das ist echt amerikanisch«, sagte sie, als Mrs. Baker gegangen war, um ihre Reisevorbereitungen zu treffen, »von einem Platz zum andern rennen – heute in Ägypten, morgen in Palästina. Sie wissen manchmal gar nicht, in welchem Land sie gerade sind.« Sie preßte die Lippen zusammen, packte sorgfältig ihr Strickzeug zusammen und verließ Sylvia mit einem flüchtigen Nicken.

Sylvia setzte sich in dem dämmrigen Raum auf einen Diwan und dachte an die Zukunft. Noch gestern früh hatte sie gar nicht recht an ihre Mission geglaubt. Und nun sollte sie schon heute ihre gefährliche Reise antreten. Sie mußte sehr, sehr vorsichtig sein, um sich nicht zu verraten. Sie mußte Olivia Betterton spielen, die nicht sehr gebildete, amusische, aber ihrem Mann blind ergebene Ehefrau. Wie fremd sie sich doch in Marokko fühlte, diesem geheimnisvollen Land voll orientalischen Märchenzaubers!

Sie sah auf die mattbrennende Lampe, die neben ihr stand. Würde ihr wohl ein Dschinn erscheinen, wenn sie, wie Aladin, ihren kupfernen Sockel rieb? Und bei diesem Gedanken angelangt, erstarrte sie. Denn, als sei ihr Gedanke Wirklichkeit geworden, erschien über der Lampe das faltenreiche Antlitz von Monsieur Aristides. Er verbeugte sich höflich, ehe er sich an ihrer Seite niederließ, und sagte: »Sie erlauben, Madame?«

Sylvia neigte den Kopf. Er bot ihr eine Zigarette an und nahm sich selbst eine.

»Wie gefällt Ihnen dieses Land, Madame?«

»Ich bin erst zu kurz hier, um mir schon eine Meinung bilden zu können. Aber es scheint sehr schön zu sein.«

»Sind Sie auch im alten Fes gewesen, und hat es Sie beeindruckt?«

»Ich finde es wunderbar.«

»Ja, es ist auch wunderbar. Hier hat sich der ganze Zauber des Orients in den winkeligen, alten Gassen erhalten. Wissen Sie, was ich denke, Madame, wenn ich durch diese Gassen schlendre?«

»Nun?«

»Ich denke an Ihre große Geschäftsstraße in London. Ich denke an die großen Fabriken und an ihre von Neonlicht erhellten Arbeitsräume, in denen die Menschen von draußen bei ihrer Arbeit beobachtet werden können. Da gibt es nicht einmal Vorhänge an den Fenstern. Es ist so, als habe man einem Ameisenhaufen die Kuppe abgeschnitten.«

»Sie wollen damit sagen, daß es der Gegensatz ist, der Sie fasziniert?« fragte Sylvia lebhaft.

»Ja«, nickte Aristides, »hier in Fes ist alles düster, verborgen, alles spielt sich im Dunkeln ab. Aber« – er beugte sich vor und tippte mit dem Finger auf die kupferne Platte des Tischchens – »hier wie dort finden Sie doch dieselben Dinge, die gleichen Grausamkeiten, die gleichen Formen der Unterdrükkung, der gleiche Machthunger, die gleiche Profitgier.«

»Dann wollen Sie also sagen, daß die menschliche Natur überall die gleiche ist?«

»In jedem Land, Madame. Und sowohl in der Vergangenheit wie in der Gegenwart herrschen zwei Mächte: Grausamkeit und Barmherzigkeit. Die eine oder die andere. Manchmal sogar beide zugleich.«

Ohne Übergang wechselte er das Gesprächsthema. »Man hat mir gesagt, Madame, daß Sie eines der Opfer des Flugzeugabsturzes in Casablanca sind?«

»Ja, das stimmt.«

»So beneide ich Sie«, erklärte Aristides.

Sylvia sah ihn bei dieser unerwarteten Schlußfolgerung erstaunt an.

Er nickte bekräftigend: »Ja, Sie sind zu beneiden. Sie haben ein wirkliches Erlebnis gehabt. Ich möchte gern so haarscharf am Tode vorbeigegangen sein wie Sie. Sind Sie seitdem nicht ein ganz anderer Mensch geworden, Madame?«

»Ja, ich habe dieses Gefühl zuweilen, aber es ist ein sehr unangenehmes Gefühl. Ich leide seitdem an bösen Kopfschmerzen, und mein Gedächtnis hat sehr nachgelassen.«

»Das sind Nebensächlichkeiten«, erwiderte Aristides mit einer wegwerfenden Handbewegung, »verglichen mit der Bedeutung des vorangegangenen Erlebnisses.«

»Ja, in gewisser Beziehung habe ich eine innere Umwandlung durchgemacht«, sagte Sylvia langsam. Aber sie dachte dabei nicht an den Flugzeugabsturz der Olivia Betterton, sondern an vier gewisse kleine Päckchen.

»Sehen Sie«, sagte Monsieur Aristides unzufrieden, »und ich habe so vieles erlebt, aber eine solche Erfahrung fehlt mir.« Er stand auf, verbeugte sich mit den Worten: *»Mes hommages,* Madame«, und ging.

## 8

Flugplätze sehen doch alle irgendwie gleich aus, dachte Sylvia. Alle liegen sie außerhalb der Stadt und machen darum einen öden und verlassenen Eindruck. Und warum muß man nur immer so lächerlich früh da sein?

Sie hatten beinahe eine halbe Stunde im Warteraum verbracht, und Sylvia war schon ganz betäubt von dem unaufhörlichen Redefluß Mrs. Calvin Bakers, die sich ihr wirklich angeschlossen hatte.

Aber nun wurde Mrs. Bakers Interesse glücklicherweise durch zwei andere Reisende gefesselt, die in ihrer Nähe Platz genommen hatten. Es waren zwei junge Männer, beide blond und hochgewachsen. Der eine, um dessen Lippen ständig ein freundliches Lächeln spielte, schien Amerikaner zu sein, der andere ein sehr ernst und versonnen aussehender Skandinavier.

Offenbar war der Amerikaner entzückt, in Mrs. Baker eine Landsmännin zu entdecken. Diese übernahm es, ihre Reisegefährtin als Mrs. Olivia Betterton vorzustellen.

»Ich heiße Andrew Peters, von meinen Freunden Andy genannt«, sagte der junge Amerikaner.

Der andere stand auf, verbeugte sich ungelenk und nannte seinen Namen: »Torquil Ericsson.«

»So, nun kennen wir uns alle«, sagte Mrs. Baker hochbefriedigt. »Fliegen Sie auch nach Marrakesch? Meine Freundin hier besucht es zum ersten Mal.«

»Auch wir besuchen Marrakesch zum ersten Mal«, sagte Peters.

Eine Lautsprecherstimme forderte die Wartenden auf, sich zum Flugzeug zu begeben. Außer Mrs. Baker und Sylvia gab es noch vier Passagiere: Peters, Ericsson, einen hageren Franzosen und eine ernstblickende Nonne.

Es war ein klarer, sonniger Tag, der einen ruhigen Flug versprach. Sylvia lehnte sich in ihren Sitz zurück und betrachtete aus halbgeschlossenen Augen ihre Mitreisenden. Auf der anderen Seite saß Mrs. Baker, die in ihrem grauen Reisekostüm wie eine dicke, zufriedene Ente wirkte. Sie unterhielt sich offenbar gut mit dem vor ihr sitzenden Peters. Sylvia gegenüber saß der junge Norweger. Hinter ihr hatte die Nonne Platz genommen – stocksteif hockte sie da, mit stumpfem, gleichgültigem Gesichtsausdruck. In ihrer mittelalterlichen Ordenstracht wirkte sie sehr seltsam als Passagier eines so neuzeitlichen Beförderungsmittels.

Sylvia schloß die Augen und vergaß ihre Mitreisenden. Sie dachte an ihre Vorschriften und überprüfte ihr Verhalten. Hatte sie auch alles richtig gemacht? War ihr kein Fehler unterlaufen? Plötzlich fiel ihr ein, daß Laurier die Tatsache ihrer Überwachung in Marokko ganz selbstverständlich gefunden hatte. Und nun sollte sie nach England zurück. Das war doch verrückt? Oder hatte sie versagt, und man wollte sie loswerden? Sie brauchte nicht zu »verschwinden« wie ihr Mann, sie war nur noch eine harmlose Reisende. Sie würde über Paris nach England gehen – und vielleicht in Paris – ja, natürlich in Paris, wo Thomas Betterton verschwunden war, da konnte man eine Entführung viel besser über die Bühne bringen. Unter diesen Überlegungen war sie unvermerkt eingeschlummert. Wie lange sie geschlafen hatte, wußte sie nicht, als sie mit einem plötzlichen Ruck auffuhr. Das Flugzeug befand sich schon in der Landungsphase und beschrieb immer engere Kreise. Sie sah auf die Uhr. Aber die zeigte noch nicht die Stunde der Ankunft in Marrakesch. Auch konnte sie durch einen Blick aus dem Fenster feststellen, daß sich weit und breit kein Flughafen befand. Alles höchst sonderbar!

Der hagere Franzose stand auf, gähnte, streckte sich und sagte irgend etwas auf französisch, das sie nicht verstand. Ericsson rief: »Es scheint, daß wir hinuntergehen – aber warum nur?«

»Wir landen offenbar«, entgegnete Sylvia, wozu Mrs. Baker bestätigend nickte. Das Flugzeug verlor zusehends an Höhe. Die Gegend unter ihnen schien vollkommen verödet. Da waren noch nicht mal einzelne Häuser, geschweige denn Dörfer zu sehen. Das Flugzeug setzte auf, rollte aus und kam dann zum Stillstand. Es war eine etwas gewaltsame Landung auf einem vollkommen verödeten Platz. War etwas mit den Motoren geschehen?

Der Pilot, ein südländisch aussehender, hübscher junger Mann, kam aus dem Cockpit und sagte, indem er den Gang zwischen den Passagieren entlangschritt: »Bitte, steigen Sie alle aus!« Er öffnete die hintere Tür, ließ eine Leiter hinab und überwachte von oben das Aussteigen der Reisenden.

Als sie auf der Erde standen, begannen sie zu frösteln, denn es war kühl hier, und der Wind strich scharf von den Bergen herüber, deren Kuppen mit Schnee bedeckt waren und in einzigartiger Schönheit leuchteten. Zuletzt stieg der Pilot aus und sagte auf französisch: »Sind alle beisammen? Entschuldigen Sie, daß Sie einige Minuten warten müssen. Aber nein, ich sehe, da kommt er schon.« Er deutete auf einen kleinen Punkt am Horizont, der sich rasch vergrößerte.

»Aber warum sind wir denn hier gelandet«, fragte Sylvia verwirrt, »und wie lange müssen wir hier bleiben?«

»Da scheint ein größeres Auto zu kommen», sagte der Franzose, »mit dem werden wir sicher weiterfahren können.«

»Ist die Maschine defekt?« fragte Sylvia.

Andy Peters erwiderte heiter: »Nein, das glaube ich nicht, das Flugzeug schien mir ganz in Ordnung zu sein. Aber was nicht ist, kann ja noch werden.«

Sylvia sah ihn verblüfft an, und Mrs. Baker murmelte: »Unangenehm, diese Herumsteherei. So ist's mit diesem Klima. Man glaubt, es sei sonnig und warm, aber sobald die Sonne untergeht, wird es eiskalt.«

Der Pilot fluchte leise vor sich hin und sagte etwas, das klang wie: »Immer diese unerträglichen Verzögerungen.«

Der Wagen näherte sich ihnen auf einem halsbrecherischen Weg. Der Fahrer, ein Berber, hielt das Gefährt mit Karacho an, sprang heraus und wurde sofort von dem Piloten in ein aufgeregtes Gespräch verwickelt.

Zu Sylvias größter Überraschung mischte sich Mrs. Baker in die Unterhaltung. »Verlieren wir keine Zeit«, sagte sie mit großer Bestimmtheit, »wozu die Streiterei? Wir wollen so rasch wie möglich von hier weg.«

Der Fahrer zuckte die Achseln, ging zu seinem Wagen und ließ die bewegliche Rückwand herunter. In der Öffnung sah man eine riesige Kiste. Daß sie sehr schwer sein mußte, merkte man an der Anstrengung, mit der der Pilot, unterstützt von Peters und Ericsson, sie herunterhob und auf den Boden stellte.

Als der Deckel geöffnet wurde, legte Mrs. Baker ihre Hand auf Sylvias Arm und sagte: »Ich würde nicht hinschauen, meine Liebe. Es ist kein schöner Anblick.« Und sie führte Sylvia auf die andere Seite des Wagens.

Der Franzose und Peters schlossen sich ihnen an, und ersterer fragte: »Was wird denn da eigentlich gespielt?«

»Sie sind gewiß Dr. Barron?« fragte Mrs. Baker, worauf sich der Franzose zustimmend verbeugte.

»Ich freue mich, Sie kennenzulernen«, und dabei reichte sie ihm die Hand, als wäre sie eine Gastgeberin, die einen Gast willkommen heißt.

Immer noch völlig verwirrt, sagte Sylvia: »Aber ich verstehe gar nichts. Was ist in dieser Kiste? Und warum soll man nicht sehen, was darin ist?«

Peters sah sie prüfend an. Dann sagte er: »Ich weiß, was die Kiste enthält. Der Pilot sagte es mir. Es handelt sich um keine sehr erfreuliche Sache, aber um eine notwendige.« Und ruhig fügte er hinzu: »Es sind Leichen in der Kiste.«

*»Leichen!«* Sylvia starrte ihn entsetzt an.

»Oh, die Leute sind nicht ermordet worden oder dergleichen«, beruhigte er sie. »Man hat sie auf ganz legale Weise erworben. Für medizinische Zwecke, müssen Sie wissen.« Aber er merkte, daß Sylvia immer noch nicht begriff.

»Sehen Sie, Mrs. Betterton, hier hat unsere Reise ein Ende. Wenigstens der eine Teil der Reise. Man wird die Toten in unser Flugzeug laden, dann wird der Pilot das Seinige tun, und wenn wir von hier wegfahren, so werden wir aus einiger Entfernung beobachten können, wie Flammen aus dem Flugzeug schlagen. Was ist denn schon dabei? Wieder einmal eine Maschine, die in Flammen aufgeht – keine sonderliche Überraschung.«

»Wie phantastisch das alles klingt. Aber warum?«

»Aber Sie wissen doch sicher, wohin wir jetzt fahren?« Es war Dr. Barron, der diese Frage an Sylvia richtete.

In liebenswürdigem Ton mischte sich Mrs. Baker ein: »Natürlich weiß sie es. Aber vielleicht glaubt sie nicht, daß der Augenblick des Aufbruchs schon gekommen sei.«

Nach kurzer Pause fragte Sylvia: »Wir haben also alle das gleiche Ziel?«

»Gewiß«, erwiderte Peters freundlich, »wir sind Reisegefährten.«

## 9

Der Pilot kam jetzt auf sie zu und sagte: »Sie sollten Ihre Reise nun fortsetzen, und zwar so rasch wie möglich. Es bleibt noch viel zu tun, und wir haben unseren Zeitplan nicht einhalten können.«

Bei dem Wort »Zeitplan« zuckte Sylvia zusammen und griff sich nervös an den Hals. Die kleine Perlenkette, die sie trug, zerriß, und die Perlen fielen zu Boden. Sie sammelte sie auf und barg sie in ihrer Handtasche.

Dann bestiegen alle nacheinander den Wagen, Sylvia saß auf einer langen Bank zwischen Peters und Mrs. Baker. Sie wandte sich an letztere mit den Worten: »Sie — Sie sind also das gewesen, was man einen Verbindungsmann nennt?«

»Die Bezeichnung trifft den Nagel auf den Kopf, und ich muß selbst sagen, daß ich mich gut dazu eigne. Niemand findet etwas dabei, wenn eine Amerikanerin herumreist und sich die Welt ansieht.«

Sie war immer noch die plumpe, ständig lächelnde Person; aber Sylvia spürte trotzdem eine deutliche Veränderung. Die konventionelle Tünche war verschwunden, und Mrs. Baker entpuppte sich als eine tatkräftige, unter Umständen erbarmungslose Frau.

»Das gibt eine großartige Schlagzeile für die Presse«, sagte sie und lachte, »ich meine Sie, meine Liebe. Vom Unheil verfolgt, wird man sagen. Zuerst verlieren Sie beinahe Ihr Leben durch den Flugzeugabsturz in Casablanca, und dann kommen Sie bei einem abermaligen Unglück um.«

Plötzlich durchschaute Sylvia den klug durchdachten Plan.

»Und unsere anderen Reisegefährten«, murmelte sie, »sind sie wirklich das, was sie vorgeben?«

»Gewiß. Dr. Barron ist Bakteriologe, soviel ich weiß. Mr. Ericsson ein sehr guter Physiker. Mr. Peters Nahrungsmittelchemiker. Miß Needheim ist natürlich keine Nonne, sondern gleichfalls Wissenschaftlerin. Ich bin, wie ich schon sagte, weiter nichts als Verbindungsmann. Ich gehöre nicht zu diesem Gelehrtenzirkel.« Sie lachte und fügte hinzu: »Diese Miß Hetherington hatte nie eine Chance.«

»War denn Miß Hetherington . . .?«

Mrs. Baker nickte nachdrücklich. »Gewiß, sie war auf Sie angesetzt. Sie blieb Ihnen in Casablanca ständig auf den Fersen.«

»Aber warum schloß sie sich uns nicht an, obwohl ich sie darum bat?«

»Das hätte Verdacht erregt, nachdem sie doch kurz vorher in Marrakesch gewesen war. So gab sie statt dessen irgendeine Botschaft nach Marrakesch durch, und dort wird man Sie in Empfang nehmen — wenn Sie kommen. Ist das nicht ein Spaß? Aber sehen Sie, sehen Sie, es brennt!«

Als sich Sylvia nun aus dem durch die Wüste rasenden Wagen lehnte, sah sie in der Ferne eine düstere Glut und hörte von weither den schwachen Knall einer Explosion.

Peters warf den Kopf zurück und lachte. »Da sterben nun sechs Menschen — auf dem Flug nach Marrakesch.«

»Es ist schrecklich«, flüsterte Sylvia.

»Sie meinen den Sprung ins Unbekannte?« fragte Peters ernst. »Gewiß, aber es ist der einzig mögliche Weg. Wir lassen die Vergangenheit hinter uns und weihen unsere Kraft der Zukunft. Wir schütteln den Staub des alten Europa von unseren Füßen, wir wenden seinen korrupten Regierungen, seinen Kriegshyänen den Rücken. Eine neue Welt tut sich vor uns auf — die Welt der Wissenschaft, befreit von altem Moder und alten Vorurteilen.«

Sylvia atmete tief auf. »So pflegte mein Mann sich auszudrücken.«

»Ihr Mann?« fragte er mit einem raschen Blick auf sie. »War das Thomas Betterton?« Sylvia nickte. »Oh, das ist großartig. Ich lernte ihn in den Staaten nicht näher kennen, obwohl ich ihn öfters gesehen habe. Die ZE-Spaltung ist eine der glänzendsten Entdeckungen unseres Zeitalters — ja, vor dem muß man den Hut ziehen. Er hat doch bei dem alten Mannheim gearbeitet?«

»Ja«, bestätigte Sylvia einsilbig.

»Man erzählte mir, er habe Mannheims Tochter geheiratet. Aber das können doch nicht Sie sein . . .«

»Ich bin seine zweite Frau«, fiel ihm Sylvia ins Wort, »sie — Elsa — starb in Amerika.«

»Ich erinnere mich. Dann ging er nach England, um dort weiterzuarbeiten . . .« Er lachte plötzlich auf. »Und schließlich nutzte er eine Konferenz in Paris und verschwindet nach . . . ins Niemandsland.« Und mit sichtlichem Respekt fügte er hinzu: »Man kann wohl sagen, daß sie solche Dinge ausgezeichnet organisieren.«

Das mußte Sylvia zugeben. Hervorragend der Plan, sechs Leichen mit dem Flugzeug verbrennen zu lasssen und den sechs ursprünglichen Fahrgästen den Sprung ins Unbekannte zu ermöglichen. Niemand würde ihnen nachforschen, niemand würde glauben, daß sie noch unter den Lebenden weilten. Würden Jessop und seine Helfer ahnen, daß sie, Sylvia, sich nicht unter den sechs oder sieben verbrannten Leichen befand? Es war nicht wahrscheinlich. Dazu hatte alles zu gut geklappt.

Peters fuhr fort, von dem künftigen Leben zu sprechen. »Ich hätte nur gern gewußt, wohin es geht«, sagte er.

Sylvia ging es genauso. Darum wandte sie sich an Mrs. Baker und fragte: »Wohin fahren wir — was wird die nächste Etappe sein?«

»Das werden Sie schon noch früh genug erfahren«, antwortete Mrs. Baker, und bei aller Freundlichkeit lag doch etwas Zurechtweisendes, Einschüchterndes in ihrer Stimme.

Sie fuhren weiter, während die Sonne langsam unter den Horizont sank. Die Nacht brach herein. Und je dunkler es wurde, desto deutlicher konnten sie weit hinten den Schein des verbrennenden Flugzeugs sehen. Zuweilen schien es, als ob der Wagen über roh angelegte Wege holpere, dann wieder fuhr er querfeldein. Eine richtige Straße gab es überhaupt nicht. Lange blieb Sylvia wach, aufgewühlt, wie sie war, aber schließlich schlummerte sie trotz des Stoßens und Rüttelns des Wagens ein.

Sie erwachte durch einen starken Ruck. Der Wagen war plötzlich stehengeblieben. Peters rüttelte sie sanft am Arm. »Aufwachen!« sagte er. »Wir scheinen irgendwo angelangt zu sein.«

Alle stiegen aus, mit steifgewordenen, schmerzenden Gliedern. Es war noch ganz finster. Kaum konnte man ein von Bäumen umgebenes Haus wahrnehmen. In einiger Entfernung blinkten schwache Lichter. Vielleicht lag dort ein Dorf. Beim Schein einer Lampe führte man sie ins Haus. Es war das Haus eines Einheimischen, und ein paar Berberfrauen steckten tuschelnd die Köpfe zusammen, lachten und starrten Sylvia und Mrs. Baker neugierig an. Dagegen zeigten sie für die Nonne keinerlei Interesse.

Man brachte die drei Frauen in einen Raum im oberen Stockwerk. Auf dem Boden lagen drei Matratzen und einige Kissen.

»Ich bin ganz steif«, stöhnte Mrs. Baker, »kein Wunder nach dem schrecklichen Gerüttel.«

»Unbequemlichkeiten spielen keine Rolle«, sagte die Nonne in korrektem Englisch, aber mit grauenhaftem Akzent.

»Sie spielen Ihre Rolle gut, Miß Needheim«, meinte die Amerikanerin. »Ich kann Sie mir vorstellen, wie Sie im Kloster um vier Uhr morgens auf dem harten Steinboden knien.«

Miß Needheim lächelte verächtlich. »Das Christentum hat aus den Frauen Närrinnen gemacht«, sagte sie, »demütige Dienerinnen des Mannes. Dabei sind Frauen mindestens so stark und intelligent wie Männer und können um der Sache willen alles ertragen. Sie werden dazu beitragen, daß der Endsieg errungen wird — wie bei den Germanen.«

»Sicher«, sagte Mrs. Baker gähnend, »ich wollte aber doch lieber, ich wäre in meinem Zimmer in Fes im Hotel Djamai. Wie steht's mit Ihnen, Mrs. Betterton? Haben Sie die unbequeme Fahrt gut überstanden? War ja nicht gerade das geeignete für Ihren Zustand.«

»Nein, tatsächlich nicht.«

»Man wird uns jetzt etwas zu essen bringen, dann gebe ich Ihnen ein Aspirin, und Sie werden gut schlafen.«

Auf der Treppe wurden Schritte und weibliches Kichern hörbar. Die Berberfrauen brachten ein vollbeladenes Tablett herein. Sie setzten es auf den Boden. Daneben stellten sie ein Bekken mit Wasser und legten ein Handtuch dazu. Eine von ihnen befühlte Sylvias Mantel, rieb den Stoff zwischen ihren Fingern. Bei Mrs. Bakers Mantel machten sie es ebenso. Dann tauschten sie aufgeregt ihre Meinungen darüber aus. Wieder zeigten sie nicht das geringste Interesse an der Nonne.

»Husch, husch«, rief Mrs. Baker und klatschte in die Hände, als ob sie Hühner aus einem Gemüsebeet verjagte. Die Frauen lachten und gingen hinaus.

»Törichte Geschöpfe«, sagte Mrs. Baker, »man muß viel Geduld mit ihnen haben. Sie haben nur Interesse für Kinder und Kleider.«

»Etwas anderes verlangt man auch nicht von ihnen«, sagte Miß Needheim, »sie gehören einer Sklavenrasse an und sind gerade gut genug zum Dienen.«

»Sind Sie nicht ein wenig ungerecht?« fragte Sylvia, gereizt durch die überhebliche Art der Dame.

»Ich habe keinen Sinn für Sentimentalitäten«, antwortete Miß Needheim. »Die Menschheit besteht nun mal aus Herrschenden und Gehorchenden.«

Mrs. Baker unterbrach die Unterhaltung. »Wir haben alle unsere persönlichen Ansichten über diese Dinge«, sagte sie, »aber die Zeit, um darüber zu diskutieren, ist schlecht gewählt. Wir müssen uns jetzt so lange und so gut wie möglich ausruhen.«

Sie tranken Pfefferminztee, und Sylvia schluckte ihre Aspirintablette. Dann sanken die drei Frauen in Schlummer. Sie schliefen weit in den folgenden Tag hinein, da sie, wie Mrs. Baker gesagt hatte, doch nicht vor dem Abend aufbrechen würden. Als sie sich endlich erhoben, öffnete Mrs. Baker die Tür. Davor lagen Kleider, die man inzwischen gebracht hatte, säuberlich getrennt in drei kleine Stapel.

»Wir werden jetzt die Tracht der Einheimischen anziehen und unsere europäischen Sachen herlassen.«

Die drei zogen sich um — und bald darauf saßen auf dem Dach des Hauses drei Berberfrauen, die sich englisch miteinander unterhielten.

Sylvia fühlte sich nicht besonders wohl in dieser Gesellschaft. Vor allem, weil sie nicht wußte, was sie von Mrs. Baker halten sollte. War sie auch eine Fanatikerin? Träumte auch sie von einer neuen Welt? Haßte auch sie den Kapitalismus? Das alles war nicht zu enträtseln . . .

Abends ging die Reise weiter. Aber diesmal in einem offenen Wagen, wie er für Ausflüge benutzt wird. Die ganze Gesellschaft war nun in marokkanischer Tracht, die Männer im weißen Burnus, die Frauen überdies verschleiert. Eng zusammengerückt fuhren sie durch die Nacht.

»Wie geht es Ihnen, Mrs. Betterton?«

Es war Andy Peters, der diese Frage an sie richtete. Die Sonne war soeben aufgegangen, und man hielt an, um zu frühstükken. Es gab das landesübliche Brot, Eier und Tee, den man auf einem Petroleumkocher zubereitete.

»Ich fühle mich wie in einem Traum«, antwortete sie auf seine Frage. »Wo sind wir denn eigentlich?«

Er zuckte die Achseln. »Das wird unsere Mrs. Baker am ehesten wissen.«

»Das ist ein furchtbar ödes Land hier.«

»Ja, die richtige Wüste. Aber das muß so sein, finden Sie nicht?«

»Sie meinen, damit wir keine Spuren hinterlassen?«

»Genau. Mir scheint, das Ganze ist hervorragend durchdacht: Ein Flugzeug geht in Flammen auf; ein alter Karren taucht auf und bringt uns weiter; am nächsten Tag fährt eine Gesellschaft von Berbern durch die Gegend — ein durchaus unauffälliger Anblick. Und was das nächste sein wird . . .«, er zuckte die Achseln, »wer weiß das?«

Jetzt schaltete sich Dr. Barron in das Gespräch ein. »Ach«, sagte er, »wir fragen immer nach dem, was sein wird, anstatt den Tag zu genießen. Das Leben ist doch so kurz. Man müßte Zeit haben — Zeit — Zeit«, und er warf den Kopf leidenschaftlich in den Nacken.

Peters wandte sich an Sylvia. »Wie heißen die vier Freiheiten, von denen man in Ihrem Lande spricht? Frei von Not, frei von Furcht . . .«

». . . und frei von Dummköpfen«, unterbrach der Franzose bitter. »Das ist es, was ich mir wünsche, deshalb bin ich hier. Ich will frei sein von allem, was mich an der Arbeit hindert.«

»Sie sind Bakteriologe, Dr. Barron?«

»Ja. Und für meine Forschungen ist viel Zeit, viel Material, viel Geld notwendig. Und wenn man das alles hat, was sollte man sich dann noch wünschen?«

»Glück«, sagte Sylvia.

»Ach, Sie sind eine Frau, Madame. Frauen wollen immer glücklich sein.«

»Das Glück des einzelnen ist nicht von Bedeutung«, versetzte Peters ernst, »die ganze Welt muß glücklich und einig sein. Die Wissenschaft und ihre Ergebnisse sollen für alle da sein und nicht nur zum Nutzen einiger weniger.«

»Sie haben recht«, meinte Ericsson zustimmend, »die Gelehrten, die Wissenschaftler müssen regieren. Sie allein sind wichtig. Die Sklaven sollen gut behandelt werden, aber sie sind und bleiben Sklaven.«

Sylvia entfernte sich ein paar Schritte von der Gruppe.

Peters folgte ihr und sagte scherzend: »Mir scheint, Sie sind ein wenig erschrocken?«

»Das gebe ich gern zu. Was Dr. Barron da sagte, ist ja richtig. Ich bin nur eine Frau ohne wissenschaftlichen Ehrgeiz. Ich sehne mich nach Glück — wie jede andere törichte Frau auch.«

»Und was ist denn so Schlimmes dabei?«

»Ach, ich fühle mich dieser hochgelehrten Gesellschaft nicht würdig. Ich bin nur eine Frau, die nach ihrem verschwundenen Mann sucht.«

»Auf Ihrer Einstellung basiert doch das ganze menschliche Leben.«

»Es ist nett, daß Sie es so auslegen.«

»Sorgen Sie sich sehr um Ihren Mann?« fragte Peters leise.

»Wäre ich sonst hier?«

»Wahrscheinlich nicht. Teilen Sie seine Anschauungen? Er ist wohl Kommunist?«

Sylvia umging eine direkte Antwort. »Übrigens, ist Ihnen an unserer kleinen Gruppe nichts aufgefallen?«

»Wieso?«

»Nun, wir haben doch alle dasselbe Ziel, und doch scheinen die einzelnen Anschauungen stark voneinander abzuweichen.«

»Tatsächlich. Bisher habe ich noch gar nicht weiter darüber nachgedacht — aber Sie haben recht.«

»Dr. Barron scheint mir politisch gänzlich uninteressant«, fuhr Sylvia fort, »er will nur Geld für seine Versuche und ein gutes Laboratorium. Helga Needheim ist eine Faschistin — keine Kommunistin. Und Ericsson . . .«

»Was ist mit dem?«

»Ich habe Angst vor ihm — er ist wie besessen und wirkt beinahe wie eine exzentrische Figur in einem Film.«

»Und ich glaube an die Verbrüderung der Menschheit und Sie sind eine liebende Frau, und unsere Mrs. Baker — was machen wir mit der?«

»Ich werde nicht klug aus ihr.«

»Und doch ist das gar nicht so schwer. Die denkt nur ans Geld. Sie ist ein gutbezahltes Rädchen im Getriebe.«

»Aber ich habe auch vor ihr Angst. Sie scheint so bedeutungslos, und doch ist sie in Wirklichkeit ein maßgebender Faktor bei der ganzen Sache.«

Peters sagte grimmig: »Die Partei ist sehr realistisch eingestellt und bedient sich stets der geeignetsten Kräfte.«

»Aber ist denn jemand, der es vor allem auf Geld abgesehen hat, am geeignetsten für eine solche Aufgabe? Könnte sie nicht die Seite wechseln, wenn die anderen mehr bieten?«

»Das wäre ein großes Risiko. Dazu ist sie zu klug.«

Da Sylvia fröstelte, führte Peters sie ein wenig hin und her. Mit einem Mal bückte er sich und sagte: »Sie haben etwas verloren.«

»Oh, das ist eine Perle aus meiner Kette. Ich habe sie neulich n — ein, gestern — zerrissen. Ach, das scheint schon wieder ein Menschenalter her zu sein.«

»Hoffentlich sind die Perlen nicht echt?«

»Nein, zum Glück nicht.«

Er zog sein Zigarettenetui aus der Tasche und hielt es ihr hin.

»Was für ein schweres Etui«, sagte sie verwundert.

»Weil es aus Blei ist, eine Erinnerung an eine Bombe, die mich verfehlt hat.«

»So, haben Sie den Krieg mitgemacht?«

»Ich war einer von denen, die kontrollieren mußten, ob die Bomben richtig losgehen. Aber wir wollen nicht vom Krieg reden, sondern lieber an morgen denken.«

»Aber wohin geht es denn nur? Kein Mensch will es uns sagen.«

»Es hat keinen Sinn, darüber nachzugrübeln. Sie gehen einfach, wohin man Sie führt, und tun, was Ihnen gesagt wird.«

»Finden Sie es vielleicht besonders reizvoll, an der Strippe herumgezogen zu werden wie eine Marionette?« fragte sie leidenschaftlich.

»Wenn's nötig ist, werde ich es ertragen. Und es ist nötig. Alles ist doch besser als das Chaos, in dem wir heutzutage leben. Finden Sie das nicht auch?«

Einen Augenblick war Sylvia versucht, ihre wahre Meinung zu sagen. War es nicht besser, ein menschlich fühlendes Wesen zu sein, als zu einer Gesellschaft hochintelligenter Roboter zu gehören, die allem, was Barmherzigkeit, Verständnis und Liebe hieß, den Abschied gegeben hatte? Aber sie nahm sich zusammen und sagte statt dessen mit geheuchelter Begeisterung:

»Sie haben völlig recht! Ich bin eben abgespannt. Natürlich müssen wir gehorchen und unseren Weg gehen.«

## 10

Warum hat man sich eigentlich so viel Mühe gegeben, unsere Spuren zu verwischen, dachte Sylvia. Soviel ich weiß, hat keiner ein Verbrechen begangen, um dessentwillen er von der Polizei verfolgt wird. Und doch wollen alle ihr früheres Leben aufgeben und ein ganz neues beginnen. Bei ihr traf das sogar buchstäblich zu. Sie war nicht mehr Sylvia Craven, sondern Olivia Betterton. Und sie fühlte sich unsicher gegenüber ihren neuen Schicksalsgenossen. Noch nie war sie in so engem Kontakt mit Wissenschaftlern gewesen, die noch dazu völlig verschiedene Ansichten hatten. Dr. Barron dachte nur an sein Laboratorium und an die Entdeckungen, die er machen würde. Diesen Fanatismus konnte sie noch einigermaßen begreifen. Aber Miß Needheim stand sie vollkommen verständnislos gegenüber, und sogar in Andy Peters' Augen glomm manchmal ein Funke auf, der ihr Schrecken einjagte.

»Ihr wollt gar keine neue Welt aufbauen«, sagte sie einmal zu ihm, »ihr wollt nur die alte zerstören.«

»Ganz gewiß nicht, Olivia. Wie können Sie nur so etwas sagen?«

»Nein, ich habe recht, denke ich. In Ihnen wohnt der Haß. Sie wollen zerstören.«

Doch Ericsson war ihr am rätselhaftesten von allen. Er war in ihren Augen ein Träumer – aber darum keineswegs weniger gefährlich oder beunruhigend als die anderen.

»Wir müssen die Welt erobern«, pflegte er zu sagen, »wir müssen sie erobern, um sie beherrschen zu können.«

*»Wir?«* fragte sie.

»Ja, wir, die Geistesheroen. Wir, die einzigen, die zählen.«

Sylvia kam zu dem Ergebnis, daß alle in ihrer Art Fanatiker waren – außer Mrs. Baker. Bei ihr gab's keinen Fanatismus, keinen Haß, keinen Ehrgeiz, keine Träume. Und doch war sie eine Frau ohne Herz und Gewissen; ein williges Instrument in der Hand einer unbekannten Macht.

Es war am Ende des dritten Tages. Sie hatten eine kleine

Stadt erreicht und waren in einem Gasthaus untergebracht worden. Hier erhielten sie ihre europäische Kleidung zurück.

Früh am nächsten Morgen wurde Sylvia von Mrs. Baker geweckt. »Die Fahrt geht weiter«, sagte sie, »das Flugzeug wartet schon.«

»Das Flugzeug?«

»Ja doch, wir reisen jetzt wieder auf zivilisierte Weise.«

In einer Stunde hatten sie den Flugplatz erreicht, der aussah wie eine ehemalige Militäranlage. Der Pilot war Franzose. Sie flogen einige Stunden über die Berge hinweg und dann, früh am Nachmittag, ging das Flugzeug langsam runter.

Obwohl es eine wilde Berggegend zu sein schien, vermochte die Maschine doch auf einem flachen Platz zu landen. Es war ein richtiger Flugplatz mit einem Gebäude. Die Landung ging ohne Störung vor sich. Mrs. Baker führte sie in das Haus, neben dem zwei große Limousinen mit ihren Fahrern warteten. Es schien ein Privatflugplatz zu sein, denn außer ihnen war niemand zu sehen.

»Nun sind wir am Ziel unserer Reise«, sagte Mrs. Baker heiter. »Wir werden uns jetzt frisch machen und umziehen. Und dann steigen wir in die Autos.«

»Wir sind am Ziel unserer Reise?« fragte Sylvia erstaunt. »Aber wir haben doch noch gar nicht das Meer überflogen?«

»Haben Sie das denn erwartet?« fragte Mrs. Baker amüsiert.

»Aber ja«, stammelte Sylvia, »ich dachte . . .«

Mrs. Baker nickte. »Ja, das denken die meisten. Man redet viel Unsinn über den Eisernen Vorhang. Aber daß es überall einen Eisernen Vorhang geben kann, das vergessen die Leute.«

Sie wurden von zwei arabischen Dienerinnen empfangen. Nachdem sie sich gewaschen und umgezogen hatten, setzten sie sich zu einem Kaffee mit belegten Brötchen und Gepäck nieder. Als sie fertig waren, sah Mrs. Baker auf ihre Uhr. »Und nun, liebe Leute, lebt wohl«, sagte sie, »hier werde ich mich von euch verabschieden.«

»Gehen Sie denn nach Marokko zurück?« fragte Sylvia überrascht.

»Besser nicht. Ich bin doch im Flugzeug verbrannt. Nein, ich werde einen anderen Weg einschlagen.«

»Aber irgend jemand könnte Sie wiedererkennen«, gab Sylvia zu bedenken, »irgend jemand, der Sie in Casablanca oder Fes gesehen hat.«

»Das wäre dann eine leicht erklärliche Verwechslung«, entgegnete Mrs. Baker. »Ich habe jetzt einen anderen Paß, und eine Schwester von mir, eine Mrs. Calvin Baker, ist verunglückt. Wir sehen uns sehr ähnlich, meine Schwester und ich.«

Sie lachte.

Da sie mit Sylvia etwas abseits von den anderen stand, fragte diese: »Wer sind Sie nun eigentlich?«

»Warum wollen Sie das wissen?«

»Ich möchte es einfach gern wissen. Wir sind doch so lange zusammengewesen, ohne daß ich das mindeste über Sie erfahren habe.«

»Sie wollen offenbar jeden, dem Sie begegnen, auf Herz und Nieren prüfen, meine Liebe«, sagte Mrs. Baker. »Ich gebe Ihnen den guten Rat, sich das abzugewöhnen.«

»Ich weiß nicht einmal, aus welchem Teil der Vereinigten Staaten Sie kommen«, beharrte Sylvia.

»Das ist auch ganz unwichtig. Ich bin fertig mit meinem Vaterland und kann aus gewissen Gründen nie mehr dorthin zurück. Und wenn ich ihm einen Schaden zufügen könnte, würde ich es mit Freuden tun.« Ihre sonst so gleichgültigen Züge wurden einen Augenblick durch wilden Haß entstellt. Dann sagte sie in ihrer freundlichen, unpersönlichen Art. »Leben Sie wohl, Mrs. Betterton. Ich hoffe, daß Sie Ihren Mann gesund wiederfinden werden.«

Hilflos entgegnete Sylvia: »Ich weiß nicht einmal, in welchem Teil der Welt ich mich befinde.«

»Das kann ich Ihnen gern sagen. Jetzt besteht kein Grund mehr, es geheimzuhalten. Sie befinden sich an einem abgelegenen Ort im Atlasgebirge.« Damit ging Mrs. Baker, um sich von den übrigen zu verabschieden. Sie winkte noch einmal zurück und begab sich zu dem wartenden Flugzeug.

Sylvia fröstelte: Hier verlor man nun die letzte Verbindung zur anderen Welt. Neben ihr stand Peters. Er schien ihre Gedanken zu erraten. »Der Ort, von dem man nie zurückkehrt«, sagte er leise.

Und Dr. Barron fügte hinzu: »Haben Sie noch immer Mut, Madame, oder würden Sie lieber mit Ihrer amerikanischen Freundin in die Welt zurückkehren, die Sie verlassen haben?«

»Könnte ich das denn überhaupt, selbst wenn ich es wollte?« fragte Sylvia.

Der Franzose zuckte die Achseln. »Schwer zu sagen.«

»Soll ich Mrs. Baker zurückrufen?« fragte Peters schnell.

»Auf gar keinen Fall«, sagte sie heftig.

Und Miß Needheim bemerkte vorwurfsvoll: »Hier ist kein Platz für schwächliche und verzagte Weiber.«

»Sie ist nicht schwach«, korrigierte Dr. Barron mild, »aber sie überlegt sich alles, wie jede andere gescheite Frau es auch tun würde.«

Und Ericsson bemerkte mit seiner hohen, nervösen Stimme: »Wie kann jemand zurückwollen, der die Freiheit vor sich sieht?«

Worauf Sylvia antwortete: »Wenn man nicht die Wahl hat, zu gehen oder zu bleiben, so kann von Freiheit nicht die Rede sein.«

Die Unterhaltung wurde unterbrochen durch die Meldung, daß die Wagen zur Abfahrt bereit seien. Man stieg in die wartenden Cadillacs, deren Fahrer uniformiert waren.

Sylvia setzte sich neben den einen und fing ein Gespräch mit ihm an. »Wie lange werden wir fahren?« fragte sie.

»Vom Flugplatz zum Krankenhaus? Etwa zwei Stunden, Madame.«

Sylvia war durch diese Auskunft unangenehm überrascht. Inzwischen hatte sie auch bemerkt, daß Miß Needheim sich umgezogen hatte und jetzt einen weißen Kittel trug.

»Von welchem Krankenhaus sprechen Sie?« fragte sie und erhielt die begeisterte Antwort: »Ach, Madame, es ist wundervoll eingerichtet, ganz modern, und man tut dort alles für die Kranken, was möglich ist. Diese Kranken mußten früher auf einer abgelegenen Insel leben, wo sie elend zugrunde gingen. Aber durch die neuen Behandlungsmethoden von Dr. Kolini werden fast alle, auch die schwersten Fälle, geheilt.«

»Es ist aber eine sehr abgelegene Gegend für ein Krankenhaus.«

»Oh, Madame, solche Kranken wollen einsam leben. Und die Luft ist herrlich hier. Da, sehen Sie«, er deutete nach vorn. Sie näherten sich einer langgestreckten Bergkette, und dicht an diese geschmiegt lag ein leuchtendweißes Gebäude.

»Dieses Haus zu bauen hat eine ungeheure Menge Geld gekostet. Aber man sagt auch, daß unser Herr zu den reichsten Männern der Welt gehört.«

Er lenkte das Auto einen Zickzackweg hinauf. Schließlich hielten sie vor einem hohen eisernen Gittertor.

»Hier müssen Sie aussteigen, Madame, denn mit dem Wagen darf ich nicht durch das Tor fahren. Die Garage liegt einen Kilometer von hier.«

Die vier stiegen aus. Zwar war am Tor ein großer Klingelknopf vorhanden, aber man brauchte nicht zu klingeln. Das Tor schwang auf. Eine weißgekleidete Gestalt mit einem freundlich lächelnden schwarzen Gesicht verbeugte sich und forderte zum Eintreten auf.

Die kleine Gruppe durchschritt das Tor. Zur rechten desselben, ebenfalls durch ein Gitter abgeschlossen, befand sich ein großer Hof, in dem menschliche Gestalten auf und ab gingen.

Als sie sich umwandten, um die Neuankömmlinge zu mustern, entfuhr Sylvia ein Ausruf des Schreckens: »Aber das sind ja Aussätzige!« Und ein Schauder überlief sie.

## 11

Die Gitter der Leprakolonie schlossen sich hinter ihnen mit metallischem Klang.

Durch Sylvias Kopf gingen die Danteschen Verse: *»Lasciato ogni speranza voi ch'entrate.«* Dies war das Ende. Von hier gab es keine Rückkehr mehr.

Damals in Casablanca hatte sie zu Jessop gesagt: Und wenn ich Betterton gegenüberstehe? Und er hatte mit ernster Miene geantwortet, daß dies der gefährlichste Augenblick sein würde. Er hatte hinzugefügt, daß er hoffe, sie dann beschützen zu können, aber Sylvia glaubte nicht mehr an diesen Schutz.

War vielleicht Miß Hetherington Jessops Agentin gewesen? Aber die hatte man ja bereits abgehängt. Und selbst wenn nicht – was hätte sie hier schon ausrichten können? Hier war man endgültig eingesperrt.

Und das gerade jetzt, wo ihr Lebensmut, ihr Interesse am Leben wiedererwacht waren. Wohl dachte sie noch an Brendas Grab und an Norberts Treulosigkeit mit Trauer und Wehmut, aber nicht mehr mit jener kalten Verzweiflung, die sie beinahe in den Tod getrieben hatte.

Ich lebe wieder, dachte sie, ich fühle wieder den Reiz des Lebens – aber ich bin gefangen wie die Maus in der Falle. Gäbe es doch einen Weg, von hier zu entrinnen . . .

Und wenn nun Betterton sagte. »Das ist nicht meine Frau«, was würde dann geschehen? Sie würde als Spionin gelten. Wenn sie ihm hingegen zuvorkäme und ausriefe: »Das ist nicht mein Mann!«? Aber sollte sie Betterton in eine so schlimme Lage bringen? War das anständig? –

Ihre wild durcheinanderpurzelnden Überlegungen fanden ein Ende, als ein großer, gutaussehender Mann erschien und die kleine Gesellschaft aus der anderen Welt willkommen hieß, jeden in seiner Muttersprache.

*»Enchanté de faire votre connaissance, mon cher docteur«,* sagte er zu Dr. Barron, und dann, sich an Sylvia wendend: *»Ah, Mrs. Betterton, we are very pleased to welcome you. Your husband is very well and, naturally, awaiting you with impatience.«* Er lächelte vertraulich, ohne daß seine kalten farblosen Augen von diesem Lächeln zu wissen schienen.

»Sie müssen große Sehnsucht nach ihm gehabt haben!«

Sylvia wurde von einem momentanen Schwindelgefühl ergriffen – sie wankte.

Peters streckte seinen Arm nach ihr aus und stützte sie. »Wahrscheinlich wissen Sie nicht, daß Mrs. Betterton in Casablanca einen schweren Unfall hatte«, sagte er zu dem Gastgeber, »und die Reise eine große Anstrengung für sie war. Sie sollte sich in einem verdunkelten Zimmer etwas ausruhen, bevor sie ihren Mann aufsucht.«

Sylvia hörte die besorgte Stimme, fühlte den stützenden Arm. Aber das Schwindelgefühl wollte nicht weichen. Sie war einer Ohnmacht nahe. Sollte sie nicht einfach umfallen? Dann würde man sie erst mal in Ruhe lassen – natürlich würde ihr besorgter Mann kommen, würde sich über sie beugen . . . und beim ersten Ton ihrer Stimme, beim ersten Blick auf sie würde er trotz des verdunkelten Zimmers erkennen, daß sie nicht Olivia war.

Ihre Energie kehrte zurück. Sie richtete sich auf, und das Blut kehrte in ihre blassen Wangen zurück. Wenn nun alles zu Ende war, so wollte sie wenigstens tapfer sein. Sie wollte zu Betterton gehen, und wenn er sie entlarvte, so würde sie es mit einer letzten Lüge versuchen und sagen: »Nein, ich bin nicht Ihre Frau. Ihre Frau ist leider tot. Ich habe sie im Krankenhaus gesehen, bevor sie starb. Ich versprach ihr, Ihnen ihren letzten Gruß zu überbringen. Sie sehen, ich wollte Ihnen nur helfen . . .«

Aber war das nicht zu durchsichtig? Wie den falschen Paß, den gefälschten Kreditbrief erklären? Nun, auf jeden Fall konnte sie wenigstens den Versuch machen.

Sie löste sich sanft aus Peters' Arm und sagte: »O nein. Ich muß Tom sehen – und zwar gleich – bitte!«

Der große Mann schien gerührt (obwohl seine kalten Augen sie nach wie vor aufmerksam beobachteten) und sagte: »Aber natürlich, Mrs. Betterton. Ich verstehe Sie sehr gut. Ah, da ist übrigens Miß Jennson.«

Ein mageres, bebrilltes Mädchen trat zu der Gruppe.

»Miß Jennson, ich möchte Sie mit Mrs. Betterton, Miß Needheim, Dr. Barron, Mr. Andrew Peters, Dr. Ericsson bekannt machen. Tragen Sie sie bitte in das Register ein und lassen Sie eine Erfrischung kommen. Ich bin gleich wieder da. Ich will nur Mrs. Betterton schnell zu ihrem Mann bringen.«

Und an Sylvia wandte er sich mit den Worten: »Folgen Sie mir bitte, Mrs. Betterton.«

Er ging voran. Bei einer Biegung des Ganges drehte sie sich noch einmal um und sah die Augen Andy Peters' voller Sorge auf sie gerichtet. Er sah unglücklich und gequält aus. Und sie dachte mit einem leichten Beben: »Vielleicht sehe ich ihn jetzt zum letzten Mal!« Sie hob die Hand und winkte ihm zu.

»Kommen Sie«, sagte ihr Führer liebenswürdig. »Sie werden sich anfangs nur schwer in unserm Haus zurechtfinden, denn da sind so viele Gänge, und einer sieht aus wie der andere.«

Ein Traum, ein Alpdruck, dachte Sylvia, lange, lange weiße Gänge, in denen man sich verläuft . . . Dann sagte sie: »Ich habe nicht erwartet, daß hier – ein Krankenhaus ist.«

»Aber nein, nein – wie sollten Sie.«

Schien es ihr nur so, oder lag in seiner Stimme ein leicht sarkastischer Unterton?

»Sie mußten, wie man zu sagen pflegt, im dunkeln tappen. Mein Name ist übrigens Dr. Paul van Heidem.« Er verbeugte sich kurz.

»Mir kommt alles so fremd vor und – etwas erschreckend – diese Aussätzigen . . .«

»Natürlich, natürlich. So ganz unerwartet. Das erschreckt unsere Neulinge immer – aber mit der Zeit gewöhnt man sich daran . . . nun noch diese Treppe hier – gleich sind wir da . . .«

Gleich – gleich – jede dieser Treppenstufen führt ins Verderben – und wieder die weißen Gänge – bis van Heidem endlich vor einer Tür stehenblieb. Er klopfte, wartete einen Augenblick und öffnete dann die Tür. »So, Betterton – da sind wir. Ihre Frau.«

Er ging einen Schritt zur Seite, Sylvia trat ein. Kein Zögern jetzt! Kein feiger Rückzug! Kopf hoch! Hinein ins Verderben!

Am Fenster stand, halb ins Zimmer gewandt, ein Mann. Ein überraschend gutaussehender übrigens, wie sie verblüfft feststellte. So hatte sie sich Thomas Betterton nicht vorgestellt! Vielleicht war das Foto, das man ihr gezeigt hatte, auch nur unvorteilhaft gewesen. Sie ging schnell auf ihn zu, dann drehte sie sich plötzlich um und sagte laut und enttäuscht: »Aber das ist ja nicht Tom – das ist ja gar nicht mein Mann . . .« Es war ein guter Schachzug, sie fühlte es genau. Sie sah van Heidem verwirrt an.

Und dann lachte Tom Betterton ein heiteres, beinahe triumphierendes Lachen. »Ist es nicht tadellos gemacht, van Heidem«, fragte er, »wenn mich sogar die eigene Frau nicht erkennt?«

Mit ein paar raschen Schritten war er bei ihr und schloß sie fest in die Arme. »Olivia, Liebling! Natürlich kennst du mich. Ich bin ganz gewiß dein Tom, wenn ich auch nicht mehr so aussehe wie früher.« Er legte sein Gesicht an das ihrige und drückte seine Lippen an ihr Ohr. Sie vernahm ein heiseres Flüstern: »Spiel weiter, um Gottes willen!«

Er ließ sie einen Augenblick los und zog sie dann wieder an sich. »Liebling! Es scheinen mir Jahre, Jahre her zu sein, seit ich dich das letzte Mal gesehen habe. Aber nun bist du endlich da.«

Sie fühlte den warnenden Druck seiner Hand auf ihrer Schulter. Dann gab er sie frei, drehte sich sanft ein wenig hin und her und sah prüfend in ihr Gesicht. »Ich kann es immer noch nicht fassen«, sagte er mit glücklichem Lachen, »glaubst zu nun endlich, daß ich's wirklich bin?« Gleichzeitig tauchten seine Augen mit warnendem Blick in die ihrigen.

Sie war vollständig verblüfft. Das kam ja einem Wunder gleich, wie sich diese Sache löste! Erleichtert spielte sie ihre Rolle weiter. »Tom!« hauchte sie. »O Tom, was hat man denn mit dir gemacht?«

»Eine Gesichtsplastik«, erklärte er hastig, »Hertz aus Wien ist hier. Er ist ein Genie. Behaupte also nicht, daß du dich nach meiner häßlichen alten Nase sehnst.« Er küßte sie leicht und wandte sich dann entschuldigend an den wartenden van Heidem. »Verzeihen Sie, van Heidem«, sagte er.

»Aber gewiß, gewiß«, lächelte der Holländer nachsichtig.

»Es ist so lange her, seit ich . . .«, sie schwankte ein wenig, »ach bitte, wenn ich mich vielleicht einen Moment setzen könnte.«

Schnell führte Thomas Betterton sie zu einem Sessel. »Das ist ganz natürlich, Liebling. Diese schreckliche Reise! Und diese unglückselige Flugzeuggeschichte.« (Man wußte hier also von dem Absturz!)

»Ja, die ist mir schlecht bekommen«, sagte Sylvia entschuldigend, »ich vergesse seitdem so vieles und leide oft unter schrecklichen Kopfschmerzen. Und dann finde ich dich noch dazu mit total verändertem Aussehen wieder. Ich bin ganz verwirrt, Liebling. Du wirst deine Last haben mit mir.«

»Du eine Last? Nie! Nimm nur nichts tragisch. Hier hat man reichlich Zeit, sich zu erholen.«

Van Heidem wandte sich höflich zur Tür. »Ich will jetzt gehen«, sagte er, »später bringen Sie doch Ihre Frau ins Aufnahmezimmer, nicht wahr, Betterton? Jetzt haben Sie sicher den Wunsch, ein wenig ungestört zu sein.« Er ging hinaus und schloß die Tür hinter sich.

Sofort warf sich Betterton auf die Knie und drückte sein Gesicht an ihre Schulter. »Liebling, Liebling!« sagte er.

Wieder fühlte sie den warnenden Druck seiner Finger. Ein nur ihr vernehmbares, eindringliches Flüstern drang an ihr Ohr. »Spiel weiter – vielleicht ist ein Mikrophon hier – man weiß nie.«

Das war's – man mußte nie . . . Hier herrschten Furcht, Unsicherheit, Gefahr – überall Gefahr – die ganze Atmosphäre war erfüllt davon.

»Es ist so wunderbar, dich hier zu haben«, sagte Tom laut.

»Ach, Tom – es ist wie ein schöner Traum, hier mit dir zusammenzusein – ich kann es kaum glauben.«

Sie legte beide Hände auf seine Schultern und sah ihn lächelnd an. (Schließlich konnte es ebensogut Zuschauer am Schlüsselloch geben wie Horcher am Mikrophon.) Sachlich und kühl prüfte sie sein Gesicht. Er war wirklich ein sehr gut aussehender Mann, aber offensichtlich von lähmender Angst beherrscht und am Rande seiner Nervenkraft – ein Mensch, der voller Hoffnungen hierhergekommen war und nun . . . aber sie hatte jetzt vor allem ihre Rolle als Olivia Betterton zu spielen.

»Mir kommt es wie ein Menschenalter vor, seit wir zusammen in Fairbanks waren«, sagte sie, »erinnerst du dich an die brave Whiskers – sie bekam Junge, gerade als du weggegangen warst . . .«

»Ich habe mit meinem früheren Leben Schluß gemacht und ein neues angefangen.«

»Und bist du glücklich in diesem neuen Leben?«

»Es ist ein herrliches Leben« – aus einem freundlich lächelnden Gesicht starrten sie angstvolle, gehetzte Augen an –, »wir leben hier unter den angenehmsten Bedingungen. Und diese fabelhafte Organisation – unglaublich.«

»Oh, sicher. Und die interessante Reise hierher – bist du auf demselben Weg gekommen?«

»Über solche Dinge darf man nicht sprechen. Das mußt du so rasch wie möglich lernen.«

»Aber die Aussätzigen! Ist es wirklich eine Leprakolonie?«

»Ja, und eine ganze Schar von Ärzten ist um sie bemüht. Du brauchst dich deshalb nicht zu beunruhigen; sie sind ganz getrennt untergebracht.«

Sylvia sah sich um. »Und dies hier ist unsere Wohnung?«

»Ja. Hier ist das Wohnzimmer, darüber das Schlafzimmer mit Bad. Komm, ich führe dich herum.«

Sie stand auf und folgte ihm in den oberen Stock. Auf ein hübsch gekacheltes Badezimmer folgte ein schön möblierter Schlafraum mit einem Doppelbett, eingebauten geräumigen Schränken, einem Toilettentisch und einem Bücherregal.

Sylvia betrachtete amüsiert den großen Kleiderschrank. »Ich wüßte nicht, was ich da hineinhängen sollte«, sagte sie, »alles, was ich besitze, trage ich auf dem Leib.«

»Oh, das macht nichts. Wir haben hier eine Bekleidungsabteilung mit allem, was dazugehört. Alles erster Klasse und hier im Hause. Man braucht keinen Schritt auszugehen.«

Er sagte das alles ganz natürlich und locker. Und doch kam es Sylvia vor, als ob hinter jedem Wort die Verzweiflung lauere. Sie dachte: Besser, ich frage nicht zuviel, es könnte jemand zuhören. Werden wir abgehört? Oder ist Betterton nur übertrieben nervös? Er scheint mir einem Zusammenbruch nahe. Vielleicht bin ich in einem halben Jahr in einem ähnlichen Zustand?

»Möchtest du dich vielleicht ein wenig hinlegen?«

Tom unterbrach plötzlich ihren Gedankengang.
»Nein, lieber nicht.«
»Dann komm bitte mit mir ins Aufnahmebüro.«
»Was versteht man darunter?«
»Die Daten der Neuankömmlinge werden dort registriert: allgemeiner Gesundheitszustand, Zähne, Blutdruck, Blutgruppe, seelische Reaktionen, Neigungen, Abneigungen, Allergien, Fähigkeiten, Begabungen, Vorzüge – einfach alles.«
»Das klingt aber sehr militärisch – oder vielleicht medizinisch?«
»Beides«, sagte Betterton, »diese Organisation ist – einfach überwältigend.«
»Ja«, erwiderte Sylvia, »man sagt, daß hinter dem Eisernen Vorhang einfach alles geplant wird.«
Sie versuchte, ihrer Stimme eine begeisterte Färbung zu verleihen. Schließlich war ja Olivia Betterton linksgerichtet gewesen.
Betterton sagte ausweichend: »Du wirst mit der Zeit alles verstehen.«
Er küßte sie mit eiskalten Lippen, flüsterte ihr ins Ohr: »Spiel weiter!« und fügte laut hinzu: »Und jetzt wollen wir in die Registratur gehen!«

## 12

Im Aufnahmebüro saß eine Dame, die aussah wie eine Gouvernante. Betterton stellte seine Frau vor und entfernte sich dann. Nachdem die Gestrenge Olivia nach allen Richtungen hin ausgefragt und sich alles notiert hatte, sagte sie: »So, das wäre erledigt. Sie müssen nun zu Dr. Schwartz zur ärztlichen Untersuchung.«
Dr. Schwartz entpuppte sich als eine liebenswürdige Frau. Nachdem sie alle Befunde Olivias eingetragen hatte, sagte sie: »Nun werden Sie noch von Dr. Rubec untersucht.«
»Wer ist das?« fragte Sylvia.
»Unser Psychologe.«
»Ich kann Psychologen nicht ausstehen«, rief Sylvia.
»Aber Mrs. Betterton, regen Sie sich doch nicht auf. Man will Sie schließlich keiner Behandlung unterziehen. Es geht nur

um die Feststellung Ihrer geistigen Fähigkeiten und Ihrer Persönlichkeitsmerkmale.«

Dr. Rubec war ein melancholisch dreinblickender Schweizer in mittleren Jahren. Er prüfte zuerst die Karte, die ihm Dr. Schwartz reichte, und nickte zufrieden.

»Sie haben eine gute Konstitution, wie ich sehe. Soviel mir bekannt ist, haben Sie einen Flugzeugabsturz überlebt?«

»Ja«, antwortete Sylvia, »ich habe einige Tage im Krankenhaus in Casablanca gelegen.«

»Nur einige Tage? Das war zu kurz«, wandte der Arzt ein. »Sie hätten viel länger dortbleiben sollen.«

»Aber ich wollte nicht länger dortbleiben. Ich wollte zu meinem Mann.«

»Das war verständlich, aber nicht vernünftig. Sie mögen sich im Augenblick wohl fühlen, was aber nicht ausschließt, daß sich von Zeit zu Zeit immer noch Nachwirkungen einstellen. Ihre Nervenreflexe sind nicht ganz in Ordnung. Zum Teil mag auch die Reise dazu beigetragen haben, zum Teil aber sind sie unzweifelhaft eine Nachwirkung des Unfalls. Fühlen Sie gar keine Beschwerden?«

»Doch. Ich leide öfters unter Kopfschmerzen und habe Gedächtnislücken. Zuweilen bringe ich alles durcheinander, und an manche Dinge kann ich mich überhaupt nicht erinnern.«

Beruhigend sagte Dr. Rubec: »Ja, ja, aber regen Sie sich nicht darüber auf. Das wird vorübergehen. Nun möchte ich Ihre Persönlichkeitsstruktur etwas genauer kennenlernen.«

Sylvia spürte eine leichte Nervosität, doch die Prüfung fiel befriedigend aus. »Es ist erfreulich, Madame, jemanden zu treffen, der in keiner Hinsicht außergewöhnlich veranlagt ist. Bitte verstehen Sie das nicht falsch; es ist in meinen Augen ein Vorzug.« Sylvia lachte.

Der Arzt aber fuhr ganz ernst fort: »Ihr Leben wird daher in geordneten Bahnen verlaufen.« Er seufzte. »Wir haben hier ganz andere Typen. Der Mann der Wissenschaft ist beileibe nicht so kalt und ruhig, wie man ihn sich vorzustellen pflegt. Tatsächlich unterscheiden sich ein erstklassiger Tennisspieler, eine Primadonna und ein Kernphysiker sehr wenig voneinander, was den Mangel an seelischer Stabilität betrifft.«

»Ja, Intellektuelle sind oft sehr unausgeglichen«, antwortete Sylvia. Sie mußte schließlich den Anschein erwecken, daß der Umgang mit Wissenschaftlern für sie etwas Alltägliches war.

Dr. Rubec hob die Hände: »Sie glauben gar nicht, Madame, was es hier für Aufregungen gibt. Streitereien, Eifersüchteleien, Empfindlichkeiten aller Art. Wir müssen ständig vermittelnd eingreifen. Aber Sie, Madame«, er lächelte, »Sie gehören zur Minderheit. Zu einer erfreulichen Minderheit, wenn ich mich so ausdrücken darf.«

»Ich verstehe nicht ganz.«

»Ich meine damit die Frauen«, erwiderte der Arzt, »wir haben kaum Frauen hier. Es werden nur wenige aufgenommen.«

»Womit beschäftigen sich die Frauen hier denn?« fragte Sylvia und fügte entschuldigend hinzu: »Ich bin eben erst angekommen und kenne mich noch nicht aus.«

»Natürlich, natürlich. Es gibt hier eine ganze Reihe von Beschäftigungs- und Unterhaltungsmöglichkeiten. Sie können arbeiten, lernen, spielen und tanzen – ganz nach Belieben.«

»Und wohin muß ich jetzt gehen?« fragte Sylvia, als er sich erhob und ihr die Hand schüttelte.

»Mademoiselle la Roche wird Sie in die Kleiderabteilung führen. Das Ergebnis« – hier verbeugte er sich – »wird ohne Zweifel sehr günstig ausfallen!«

Nach den eher strengen Frauen, die Sylvia bis jetzt kennengelernt hatte, war sie angenehm überrascht von Mademoiselle la Roche. Sie war früher Verkäuferin in einem der großen Pariser Modehäuser gewesen, und ihre Art wirkte ausgesprochen weiblich.

»Ich bin entzückt, Madame, Ihre Bekanntschaft zu machen, und ich hoffe, daß ich Ihnen von einigem Nutzen sein kann. Da Sie soeben erst angekommen und ohne Zweifel müde sind, würde ich Ihnen raten, zunächst nur das Notwendigste auszuwählen. Morgen und im Laufe der Woche können Sie dann unsere Bestände genauer prüfen und sich Zeit lassen. Es ist einfach ärgerlich, wenn man seine Auswahl in Hast und Eile treffen muß. Es beeinträchtigt das Vergnügen am Sich-Anziehen. Nehmen wir also, wenn ich vorschlagen darf, vorläufig nur eine Garnitur Unterwäsche, ein Dinnerkleid und vielleicht ein Kostüm.«

»Wie angenehm das in den Ohren eines Menschen klingt, der zur Zeit nichts besitzt als einen Schwamm und eine Zahnbürste«, sagte Sylvia.

Mademoiselle la Roche lachte liebenswürdig. Sie nahm Sylvia mit großer Gewandtheit Maß und führte sie dann in ein geräumiges Zimmer mit eingebauten Schränken. Da gab es Kleider in allen Größen, von tadellosem Schnitt und aus hochwertigen Stoffen.

Als sich Sylvia alles Nötige ausgesucht hatte, ging es in die kosmetische Abteilung, wo sie sich Puder, Cremes und andere Verschönerungsmittel zusammenpacken ließ. Dann wurde alles der Gehilfin, einem einheimischen, in tadelloses Weiß gekleideten Mädchen mit dunklem Gesicht, übergeben, mit der Weisung, alles in der Wohnung Mrs. Bettertons abzuliefern. Das Ganze kam Sylvia vor wie ein Traum.

»Hoffentlich haben wir das Vergnügen, Sie bald wiederzusehen«, sagte Mademoiselle la Roche freundlich. »Es ist sehr angenehm, Madame, mit Ihnen auswählen zu dürfen. Unter uns gesagt, es ist kein großes Vergnügen, die intellektuellen Damen zu bedienen. Sie haben so gar keinen Sinn für eine gute Toilette. Erst vor einer halben Stunde war eine Ihrer Reisegefährtinnen bei mir.«

»Helga Needheim?«

»Ach ja, das war ihr Name. Wenn sie ein wenig Sorgfalt auf sich verwenden wollte, so würde sie gar nicht schlecht wirken; sie könnte sogar sehr gut aussehen, wenn sie sich weniger spartanisch anzöge. Aber nein, sie interessiert sich nicht im mindesten für Kleider. Soviel ich verstanden habe, ist sie Ärztin. Spezialistin auf irgendeinem Gebiet. Hoffen wir, daß sie sich für ihre Patienten mehr interessiert als für ihr Aussehen. Aber so, wie sie sich herrichtet, würde kein Mann sich nach ihr umdrehen.«

In diesem Augenblick kam Miß Jennson herein, das magere bebrillte Geschöpf, das die Gesellschaft am Tor begrüßt hatte. »Sind Sie fertig, Mrs. Betterton?« fragte sie.

»Ja, danke«, sagte Sylvia.

»Dann kommen Sie bitte mit mir zum stellvertretenden Direktor.«

Sylvia verabschiedete sich von Mademoiselle la Roche und folgte der ernsthaften Miß Jennson.

»Wer ist denn der stellvertretende Direktor?« fragte sie.

»Dr. Nielson.«

Hier scheint jedermann Doktor zu sein, dachte Sylvia. »Doktor welcher Fakultät?« fragte sie. »Ist er Arzt oder Wissenschaftler?«

»Er ist kein Arzt, Mrs. Betterton. Er gehört zur Verwaltung.

Alle Beschwerden sind an ihn zu richten. Er ist der Leiter unserer Vereinigung. Er läßt sich jedes neuangekommene Mitglied vorstellen. Dann bekommt man ihn nicht wieder zu sehen, außer bei ganz wichtigen Angelegenheiten.«

»Ich verstehe«, erwiderte Sylvia ganz verschüchtert. Sie kam sich vor wie ein Schüler, dem sein Platz angewiesen wird.

Bei der Anmeldung waren zwei Vorzimmer zu passieren, wo mehrere Sekretäre arbeiteten. Endlich durften sie das Allerheiligste betreten, in dem Dr. Nielson an einem geräumigen Schreibtisch saß. Er war ein großer Mann von blühender Gesichtsfarbe und mit angenehmen Umgangsformen. Er wirkte ein wenig amerikanisch, obwohl er ohne amerikanischen Akzent sprach.

»Aha«, sagte er, kam hinter seinem Schreibtisch hervor und schüttelte Sylvia die Hand, »da ist ja unsere Mrs. Betterton. Ich freue mich, Sie kennenzulernen. Von ihrem bösen Unfall habe ich schon gehört – aber Sie sind ja noch mal glimpflich davongekommen. Ja, Sie können wirklich von Glück sagen. Nun, Ihr Gatte hat Sie mit großer Ungeduld erwartet, und hoffentlich gewöhnen Sie sich bald bei uns ein und fühlen sich wohl hier.«

»Danke, Dr. Nielson.« Sylvia ließ sich in dem Sessel nieder, den er ihr hingeschoben hatte.

»Haben Sie irgendwelche Fragen?« meinte er ermunternd.

Sylvia lächelte verlegen. »Das läßt sich schwer sagen. Ich hätte nämlich so viel zu fragen, daß ich gar nicht weiß, wo ich beginnen soll.«

»Das verstehe ich vollkommen. Aber wenn Sie meinen Rat annehmen wollen – es ist nichts weiter als ein Rat –, so würde ich an Ihrer Stelle gar nichts fragen. Ich würde mich anzupassen versuchen und die Augen offenhalten. Das ist das beste, glauben Sie mir.«

»Aber ich fühle mich so fremd hier«, klagte Sylvia, »alles ist so – so anders als erwartet.«

»Ja, das ging anfangs den meisten so. Vor allem dachten alle, es ginge nach Moskau.« Er lachte vergnügt. »Unsere abgelegene Kolonie bedeutete eine große Überraschung für sie.«

»Auch für mich war es eine Überraschung.«

»Wir sprechen nicht gern vorher darüber. Es wird dann zu viel geschwatzt, und wir lieben Diskretion. Aber Sie werden schon noch merken, daß es sich hier recht bequem leben läßt. Wenn Ihnen irgend etwas nicht paßt oder wenn Sie einen

Wunsch haben, so machen Sie eine Eingabe, und wir werden sehen, was sich tun läßt. Vielleicht interessieren Sie sich für künstlerische Dinge? Malerei, Musik, Plastik? Für alle diese Gebiete haben wir eine besondere Abteilung.«

»Ich bin leider in künstlerischer Hinsicht gar nicht begabt.«

»Nun, wir haben hier auch ein reges gesellschaftliches Leben. Wir haben Tennisplätze, wir veranstalten Zusammenkünfte. In ein paar Wochen werden Sie sich eingewöhnt haben. Ihr Mann ist mit seinen wissenschaftlichen Arbeiten beschäftigt, und die Frauen hier brauchen einige Zeit, bis sie passende weibliche Gesellschaft finden. Sie verstehen mich doch?«

»Aber muß man – muß man immer hier bleiben?«

»Hier bleiben? Das verstehe ich nicht ganz, Mrs. Betterton.«

»Ich meine, muß man immer hier bleiben und darf man nirgends hingehen?«

»Das hängt von Ihrem Mann ab«, erwiderte Dr. Nielson zögernd, »in erster Linie von ihm. Da gibt's verschiedene Möglichkeiten. Aber wir reden jetzt besser noch nicht darüber. Vielleicht sprechen wir uns wieder einmal – sagen wir, in drei Wochen. Dann können Sie mir erzählen, wie Sie sich eingelebt haben.«

»Kann man überhaupt ausgehen?«

»Ausgehen, Mrs. Betterton?«

»Ich meine, durch das Gitter hindurch.«

»Eine sehr verständliche Frage.« In Dr. Nielsons Stimme lag viel menschliches Wohlwollen. »Ja, sehr verständlich. Die meisten fragen das bei ihrer Ankunft. Aber das ist ja gerade der Vorteil unserer Gemeinschaft, daß sie eine Welt für sich bildet. Man hat gar keinen Grund, auszugehen. Draußen ist nur die Wüste. Ich will Sie durchaus nicht tadeln, Mrs. Betterton. Den meisten, die hierherkommen, liegt diese Frage am Herzen. Dr. Rubec nennt es die Furcht vor der Einsamkeit. Aber das geht vorüber. Das ist noch ein Überbleibsel aus der Welt, die Sie verlasssen haben. Haben Sie je einen Ameisenhaufen beobachtet, Mrs. Betterton? Das krabbelt und rennt hin und her mit ewiger Hast und Geschäftigkeit. Und das Ganze ist doch bloß ein wirres Durcheinander – ein Abbild jener Welt, die Sie hinter sich gelassen haben, Mrs. Betterton. Hier aber herrscht Ruhe. Zweckmäßigkeit, hier hat man Zeit zu allem. Hier ist das Paradies auf Erden!« schloß er lächelnd.

# 13

»Hier ist es wie in einer Schule«, sagte Sylvia. Sie war wieder in ihrer eigenen Wohnung. Die von ihr ausgewählten Dinge lagen im Schlafzimmer. Sie hängte die Kleider in den Schrank und ordnete die anderen Sachen nach ihrem Gutdünken ein.

»Mir ging es anfangs genauso«, erwiderte Betterton.

Ihre Unterhaltung hatte immer etwas Gezwungenes. Die Angst vor Wanzen lastete auf ihnen. Unvermittelt sagte er: »Ich glaube übrigens, daß alles in Ordnung ist. Vielleicht hab ich mir auch nur alles eingebildet. Gleichwohl . . .«

Er brach ab, aber Sylvia mußte, was er hatte sagen wollen: Aber gleichwohl ist es besser, vorsichtig zu sein.

Die ganze Situation war wie ein Alpdruck auf Sylvia. Sie teilte ihr Schlafzimmer mit einem gänzlich Fremden, und doch war das Gefühl der Unsicherheit und der Furcht vor unbekannten Gefahren so stark, daß ihr das seltsame Verhältnis zu diesem Mann gar nicht so deutlich zum Bewußtsein kam. Es war, so sagte sie sich, als habe sie eine kleine Hütte auf einer Hochgebirgstour mit Führern und anderen Bergkameraden zu teilen.

Nach kurzer Pause sagte Betterton: »Man muß sich an alles gewöhnen. Wir wollen hier geradeso leben, als ob wir noch zu Hause wären.«

Das war wohl das Vernünftigste. Das Gefühl der Unwirklichkeit würde gewiß noch einige Zeit anhalten. Sie wollte vorläufig auch nicht danach fragen, warum Betterton England verlassen hatte, ob seine Hoffnungen enttäuscht worden waren oder nicht. Sie waren zwei Menschen, die eine Rolle zu spielen hatten und über denen eine unbekannte Drohung hing. Darum sagte sie nur: »Ich wurde auf jede nur mögliche Weise untersucht, in medizinischer und psychologischer Hinsicht und so weiter.«

»Ja, das wird hier immer so gemacht«, entgegnete er gleichgültig.

»Ist es dir ebenso ergangen?«

»Mehr oder weniger, ja.«

»Dann mußte ich zum stellvertretenden Direktor, wie sie ihn nannten.«

»Ja, das stimmt. Er leitet die Kolonie.«

»Aber er ist nicht die oberste Instanz?«

»O nein, das ist der Direktor selbst.«

»Werde ich den auch einmal zu sehen bekommen?«

»Vermutlich. Aber er läßt sich nicht oft blicken. Von Zeit zu Zeit schickt er Anweisungen. Er ist eine faszinierende Persönlichkeit.«

Eine leichte Falte erschien zwischen Bettertons Brauen. Das Thema schien ihm nicht besonders angenehm zu sein. Er sah auf seine Uhr. »Um acht wird gegessen. Bist du fertig, können wir gehen?«

Sylvia hatte das neue grüne Kleid angezogen, das einen aparten Kontrast zu ihrem rotblonden Haar bildete. Sie legte noch eine hübsche Kette aus Similisteinen um den Hals, dann gingen sie durch lange Gänge und die Treppe hinunter in den großen Speisesaal.

Dort kam ihnen Miß Jennson entgegen. »Ich habe Ihnen einen etwas größeren Tisch reservieren lassen, Tom«, sagte sie. »Sie werden mit einigen Reisegefährten Ihrer Frau zusammensitzen – und natürlich mit den Murchisons.«

Sie wandte sich dem bezeichneten Tisch zu. Es gab hier keine Tafel, sondern nur Tische für etwa zehn Personen.

Andy Peters und Ericsson saßen schon und erhoben sich wieder, als Betterton und Sylvia zu ihnen traten. Sylvia stellte »ihren Mann« vor.

Dann setzten sie sich, und Betterton machte alle mit Mr. und Mrs. Murchison bekannt.

»Simon und ich arbeiten im selben Labor«, sagte er erklärend. Simon Murchison war ein magerer, blutarmer junger Mensch von etwa sechsundzwanzig Jahren. Seine Frau war dunkel und stattlich. Sylvia hielt sie ihrem Akzent nach für eine Italienerin; sie hieß Bianca und begrüßte Sylvia höflich, wenn auch mit einer gewissen Zurückhaltung.

»Ich werde Sie morgen herumführen«, sagte sie. »Sie sind wohl nicht auf wissenschaftlichem Gebiet tätig?«

»Leider nicht«, entgegnete Sylvia, »vor meiner Verheiratung arbeitete ich als Sekretärin.«

»Bianca hat studiert«, sagte Mr. Murchison mit Nachdruck, »Ökonomie und Handelswissenschaften. Sie gibt auch Unterricht, aber hier ist nicht allzuviel zu tun.«

Bianca zuckte die Achseln. »Wird schon werden«, sagte sie, »außerdem bin ich vor allem hergekommen, Simon, um bei dir zu sein. Übrigens könnte man hier manches besser organisieren. Da Mrs. Betterton nicht wissenschaftlich arbeitet, kann sie mir dabei vielleicht behilflich sein.«

Sylvia beeilte sich, begeistert zuzustimmen.

Und Peters erregte allgemeine Heiterkeit, als er seufzend sagte: »Ich komme mir vor wie ein kleiner heimwehkranker Bub, der soeben im Internat abgeliefert wurde. Hoffentlich kann ich mich bald nützlich machen.«

»Hier kann man wunderbar arbeiten«, meinte Simon enthusiastisch, »vorbildliche Einrichtungen und nie eine Störung von außen.«

»Auf welchem Gebiet arbeiten Sie?« fragte Peters.

Und die drei Männer vertieften sich sofort in ein wissenschaftliches Gespräch; nicht alle der dabei vorkommenden Fachausdrücke waren Sylvia geläufig.

Sie wandte sich daher an Ericsson, der bequem zurückgelehnt in seinem Stuhl saß und mit abwesenden Augen ins Leere starrte. »Und Sie?« fragte sie ihn. »Sind Sie auch heimwehkrank?«

Er schrak zusammen und sah sie zerstreut an. »Ich brauche keine Heimat«, sagte er, »Heimat, Freundschaftsbande, Eltern, Kinder – alles nur hinderlich bei wirklicher Forschung. Für wissenschaftliche Arbeit muß man frei und ungebunden sein.«

»Und Sie glauben, daß Sie das hier sein werden?«

»Das läßt sich noch nicht sagen. Aber ich hoffe es wenigstens.«

»Nach dem Essen«, wandte sich Bianca an Sylvia, »kann man alles mögliche unternehmen. Wir haben ein Kartenzimmer, auch ein Kino, und an drei Abenden in der Woche finden Theateraufführungen statt. Gelegentlich wird auch ein Ball veranstaltet.«

Ericsson runzelte mißbilligend die Stirn. »Das ist alles unnötiges Zeug. Es wirkt nachteilig auf die Arbeitsleistung.«

»Nicht bei uns Frauen«, antwortete Bianca. »Frauen brauchen so etwas.«

Er sah sie mit unverhülltem Mißfallen an, während Sylvia dachte: Für ihn gehören Frauen auch zu den unnötigen Dingen.

»Übrigens möchte ich früh schlafen gehen«, sagte sie und gähnte. »Ich werde mir heute abend weder einen Film ansehen noch Bridge spielen.«

»Du hast recht, meine Liebe«, fiel Thomas Betterton hastig ein, »du hast eine ausgiebige Nachtruhe nach deiner anstrengenden Reise nötig.«

Und als sie aufstanden, fügte er hinzu: »Abends ist die Luft hier herrlich. Man geht nach dem Essen gewöhnlich ein paar Minuten auf dem Dachgarten spazieren, ehe man sich zur Ruhe begibt oder seinen Studien widmet. Wir sollten auch noch ein wenig hinaufgehen, aber dann mußt du dich gleich hinlegen.«

Sie wurden von einem würdevoll aussehenden Eingeborenen in weißem Gewand mit dem Lift nach oben gefahren. Diese Menschen hatten eine dunklere Haut und waren stämmiger gebaut als die helleren Berber – ein Wüstenvolk, dachte Sylvia. Oben angelangt, war sie hingerissen von der tropischen Schönheit dieses Dachgartens, und sie dachte an die Unsummen, die erforderlich gewesen sein mußten, um diesen Traum aus Tausendundeiner Nacht zu verwirklichen. Viele Tonnen Erde hatte man hier heraufschaffen müssen. Man hörte Wassergeplätscher, sah herrliche Palmen aufragen neben anderen tropischen Gewächsen, und schmale Pfade aus roten glasierten Ziegeln schlängelten sich durch die Büsche.

»Ein unglaubliches Wunder hier mitten in der Wüste«, sagte Sylvia mit einem tiefen Atemzug. »Es ist wirklich Tausendundeine Nacht.«

»Ich muß Ihnen recht geben, Mrs. Betterton«, sagte Mr. Murchison, »es sieht gerade so aus, als ob ein Dschinn das alles geschaffen hätte. Sogar in der Wüste kann man alles erreichen, wenn Wasser und Geld vorhanden sind.«

»Wo kommt das Wasser denn her?«

»Man hat es aus dem Berg herabgeleitet. Es ist die Lebensader der Kolonie.«

Es waren nur wenige Leute auf dem Dachgarten, und auch diese verabschiedeten sich nach und nach.

Betterton führte Sylvia zu einer niedrigen Steinbank in der Nähe des Geländers, wo sie sich niederließ. Er blieb vor ihr stehen. Die Sterne glitzerten, die Luft war kühl und erfrischend. Sie waren allein.

»Nun sagen Sie mir endlich, wer Sie eigentlich sind«, sagte Betterton nervös mit gedämpfter Stimme.

Sie antwortete nicht gleich. Erst war *sie* an der Reihe, eine Frage zu stellen. »Warum haben Sie mich als Ihre Frau anerkannt?«

Sie starrten sich gegenseitig an. Keiner wollte zuerst mit der Sprache heraus. Es war wie ein stummer Kampf zwischen ihnen – ein Kampf, in dem Sylvias Wille langsam die Oberhand gewann.

Er wandte schließlich den Kopf ab und murmelte finster: »Es geschah – in der ersten Überraschung. Wahrscheinlich bin ich ein verdammter Narr gewesen. Ich glaubte, man habe Sie geschickt, um mich zu befreien.«

»Wollen Sie denn weg von hier?«

»Guter Gott, da fragen Sie noch?«

»Wie sind Sie von Paris hierhergekommen?«

Thomas Betterton lachte kurz und bitter auf. »Ich bin nicht entführt worden, wenn Sie das meinen. Ich kam freiwillig und aus Begeisterung.«

»Wußten Sie, wohin es ging?«

»Ich hatte keine Ahnung, daß ich in Afrika landen würde, wenn Sie darauf mit Ihrer Frage hinauswollen. Ich wurde durch die üblichen Parolen eingefangen: Weltfrieden, Zusammenarbeit aller Gelehrten auf der ganzen Welt, Bekämpfung der Kapitalisten und Kriegshetzer – das Übliche eben. Dieser Bursche, dieser Peters, der mit Ihnen kam, ist ihnen auf denselben Leim gegangen.«

»Und als Sie hierherkamen, da sah alles ganz anders aus?«

Wieder lachte er bitter auf. »Sie werden selbst sehen. Oder vielleicht stimmt's doch. Aber nicht so, wie man es sich vorgestellt hat. Es ist jedenfalls nicht die erträumte Freiheit.« Er setzte sich neben sie und fuhr fort: »Deshalb möchte ich wieder weg. Immer hat man das Gefühl, überwacht und bespitzelt zu werden. Oh, diese ständigen Vorsichtsmaßregeln. Über alles soll man Rechenschaft ablegen – über Ausgaben, Freunde. Vielleicht ist das alles notwendig, aber mich reibt es auf.«

Sylvia sagte langsam: »Sie wollen sagen, daß hier ganz dieselben Verhältnisse herrschen, denen Sie entfliehen wollten? Überwachung und Bespitzelung – oder vielleicht noch Schlimmeres?«

Er strich sich das Haar mit einer nervösen Bewegung aus der Stirn. »Ehrlich gestanden – ich weiß es nicht. Ich bin nicht sicher. Vielleicht bilde ich mir alles nur ein. Vielleicht überwacht man mich gar nicht; sie haben schließlich nichts zu befürchten. Man sitzt ja im Gefängnis.«

»So war also alles eine große Enttäuschung für Sie?«

»Das ist ja das Sonderbare – in gewisser Hinsicht war es keine Enttäuschung. Die Arbeitsbedingungen sind unvergleichlich. Jede Erleichterung wird gewährt, die Einrichtungen sind mustergültig. Man kann arbeiten, solange und wie es einem beliebt. Man wird mit Nahrung, Kleidung und Wohnung versorgt. Und doch vergißt man nie, daß man eingesperrt ist.«

»Ich begreife das. Als das Gittertor heute hinter mir zufiel, war mir, als würde ich lebendig begraben.«

»Also«, sagte Betterton, »ich habe nun Ihre Frage beantwortet. Nun beantworten Sie die meine. Warum geben Sie vor, Olivia Betterton zu sein?«

»Olivia . . .«, sie zögerte und suchte nach Worten.

»Ja, was ist mit Olivia? Was ist los mit ihr? Warum sprechen Sie nicht?«

Sie sah voll Mitleid in sein hageres, nervöses Gesicht. »Ich hatte Angst, es Ihnen zu sagen.«

»Sie meinen, ihr ist etwas zugestoßen?«

»Ja, es tut mir sehr leid – Ihre Frau ist nicht mehr am Leben . . . sie war auf dem Weg zu Ihnen, aber das Flugzeug stürzte ab. Man brachte sie ins Krankenhaus, wo sie zwei Tage später starb.«

Mit einer gewaltsamen Anstrengung suchte er seine Gesichtszüge zu beherrschen. Dann sagte er ruhig: »So, Olivia ist also tot! Jetzt verstehe ich erst . . .« Ein langes, bedrückendes Schweigen folgte. Dann wandte er sich wieder Sylvia zu. »Das weitere kann ich mir denken. Sie kamen an ihrer Statt hierher. Aber warum?«

Diesmal war Sylvia um eine Antwort nicht verlegen. Betterton hatte offenbar geglaubt, man habe sie hergeschickt, um ihn zu befreien. Er nahm also nicht an, daß sie als Spionin hier sei, bedachte nicht, daß sie ihm unmöglich helfen konnte, da sie eine Gefangene war wie er selbst. Es war also gefährlich, ihm gegenüber offen zu sein, um so mehr, als Betterton einem Nervenzusammenbruch nahe war. Jeden Augenblick konnte er zusammenklappen. Unter diesen Umständen konnte man ihm kein Geheimnis anvertrauen. So sagte sie: »Ich war bei Ihrer Frau, als sie starb, und bot ihr an, an ihrer Stelle zu versuchen, Ihren Aufenthaltsort herauszufinden. Sie hatte eine dringende Botschaft für Sie«, fuhr sie schnell fort, als sie sah, daß er den Mund zu einer Frage öffnete, »sehen Sie, ich sympathisiere sehr mit den Ideen, die Sie soeben erwähnt haben. Wissenschaftliche Geheimnisse, die man mit allen Nationen teilen will – eine neue Weltordnung. Ich begeisterte mich dafür. Und dann mein Haar – man erwartete hier eine rothaarige Frau in meinem Alter, und so dachte ich, daß der Versuch der Mühe wert sei. Und dann – Ihre Frau wünschte sehr, Ihnen diese Botschaft zukommen zu lassen . . .«

»Ach ja, die Botschaft – wie lautet sie?«

»Sie sollten sich in acht nehmen – sehr in acht nehmen, sagte sie, es drohe Ihnen Gefahr durch einen gewissen Boris . . .«

»Boris? Meinen Sie Boris Glyn?«

»Ja. Kennen Sie ihn?«

Er schüttelte den Kopf. »Begegnet bin ich ihm nie. Ich weiß nur, daß er ein Vetter meiner ersten Frau ist, ich hörte von ihm.«

»Warum soll er denn eine Gefahr für Sie bedeuten?«

Es erfolgte zunächst keine Antwort, so daß Sylvia ihre Frage wiederholen mußte.

»Ach so«, sagte er, aus seiner Versunkenheit auftauchend, »ich weiß zwar nicht, inwiefern er gerade *mir* gefährlich sein soll, aber nach allem, was ich über ihn gehört habe, scheint er wirklich ein gefährlicher Bursche zu sein.«

»In welcher Hinsicht?«

»Ach, er scheint einer jener verstiegenen Idealisten zu sein, die um ihrer Überzeugung willen unter Umständen auch über Leichen gehen. Hat Olivia ihn gesehen? Was hat er von ihr gewollt?«

»Das weiß ich nicht – sie sagte nichts weiter – oder doch, sie sagte noch, sie könne es nicht glauben . . .«

»*Was* nicht glauben?«

»Das weiß ich nicht« – sie zögerte einen Augenblick und sagte dann: »Sie lag doch im Sterben . . .«

Ein plötzlicher Schmerz verzerrte sein Gesicht. »Ich weiß – ich weiß – ich muß darüber hinwegkommen – mit der Zeit. Vorläufig kann ich es noch nicht fassen. Aber ich verstehe die Sache mit Boris nicht. Warum soll er mir denn gefährlich sein? Er hat Olivia wohl in London getroffen?«

»Ja, in London.«

»Dann verstehe ich es nicht . . . es spielt ja auch keine Rolle. Was spielt hier überhaupt eine Rolle? Wir sind ja doch in dieser verfluchten Kolonie eingesperrt, umgeben von einer Schar von Robotern . . . Und wir können nicht hinaus.«

Er schlug mit der Faust auf die Bank. »Wir können hier nicht hinaus!«

»Doch, wir können«, sagte Sylvia.

Er sah sie überrascht an. »Was meinen Sie damit?«

»Wir werden einen Weg finden«, behauptete Sylvia fest.

»Mein liebes Kind« – er lachte verächtlich –, »Sie haben keine Ahnung, wie es hier zugeht.«

»Während des Krieges haben sich Gefangene aus den schwierigsten Verhältnissen mit den denkbar dürftigsten Mitteln befreit«, sagte Sylvia hartnäckig.

Sie wollte sich keinesfalls der Verzweiflung hingeben. »Sie haben Gänge gegraben und dergleichen.«

»Wie wollen Sie einen Gang durch den Felsen graben? Und was dann? Ringsum ist nichts als Wüste.«

»Dann muß man etwas anderes ausfindig machen«, beharrte sie. Er sah sie an. Sie lächelte aufmunternd, aber ohne innere Überzeugung.

»Was sind Sie für ein merkwürdiges Wesen. So sicher und dynamisch.«

»Wo ein Wille ist, da ist auch ein Weg. Natürlich wird es ein wenig Zeit und Nachdenken erfordern.«

Seine Miene verdüsterte sich von neuem. »Zeit«, sagte er, »Zeit . . . die kann ich mir nicht leisten.«

»Warum?«

»Ich weiß nicht, ob Sie mich verstehen können . . . es ist nämlich das – ich kann hier nicht richtig arbeiten.«

»Wie meinen Sie das?«

»Wie soll ich es nur ausdrücken? Ich kann nicht richtig arbeiten. Ich kann nicht denken. Meine Arbeit verlangt einen hohen Grad von Konzentrationsfähigkeit. Sie ist ja – zum Teil – schöpferischer Natur. Seitdem ich hier bin, ist mir jede Freude daran verlorengegangen. Ich leiste nur Taglöhnerdienste – Verrichtungen, die jeder Anfänger bewältigen kann. Aber dazu haben sie mich nicht hergelockt. Sie wollen schöpferische Arbeit, und die kann ich nicht leisten. Und je nervöser ich werde, desto unfähiger fühle ich mich zu wertvoller Forschungsarbeit. Das treibt mich noch zur Verzweiflung – verstehen Sie?«

Ja, sie verstand nur zu gut. Sie dachte an Dr. Rubecs Bemerkung über Primadonnen und Wissenschaftler.

»Und wenn ich nichts Bedeutendes leiste«, fuhr Betterton fort, »was nützen dann die vollkommenen wissenschaftlichen

Hilfsmittel? Man wird mich schließlich und endlich liquidieren.«

»Nein, nein!«

»O doch. Hier ist man nicht sentimental. Was mir bis jetzt eine Galgenfrist verschaffte, ist diese Gesichtsoperation. Ich mußte mich von Zeit zu Zeit einer Nachbehandlung unterziehen, denn sie gehen sehr langsam und vorsichtig zu Werke. Und von einem Menschen, an dem solche Eingriffe vorgenommen werden, kann man keine Konzentration erwarten. Aber jetzt ist die Sache abgeschlossen.«

»Aber zu welchem Zweck hat man das überhaupt gemacht?«

»Als Schutzmaßnahme für mich. Das ist üblich bei steckbrieflich Gesuchten.«

»So werden Sie steckbrieflich gesucht?«

»Ja, wußten Sie das nicht? In den Zeitungen haben sie es natürlich nicht veröffentlicht. Vielleicht wußte nicht einmal Olivia davon. Aber ich bin ihnen wichtig genug.«

»Sie meinen, weil Sie etwas verraten haben? Haben Sie Atomgeheimnisse verkauft?«

Er wich ihrem Blick aus. »Ich habe nichts verkauft, sondern aus freiem Willen meine wissenschaftlichen Forschungsergebnisse mitgeteilt. Ob Sie es nun glauben oder nicht. Es gehört zu einem Bestandteil der Abmachung, daß diese Ergebnisse zur Verfügung gestellt werden. Verstehen Sie?«

Ja, das begriff sie. Sie dachte an Andy Peters, der sicher ebenso handeln würde. Sie sah Ericsson vor sich mit seinen fanatischen Träumeraugen, der aus reiner Begeisterung dazu fähig sein würde, sein Vaterland zu verraten. Betterton aber war halb daran zugrunde gegangen. Sie stellte sich den hoffnungsfrohen Menschen vor, der er bei seiner Ankunft gewesen sein mußte, und verglich ihn mit dem gebrochenen, nervösen, unfähigen Mann, der da vor ihr saß.

Als sie so weit mit ihren Gedanken gekommen war, sagte Betterton, nervös um sich blickend: »Die anderen sind alle schon gegangen. Wir können nicht länger hier oben bleiben.«

Sie stand auf. »Aber dabei kann man doch bei unserer augenblicklichen Situation nichts finden, sondern man wird es für ganz natürlich halten.«

Müde bemerkte er: »Ja, wir müssen nun schon so weitermachen – ich meine, auch weiterhin Mann und Frau spielen.«

»Selbstverständlich!«

»Wir müssen im selben Zimmer schlafen und dergleichen. Aber Sie brauchen nicht zu befürchten, daß ich . . .« Er brach verwirrt ab.

Wie schön er doch ist, dachte Sylvia und musterte sein tadelloses Profil, und wie wenig wirkt diese Schönheit auf mich . . . »Darüber brauchen wir gar nicht mehr weiter zu reden«, sagte sie heiter. »Hauptsache, wir kommen hier wieder lebendig raus.«

## 14

In einem Zimmer des Hotels Mamounia in Marrakesch unterhielt sich Jessop mit Miß Hetherington. Sie glich wenig jener Engländerin, die Sylvia in Casablanca und Fes kennengelernt hatte. Zwar war ihr Äußeres ziemlich unverändert geblieben – dieselbe Kleidung, dieselbe unvorteilhafte Frisur. Aber ihr Auftreten war ein anderes. Diese entschlossene und selbstsichere Frau schien um Jahre jünger zu sein, als ihr Aussehen vermuten ließ.

Die dritte Person im Zimmer war ein dunkler, untersetzter Mann mit klugen Augen. Er trommelte leise mit den Fingern auf die Tischplatte und summte eine Melodie.

». . . und soviel Sie in Erfahrung bringen konnten«, fuhr Jessop fort, »hat Olivia Betterton sonst mit niemandem in Fes gesprochen?«

»Da war zum Beispiel diese Mrs. Calvin Baker«, antwortete Miß Hetherington, »die wir schon in Casablanca getroffen hatten. Ich muß ehrlich sagen, ich wußte nicht recht, was ich von ihr halten sollte. Olivia und mir zuliebe änderte sie ihren ursprünglichen Reiseplan. Aber Sie wissen ja, daß Amerikaner sehr gesellige Leute sind und sich gern irgend jemandem anschließen.«

»Das hört sich ja alles ziemlich harmlos an«, sagte Jessop.

»Und außerdem«, fuhr Miß Hetherington fort, »war sie ja auch in dem bewußten Flugzeug.«

»Sie glauben, daß das Flugzeugunglück beabsichtigt war? Was meinen Sie dazu, Leblanc?«

Der kleine Mann hörte auf zu summen. »Es mag sein, daß es sich um einen Sabotageakt handelte«, sagte er, »aber das wird nie herauskommen. Denn das abgestürzte Flugzeug ging in Flammen auf, und alle an Bord waren tot.«

»Und der Pilot?«

»Alcadi? Tadelloser Junge. Schade um ihn. Er war übrigens schlecht bezahlt.«

Jessop sagte: »Wollen Sie damit sagen, er wäre geneigt gewesen, für jemand anders zu arbeiten? Aber er war doch wohl kein Selbstmordkandidat?«

»Es waren sieben Leichen«, erwiderte Leblanc, »bis zur Unkenntlichkeit verkohlt, aber es waren sieben, soviel ist klar.«

Jessop wandte sich wieder an Miß Hetherington: »Sonst noch etwas?«

»Sie hat auch noch mit diesem reichen Ölmagnaten, einem Monsieur Aristides, gesprochen.«

»Ah!« sagte Leblanc. »Eine legendäre Persönlichkeit. Ich habe mich oft gefragt, wie es wohl sein müsse, wenn man alles Geld der Welt besäße. Ich meinesteils würde Rennpferde und Frauen halten und alles genießen, was die Welt sonst noch zu bieten hat. Aber der alte Aristides sperrt sich statt dessen in seinem spanischen Schloß ein und sammelt chinesisches Porzellan aus der Zeit der Sung-Dynastie. Doch muß man bedenken, daß er mindestens siebzig Jahre alt ist. Es kann durchaus sein, daß man sich in diesem Alter nur noch für chinesische Töpferkunst interessiert.«

»Es waren auch ein paar Deutsche in Fes«, fuhr Miß Hetherington fort, »aber mit denen hat sich Olivia Betterton nicht unterhalten.«

»Und sie ging allein in die Altstadt?«

»Mit einem offiziellen Führer. Aber sie könnte auf diesem Ausflug natürlich noch jemanden getroffen haben.«

Jessop erhob sich, um auf und ab zu gehen. »Sie flog also mit Mrs. Baker nach Marrakesch. Das Flugzeug stürzte ab und brannte aus. Für Leute, die unter dem Namen Olivia Betterton reisen, sind Luftreisen offenbar gefährlich. Erst das Unglück bei Casablanca und dann noch das andere. Obwohl – wenn sich jemand dieser Frau entledigen wollte, so hätte er es auf einfachere Weise machen können.«

»Das kommt darauf an, mein Lieber«, sagte Leblanc. »Falls Menschenleben keine Rolle spielen, ist es weniger riskant, eine kleine Bombe unter einen Sitz zu legen, als dem Opfer mit einem Dolch in einer dunklen Gasse aufzulauern. Die Bombe verschwindet spurlos, und daß dabei sieben Menschenleben zugrunde gehen, ist halt deren Pech.«

»Es gibt noch eine dritte Lösung«, sagte Jessop, »nämlich die, daß das Flugzeugunglück nur vorgetäuscht war.«

»Das könnte sein«, erwiderte Leblanc, »aber wir dürfen nicht vergessen, mein lieber Jessop, daß tatsächlich Menschen in dem Flugzeug gesessen haben. Man hat doch ihre verkohlten Leichen gefunden.«

»Ja, da liegt der Haken. Mag sein, daß meine Annahme nur ein Phantasiegebilde ist. Aber mir paßt alles zu genau zusammen. Auf diese Weise haben sie uns lahmgelegt. Wir haben keine Möglichkeit mehr, eine Spur zu verfolgen, und müssen den Akt Betterton als unerledigt ablegen.« Er wandte sich nochmals an Leblanc. »Haben Sie die Suchaktion eingeleitet?«

»Ja«, sagte dieser, »mit erfahrenen Leuten. Das Flugzeug ist an einer völlig entlegenen Stelle abgestürzt. Nebenbei bemerkt, war es von seinem eigentlichen Kurs abgewichen.«

»Das hat doch sicher etwas zu bedeuten, Leblanc«, fiel Jessop ein.

»Wir haben die ganze Umgegend sorgfältig abgesucht. Alle in der Nähe befindlichen Dörfer, Häuser wurden durchgekämmt, alle Wagenspuren verfolgt. Wir sind überzeugt von der Wichtigkeit der Sache. Auch Frankreich hat einige seiner besten Köpfe verloren. Meiner Meinung nach ist es aber leichter, einen cholerischen Opernsänger zu überwachen als einen Wissenschaftler. Diese jungen Leute sind unberechenbar, widerborstig und, was sie am gefährlichsten macht, sie sind meist von blindem Glauben an das Unmögliche durchdrungen. Was erwarten sie sich denn? Menschheitsverbrüderung, das Tausendjährige Reich und so weiter. Ach, welche Enttäuschungen harren ihrer!«

»Wir wollen noch einmal die Passagierliste durchgehen«, sagte Jessop. Der Franzose entnahm die Liste einem Drahtkorb und legte sie vor seinen Kollegen hin. Beide beugten sich darüber.

»Mrs. Calvin Baker, Amerikanerin. – Mrs. Betterton, Engländerin. – Torquil Ericsson, Norweger – übrigens, was wissen Sie von dem?«

»Ich kann mich nicht an ihn erinnern«, sagte Leblanc, »ich weiß nur noch, daß er jung war, nicht älter als sieben- oder achtundzwanzig Jahre. Dann ist da noch eine Nonne«, er beugte sich wieder über die Liste, »eine Schwester Marie. – Dann Andrew Peters, auch Amerikaner. – Dr. Barron. Er ist eine Kapazität, dieser Dr. Barron. Experte für Viruskrankheiten.«

»Biologische Forschungsarbeit für Kriegszwecke«, sagte Jessop. »Paßt alles zusammen.«

»Ein ungenügend honorierter, mißvergnügter Mann«, bemerkte Leblanc.

»Wie viele gehen nach St. Ives«, murmelte Jessop.

Der Franzose warf ihm einen raschen Blick zu und lächelte dann. »Ein alter Kinderreim«, sagte er, »St. Ives bedeutet Niemandsland. Die Reise ins Unbekannte.«

In diesem Augenblick klingelte das Telefon, und Leblanc nahm den Hörer ab. »Hallo, was gibt's? O ja, schick sie herauf.« Er wandte sich wieder an Jessop. Sein Gesicht hatte sich plötzlich verändert. »Einer meiner Leute hat angerufen«, sagte er, »sie haben etwas gefunden. Mein lieber Herr Kollege, es ist möglich – mehr sage ich nicht –, es ist möglich, daß Sie mit Ihrem Optimismus recht behalten.«

Kurze Zeit danach traten zwei Männer ein. Der eine glich Leblanc. Sie schienen Landsleute zu sein. Er trug europäische Kleidung, und sein Anzug war staubbedeckt und voller Flekken. Offensichtlich war er soeben von einer Reise zurückgekommen. Neben ihm stand ein Eingeborener in der üblichen weißen Tracht. Er trug eine würdevolle Haltung zur Schau, die den Bewohnern einsamer Gegenden eigen ist. Er sah sich verwundert im Zimmer um, während der andere in schnellem Französisch erklärte: »Die Nachricht von der Belohnung machte die Runde unter den Leuten. Und dieser Mann da, seine Familie und seine Freunde haben bei der Suche geholfen. Ich habe ihn mitgenommen, damit er Ihnen seinen Fund selbst zeigen und eventuell Ihre Fragen beantworten kann.«

Leblanc wandte sich an den Berber. »Du hast gute Arbeit geleistet«, redete er ihn in dessen Muttersprache an, »du hast Falkenaugen, mein Freund. Zeige uns nun, was du entdeckt hast.«

Der Mann zog aus einer Falte seines Gewandes einen kleinen Gegenstand, trat vor und legte ihn auf den Tisch. Es war eine rosafarbene Similiperle.

»Sie ist genau wie die, die man mir und den anderen gezeigt hat«, sagte er stolz, »sie ist kostbar, und ich habe sie gefunden.«

Jessop streckte die Hand aus und nahm die Perle. Dann zog er aus seiner Tasche eine andere von derselben Farbe und verglich beide miteinander. Er ging ans Fenster und betrachtete beide Perlen durch die Lupe. »Ja«, sagte er triumphierend, »das Zeichen ist bei beiden vorhanden.« Er kam wieder an den Tisch. »Braves Mädel«, sagte er, »braves Mädel. Sie hat's geschafft.«

Leblanc unterhielt sich in äußerst schnellem Arabisch mit dem Mann. Dann wandte er sich wieder an Jessop. »Ich beglückwünsche Sie, lieber Kollege. Diese Perle wurde nahezu eine halbe Meile von den Flugzeugtrümmern entfernt gefunden.«

»Was beweist«, ergänzte Jessop, »daß Olivia Betterton das Unglück überlebte und daß, obwohl sieben Menschen Fes in dem Flugzeug verließen, zum mindesten keine der sieben verkohlten Leichen die ihrige sein kann.«

»Wir werden die Suchaktion nun noch weiter ausdehnen«, entschied Leblanc. Er sagte wieder etwas zu dem Berber, was ein glückliches Lächeln auf dessen Gesicht zauberte. Er verließ dann das Zimmer mit dem Mann, der ihn hergebracht hatte.

»Er wird fürstlich belohnt werden, wie ich es ihm versprochen habe«, sagte Leblanc, »und man wird nun durch die ganze Gegend Jagd auf die Perlen machen. Sie haben wirklich Falkenaugen, diese Leute, und wenn sie erfahren, daß man hoch belohnt wird, falls weitere Anzeichen entdeckt werden, so wird das auf sie wirken wie starker Wein. Ich glaube, ich glaube, mein lieber Kollege, wir sind jetzt auf der richtigen Spur. Wenn man sie nur nicht allzusehr verwischt hat.«

Jessop schüttelte den Kopf. »Es ist doch eine ganz unverdächtige Sache. Eine Frau zerreißt aus Versehen ihre Halskette, sammelt mit Mühe die verstreuten Perlen auf und steckt sie in die Tasche. Wenn die Tasche ein kleines Loch hat, was kann sie dafür? Und außerdem, warum sollten sie sie beargwöhnen? Sie ist ja Olivia Betterton, die Sehnsucht nach ihrem Mann hat.«

»Wir müssen den Fall von einem anderen Blickpunkt aus betrachten«, sagte Leblanc und zog die Passagierliste zu sich heran. »Olivia Betterton und Dr. Barron« – er versah beide Namen mit einem Häkchen, »also zwei, die sich nach dem unbekannten Ziel aufgemacht haben. Die amerikanische Dame Mrs. Baker – von der wissen wir nichts. Torquil Ericsson – Fehlanzeige. Andrew Peters – der Amerikaner, der seinem Paß nach Nahrungsmittelchemiker ist. Die Nonne – die ist vielleicht verkleidet. Also eine ganze Anzahl Menschen, die von verschiedenen Punkten aus zu diesem Flugzeug dirigiert wurden. Dann geht diese Maschine in Flammen auf, und man findet sieben verkohlte Leichen. Wie haben sie das nur angestellt? Das wüßte ich gern. Jedenfalls ist es genial eingefädelt.«

»Ja«, gab Jessop zu, »es ist sehr überzeugend gemacht worden. Aber wir wissen nun, daß sechs oder sieben Leute an einem bestimmten Tag abgeflogen sind, und wir kennen auch den Ort, wo sie gestartet sind. Was sollen wir tun? Sollen wir auch dort suchen lassen?«

»Natürlich. Wenn ich mich nicht irre, so werden wir nun, da wir die Spur entdeckt haben, noch weitere Beweise ans Tageslicht bringen.«

»Das wird dann der Fall sein, wenn unsere Berechnungen stimmen«, sagte Jessop.

Aber diese Berechnungen konnten auch irreführen. Waren Olivia und ihre Begleiter in einem Wagen weitergefahren, und wo mußte er tanken? Hatten sie bei Eingeborenen übernachtet? Das alles war gänzlich ungeklärt, und man war immer wieder neuen Enttäuschungen ausgesetzt. Aber hie und da erzielte man doch einen Erfolg. In einem dunklen Winkel des Hauses von Abdul Mohammed wurde eine kleine Perle, eingebettet in ein Stückchen Kaugummi, gefunden.

Leblancs Leute berichteten: »Er und seine Söhne sind ausgefragt worden. Erst leugneten sie, aber schließlich gestanden sie doch. Eine Gruppe von sechs in einem Wagen angekommenen Leuten, die behaupteten, Angehörige einer archäologischen Expedition zu sein, übernachtete bei ihm. Man zahlte ihm sehr viel und befahl ihm, andern gegenüber nichts zu erwähnen, mit der Begründung, daß andere ihnen sonst bei den Ausgrabungen zuvorkommen könnten. Außerdem haben Kinder aus dem Dorf El Kaif zwei weitere Perlen gebracht. Nun kennen wir die Richtung. Dann noch etwas, Captain. Die Hand der Fatima ist gesehen worden. Der da wird Ihnen darüber berichten.«

»Der da« war ein wildblickender Berber. »Ich war nachts bei meiner Herde«, erzählte er, »als ich das Rollen eines Wagens hörte. Als er an mir vorüberfuhr, sah ich das Zeichen. An seiner einen Außenwand war die Hand der Fatima zu erkennen. Sie leuchtete in der Dunkelheit.«

»Man kann einen Handschuh mit Phosphor imprägnieren«, murmelte Leblanc, »meinen Glückwunsch zu Ihrer Idee.«

»Es ist wirkungsvoll«, sagte Jessop, »aber andererseits auch gefährlich. Es könnte leicht von den Autoinsassen selbst wahrgenommen werden.«

Leblanc zuckte die Achseln. »Bei Tageslicht ist es nicht sichtbar.«

»Nein, aber wenn sie in der Nacht mal angehalten haben . . .«

»Und wenn – es handelt sich da um einen bekannten arabischen Aberglauben. Man kann die Hand oft auf Karren und Wagen aufgemalt sehen. Sie würden höchstens angenommen haben, daß irgendein frommer Muselmann die Hand in Leuchtschrift auf seinem Wagen angebracht habe.«

»Das hat etwas für sich. Aber wir müssen trotzdem auf der Hut sein. Es ist größte Vorsicht geboten . . .«

Am folgenden Morgen wurden Leblanc drei weitere Perlen übergeben, die in Dreieckform auf einem Stück Kaugummi aufgereiht waren.

»Das könnte bedeuten«, sagte Jessop, »daß der nächste Abschnitt der Reise im Flugzeug zurückgelegt wurde.« Er sah Leblanc fragend an.

»Sie vermuten richtig«, sagte dieser. »Diese Perlen wurden auf einem verlassenen Flugplatz in einer völlig einsamen Gegend gefunden. Man konnte feststellen, daß da ein Flugzeug gelandet sein und den Platz vor nicht langer Zeit wieder verlassen haben müsse.« Er zuckte die Achseln. »Ein unbekanntes Flugzeug«, sagte er, »ist ins Unbekannte gestartet. Nun sitzen wir wieder auf dem trockenen . . .«

## 15

Jetzt bin ich schon zehn Tage hier, dachte Sylvia, es ist unfaßbar. Das schlimmste war doch der Umstand, daß man sich so rasch eingewöhnte. Sie mußte an die Folterkammer denken, die sie in Frankreich einmal besichtigt hatte. Da war unter anderem ein eiserner Käfig gewesen, in den die Gefangenen gesperrt wurden und in dem sie weder stehen noch sitzen konnten. Der Führer hatte erzählt, daß es ein Mann in diesem Käfig achtzehn Jahre lang ausgehalten hatte, daß er befreit worden war und noch zwanzig Jahre gelebt hatte, bevor er im Greisenalter starb. Die Anpassungsfähigkeit, dachte Sylvia, unterscheidet den Menschen von der Tierwelt. Der Mensch kann sich an jedes Klima, an jede Ernährungsweise, an jede Lebensbedingung gewöhnen. Er kann als freier Mann so gut leben wie als Sklave.

Anfangs, als sie in die »Gemeinschaft« eingeführt wurde, war sie von einer blinden Furcht, einem Gefühl des Eingeschlossenseins und der Enttäuschung besessen gewesen. Die Tatsache, daß diese Gefangenschaft, dieses Eingeschlossensein mit äußeren Annehmlichkeiten, ja mit Luxus verbunden war, hatte ihr alles nur noch schrecklicher erscheinen lassen. Und nun, kaum daß eine Woche verflossen war, begann sie ihre Lebensweise hier als ganz natürlich zu empfinden. Es war eine merkwürdige, traumhafte Existenz. Nichts schien Wirklichkeit zu besitzen, aber schon hatte sich ihrer das Gefühl bemächtigt, daß dieser Traum bereits endlos lang währte und noch länger währen würde. Vielleicht dauerte es ewig . . . vielleicht würde sie immer hierbleiben; dies war das eigentliche Leben, und außerhalb der Gemeinschaft war das Nichts.

Diese gefährliche Anpassungsfähigkeit hatte, wie sie meinte, ihren Grund darin, daß sie eine Frau war. Frauen waren von Natur aus sehr anpassungsfähig. Es war zugleich ihre Stärke und ihre Schwäche. Man prüft seine Umgebung, paßt sich ihr an und sucht das Beste daraus zu machen. Am meisten interessierte sie sich für den Eindruck, den dies alles auf diejenigen machte, die mit ihr gekommen waren.

Helga Needheim sah sie kaum, außer zu den Mahlzeiten. Wenn sie sich trafen, so wurde sie von der Deutschen nur mit einem flüchtigen Nicken begrüßt. Zu mehr ließ sie sich nie herab. Sie war sichtlich zufrieden. Die Gemeinschaft entsprach offenbar genau der Vorstellung, die sie sich von ihr gemacht hatte. Sie gehörte zu den Frauen, die ganz in ihrer Arbeit aufgehen, und wurde darin durch beruflichen Ehrgeiz unterstützt. Ihre und ihrer wissenschaftlichen Kollegen Überlegenheit verlieh ihr Sicherheit. Sie kümmerte sich nicht um die Verbrüderung der Menschheit, nicht um den Weltfrieden, nicht um die Freiheit des Geistes. Ihre Vorstellungen von der Zukunft waren glasklar: Sie dachte nur an die Eroberung der Welt, die durch die Übermenschen, zu denen auch sie gehörte, zu erfolgen hatte. Die übrige Menschheit hatte sich ihnen unterzuordnen und wurde, wenn sie sich richtig verhielt, mit der herablassenden

Güte der Herrschenden behandelt. Daß ihre Mitarbeiter anderen Ansichten huldigten, daß sie ihrer Einstellung nach mehr dem Kommunismus als dem Faschismus angehörten, darum kümmerte sich Helga Needheim wenig. Leisteten sie gute Arbeit, so waren sie an ihrem Platz und würden sich mit der Zeit schon bekehren lassen.

Dr. Barron war intelligenter als Helga Needheim. Zuweilen unterhielt sich Sylvia mit ihm. Er schien ganz in seiner Arbeit aufzugehen und einverstanden mit den Bedingungen zu sein, unter denen er arbeiten konnte, aber seine französische Skepsis ließ ihn doch nicht alles ohne Kritik hinnehmen.

»Es ist nicht alles ganz so, wie ich erwartet habe. Nein, offen gestanden, nicht«, bekannte er eines Tages. »Unter uns gesagt, Mrs. Betterton, ich schwärme nicht für ein Leben in der Gefangenschaft. Und wir befinden uns tatsächlich in Gefangenschaft, wenn wir auch sozusagen in einem goldenen Käfig sitzen.«

»So haben Sie hier nicht die Freiheit gefunden, die Sie suchten?« fragte Sylvia.

Er lächelte undurchsichtig. »Sie sind auf der falschen Spur. Ich habe in Wirklichkeit gar nicht die Freiheit gesucht. Ich bin ein zivilisierter Mensch – und zivilisierte Menschen wissen, daß es absolute Freiheit nicht gibt. Nur die jungen und die primitiven Völker schreiben das Wort ›Freiheit‹ auf ihre Fahnen. Man muß immer auf seine Sicherheit bedacht sein. Und der Höhepunkt der Zivilisation besteht in einem geruhsamen Leben. Nein, ich will aufrichtig gegen Sie sein. Ich kam des Geldes wegen hierher.«

Jetzt mußte Sylvia lächeln. Sie zog die Augenbrauen in die Höhe. »Was wollen Sie denn hier mit Geld anfangen?«

»Damit kann man ein sehr kostspieliges Labor einrichten«, sagte Dr. Barron. »Ich brauche nicht in meine eigene Tasche zu greifen, und so kann ich der Wissenschaft dienen und gleichzeitig meine persönliche Neugierde befriedigen. Ich liebe meine Arbeit, das ist wahr, aber ich liebe sie nicht um des Heils der Menschheit willen. Ich habe oft gefunden, daß diejenigen, die so denken, irgendwie beschränkt sind und im Grunde nichts von Bedeutung leisten. Nein, ich schätze nur die Freude an der wissenschaftlichen Forschung. Übrigens wurde mir eine große Summe Geldes ausbezahlt, bevor ich Frankreich verließ. Es ist sicher angelegt, und wenn dies hier zusammengebrochen ist, so kann ich daheim sorglos weiterarbeiten.«

»Wenn dies alles hier zusammengebrochen ist?« wiederholte Sylvia überrascht. »Aber warum sollte es denn zusammenbrechen?«

»Man muß die Sache einmal nüchtern betrachten«, sagte Dr. Barron. »Nichts währt ewig, nichts ist von Dauer. Ich bin zu der Ansicht gekommen, daß dieses Projekt hier von einem Wahnsinnigen geleitet wird. Und ich sage Ihnen, es gibt Verrückte, die ganz logisch zu handeln vermögen, und wenn sie noch dazu reich sind, so können sie ihre krausen Ideen sogar in die Tat umsetzen. Aber zuletzt« – und dabei zuckte er die Achseln –, »zuletzt muß es doch ein Ende mit Schrecken nehmen. Denn das sehen Sie doch selbst, was hier vorgeht, ist nicht gesund und außerdem nicht vernünftig. Und das Unvernünftige muß schließlich immer die Waffen strecken. Bisher jedoch« – er zuckte abermals die Achseln – »gefällt es mir hier ganz ausgezeichnet.«

Auch Torquil Ericsson, von dem Sylvia angenommen hatte, daß er sich eigentlicht furchtbar getäuscht fühlen müsse, schien zufrieden zu sein. Weniger praktisch veranlagt als der Franzose, lebte er gänzlich in seinen eigenen Vorstellungen. Und seine Welt war Sylvia so fremd, daß sie gar nicht verstand, was da in seinem Kopf vorging. Er schwelgte offenbar in Zukunftsträumen, die ihr ganz fern lagen. Er gehört zu denjenigen jungen Menschen, so sagte sie sich, die drei Viertel der ganzen Menschheit am liebsten vernichten würden, damit das vierte Viertel in der absurden Scheinwelt leben kann, die lediglich in Ericssons Einbildung vorhanden ist.

Mit dem Amerikaner Andrew Peters verstand sie sich weit besser. Möglicherweise auch deshalb, weil er zwar ein begabter, aber keineswegs genialer Mensch war. Wie sie von seinen Mitarbeitern hörte, war er sehr tüchtig in seinem Fach, ein kluger und gewissenhafter Arbeiter, aber durchaus kein Bahnbrecher. Wie sie selbst, so hatte auch Peters vom ersten Augenblick an die Atmosphäre der Kolonie gehaßt.

»Ehrlich gestanden, ich habe gar nicht gewußt, wohin es ging«, sagte er, »ich glaubte es zu wissen, aber ich irrte mich total. Die Kommunistische Partei hat mit dieser Niederlassung hier nichts zu tun. Wir haben keine Verbindung mit Moskau. Dies hier ist eine Sache für sich – vielleicht eine faschistische.«

»Müssen Sie denn bei allem an irgendeinen politischen Zusammenhang denken?«

»Vielleicht haben Sie recht«, erwiderte er nachdenklich, »man kommt schließlich zu der Überzeugung, daß die Begriffe, mit denen man da herumwirft, nichts zu bedeuten haben. Aber eins weiß ich sicher: Ich möchte weg von hier, und ich werde es auch fertigbringen.«

»Es wird nicht leicht sein«, meinte Sylvia leise. Dieses Gespräch fand auf dem Dachgarten neben dem plätschernden Springbrunnen statt. Bei dem matten Sternenschein hätte man glauben können, im Garten eines Sultans auf und ab zu wandeln. Denn von hier aus waren die nüchternen Zweckgebäude der Kolonie nicht zu erkennen.

»Ach, wie gern höre ich das Plätschern, wie gern.«

Er sah teilnehmend auf sie herab. »Sie sind niedergeschlagen, nicht wahr?«

»Ja, ziemlich. Ich habe Angst, ich könnte mich an all das gewöhnen«, sagte Sylvia.

»Ja, das kann ich verstehen«, sagte er nachdenklich, »hier herrscht so eine Art von Massensuggestion. Man ist sich dessen bewußt, unternimmt aber nichts dagegen.«

»Es käme mir viel natürlicher vor, wenn sich die Leute dagegen auflehnen würden.«

»Ja, das habe ich auch schon gedacht. Ein- oder zweimal kam es mir vor, als ob sie hier irgendeinen Hokuspokus machen.«

»Was wollen Sie damit sagen?«

»Nun, daß man uns etwas ins Essen oder in die Getränke mischt.«

»Denken Sie an eine Droge?«

»Ja, das wäre nicht unmöglich. Etwas, das uns – wie soll ich mich ausdrücken – fügsam macht.«

»Aber gibt es denn ein solches Mittel?«

»Das schlägt eigentlich nicht in mein Fach. Ich weiß nur, daß es Mittel gibt, die man den Leuten verabreicht, um sie vor einer Operation oder dergleichen zu beruhigen. Ob es etwas ist, das man ihnen längere Zeit geben kann, ohne daß ihre Leistungsfähigkeit sich vermindert – das weiß ich nicht. Aber es gibt vor allem eine seelische Beeinflussung. Wir haben hier sicher Leute, die gut über Hypnose und Psychologie Bescheid wissen. Auch glaube ich, daß wir, ohne es gewahr zu werden, in einer Weise behandelt werden, die uns alles hier schön und gut erscheinen läßt. Auf diesem Weg läßt sich sehr viel erreichen, und die Kerle hier verstehen ihr Handwerk.«

»Aber wir dürfen uns nicht beeinflussen lassen«, rief Sylvia hitzig, »wir dürfen keinen Moment denken, hier sei alles schön und gut!«

»Was sagt Ihr Mann dazu?«

»Tom? Oh – er ist so schwierig«, sie brach ab und schwieg. Unmöglich konnte sie Andrew Peters ihre sonderbare Lage erklären. Nun lebte sie zehn Tage lang mit einem Menschen in engster Gemeinschaft, der ihr ein vollständig Fremder war. Sie teilte ihr Schlafzimmer mit ihm, und wenn sie nachts nicht schlafen konnte, hörte sie neben sich seine Atemzüge. Sie beide sahen das als unvermeidlich an. Sie war eine Betrügerin, eine Spionin, die ihre Rolle zu spielen hatte. Tom Betterton aber konnte sie nicht begreifen. Er schien ein Beispiel dafür zu sein, wie sehr sich ein hochbegabter junger Mensch innerhalb weniger Monate in dieser entnervenden Atmosphäre verändern konnte. Dabei schien er sich keineswegs in sein Schicksal ergeben zu haben. Weit davon entfernt, in seiner Arbeit Befriedigung zu finden, wurde er im Gegenteil gequält durch den Mangel an Konzentrationsfähigkeit. Ein- oder zweimal hatte er schon wiederholt, was er an jenem ersten Abend zu ihr gesagt hatte.

»Ich kann nicht mehr denken. Ich bin vollkommen ausgetrocknet.«

Ja, dachte sie, Tom Betterton, der wirklich schöpferisch Begabte, ist noch mehr als andere auf Freiheit angewiesen. Keinerlei Arbeitserleichterung konnte ihm den Verlust seiner Freiheit ersetzen. Nur wenn er frei war, konnte er schöpferische Arbeit leisten. Und er stand jetzt nahe vor einem Nervenzusammenbruch. Er behandelte Sylvia mit einer merkwürdigen Gleichgültigkeit. Sie war für ihn keine Frau, nicht einmal eine Freundin. Manchmal zweifelte sie sogar daran, daß er unter dem Tod Olivias litt. Was ihn einzig und allein beschäftigte, war die Beschränkung, in der er leben mußte. Immer und immer wieder sagte er: »Ich muß weg von hier, ich muß, ich muß«, und dann wieder: »Ich hatte ja keine Vorstellung, wie das hier sein würde. Aber wie soll ich hier wieder hinauskommen? Wie denn? Und ich muß, ich muß einfach fort!«

Im Grunde genommen war es das gleiche, was auch Peters gesagt hatte. Aber beide drückten es auf verschiedene Weise aus. Peters hatte gesprochen, wie ein junger, energischer, verärgerter, enttäuschter Mensch spricht, der seiner selbst sicher ist und entschlossen, sich mit den führenden Köpfen der Niederlassung zu messen. Die Rebellion Bettertons war dagegen diejenige eines Menschen, der seine ganze Spannkraft eingebüßt hat, eines Menschen, den die Unmöglichkeit einer Flucht zum Wahnsinn treibt. Aber wissen wir denn, so dachte Sylvia, wie weit es mit Peters und mir in sechs Monaten gekommen sein wird? Vielleicht hat sich bis dahin gesunde Auflehnung und das berechtigte Zutrauen in die eigenen Fähigkeiten in die haltlose Verzweiflung eines in der Falle gefangenen Tieres verwandelt.

Über all diese Dinge hätte sie gern mit Peters gesprochen. Hätte sie nur sagen dürfen: »Tom Betterton ist nicht mein Mann. Ich weiß gar nichts von ihm. Ich weiß nicht, was er war, ehe er hierherkam, und ich tappe ihm gegenüber im dunkeln. Ich kann ihm nicht helfen, denn ich weiß nicht, was ich sagen oder tun soll.«

So aber mußte sie ihre Worte sehr sorgfältig abwägen. Sie sagte: »Tom kommt mir wie ein Fremder vor. Er spricht mit mir gar nicht über diese Dinge. Manchmal habe ich den Eindruck, daß diese Abschließung, die Gewißheit, hier eingesperrt zu sein, ihn dem Wahnsinn nahebringt.«

Trocken erwiderte Peters: »Das ist schon möglich.«

»Aber sagen Sie mir nur eines: Sie sprechen mit solcher Zuversicht davon, daß wir fortkönnen – wie können wir das anstellen? Besteht denn die geringste Aussicht?«

»Ich will nicht sagen, daß wir heute oder morgen weggehen können, Olivia. Man muß alles aufs sorgfältigste überlegen. Sie wissen ja, daß Gefangene oft unter den schwierigsten Verhältnissen ausgebrochen sind. Viele meiner Landsleute und eine Menge der ihrigen haben Bücher darüber geschrieben, wie Gefangene sich aus deutschen Lagern befreit haben.«

»Das war etwas ganz anderes.«

»Im Grunde eigentlich nicht. Wo ein Wille ist, da ist auch ein Weg. Natürlich können wir uns keinen Tunnel durch den Atlas bohren, und dadurch bleiben uns nur wenige Wege übrig. Aber was man ernstlich will, das kann man durchführen. Man muß Erfindungsgeist, Verstellung, Schauspielerei, Betrug, Bestechung zu Hilfe nehmen. Denken Sie einmal darüber nach. Das eine sage ich Ihnen: *Ich* werde hier herauskommen, das ist todsicher.«

»Das *Sie* es schaffen werden, das glaube ich«, sagte Sylvia und fügte hinzu: »Aber was wird aus mir?«

»Bei Ihnen ist das natürlich etwas anderes.«

Es lag Befangenheit im Ton seiner Stimme. Einen Moment lang erfaßte sie nicht, was er meinte. Dann wurde ihr klar, daß er annahm, sie würde nicht ohne Betterton fliehen wollen. Sie war hierhergekommen, um mit dem Mann, den sie liebte, zusammenzusein. Und da sie diesen Zweck erreicht hatte, so konnte ihr persönliches Verlangen nach einem Entkommen aus der Niederlassung nicht so stark sein. Beinahe wäre sie versucht gewesen, Peters die Wahrheit zu sagen – aber ihr Instinkt warnte sie davor. So wünschte sie Peters eine gute Nacht und verließ den Dachgarten.

## 16

»Guten Abend, Mrs. Betterton.«

»Guten Abend, Miß Jennson.«

Das magere, bebrillte Mädchen sah sehr aufgeregt aus. Ihre Augen funkelten hinter den dicken Gläsern. »Heute abend werden wir ein Meeting veranstalten«, sagte sie. »Der Direktor höchstpersönlich wird eine Ansprache halten.«

»Das ist gut«, sagte Peters, der in der Nähe stand. »Ich warte schon lange darauf, daß ich diesen Direktor einmal in Augenschein nehmen kann.«

Miß Jennson warf ihm einen erschrockenen und vorwurfsvollen Blick zu. »Der Direktor«, sagte sie beflissen, »ist ein wunderbarer Mensch.«

Als sie in einem der weißen Korridore verschwunden war, stieß Peters einen leisen Pfiff aus. »Riecht das nicht beinahe nach Führerkult?«

»Ja, so hat es beinahe geklungen.«

»Das Unangenehme an dieser Existenz hier ist, daß man nie weiß, wie der Hase läuft. Wenn ich, als ich die Vereinigten Staaten voll jugendlicher Begeisterung für die menschliche Verbrüderung verließ, geahnt hätte, daß ich in die Klauen eines zweiten gottähnlichen Diktators geraten würde . . .« Er hob die Hände zum Himmel auf.

»Vorläufig ist das ja noch gar nicht bewiesen«, beruhigte ihn Sylvia.

»Aber ich rieche es – hier ist was faul«, sagte Peters.

»Ich bin richtig froh, daß Sie auch hier sind.« Sylvia errötete heftig, als er sie erstaunt ansah. »Weil Sie so nett und normal sind«, fügte sie in größter Verlegenheit hinzu.

Peters machte ein amüsiertes Gesicht. »Da, wo ich herkomme«, sagte er, »hat das Wort normal eine andere Bedeutung. Man meint damit, daß jemand nicht wahnsinnig ist.«

»So habe ich es nicht gemeint. Ich wollte nur sagen, daß Sie sind wie jedermann. Ach Gott, das klingt auch wieder sehr unhöflich. Wer ist schon gern wie jedermann!«

»Der Normalmensch, das ist's, was Sie meinen, nicht wahr? Sie haben offenbar genug von den genialen Menschen.«

»Ja. Und Sie haben sich auch verändert, seitdem Sie hier sind. Sie wirken nicht mehr so bitter – und voll Haß.«

Doch mit einemmal verzerrte sich sein Gesicht. »Der Eindruck täuscht vielleicht«, sagte er, »dieser Haß ist immer noch da – er glimmt im verborgenen weiter. Es gibt Dinge, die man einfach hassen muß.«

Das Meeting, daß Miß Jennson angekündigt hatte, fand nach dem Dinner statt. Alle Mitglieder der Gemeinschaft versammelten sich im großen Vortragssaal. Jedoch waren die sogenannten technischen Kräfte ausgeschlossen. Die Laborgehilfen, das Küchenpersonal samt den Serviermädchen und auch die hübschen Prostituierten, die denjenigen Männern zur Verfügung gestellt wurden, die keine Frau bei sich hatten. Neben Betterton sitzend, wartete Sylvia gespannt auf die Ankunft der beinahe legendären Gestalt des Direktors. Auf ihre Fragen nach dem Mann, der die Kolonie leitete, hatte ihr Betterton immer nur ganz unbestimmte Auskunft erteilt.

»Er ist keine auffallende Erscheinung«, hatte er gesagt, »aber er verfügt über große Überzeugungskraft. Ich habe ihn nur zweimal gesehen. Er zeigt sich nicht oft. Er ist eine starke Persönlichkeit, man fühlt es, aber ehrlich gesagt, ich weiß nicht, warum.«

Infolge des ehrfurchtsvollen Tones, in dem Miß Jennson und die anderen Frauen von diesem Mann gesprochen hatten, war in Sylvia die Vorstellung von einem großen alten Mann mit lang herabwallenden Bart in weißen Gewändern entstanden, eine Art Gottvater. Sie war daher sehr verblüfft, als ein dunkler, untersetzter Mann in mittleren Jahren die Rednerbühne bestieg. Die Versammelten hatten sich bei seinem Eintreffen erhoben.

Seine Erscheinung wirkte durchaus alltäglich, und man hätte ihn ohne weiteres für einen soignierten Geschäftsmann halten können. Seine Nationalität war nicht erkennbar. Abwechselnd bediente er sich dreier Sprachen, des Englischen, des Französischen und des Deutschen, mit derselben Gewandtheit, ohne sich jemals zu wiederholen oder zu stocken.

»Vor allen Dingen«, begann er, »möchte ich unsere neuen Mitarbeiter begrüßen, die den Wunsch hegten, sich unserer Gemeinschaft anzuschließen.« Dann richtete er an jeden der Neuankömmlinge ein paar kurze Begrüßungsworte. Hierauf begann er von dem Zweck und den Zielen »unserer Gemeinschaft« zu sprechen.

Als Sylvia sich später ins Gedächtnis rufen wollte, was er eigentlich gesagt hatte, war ihr dies ein Ding der Unmöglichkeit. Denn sobald die dunklen, durchdringenden Augen und der Klang seiner zündenden Stimme fehlten, schien der ganze Inhalt seiner Rede nur eine Reihe von Gemeinplätzen gewesen zu sein. Solange der Mann auf dem Podium seine Sätze geformt und der Schar atemlos Horchender zugerufen hatte, schienen sie Weisheit und Einsicht zu enthalten. Er richtete sie vor allem an die Jugend und sagte unter anderem: »Angehäufter Wohlstand, Klassenhochmut, einflußreiche Familienverbindungen, aus ihnen haben sich die herrschenden Kräfte der Vergangenheit zusammengesetzt. Aber heute liegt die Herrschaft in den Händen der Jugend. Wissen ist Macht! Jene Macht, die im Gehirn des Chemikers, des Arztes, des Physikers ihren Ursprung hat . . . Aus den Laboratorien wächst uns die Möglichkeit der Zerstörung im weitesten Ausmaß zu. Mit diesen Machtmitteln in Händen können wir sagen: Unterwirf dich – oder geh zugrunde! Diese Machtfülle darf aber nicht den Händen einer einzelnen Nation anvertraut werden. Die Macht gehört denen, die sie geschaffen haben! Diese unsere Gemeinschaft ist der Sammelplatz der Weltmacht. Ihr kommt hierher aus allen Teilen der Welt und bringt eure schöpferische Forscherkraft mit. Und mit euch bringt ihr die Jugend! Keiner von euch ist mehr als fünfundvierzig Jahre alt. Wenn der Tag gekommen ist, so werden wir einen Trust gründen: den Gehirntrust der Wissenschaft. Und wir werden den Lauf der Welt bestimmen. Wir werden unsere Botschaften und Befehle an die Kapitalisten, die Könige, die Heere und die Industrien senden. Wir werden der Welt den *Pax Scientifica,* den Frieden der Wissenschaft, schenken.«

Und so ging es weiter. Aber es waren nicht die Worte, die die Sinne umnebelten und den Kopf verwirrten – es war die Persönlichkeit des Redners, der diese sonst so kühle und kritische Versammlung fortriß und einer Macht unterwarf, die keinen Namen hatte. Der Direktor schloß mit den Worten: »Durch Kampf zum Sieg! Gute Nacht!«

Sylvia verließ den Raum in einer exaltierten Verfassung, und sie stellte auf den Gesichtern der anderen dieselbe Hingerissenheit fest. Besonders fiel ihr Ericsson auf, dessen sonst so farblose Augen glühten. Dann aber fühlte sie Peters' Hand auf ihrem Arm. Er flüsterte ihr ins Ohr: »Kommen Sie aufs Dach! Wir haben frische Luft nötig.«

Schweigend fuhren sie mit dem Lift hinauf und stiegen aus. Die Palmen rauschten, und vom Himmel blinkten die Sterne. Peters atmete tief und wie befreit auf. »Ja«, sagte er, »das brauchen wir jetzt: reine Luft, um diesen Nebel zu vertreiben, der uns betäubt hat.«

Auch Sylvia seufzte tief auf. Sie fand sich noch nicht wieder in der Wirklichkeit zurecht. Er gab ihr einen freundschaftlichen Puff. »Kommen Sie zu sich, Olivia!«

»Die Weltherrschaft der Wissenschaft«, sagte Sylvia, »ja, das wäre wohl schön!«

»Kommen Sie zu sich. Kehren Sie auf die Erde und zur Realität zurück. Wenn sich die Wirkung dieses Giftgases verflüchtigt hat, so werden Sie einsehen, daß Sie auf einen alten Schwindel hereingefallen sind.«

»Aber es wäre schön – ich meine, ein herrliches Zukunftsbild.«

»Zum Kuckuck mit den Zukunftsträumen. Fassen Sie die Tatsache ins Auge. Jugend und Gehirnarbeit – na schön! Und woraus setzt sich diese Jugend samt Gehirnen zusammen? Aus Helga Needheim, einer erbarmungslosen Egoistin. Aus Torquil Ericsson, einem weltfremden Träumer. Aus Dr. Barron, der seine Großmutter an den Abdecker verschachern würde, um noch bessere Möglichkeiten für seine Forschungen zu bekommen. Sehen Sie mich an, einen ganz gewöhnlichen Burschen, wie Sie selbst gesagt haben, der zur Untersuchung von Nahrungsmitteln gerade gut genug ist, aber keinerlei Talent zur Leitung eines Büros besitzt und eines Tages die Welt regieren helfen soll! Nehmen Sie Ihren eigenen Mann – ja, das muß ich Ihnen sagen –, ein Mann, dessen Nerven immer wieder versagen und der nur in der Furcht vor Vergeltung lebt. Ich habe Ihnen nur die Leute genannt, die wir am besten kennen – aber so sind sie alle hier, alle, die meinen Weg gekreuzt haben. Genies, wenigstens einige von ihnen, eignen sich ausgezeichnet für die Wissenschaftsgebiete, die sie sich ausgesucht haben, aber als Verwalter des Universums – ha, da muß ich lachen. Ansteckender Blödsinn, das war's, was wir uns eben angehört haben.«

Sylvia setzte sich auf die Steinbank und fuhr mit der Hand über ihre Stirn. »Ich glaube, daß Sie recht haben«, sagte sie. »Aber die Benebelung ist immer noch nicht ganz weg. Wie macht er das nur? Glaubt er selbst an seine Worte? Das muß doch so sein.«

Düster antwortet Peters: »Mir scheint, daß es bei Größenwahnsinnigen letzten Endes immer aufs gleiche hinauskommt: Ein Verrückter, der glaubt, er sei der Herrgott.«

Langsam sagte Sylvia: »Es mag wohl sein. Und doch – gerade das ist so furchtbar deprimierend: daß es nur ein Hirngespinst ist.«

»Aber es ist so, meine Liebe. Das zieht sich ja durch die ganze Menschheitsgeschichte hindurch. Und es wirkt immer. Beinahe hätte ich mich heute abend auch betören lassen – so wie es Sie gepackt hat. Wenn ich Sie nicht hier heraufgelotst hätte . . .« Plötzlich änderte er seinen Ton. »Vielleicht hätte ich's nicht tun sollen. Was wird Betterton dazu sagen? Wird er es nicht merkwürdig finden?«

»Das glaube ich nicht. Er wird gar keine Notiz davon nehmen.« Er sah sie fragend an. »Es tut mir leid, Olivia. Es muß eine wahre Hölle für Sie sein, mit anzusehen, wie er vor die Hunde geht.«

Sylvia sprang auf: »Wir müssen fort von hier. Fort – fort!«

»Wir werden hinauskommen.«

»Das haben Sie schon früher gesagt – aber wir sind noch hier.«

»Warten Sie's ab! Nur Geduld. Ich bin inzwischen nicht untätig gewesen.« Sie sah ihn überrascht an.

»Es ist noch kein bestimmter Plan, aber ich habe mich mit aller Vorsicht ein bißchen subversiv betätigt. Es herrscht hier teilweise große Unzufriedenheit, und zwar in viel höherem Maß, als unser gottähnlicher Direktor weiß. Vor allem unter den unwichtigeren Gliedern der Gemeinschaft. Gutes Essen, Geld und Luxus und Frauen bedeuten nicht alles. Ich werde Sie von hier wegbringen, Olivia.«

»Und Tom auch?«

Peters' Gesicht verfinsterte sich. »Hören Sie mir zu, Olivia, und glauben Sie, was ich sage. Für Tom ist es am besten, wenn er hierbleibt. Es ist hier« – sekundenlang zögerte er – »sicherer als draußen in der übrigen Welt.«

*»Sicherer?* Was für ein komischer Ausdruck.«

»Sicherer«, wiederholte Peters, »ich gebrauche diesen Ausdruck mit voller Absicht.«

Sylvia runzelte die Stirn. »Ich verstehe wirklich nicht, was Sie meinen. Tom ist doch nicht – Sie wollen doch nicht sagen, daß er geistig nicht in Ordnung sei?«

»Nicht im mindesten. Er ist so gesund wie Sie oder ich.«

»Warum sagen Sie dann, er sei hier sicherer?«

Langsam antwortete Peters: »In einem Käfig ist man in manchen Fällen sehr gut aufgehoben.«

»Ach nein!« rief Sylvia. »Sagen Sie nicht, daß Sie das auch glauben. Sagen Sie nicht, daß die Massenhypnose oder Massensuggestion oder wie immer es heißen mag, letzten Endes auch auf Sie wirkt. Sicherheit, Ruhe, Zufriedenheit! Nein, wir müssen uns empören! Wir müssen frei werden.«

Zögernd meinte Peters: »Ja, ich weiß. Aber . . .«

»Tom will auf jeden Fall fort von hier. Er verzweifelt förmlich bei dem Gedanken, hierbleiben zu müssen.«

»Betterton weiß vielleicht nicht, was gut für ihn ist.«

Plötzlich entsann sie Sylvia der Andeutungen, die ihr Tom gemacht hatte, so hatte er sich in gewissem Sinne strafbar gemacht – ohne Zweifel war dies auch der Grund der Überlegungen von Peters. Aber Sylvia hatte die feste Überzeugung, daß es besser wäre, eine Gefängnisstrafe abzubüßen, als hierzubleiben. So sagte sie hartnäckig: »Tom muß mitkommen.«

Sie war ganz überrascht, als Peters plötzlich in bitterem Ton sagte: »Machen Sie das, wie Sie wollen. Ich habe Sie gewarnt. Ich hätte nur gern gewußt, warum Sie sich so sehr um diesen Menschen sorgen.«

Sie sah ihn mißbilligend an. Heftige Worte drängten sich ihr auf die Lippen, aber sie hielt sie zurück. Sollte sie vielleicht sagen, was sie in Wirklichkeit fühlte, nämlich: Ich sorge mich gar nicht um ihn. Er bedeutet mir nichts. Er war der Gatte einer anderen Frau, für die ich einen Auftrag übernommen habe. Am liebsten hätte sie gesagt: Du Narr, der einzige, um den ich mir Sorgen mache, bist du!

»Nun, hast du dich gut mit deinem netten Amerikaner unterhalten?« Mit diesen Worten begrüßte Betterton Sylvia, als sie ins Schlafzimmer trat. Er lag auf seinem Bett und rauchte.

Sie errötete flüchtig. »Wir sind zusammen hier eingetroffen — und verstehen uns außerdem in vielen Dingen.«

Er lachte. »Oh, ich wollte dich nicht zur Rede stellen.« Zum erstenmal betrachtete er sie mit einer gewissen Bewunderung. »Du siehst sehr gut aus, Olivia«, stellte er fest. (Sylvia hatte von Anfang an darauf bestanden, daß er sie mit dem Vornamen seiner Frau anredete.)

»Ja«, wiederholte er und musterte sie von neuem, »du siehst verdammt hübsch aus. Ich habe das schon längst bemerkt. Aber wie die Dinge nun einmal liegen, muß mir das egal sein.«

»Das macht nichts«, sagte Sylvia trocken.

»Ich bin ein durchaus normaler Mann, meine Liebe, oder ich war es wenigstens. Was ich jetzt bin, das weiß Gott allein.«

Sylvia setzte sich auf den Bettrand. »Was ist los mit dir, Tom?« fragte sie.

»Das habe ich doch schon gesagt. Ich kann mich nicht mehr konzentrieren. Als Wissenschaftler bin ich erledigt. Dieser Ort . . .«

»Die anderen – oder zumindest die meisten von ihnen – fühlen sich nicht so unglücklich wie du.«

»Weil es eine stumpfe Bande ist, nehme ich an.«

»Einige von ihnen sind recht lebendig«, sagte Sylvia und fuhr dann fort: »Wenn du hier nur einen Freund hättest – einen aufrichtigen Freund.«

»Nun, ich habe ja Murchison. Obgleich er ein schwerfälliger Kerl ist. Und kürzlich war ich öfter mit Torquil Ericsson zusammen.«

»Wirklich?« fragte Sylvia überrascht.

»Ja. Mein Gott, er ist hochbegabt. Ich wollte, ich hätte seinen Kopf.

»Er ist ein merkwürdiger Mensch«, sagte Sylvia, »mir macht er immer angst.«

*»Angst?* Vor Torquil? Der ist sanft wie ein Lamm. In manchen Dingen das reinste Kind. Gänzlich weltfremd.«

»Und doch ist er mir unheimlich«, sagte Sylvia hartnäckig.

»Du scheinst mit deinen Nerven auch nicht auf der Höhe zu sein.«

»Vorläufig sind sie noch in Ordnung. Tom, sei nicht offen gegenüber Ericsson.«

Er sah sie durchdringend an. »Warum denn nicht, um Himmels willen?«

»Ich weiß nicht. Das ist Gefühlssache.«

## 17

Leblanc zuckte die Achseln. »Es ist sicher, daß sie Afrika verlassen haben.«

»Nein, es ist nicht sicher«, konterte Jessop.

»Aber alle Anzeichen deuten darauf hin.« Der Franzose schüttelte den Kopf. »Übrigens wissen wir ja nicht, *wem* sie sich verschrieben haben.«

»Wenn sie sich denen verschrieben haben, an die wir denken, warum haben sie dann die Reise von Afrika aus angetreten? Von jeder Stelle in Europa aus wäre es einfacher gewesen.«

»Das ist richtig. Aber die Sache erlaubt noch eine andere Deutung. Niemand würde auf die Idee kommen, daß sie sich hier versammeln und von hier aufbrechen.«

»Ich sehe das anders«, fuhr Jessop mit sanfter Hartnäckigkeit fort. »Nur ein kleines Flugzeug konnte von diesem Flugfeld aufsteigen. Es hätte zwischenlanden und vor dem Flug übers Mittelmeer neuen Treibstoff aufnehmen müssen, um bis nach Europa zu gelangen. Und wenn sie irgendwo neuen Treibstoff aufgenommen hätten, so hätten sie weitere Spuren hinterlassen.«

»Mein Lieber, wir haben die genauesten Nachforschungen angestellt – überall in dieser Region.«

»Die Leute mit den Geigerzählern müssen schließlich doch zu einem Ergebnis kommen«, sagte Jessop. »Die Anzahl der Flugzeuge, die man untersuchen muß, ist beschränkt. Nur eine Spur von Radioaktivität, und wir wissen, daß es das Flugzeug ist, das wir suchen . . .«

»Wir kriegen's noch heraus«, sagte Jessop eigensinnig.

»Könnte es nicht sein . . .«

»Was?«

»Wir sind immer der Meinung gewesen, daß sie nach Norden, in Richtung zum Mittelmeer, reisen. Aber angenommen, sie flogen nach Süden?«

»Aber von dort sind sie ja gekommen. Und wo hätten sie denn da hinfliegen sollen? Dort ist das Atlasgebirge – und dann die Wüste.«

»Sidi, schwörst du mir, daß es sein wird, wie du es versprochen hast? Ich kriege Tankstelle in Amerika, in Chicago? Wird es dabei bleiben?«

»Gewiß, Mohammed, wenn wir erst von hier weg sind.«

»Der Erfolg steht bei Allah!«

»Hoffen wir also, daß es Allahs Wille ist, daß du eine Tankstelle in Chicago bekommst. Warum übrigens ausgerechnet in Chicago?«

»Sidi, der Bruder meines Weibes wanderte nach Amerika aus, und er besitzt ein Auto in Chicago. Soll ich meine ganzen Tage in diesem abgelegenen Erdenwinkel leben? Hier gibt es zwar Geld und genug zu essen und Teppiche und Weiber – aber es ist nicht modern. Es ist nicht Amerika.«

Peters betrachtete gedankenvoll das würdevolle schwarze Gesicht. Mohammed in seinen weißen Gewändern war wirklich ein erfreulicher Anblick. Was für törichte Wünsche hegt doch das Menschenherz!

»Ich glaube nicht, daß das klug von dir ist«, sagte Peters seufzend, »aber wie du willst. Natürlich, falls es entdeckt wird . . .«

Mohammed lächelte, daß seine schneeweißen Zähne blitzten. »Dann bedeutet das für mich den Tod. Für dich nicht, Sidi, denn du bist ihnen wichtig.«

»Aber sie sind hier mit dem Tod schnell bei der Hand, nicht wahr?«

Der andere hob die Schultern mit einem Lächeln der Verachtung und ließ sie wieder fallen. »Was ist Tod? Auch er ist im Willen Allahs beschlossen.«

»Du weißt also, was du zu tun hast.«

»Ich weiß es, Sidi. Ich habe dich, wenn es dunkel ist, auf das Dach zu bringen. Dann habe ich in deinem Zimmer die Kleider zu hinterlegen, die gleichen, wie ich und andere Diener sie tragen. Später . . .«

»Kein Wort mehr! Und nun wird es gut sein, wenn du mich aus dem Lift wieder hinausläßt. Es könnte doch jemand auffallen, wenn wir immer rauf und runter fahren. Man könnte Verdacht schöpfen.«

Der Tanz war in vollem Gang. Andy Peters tanzte mit Miß Jennson. Er hielt sie fest an sich gedrückt, und es sah aus, als ob er ihr etwas ins Ohr flüstere. Als sie in die Nähe Sylvias kamen, sah er sie bedeutsam an und gab ihr einen Wink. Sylvia verbiß ein Lächeln und wandte sich rasch ab. Ihr Blick fiel auf Betterton, der am anderen Ende des Raums im Gespräch mit Torquil Ericsson stand. Sylvia runzelte leicht die Stirn.

»Wollen Sie mit mir tanzen, Olivia?« fragte Murchison neben ihr.

»Natürlich, Simon«, antwortete sie.

»Aber ich muß Sie zuvor warnen«, sagte er, »ich bin nämlich ein schlechter Tänzer.«

Sylvia tat ihr möglichstes, ihre Zehen vor seinen energisch auftretenden Füßen zu schützen.

»Übung ist alles, das sage ich immer«, erklärte Murchison und stampfte weiter. Er war wirklich sehr ungeschickt.

»Sie haben ein sehr schönes Kleid an, Olivia«, sagte er. Ihre Unterhaltung hörte sich an, als sei sie einer Novelle aus dem vorigen Jahrhundert entnommen.

»Es freut mich, daß es Ihnen gefällt«, fuhr Sylvia in derselben Manier fort.

»Es stammt gewiß aus unserer Kleiderabteilung?«

Sylvia widerstand der Versuchung, zu fragen: Woher denn sonst? und sagte nur: »Ja.«

»Ich muß wirklich sagen«, und Murchison stampfte weiter, »man ist hier sehr nett zu uns. Ich habe es erst kürzlich zu Bianca gesagt. Die europäischen Wohlfahrtseinrichtungen sind gar nichts dagegen. Keine Sorgen wegen Geld oder Steuern oder Lebensunterhalt. Alles wird uns abgenommen. Für Frauen muß das ein herrliches Leben sein.«

»Findet das Bianca auch?«

»Erst war sie etwas unzufrieden, aber nun hat sie verschiedene Komitees gegründet und organisiert allerhand – Diskussionen und Vorträge und so weiter. Sie beklagt sich übrigens, daß Sie so gar keinen Anteil an diesen Dingen nehmen.«

»Es tut mir leid, daß ich nicht die geeignete Person bin, Simon. Ich bin nicht sehr gesellig veranlagt.«

»Ja, aber eine junge Frau muß sich doch auf irgendeine Weise die Zeit vertreiben. Ich meine zwar nicht, daß sie sich nur amüsieren soll . . .«

»Sie meinen, sie soll sich mit etwas beschäftigen?«

»Ja. Ich glaube, die moderne Frau sollte an allem Anteil nehmen. Ich kann begreifen, daß Frauen wie Sie und Bianca ein großes Opfer gebracht haben, als sie hierherkamen. Ihr seid beide keine Wissenschaftler, Gott sei Dank – wirklich, diese Wissenschaftlerinnen! Die meisten von ihnen sind furchtbar einseitig. Ich habe zu Bianca gesagt: ›Laß Olivia Zeit, sie wird sich schon noch einleben.‹ Man braucht Zeit, sich an diesen Ort zu gewöhnen. Zuerst kommt man sich wie in einem Kloster vor. Aber es gibt sich – es gibt sich.«

»Sie wollen sagen, daß man sich mit der Zeit an alles gewöhnt?«

»Gewiß, manche leiden allerdings darunter. Für Tom zum Beispiel scheint es sehr hart zu sein. Wo ist übrigens Tom heute abend? Oh, ich sehe ihn schon, dort steht er mit dem jungen Ericsson. Die beiden sind unzertrennlich.«

»Ich wollte, sie wären es nicht. Ich begreife das nicht, denn sie können doch nicht viel miteinander gemeinsam haben.«

»Der junge Torquil ist ganz begeistert von Ihrem Mann. Er folgt ihm auf Schritt und Tritt.«

»Das habe ich auch schon bemerkt. Aber warum eigentlich?«

»Ach, sie reden über irgendwelche wissenschaftliche Theorien. Ich habe Mühe, ihm zu folgen, da er sich auf englisch nur schlecht ausdrücken kann. Aber Tom bringt es fertig, ihn zu verstehen.«

Der Tanz war zu Ende. Andy Peters tauchte auf und nahm Sylvia für den nächsten Tanz in Beschlag. »Ich habe Ihre Leiden mit angesehen«, sagte er, »sind Sie nicht ganz zusammengetrampelt worden?«

»Oh, ich habe sehr aufgepaßt.«

»Haben Sie bemerkt, wie ich geflirtet habe?«

»Mit der Jennson?«

»Ja. Ich darf, ohne unbescheiden zu sein, behaupten, daß ich großen Erfolg gehabt habe. Diese störrischen, kurzsichtigen Mädels sind sehr wandlungsfähig, wenn man sie richtig zu nehmen weiß.«

»Man hatte ganz den Eindruck, daß Sie in die Jennson verschossen seien.«

»Diesen Eindruck wollte ich auch erwecken. Wenn man dieses Mädchen richtig behandelt, Olivia, so kann sie von großem Nutzen für uns sein. Sie ist in alles hier eingeweiht. So wird morgen zum Beispiel eine Gruppe von Besuchern kommen: Wissenschaftler, ein paar Politiker und ein oder zwei reiche Geldgeber.«

»Andy, halten Sie es für möglich . . .«

»Nein, das tue ich nicht. Hier paßt man bei solchen Gelegenheiten höllisch auf. Nähren Sie also keine falschen Hoffnungen. Aber es kann von Wert sein zu beobachten, wie es bei solchen Gelegenheiten zugeht. Und beim nächsten Mal – nun, vielleicht läßt sich da was machen. Solange mir die Jennson aus der Hand frißt, kann ich eine Menge von ihr erfahren.«

»Was wissen die Leute, die jetzt kommen?«

»Was uns – ich meine die Gemeinschaft – betrifft, überhaupt nichts. Ich nehme es wenigstens an. Sie werden speziell die medizinische Forschungsabteilung besuchen. Diese Anlage ist absichtlich wie ein Labyrinth konstruiert, so daß niemand, der hereinkommt, erraten kann, wie weitläufig die ganze Anlage ist. Ich vermute, daß es überall Zwischenwände gibt, die jeden Arbeitsbereich vom anderen trennen.«

»Das klingt alles so unglaubwürdig.«

»Ja. Die halbe Zeit läuft man wie im Traum herum. Es ist auch so merkwürdig, daß hier gar keine Kinder vorhanden sind. Vielleicht ist es auch besser so. Seien sie froh, daß Sie keine haben.«

Ein Ruck ging durch ihren Körper. Er fühlte, daß er einen wunden Punkt berührt hatte. Schnell führte er sie von der Tanzfläche weg zu einem Sessel. »Verzeihen Sie, daß ich Sie verletzt habe.«

»Ach, Sie können nichts dafür. Ich hatte ein Kind, und es ist gestorben – das ist alles.«

*»Sie hatten ein Kind?«* Er starrte sie verblüfft an. »Ich dachte, Sie seien kaum sechs Monate mit Betterton verheiratet.«

Sylvia errötete und sagte schnell: »Ja, natürlich, aber ich war schon einmal verheiratet und ließ mich scheiden.«

»Ach so. Das ist das Unangenehme hier, daß keiner vom andern aus seiner früheren Existenz etwas weiß. So sagt man oft Dummheiten. Es kommt mir so sonderbar vor, daß ich überhaupt nichts von Ihnen weiß.«

»Mir geht es ebenso mit Ihnen. Ich weiß nicht, wie Sie aufgewachsen sind – und wo –, nichts über Ihre Familie . . .«

»Ich bin in einer wissenschaftlichen Atmosphäre aufgewachsen, habe sie sozusagen mit der Muttermilch eingesogen. Es wurde zu Hause überhaupt nur von wissenschaftlichen Dingen gesprochen. Aber ich war nie der Stolz der Familie. Das war jemand anders . . .«

»Wer denn?«

»Es war ein Mädchen, ein Genie. Sie hatte das Zeug zu einer Madame Curie.«

»Und was ist mir ihr?«

»Sie wurde ermordet«, antwortete er kurz.

Eine Tragödie der Kriegszeit, dachte Sylvia und fragte sanft: »Hatten Sie sie gern?«

»Mehr als irgend jemanden auf der Welt.« Dann stand er plötzlich auf. »Genug davon. Wir haben jetzt andere Sorgen. Da, schauen Sie sich unseren norwegischen Freund an! Abgesehen von seinen Augen macht er den Eindruck einer Holzpuppe. Und diese wunderbaren steifen Verbeugungen! Man meint immer, er sei eine an der Schnur gezogene Marionette.«

»Weil er so groß und mager ist.«

»Er ist gar nicht so groß. Nicht viel größer als ich.«

»Der Augenschein täuscht oft.«

»Ja, das ist wie mit den Beschreibungen im Paß. Nehmen wir einmal Ericsson als Beispiel. Er ist etwa einsachtzig groß, hat blondes Haar, blaue Augen, längliches Gesicht und keine weiteren äußerlichen Kennzeichen – außer seinem steifen Gehabe. Aber selbst, wenn man noch hinzufügte, was nicht in einem Paß steht – ›drückt sich korrekt, aber umständlich aus‹ –, so würde man daraus nicht im mindesten schließen können, wie Torquil wirklich aussieht . . . Aber was haben Sie denn?«

»Nichts.«

Sie starrte zu Ericsson hinüber. Das war ja beinahe eine Beschreibung von Boris Glyn gewesen, was sie da eben von Peters gehört hatte! Beinahe Wort für Wort Jessops Beschreibung! Hatte sie darum Ericsson gegenüber immer dieses unangenehme Gefühl gehabt? War es möglich? Sie drehte sich nach Peters um und sagte: »Ist er wirklich Ericsson? Könnte er nicht irgend jemand anders sein?«

Peters sah sie erstaunt an: »Aber wieso denn? Wer sollte es denn sonst sein?«

»Könnte er nicht unter falschem Namen hier sein?«

Peters überlegte und sagte dann: »Ich glaube nicht – es wäre kaum durchzuführen. Er kann doch nicht nur vorgeben, Wissenschaftler zu sein. Das würde bald herauskommen – außerdem kennt man ihn genau.«

»Aber niemand hier scheint ihn jemals vorher getroffen zu haben und sein Arbeitsgebiet zu kennen – da könnte er sich doch unter falschem Namen eingeschlichen haben.«

»Sie meinen, er könnte so eine Art Doppelexistenz führen? Das ist wenig wahrscheinlich.«

»Sie haben recht, es ist wirklich nicht sehr wahrscheinlich.«

Er war also doch nicht Boris Glyn. Aber warum hatte Olivia Betterton ihren Mann so dringend vor Boris warnen wollen? Wußte sie vielleicht, daß er sich auf dem Weg zur Kolonie befand? Und dieser Ericsson schlich so verdächtig oft um Tom herum. Angenommen, der Mann, der nach London kam und sich Boris Glyn nannte, war gar nicht Boris Glyn? Angenommen, es war Ericsson gewesen? Die Beschreibung stimmte. Sicher war Ericsson eine gefährliche Persönlichkeit – man wußte ja nie, was hinter den farblosen Träumeraugen vorging . . . Sie schauderte.

»Olivia, was haben Sie denn? Was ist mit Ihnen los?«

»Ach nichts. Da, sehen Sie, der stellvertretende Direktor will etwas verkünden.«

Dr. Nielson bat mit erhobener Hand um Ruhe. Er sprach von der Tribüne des Saals ins Mikrophon.

»Freunde und Mitarbeiter! Morgen wird man Sie bitten, vorübergehend in unser Notquartier, in einen anderen Flügel umzuziehen. Bitte kommen Sie um elf Uhr vormittags zum Appell. Eine solche Umquartierung dauer nie länger als vierundzwanzig Stunden. Ich bedaure diese Unbequemlichkeit. Draußen ist ein Plakat angeschlagen, aus dem Sie alles weitere ersehen.« Er zog sich mit freundlichem Lächeln zurück. Die Tanzkapelle setzte wieder ein.

»Ich muß mich wieder an die Jennson heranmachen«, sagte Peters, »sie steht dort hinter einem Pfeiler. Ich möchte gern etwas Genaueres über diesen merkwürdigen Flügel erfahren.«

Sylvia hing ihren Gedanken nach. Waren ihre Befürchtungen nicht übertrieben? Wer war Ericsson? Wer war Boris Glyn?

Im großen Vortragssaal wurde ein Appell abgehalten. Alle waren anwesend und antworteten auf Namensaufruf. Dann ordneten sie sich zu einer langen Reihe und verließen schweigend den Saal.

Wie gewöhnlich führte der Weg durch eine Unmenge gewundener Gänge. Sylvia, die neben Peters ging, bemerkte einen winzigen Kompaß in seiner Hand. Dadurch konnte er unbemerkt die Richtung des Wegs verfolgen.

»Nicht, daß es gerade von großem Nutzen wäre«, bemerkte er leise, »oder vielmehr im Augenblick ist es nicht von Nutzen. Aber vielleicht später einmal.«

Am Ende eines Ganges, der vor einer verschlossenen Tür endete, gab es eine kleine Stockung, bis die Tür offen war. Peters nahm seine Zigarettendose heraus, aber sofort ertönte van Heidems befehlende Stimme: »Rauchen verboten! Das sollten Sie doch wissen!«

»Entschuldigen Sie.« Aber Peters behielt die Dose in der Hand. Dann ging er weiter.

»Wir werden vorangetrieben wie eine Schafherde«, bemerkte Sylvia mißvergnügt.

»Nur nicht ärgern«, murmelte Peters, »ein schwarzes Schaf ist in der Herde und sinnt auf Unheil.«

Sie warf ihm einen belustigten Blick zu.

»Der Schlafsaal für Frauen befindet sich rechts«, sagte Miß Jennson, und sie führte die weiblichen Teilnehmer in die angegebene Richtung. Die Männer wurden auf der linken Seite untergebracht. Der Schlafsaal war sehr geräumig und erinnerte an ein Krankenhaus. Längs der Wände waren Betten aufgestellt, die, je nach Wunsch, durch Plastikvorhänge abgeschlossen werden konnten. Neben jedem Bett befand sich ein Schrank.

»Sie werden die Einrichtung sehr primitiv finden«, sagte Miß Jennson, »aber immerhin ausreichend. Das Badezimmer befindet sich am entgegengesetzten Ende auf der rechten Seite. Und durch die Tür daneben gelangt man in den Aufenthaltsraum.«

Dieser Gemeinschaftsraum, in dem man sich später zusammenfand, erinnerte an den Wartesaal eines kleinen Flughafens. Auf der einen Seite war eine Bar und eine Theke, wo man einen Imbiß nehmen konnte. Auf der anderen Seite hatte man Zeitschriftenregale angebracht.

Der Tag verging ganz angenehm. Es wurden zwei Filme vorgeführt auf einer kleinen transportablen Projektionsfläche. Die Beleuchtung sollte den Eindruck von Tageslicht erwecken, damit der Mangel an Fenstern nicht auffiel. Gegen Abend wurde eine andere Garnitur mild beleuchtender Birnen eingeschaltet.

»Schlau eingerichtet«, sagte Peters anerkennend, »denn das Gefühl, hier eingesperrt zu sein, wird durch diesen Zauber ziemlich verdrängt.«

Wir können nichts unternehmen, dachte Sylvia, irgendwo, ganz in unserer Nähe, befinden sich Menschen, die von draußen kommen. Und wir können uns nicht mit ihnen in Verbindung setzen, sie nicht um Hilfe bitten. Wie gewöhnlich ist alles aufs genaueste ausgedacht und vorbereitet worden.

Peters saß neben Miß Jennson. Sylvia schlug den Murchisons eine Bridgepartie vor. Tom Betterton schloß sich aus mit der Begründung, er könne sich nicht konzentrieren. So machte Dr. Barron den vierten Mann.

Sylvia wunderte sich selbst, daß ihr das Spiel Vergnügen machte. Es war halb zwölf, als der dritte Robber zu Ende ging. Sie und Dr. Barron hatten gewonnen.

»Es war eine Abwechslung«, sagte sie und sah auf ihre Uhr. »Aber wie spät es schon ist! Ich nehme an, daß die Besucher nun weg sind – oder bleiben sie gar über Nacht?«

»Das weiß ich wirklich nicht«, antwortete Simon Murchison, »aber es mag sein, daß eine oder zwei von den medizinischen Kapazitäten noch bleiben. Jedenfalls werden morgen mittag alle weg sein.«

»Und dann werden wir wieder heimgetrieben?«

»Ja. Es wird aber auch Zeit. Das ganze Arbeitsprogramm gerät einem durcheinander mit solchen Geschichten.«

»Immerhin ist es großartig organisiert«, fügte Bianca wohlgefällig hinzu. Sie und Sylvia standen auf und verabschiedeten sich mit einem Gutenachtwunsch von den beiden Herren. Sylvia ließ Bianca den Vortritt in den schwach erhellten Schlafsaal. In diesem Augenblick fühlte sie eine leichte Berührung am Arm. Sie wandte sich rasch um. Neben ihr stand einer der großen dunkelhäutigen Diener. Mit unterdrückter Stimme sagte er auf französisch: »Madame, bitte kommen Sie.«

»Wohin denn?«

»Bitte folgen Sie mir.« Einen Augenblick stand sie unschlüssig da. Bianca war im Schlafsaal verschwunden. Im Aufenthaltsraum waren nur noch wenige Personen, die sich miteinander unterhielten. Wieder fühlte sie die leichte Berührung. »Bitte, Madame, kommen Sie mit mir.« Er ging einige Schritte voran und sah zurück, um sich zu vergewissern, daß sie ihm folgte.

Sylvia bemerkte, daß der Mann viel besser gekleidet war als die anderen eingeborenen Diener. Sein Gewand wies reiche Goldstickereien auf.

Er führte sie durch eine kleine Tür in der Ecke des großen Raumes, dann weiter durch einen der geheimnisvollen weißen Gänge. Sie hatte nicht den Eindruck, daß es der gleiche Weg sei, auf dem sie hereingeführt worden waren, konnte es aber nicht mit Sicherheit feststellen, da ein Gang wie der andere aussah. Einmal wollte sie eine Frage an den Führer richten, aber er schüttelte ungeduldig den Kopf und strebte weiter. Endlich blieb er am Ende eines Ganges stehen und drückte auf einen Knopf in der Mauer. Eine Seitenwand glitt zurück und gab einen kleinen Aufzug frei. Er forderte sie mit einer höflichen Handbewegung auf einzusteigen, folgte ihr, und der Lift schoß nach oben.

»Wohin bringen Sie mich?« fragte Sylvia ungnädig.

Der Diener sah sie vorwurfsvoll mit seinen schwarzen Augen an: »Zum Herrn, Madame. Es ist eine große Auszeichnung für Sie.«

»Zum Direktor, meinen Sie?«

»Nein, zum Herrn.«

Der Lift hielt. Der Diener schob die Türen zur Seite und half ihr heraus. Dann gingen sie einen anderen Gang hinunter und kamen abermals an eine Tür. Ihr Begleiter klopfte an, und die Tür wurde von innen aufgemacht. Auch hier fungierten dunkelhäutige, in goldgestickte weiße Gewänder gehüllte Gestalten als Dienstpersonal. Der Mann führte Sylvia durch das tapezierte Vorzimmer und schlug die Vorhänge auf der entgegengesetzten Seite auseinander. Sylvia ging über eine Schwelle und befand sich zu ihrer Verwunderung in einem in orientalischem Geschmack ausgestatteten Raum. Da standen breite, niedere Ruhebetten, grazile Mokkatischchen; das Ganze umrahmt von wundervollen Wandteppichen in leuchtenden Farben. Auf einem niedrigen Diwan saß ein Mann, den Sylvia verblüfft anstarrte.

Es war Monsieur Aristides, und er lächelte . . .

## 18

»Nehmen Sie Platz, *chére Madame«,* sagte er. Er winkte ihr mit seiner kleinen, klauenartigen Hand. Wie im Traum folgte Sylvia dem Wink und ließ sich auf einem Diwan nieder, der ihm gegenüberstand. Er lachte leise. »Das ist eine Überraschung, nicht wahr? Das haben Sie nicht erwartet?«

»Nein«, antwortete Sylvia, »allerdings nicht. Ich . . .« Aber schon begann ihre Überraschung abzuflauen. Beim Anblick von Monsieur Aristides stürzte die seltsame Traumwelt zusammen, in der sie die vergangenen Wochen gelebt hatte. Sie wußte nun, daß die ganze »Gemeinschaft« ihr unwirklich vorgekommen war, weil sie in Wirklichkeit nicht bestand. Sie war nicht das, was sie scheinen wollte. Auch jener Direktor mit seiner berückenden Stimme war nur eine Theaterfigur, mit der man Illusionen vermitteln wollte. Die Wahrheit war hier in diesem morgenländisch aufgeputzten Zimmer. Sie war dieser alte Mann, der vor sich hinlachte. Wenn Monsieur Aristides der Mittelpunkt dieser Welt war – dann war es eine durchaus praktische, zweckvolle, illusionslose Welt.

»Jetzt verstehe ich alles«, sagte Sylvia, »es ist Ihr Werk?«

»Ja, Madame.«

»Und der Direktor? Dieser sogenannte Direktor?«

»Er ist sehr tüchtig«, erwiderte Monsieur Aristides anerkennend, »deshalb bezahle ich ihm auch ein hohes Gehalt. Er hat früher okkultistische Versammlungen geleitet.» Er schwieg einen Augenblick nachdenklich und rauchte. Auch Sylvia schwieg erwartungsvoll.

Dann fuhr Monsieur Aristides unvermittelt fort: »Ich bin ein Menschenfreund, Madame. Wie Sie wissen, bin ich sehr reich – einer der reichsten, vielleicht der reichste Mann der Welt. Mit meinen Mitteln möchte ich der Menschheit dienen. Hier, an diesem weltverlorenen Fleck, habe ich eine Leprakolonie angelegt und lasse Heilversuche in weitestem Ausmaß mit den Kranken anstellen. Gewisse Formen des Aussatzes sind heilbar. Andere haben sich als unheilbar erwiesen. Aber wir arbeiten weiter und erzielen gute Resultate. Der Aussatz ist kein so leicht übertragbares Übel, wie man immer meint. Er ist nicht halb so ansteckend und gefährlich wie zum Beispiel Pocken oder Typhus. Und doch, wenn man zu den Leuten sagt, ›eine Leprakolonie‹, so läuft ihnen eine Gänsehaut über den Rükken. Es ist eine alte Furcht. Sie findet sich schon in der Bibel, und sie hat sich durch Jahrtausende gut gehalten, diese Angst vor dem Aussatz. Ich hielt es darum für zweckmäßig, diese Leprastation hier zu errichten.«

»Sie haben sie aus den angegebenen Gründen errichtet?«

»Ja. Wir haben aber auch eine Abteilung für Krebsforschung, und auch auf dem Gebiet der Tuberkulose ist schon Bedeutendes geleistet worden. Ferner gibt es eine Abteilung zur Erforschung der Krankheitserreger – natürlich nur zu Heilzwecken, an Kriegszwecke wird dabei nicht gedacht. Alles zu humanen Zwecken, die mir sehr zur Ehre gereichen. Bekannte Physiker, Chirurgen, Chemiker reisen hierher und unterrichten sich über unsere Forschungsergebnisse, so wie es auch heute der Fall war. Das Gebäude ist so scharfsinnig konstruiert, daß ein Teil davon vollkommen abgeschlossen ist und nicht einmal aus der Luft wahrgenommen werden kann. Die geheimsten Laboratorien sind direkt in den Felsen eingebaut. Jedenfalls bin ich vor Schnüfflern sicher.« Er lächelte und sagte einfach: »Wissen Sie, ich kann es mir leisten.«

»Aber«, fragte Sylvia, »warum dann dieser Drang zur Zerstörung?«

»Aber Madame! Ich fühle durchaus keinen Drang zur Zerstörung in mir. Sie tun mir unrecht, Gnädigste!«

»Dann verstehe ich das alles nicht.«

»Ich bin ein Geschäftsmann«, antwortete Aristides, »und außerdem bin ich noch Sammler. Wenn man den Reichtum als Last empfindet, so gewähren solche Dinge die einzige Erleichterung. Ich habe vieles gesammelt. Gemälde zum Beispiel – ich besitze die wertvollste private Gemäldesammlung in ganz Europa. Auch gewisse Arten von Keramik sammle ich, und außerdem noch Briefmarken. Meine Briefmarkensammlung ist berühmt. Wenn die eine Sammlung so gut wie vollständig ist, so geht man zur nächsten über. Ich bin ein alter Mann, Madame, und es gibt keine große Auswahl mehr unter den Dingen, die ich sammeln könnte. So habe ich mich darauf verlegt, Gehirne zu sammeln.«

*»Gehirne?«* fuhr Sylvia erschrocken dazwischen.

Er nickte freundlich. »Ja, das ist das interessanteste Sammelobjekt von allen. Nach und nach, Madame, speichere ich hier die besten Gehirne der ganzen Welt. Und es sind die jungen Kräfte, die ich hierherbringe, junge, vielversprechende Menschen. Eines Tages werden die müde gewordenen Nationen der Welt sich sagen, daß ihre Wissenschaftler alt und stumpf geworden sind, und sie werden erkennen, daß alle jungen und leistungsfähigen Kräfte, Ärzte, Chemiker, Physiker, Chirurgen hier bei mir sind und daß ich sie alle in der Hand habe. Und wenn sie einen erstklassigen Gesichtschirurgen oder Genbiologen brauchen, so werden sie zu mir kommen und ihn mir abkaufen müssen.«

»Sie wollen damit sagen . . .« Sylvia brach ab, beugte sich vor und sah ihn starr an. »Sie wollen mit anderen Worten sagen, daß es sich um eine riesenhafte Spekulation handelt?«

Abermals nickte Aristides freundlich. »Natürlich, andernfalls hätte es doch keinen Sinn, nicht wahr?«

Sylvia atmete tief auf. »Nein«, sagte sie dann, »und ich habe das von Anfang an gefühlt.«

»Ich bin eben in erster Linie Geschäftsmann«, erklärte Monsieur Aristides beinahe entschuldigend, »es ist mein Beruf. Ich bin Finanzmann großen Stils.«

»Und Sie haben keine politischen Ziele im Auge? Sie wollen nicht die Welt beherrschen?«

Er streckte abwehrend beide Hände aus. »Ich hege nicht den Wunsch, den Herrgott zu spielen«, sagte er, »ich bin ein frommer Mensch. Ich leide nicht an dem bekannten Diktatorenwahnsinn. Vorläufig jedenfalls bin ich noch frei davon.« Er überlegte einen Augenblick und fuhr dann fort: »Es kann ja soweit kommen. Gewiß, es kann auch noch kommen . . . Bis jetzt spüre ich, Gott sei Dank, noch keine Anzeichen.«

»Aber wie machen Sie es, daß diese ›Gehirne‹ alle zu Ihnen kommen?«

»Ich kaufe sie, Madame; auf dem freien Markt, wie eine andere Ware auch. Zuweilen kaufe ich sie mit Geld. Aber viel öfter noch kaufe ich sie mit Vorspiegelungen. Junge Leute sind Träumer. Sie haben Ideale. Sie haben ihre Überzeugungen. Manchmal kaufe ich sie auch dadurch, daß ich ihnen Sicherheit gewähre – denjenigen nämlich, die drüben in der anderen Welt das Gesetz übertreten haben.«

»Das erklärt alles«, sagte Sylvia, »ich meine, es erklärt alles, was ich auf der Reise hierher so unerklärlich fand.«

»Ah, Madame, haben Sie da wirklich etwas Merkwürdiges entdeckt?«

»Ja. Die Verschiedenheit der Anschauungen. Der Amerikaner Peters schien dem Kommunismus verfallen. Aber Ericsson war ein begeisterter Anhänger der Übermenschentheorie. Und Helga Needheim war eine anmaßende und unbelehrbare Faschistin. Dr. Barron dagegen . . .«

»Ja, der kam wegen des Geldes«, warf Aristides ein, »Barron ist ein gebildeter Zyniker. Er hat keine Illusionen, aber er ist seiner Arbeit mit Leidenschaft verhaftet. Er sehnte sich nach unbeschränkten Mitteln, um seine Forschungsarbeit weiterführen zu können.« Und unvermittelt fügte er hinzu: »Sie sind klug, Madame. Ich sah das schon in Fes.« Er kicherte. »Sie haben es nicht gewußt, Madame, aber ich kam einzig und allein nach Fes, um Sie zu beobachten – oder vielmehr, ich hatte Sie nach Fes bringen lassen, um Sie beobachten zu können.«

»Ich verstehe«, sagte Sylvia trocken.

»Ich freute mich bei dem Gedanken, daß Sie hierherkommen würden. Denn hier gibt es kaum Leute, mit denen man eine gute Unterhaltung führen kann.« Er machte eine geringschätzige Handbewegung: »Diese Gelehrten, diese Biologen, diese Labormenschen, die sind nicht interessant. Sie leisten wohl schöpferische Arbeit, aber man kann kein vernünftiges Gespräch mit ihnen führen.« Und gedankenvoll fügte er hinzu: »Ihre Ehefrauen sind in der Regel auch ziemlich langweilig. Überhaupt sehen wir diese Frauen hier nicht gerne. Ich gestatte ihre Anwesenheit auch nur aus einem einzigen Grund.«

»Und der wäre?«

Aristides antwortete trocken: »Es kommt hier und da vor, daß ein Gelehrter sich seiner Arbeit nicht uneingeschränkt widmen kann, weil er zuviel an seine Frau denkt. Das schien bei Ihrem Gatten Thomas Betterton der Fall zu sein. Betterton galt in der Gelehrtenwelt als genialer Wissenschaftler, aber seitdem er hier ist, hat er nur mittelmäßige, zweitklassige Arbeit geleistet. Ja, von Betterton bin ich enttäuscht.«

»Aber machen Sie diese Erfahrung nicht immer wieder? Die Menschen sind hier doch praktisch eingesperrt. Sie lehnen sich innerlich dagegen auf. Zu Anfang jedenfalls!«

»Gewiß«, gab Monsieur Aristides zu, »das ist natürlich und unvermeidlich. Es ist die Geschichte vom Vogel im Käfig. Aber wenn der Vogel eine genügend große Voliere bekommt und darin alles findet, was er braucht, einen Gefährten, Körner, Wasser, Astwerk, jede äußere Bequemlichkeit, dann vergißt er schließlich, daß er jemals in Freiheit gelebt hat.«

Sylvia schauderte zusammen. »Ich habe Angst vor Ihnen«, sagte sie, »wirklich und wahrhaftig.«

»Mit der Zeit werden Sie schon noch alles begreifen, Madame. Diese Männer hier mit all ihren verschiedenen Anschauungen und Zielen, die enttäuscht sind und voller Auflehnung, sie werden sich schließlich doch fügen.«

»Seien Sie Ihrer Sache nicht so sicher«, bemerkte Sylvia.

»Auf dieser Erde ist nichts gewiß. Das muß ich zugeben. Aber immerhin dürfen wir mit fünfundneunzig Prozent Sicherheit rechnen.«

Sylvia musterte ihn mit Abneigung. »Es ist schrecklich«, sagte sie, »wie man sonst eine Kultur von Bazillen anlegt, so legen Sie hier eine Kultur von Gehirnzellen an.«

»Genau das. Sie haben den richtigen Ausdruck dafür gefunden.«

»Und Sie glauben, daß diese Gehirnzellenkultur Ihnen eines Tages großen Gewinn bringen wird?«

»So ist es, Madame.«

»Aber Sie können Gelehrte nicht anstellen, wie Sie eine Stenotypistin anstellen können.«

»Warum denn nicht?«

»Die Wissenschaftler könnten es ablehnen, sich von Ihnen irgendwohin verkaufen zu lassen.«

»Das ist nur zum Teil richtig. Ich könnte seine Anpassung garantieren.«

»Seine Anpassung – was soll das heißen?«

»Haben Sie denn noch nie etwas von Leukotomie gehört, Madame?«

Sylvia runzelte die Stirn. »Ist das nicht eine Gehirnoperation?«

»Ganz richtig. Ursprünglich wurde sie gegen Schwermut angewandt. Ich will es Ihnen in einfachen Worten erklären, Madame, denn mit den wissenschaftlichen Ausdrücken können Sie und ich nichts anfangen. Nach dieser Operation hegt der Patient nicht mehr den Wunsch, sich das Leben zu nehmen, auch besitzt er keinerlei Schuldbewußtsein und Freiheitsdrang mehr. Er ist sorglos, gewissenlos und in den meisten Fällen fügsam.«

»Aber diese Operation ist wohl nicht hundertprozentig erfolgreich?«

»Früher war das nicht der Fall. Aber hier sind wir auf diesem

Gebiet sehr viel weiter gekommen. Ich habe drei Chirurgen, einen Russen, einen Franzosen und einen Österreicher. Durch verschiedene Verpflanzungen und sonstige geschickte Manipulationen an den Gehirnzellen kann man den Patienten gefügig machen, ohne daß seine sonstigen Leistungen dadurch beeinträchtigt werden. Man kann es schließlich so weit bringen, daß ein menschliches Wesen im vollen Besitz seiner Verstandeskräfte bleibt, während man im übrigen unbedingten Gehorsam von ihm fordern kann. Er wird alles tun, was man von ihm verlangt.«

»Aber das ist ja fürchterlich!« rief Sylvia.

»Es ist zweckmäßig«, verbesserte er sie in ernstem Ton. »In gewisser Hinsicht ist es sogar eine Wohltat. Denn ein solcher Mensch fühlt sich glücklich und zufrieden und wird von keinerlei Ängsten und Sorgen mehr geplagt.«

»Und ich glaube doch nicht daran«, sagte Sylvia herausfordernd.

»Verzeihen Sie, *chère Madame,* wenn ich Sie in dieser Sache nicht für kompetent halte.«

»Was ich glaube, ist folgendes«, erklärte Sylvia. »Ich glaube nicht, daß ein ruhiggestelltes, gehorsames Tier schöpferische Arbeit leisten kann.«

Aristides hob die Schultern. »Vielleicht. Sie sind sehr klug, aber Sie werden sehen. Die Zeit wird es lehren, denn die Versuche werden ständig fortgesetzt.«

»Die Versuche! Sie meinen Experimente an menschlichen Wesen?«

»Aber natürlich. Es ist die einzige erfolgreiche Methode.«

»Aber an welcher Art von menschlichen Wesen werden diese Experimente ausgeführt?«

»Es handelt sich um diejenigen, die sich an das Leben hier nicht gewöhnen und nicht tätig mitarbeiten wollen. Sie sind ideale Versuchsobjekte.«

Sylvia vergrub ihre Hand in die Kissen des Diwans. Sie fühlte Abscheu vor diesem blaßgelben, lächelnden Männchen mit seinen unmenschlichen Plänen. Dazu klang alles, was er sagte, so vernünftig, so logisch und so geschäftstüchtig, daß es dadurch noch schrecklicher wirkte. Hier saß sie keinem Wahnsinnigen gegenüber, hier war ein Mensch, der seine Mitmenschen lediglich als Rohmaterial zu Versuchszwecken betrachtete.

»Glauben Sie eigentlich an Gott?« fragte sie schließlich.

Er schien schockiert. »Selbstverständlich glaube ich an Gott. Ich habe Ihnen doch schon gesagt, daß ich ein frommer Mann bin. Gott hat mich mit großen Machtmitteln ausgestattet: mit Geld und mit guten Ideen, es optimal anzulegen.«

»Lesen Sie in der Bibel?« fragte Sylvia.

»Gewiß, Madame.«

»Erinnern Sie sich, was Moses und Aaron zum Pharao sagten? ›Laß mein Volk ziehen!‹«

Er lächelte. »So, und ich soll Pharao spielen? Und Sie sind Moses und Aaron in einer Person? Das wollen Sie doch sagen, Madame? Daß ich die Leute hier alle gehenlassen soll – alle – oder vielleicht nur einen, wie?«

»Ich würde lieber sagen – alle!«

»Aber Sie wissen ja selbst, Madame, daß ein solches Ansinnen Zeitverschwendung wäre. Wollen Sie statt dessen nicht lieber nur für Ihren Mann bitten?«

»Er ist jedenfalls nicht von großem Nutzen für Sie«, sagte Sylvia, »das ist Ihnen klargeworden.«

»Sie haben recht, Madame. Ja, ich bin sehr enttäuscht von Thomas Betterton. Ich hoffte, daß Ihre Anwesenheit seine Fähigkeiten neu beleben würde, denn er hat zweifellos große Fähigkeiten. Dafür bürgt schon der Ruf, den er in Amerika hat. Aber Ihre Ankunft hat wenig oder gar keine Wirkung gehabt. Ich spreche natürlich nicht aus eigener Erfahrung, sondern ich halte mich an die Berichte derjenigen, die Bescheid wissen. Das sind seine Kollegen, die mit ihm zusammenarbeiten. Seine Arbeiten sind gewissenhaft, aber mittelmäßig. Mehr nicht.«

»Es gibt Vögel, die in der Gefangenschaft nicht singen«, sagte Sylvia. »So gibt es vielleicht auch Wissenschaftler, die unter gewissen Bedingungen keine schöpferische Arbeit leisten können. Sie müssen zugeben, daß so etwas möglich ist.«

»Das mag sein. Ich leugne es nicht.«

»Dann setzen Sie Thomas Betterton auf Ihre Verlustliste, und lassen Sie ihn in seine frühere Welt zurückkehren.«

»Das wird sich kaum machen lassen, Madame. Ich möchte vorläufig nicht, daß man das, was sich hier tut, in die Welt hinausposaunt. Die Konkurrenz schläft nicht.«

»Sie können ihm einen Eid abnehmen, daß er schweigen wird. Er würde niemals auch nur ein Wort verraten.«

»Schwören würde er – gewiß. Aber er würde sein Wort nicht halten.«

»Sicher würde er es halten – ganz sicher!«

»So spricht eine Frau, und Frauen kann man in diesem Punkt nicht trauen. Jedoch«, und damit lehnte er sich in seinen Diwan zurück und legte die Fingerspitzen aneinander, »wenn er eine Geisel hier zurücklassen müßte, das würde seine Zunge vielleicht binden.«

»Was meinen Sie damit?«

»Ich meine *Sie* damit, Madame . . . Wenn Thomas Betterton ginge und Sie als Geisel zurückblieben, wie würde Ihnen das gefallen? Würden Sie damit einverstanden sein?«

Vor Sylvia stiegen die Bilder der Vergangenheit auf. Monsieur Aristides konnte nicht erraten, woran sie dachte. Sie sah sich am Bett im Krankenhaus neben der sterbenden Frau. Sie hörte Jessops Instruktionen und dachte an ihre mühsame Kleinarbeit, aus Sylvia Craven eine Olivia Betterton zu schaffen. Wenn jetzt wirklich eine Aussicht bestand, daß Betterton frei wurde und sie dafür als Geisel zurückblieb, war das nicht die beste Gelegenheit, ihre Mission zu erfüllen? Denn sie wußte ja, daß sie nicht als Geisel im üblichen Sinn zurückbleiben würde. Sie bedeutete nichts für Thomas Betterton. Die Frau, die er geliebt hatte, war bereits tot. Sie hob den Kopf und sah zu dem alten Mann hinüber. »Ich wäre damit einverstanden«, sagte sie.

Der alte Mann lächelte. »Sie haben Mut, Madame. Sie sind zuverlässig und treu. Das sind schöne Eigenschaften. Und im übrigen . . .«, er lächelte wieder, »nun, davon reden wir ein andermal.«

Plötzlich fuhr Sylvia auf und rief: »Nein, nein! Niemals! Ich könnte es wohl doch nicht ertragen! Es ist alles so unmenschlich.«

»Sie dürfen es nicht so schwernehmen, Madame«, sagte der alte Mann sanft, beinahe zärtlich, »es hat mir Freude gemacht, mit Ihnen von meinen Wünschen und Plänen sprechen zu können. Es war für mich von Interesse zu erfahren, wie diese auf einen ganz unvorbereiteten Geist wirken – auf eine Seele wie die Ihrige, die Seele einer ausgeglichenen, gesunden und klugen Frau. Sie sind erschreckt. Sie fühlen sich abgestoßen. Aber es wird sich alles noch geben. Zuerst verurteilen Sie alles, dann werden Sie darüber nachdenken, immer wieder und wieder, und am Ende wird es Ihnen ganz natürlich erscheinen; als ob es die vernünftigste Sache von der Welt wäre.«

»Nie! Niemals!« rief Sylvia verzweifelt.

»Aha!« sagte Monsieur Aristides. »Aus Ihnen spricht Leidenschaft und Auflehnung, das Göttergeschenk, das die Natur den rothaarigen Frauen verliehen hat. Meine zweite Frau«, fuhr er nachdenklich fort, »hatte auch rotes Haar. Sie war eine Schönheit, und sie liebte mich abgöttisch. Ist das nicht merkwürdig? Ich habe von jeher die rothaarigen Frauen bewundert. Sie haben herrliches Haar, Madame. Und Sie haben noch andere Vorzüge. Sie besitzen Geist und Mut und eine eigene Meinung.« Er seufzte. »Ach, heutezutage interessieren mich die Frauen nur noch wenig. Ich habe hier ein paar junge Mädchen zur Unterhaltung, aber ich vermisse die geistige Gemeinschaft. Glauben Sie mir, Madame, Ihre Gegenwart hat direkt belebend auf mich gewirkt.«

»Wenn ich nun all das, was Sie soeben gesagt haben, meinem Mann berichte?«

Aristides lächelte nachsichtig. »*Wenn* Sie es täten? Aber wollen Sie es wirklich?«

»Ich weiß nicht – ich weiß es wirklich nicht.«

»Oh, Sie sind klug und weise«, sagte Monsieur Aristides, »eine Frau muß manches zu verschweigen wissen. Aber Sie sind jetzt müde und verwirrt. Wenn ich, wie es von Zeit zu Zeit geschieht, zu einem Besuch hierherkomme, werde ich Sie rufen lassen, und wir werden uns dann über viele Dinge unterhalten.«

»Ach, lassen Sie mich fort« – und Sylvia streckte ihre Hände flehend nach ihm aus, »lassen Sie mich bitte fort. Nehmen Sie mich mit. Bitte, bitte!«

Er schüttelte sanft den Kopf. Er sah nachsichtig, aber auch ein klein wenig verächtlich aus. »Nun sprechen Sie auf einmal wie ein kleines Kind«, sagte er vorwurfsvoll, »wie könnte ich Sie gehenlassen? Wie könnte ich verantworten, daß Sie Ihren Mann im Stich lassen und draußen meine Geschäftsgeheimnisse ausplaudern?«

»Würden Sie mir denn wirklich nicht glauben, wenn ich einen Eid ablegte, daß ich zu niemandem ein Wort sagen würde?«

»Nein, das würde ich Ihnen wirklich nicht glauben«, erwiderte Monsieur Aristides, »das wäre sehr töricht von mir.«

»Ich will aber nicht hierbleiben in diesem Kerker. Ich möchte weg.«

»Sie haben doch Ihren Mann hier. Sie kamen doch seinetwillen aus freien Stücken hierher.«

»Aber ich wußte nicht, wie es hier sein würde.«

»Gewiß«, entgegnete Monsieur Aristides, »Sie hatten keine Ahnung. Aber ich möchte Ihnen sagen, daß diese merkwürdige Welt hier, die Sie betreten haben, eine sehr viel angenehmere Welt ist als das Leben hinter dem Eisernen Vorhang. Hier wird Ihnen alles geboten, was Sie brauchen. Luxus, ein herrliches Klima, Zerstreuungen aller Art . . .«

Er stand auf und klopfte ihr sanft auf die Schulter. »Sie werden sich einleben«, sagte er zuversichtlich, »ja, der kleine Vogel mit dem roten Köpfchen wird sich eingewöhnen. In einem, spätestens in zwei Jahren werden Sie sehr glücklich sein. Wenn auch«, setzte er nachdenklich hinzu, »vielleicht weniger interessant.«

## 19

In der folgenden Nacht wachte Sylvia plötzlich auf. Sie stützte sich auf ihren Ellbogen und fragte: »Tom, hörst du nichts?«

»Doch. Es sind niedrigfliegende Flugzeuge. Das bedeutet nichts. Sie kommen immer von Zeit zu Zeit.«

»Ich wüßte gern . . .«, aber mitten im Satz brach sie ab und dachte über ihr Gespräch mit Aristides nach. Offenbar hatte der Alte eine Schwäche für sie. Vielleicht konnte sie das ausnützen. Vielleicht konnte sie ihn doch einmal überreden, sie mit nach draußen zu nehmen. Wenn er das nächste Mal kam, wollte sie mit ihm über seine verstorbene rothaarige Frau reden. Es waren ja keine erotischen Beweggründe, die ihn leiteten. Die Leidenschaft spielte keine Rolle mehr bei ihm. Außerdem standen ihm ja seine »jungen Mädchen« zur Verfügung. Aber alte Leute schwelgen gern in Erinnerungen . . . Was hatte sie einmal zu Tom gesagt: ›Ich werde einen Weg finden, der uns hier herausführt.‹

Wie sonderbar, sich vorzustellen, daß dieser Fluchtweg vielleicht über Aristides gehen würde . . .

»Eine Nachricht«, sagte Leblanc, »endlich wieder eine Nachricht.»

Soeben war sein Diener eingetreten und hatte ihm ein zusammengefaltetes Papier übergeben. Er entfaltete es und sagte aufgeregt: »Da ist ein Bericht von einem unserer Suchpiloten. Er hat ein abgelegenes Territorium des Hohen Atlas abgesucht. Als er über eine bergige Gegend flog, entdeckte er ein Lichtsignal. Es handelte sich um Morsezeichen, die zweimal wiederholt wurden. Hier die Niederschrift.«

Er legte die Botschaft vor Jessop hin. Da stand:

COGLEPROSESL

Die beiden letzten Buchstaben trennte er mit einem Bleistift von den andern.

»SL – das ist unser Code für ›keine Bestätigung‹.«

»Und COG, der Anfang der Botschaft«, sagte Jessop, »ist *unser* Erkennungszeichen.«

»Dann ist der mittlere Teil die wirkliche Nachricht.« Er unterstrich ihn. »Sie lautet: LEPROSE.« Er betrachtete sie voller Zweifel.

»Leprose?« sagte Jessop. »Was ist damit gemeint? Gibt es da eine Leprakolonie?«

Leblanc breitete eine große Landkarte aus. »Hier«, sagte er und bezeichnete mit seinem nikotingelben Zeigefinger eine Stelle, »das ist das Gebiet, das unser Pilot überflogen hat. Ich werde einmal nachsehen.«

Er ging hinaus und kam gleich darauf zurück. »Ich hab's«, sagte er, »es befindet sich dort eine berühmte ärztliche Forschungsstation, die von bekannten Menschenfreunden gegründet wurde und erhalten wird – in einer sehr abgeschiedenen Gegend übrigens. Es befinden sich etwa zweihundert Aussätzige in der Kolonie. Ferner hat man auch eine Station für Krebsforschung und ein Sanatorium für Lungenkranke errichtet. Alles ganz erstklassig. Der Präsident der Republik hat persönlich das Protektorat übernommen.«

»Eine sehr schöne Sache also«, sagte Jessop anerkennend.

»Und man kann sich jederzeit darüber orientieren. Es kommen oft Ärzte dorthin, die sich für solche Anlagen interessieren.«

»Und die nur das sehen, was sie sehen *sollen*. Warum auch nicht? Zweifelhafte Geschäfte kann man unter dem Anschein großer Menschenfreundlichkeit am besten verhüllen.«

»Mag sein«, sagte Leblanc in ungewissem Ton. »Nehmen wir an, daß es für manche Leute einen kurzen Aufenthalt von einem Tag bedeutet. Eine kleine Gruppe von Menschen, wie zum Beispiel die, deren Spur wir verfolgen, kann ganz gut ein paar Wochen dort beinahe wie verschollen zubringen, ehe sie ihre Reise fortsetzen.«

»Es könnte aber doch mehr dahinterstecken«, entgegnete Jessop. »Vielleicht ist es das Ende der Reise überhaupt.«

»Sehen Sie schon wieder Gespenster?«

»Eine Leprakolonie scheint mir jedenfalls verdächtig ... Bei dem heutigen Stand der Wissenschaft werden Aussätzige zu Hause behandelt.«

»Vielleicht in zivilisierten Ländern. Aber hier nicht.«

»Nein. Aber man hat bei dem Wort ›Aussatz‹ immer das Bild der Aussätzigen des Mittelalters vor Augen, die sich mit einer Schelle bemerkbar machen mußten, wenn jemand in ihre Nähe kam. Aus gewöhnlicher Neugier kommen die Leute nicht in eine Leprakolonie; diejenigen, die dorthin kommen, sind sicherlich Mediziner. Sie haben ein wissenschaftliches Interesse daran, oder aber es sind Menschenfreunde, welche die Lebensbedingungen der Aussätzigen studieren wollen – und das ist ohne Zweifel bewundernswert. Aber hinter der Maske der Barmherzigkeit und Menschenfreundlichkeit kann allerhand stecken. Wem gehört die Niederlassung eigentlich? Wer sind die Menschenfreunde, die sie gründeten und die sie erhalten?«

»Das ist leicht festzustellen. Einen Augenblick, bitte.«

Leblanc kam schnell zurück mit einem amtlichen Verzeichnis in der Hand. »Sie wurde mit privaten Mitteln gegründet von einer Gruppe, deren Haupt ein gewisser Aristides ist. Er besitzt sagenhafte Reichtümer und gibt sehr viel für wohltätige Zwekke aus. Er hat sowohl in Paris als auch in Sevilla Krankenhäuser gegründet, alles aus eigener Initiative. Die übrigen Wohltäter sind seine Teilhaber.«

»So, das ist also eine Gründung von Aristides. Und Aristides war in Fes, als sich Olivia Betterton dort befand.«

Leblanc erfaßte mit Blitzesschnelle die Lage. »Aristides, natürlich. Aber das ist ja großartig!«

»Das ist es in der Tat, Leblanc.«

»Aber begreifen Sie auch, wie ungeheuerlich es ist?« Leblanc fuchtelte mit seinem Zeigefinger aufgeregt vor Jessops Nase hin und her. »Dieser Aristides hat seine Hand in jeder Unternehmung. Er steckt fast hinter jedem großen Geschäft. Hinter den Großbanken, der Regierung, dem Waffenhandel, den Eisenbahnlinien! Man sieht ihn nie, man hört kaum etwas von ihm. Er sitzt in seinem Schloß in Spanien, er raucht ständig; und zuweilen kritzelt er ein paar Worte auf ein Fetzchen Papier und läßt es auf den Boden flattern; ein Sekretär bückt sich danach und hebt es auf, und wenige Tage später schießt sich ein großer Pariser Finanzmann eine Kugel durch den Kopf. So ist das!«

»Wie dramatisch Sie das darzustellen wissen, Leblanc. Aber es ist gar nicht so erstaunlich. Die großen Staatsmänner und die großen Bankiers sitzen hinter ihren gewichtigen Schreibtischen und erlassen scheinbar wichtige Verfügungen. Aber das ist alles nur Trug und Schein. Denn hinter ihnen steht ein unauffälliger kleiner Mann, der die wirkliche Macht in seinen Händen hält und dessen Marionetten sie sind. Es ist eigentlich gar nicht überraschend, daß Aristides hinter dieser merkwürdigen, geheimnisvollen Angelegenheit steht – und wenn wir gescheiter gewesen wären, so hätten wir es längst herausgefunden. Das Ganze ist bestimmt eine enorme Finanzspekulation. Mit Politik hat es nichts zu schaffen. Nun fragt es sich aber, was wir unternehmen sollen«, schloß er.

Leblancs Gesicht verfinsterte sich. »Das ist keine leichte Aufgabe. Wenn wir unrecht hätten – die Folgen wären nicht abzusehen. Und selbst wenn wir recht haben, müssen wir es unwiderleglich beweisen. Und wenn wir Nachforschungen anstellen, so können diese abgeblasen werden – von höchster Stelle aus, verstehen Sie? Tja, es ist eine verdammt schwierige Sache . . . Aber«, er hob wieder seinen Zeigefinger in die Höhe – »frisch gewagt ist halb gewonnen.«

## 20

Die Autos quälten sich die steile Gebirgsstraße hinauf und hielten vor dem in den felsigen Grund eingelassenen Gitter. Es waren vier Wagen. Im ersten saßen ein französischer Minister und der amerikanische Botschafter, im zweiten der britische Konsul, ein Parlamentsmitglied und der Polizeipräsident. Im dritten Wagen befanden sich zwei Mitglieder einer staatlichen Kommission und zwei bekannte Journalisten. Jede dieser wichtigen Persönlichkeiten hatte die übliche Begleitung mitgenommen. Im vierten Wagen saßen ein paar Leute, von denen die Öffentlichkeit sehr wenig wußte, die aber in ihrem eigenen Metier sehr bekannt waren: Captain Leblanc und Mr. Jessop.

Die tadellos gekleideten Fahrer öffneten die Wagentüren und verneigten sich tief, als die Herren ausstiegen.

»Hoffentlich besteht hier keine Möglichkeit der Anstekkung!« sagte der Minister besorgt.

Einer seiner Begleiter erwiderte beruhigend: »Nicht im mindesten, Herr Minister. Es sind alle Vorsichtsmaßnahmen getroffen. Man sieht sich alles nur aus sicherer Entfernung an.«

Der Minister, ein schon älterer und ängstlicher Mann, atmete sichtlich erleichtert auf. Der Botschafter machte ebenfalls eine beruhigende Bemerkung hinsichtlich der fortgeschrittenen Behandlung der Aussätzigen.

Die großen Torflügel schwangen auf. Auf der Schwelle stand eine kleine Gruppe von Menschen, um die Ankommenden zu begrüßen: der dunkle, untersetzte Direktor, der stellvertretende Direktor, stattlich und blühend, zwei medizinische Kapazitäten und ein bedeutender Chemiker. Es erfolgte eine lebhafte und umständliche Begrüßung in französischer Sprache.

»Und wo ist unser lieber Aristides?« fragte der Minister. »Ich hoffe, daß er nicht durch eine Indisposition abgehalten wurde zu kommen, wie er uns versprochen hat.«

»Monsieur Aristides ist gestern aus Spanien angekommen und erwartet Sie im Innern des Hauses«, sagte der stellvertretende Direktor. »Gestatten Sie mir, Exzellenz, Ihnen den Weg zu zeigen.«

Die Gesellschaft folgte ihm. Der Minister, immer noch leicht besorgt, spähte durch die schweren Gitter zur Rechten, wo die Aussätzigen, in Reihen geordnet, möglichst weit weg standen. Er schien erleichtert. Seine Vorstellungen vom Aussatz waren noch durchaus mittelalterlich.

In der luxuriös möblierten Empfangshalle erwartete Monsieur Aristides seine Gäste. Es fanden die üblichen Vorstellungen und Verbeugungen statt. Alsdann wurden durch die dunkelhäutige, weißgekleidete Dienerschaft Aperitifs herumgereicht.

»Das ist ja eine großzügige Anlage hier«, bemerkte einer der jüngeren Journalisten, zu Aristides gewandt.

»Ich bin allerdings stolz auf diese Kolonie«, sagte der Angeredete. »Ich möchte sie sozusagen als meinen Schwanengesang bezeichnen, mein letztes Geschenk an die Menschheit. Es wurde bei ihrer Einrichtung an nichts gespart.«

»Das kann man wohl sagen«, stimmte einer der Ärzte mit Begeisterung zu, »diese Forschungsanstalt bedeutet für den Wissenschaftler einen zur Wirklichkeit gewordenen Traum. In den Staaten haben wir auch ganz schöne Institute, aber im Vergleich zu dem, was ich hier kennengelernt habe, ist es nichts . . . Und erst die Ergebnisse, die wir erzielen!«

Sein Enthusiasmus wirkte ansteckend. »Wir müssen alle den Erfolg dieser selbstlosen privaten Initiative anerkennen«, sagte der Gesandte und verbeugte sich vor Aristides. Bescheiden erwiderte dieser: »Gott hat mein Werk gesegnet.«

In seinem Sessel zusammengesunken wirkte er wie ein gelber Zwerg. Der Abgeordnete flüsterte dem Kommissionsmitglied, einem alten, halbtauben Mann, ins Ohr, daß das alles sehr widerspruchsvoll klinge. »Dieser alte Schurke hat wahrscheinlich Millionen von Menschen auf dem Gewissen. Und dadurch hat er so viel Geld verdient, daß er nicht mehr weiß, was er damit anfangen soll. Deshalb macht er jetzt in Philanthropie. Mit der einen Hand hat er's gestohlen, mit der anderen gibt er's zurück.«

Der Greis antwortete leise: »Ich möchte wissen, was das für außerordentliche Ergebnisse sind, die so hohe Ausgaben rechtfertigen. Die meisten großen Entdeckungen, die der Menschheit Nutzen gebracht haben, kamen mit ganz bescheidenen Mitteln zustande.«

»Und nun«, sagte Aristides, nachdem genug Höflichkeitsphrasen gewechselt und die Aperitifs getrunken worden waren, »nun werden Sie mir die Ehre erweisen, eine einfache Mahlzeit mit uns einzunehmen. Dr. van Heidem wird Ihr Gastgeber sein. Ich muß leider diät leben und darf nur wenig essen. Nach der Mahlzeit kann dann die Führung stattfinden.«

Geleitet von dem liebenswürdigen Dr. van Heidem begaben sich die Gäste sehr angenehm berührt in den Speisesaal. Sie hatten eine mehrstündige Flugreise und eine einstündige Autofahrt hinter sich. So waren sie alle müde und hungrig. Das Essen war ausgezeichnet und erregte das besondere Wohlgefallen des Ministers.

»Wir haben hier unseren bescheidenen Luxus«, sagte van Heidem. »Zweimal wöchentlich werden uns mit dem Flugzeug frisches Obst und frisches Gemüse gebracht. Auch mit Fleisch, das durch Tiefkühlung frisch gehalten wird, sind wir wohlversorgt . . . Der wissenschaftlich Arbeitende braucht kräftige Nahrung für seine Gehirnzellen.«

Zum Menü waren hervorragende Weinsorten kredenzt worden, und zuletzt wurde Mokka in kostbaren chinesischen Porzellantäßchen serviert. Dann erfolgte die Führung durch die Niederlassung. Sie nahm zwei Stunden in Anspruch und schien sehr umfassend zu sein. Der Minister atmete auf, als sie zu Ende war. Er fühlte sich vollkommen erschlagen und betäubt von den in peinlicher Sauberkeit glänzenden Laboratorien, von den endlosen, weißleuchtenden Gängen, und noch mehr durch die Unmenge wissenschaftlicher Details, in die er eingeweiht wurde. Aber nicht alle zeigten sich so uninteressiert wie der Minister. Einige Gäste waren besonders erpicht, auch die Wohnungen der Angestellten zu sehen. Dr. van Heidem erwies sich als ein unermüdlicher Cicerone und konnte die Einrichtungen gar nicht genug loben.

Leblanc und Jessop, der erstere in Begleitung des Ministers und der andere beim britischen Konsul, hielten sich ein wenig hinter den andern, als die Gesellschaft in die Halle zurückkehrte. Jessop zog eine altmodische Uhr, die ziemlich laut tickte, aus der Tasche und sah nach der Zeit.

»Keine Spur, nichts!« murmelte Leblanc aufgeregt.

»Nein, keinerlei Anzeichen.«

*»Mon cher,* wenn wir, wie man bei euch sagt, auf das falsche Pferd gesetzt haben, wäre das eine Katastrophe! Wenn ich denke, welche Mühe es gekostet hat, all diese Größen zusammenzutrommeln! Was mich betrifft, so wäre meine Karriere futsch.«

»Ich gebe mich noch nicht geschlagen«, sagte Jessop, »unsere Freude *müssen* hier sein.«

»Aber wir haben nicht die geringste Spur gefunden.«

»Für solche hohen Besuche wird eben alles äußerst sorgfältig vorbereitet.«

»Aber wo sollen wir dann einen Beweis herkriegen? Ohne Beweis können wir nichts durchsetzen. Sie sind sowieso alle mißtrauisch, alle, der Minister, der amerikanische Botschafter, der britische Konsul – sie alle sagen, daß ein Mann wie Aristides über jeden Verdacht erhaben sei.«

»Nur Ruhe, Leblanc, nur kaltes Blut. Ich meine, wir sind noch nicht geschlagen.«

Leblanc zuckte die Achseln. »Sie sind unverbesserlich optimistisch, mein Freund«, sagte er. »Woher nehmen Sie nur diese Sicherheit?«

»Ich baue auf Hilfsmittel der Wissenschaft, auf den neuesten Geigerzähler zum Beispiel, den ich in der Tasche habe.«

»Ich bin kein Gelehrter, Jessop.«

»Ich ebensowenig wie Sie, aber dieses sehr empfindliche Instrument zeigt mir an, daß unsere Freunde hier sind. Dieses Gebäude ist mit voller Absicht auf labyrinthische Art angelegt. Alle diese Zimmer und Korridore ähneln sich so sehr, daß es außerordentlich schwer ist, sich darin zurechtzufinden. Einen Teil davon haben wir bestimmt noch nicht gesehen. Man hat uns zweifellos nicht alles gezeigt.«

»Und Sie folgern das aus einer radioaktiven Anzeige?«

»So ist's.«

»Sollte es sich wieder um die Perlen von Madame handeln?«

»Ja. Wir spielen immer noch Hänsel und Gretel, die mit kleinen Steinchen wieder den Weg nach Hause fanden. Aber die Zeichen, die man uns hier hinterlassen hat, sind nicht so sichtbar und liegen nicht so auf der Hand, wie es mit den Kügelchen einer Perlenkette der Fall ist oder mit einem phosphorgetränkten Handschuh. Man kann sie nicht sehen, aber man kann sie fühlen . . . mittels unseres Wunderdetektors.«

»Mein Gott, Jessop, ist denn das ausreichend?«

»Es wird schon genügen«, sagte Jessop. »Was ich aber befürchte . . .«, er brach ab.

Leblanc ergänzte seine Gedanken. »Sie meinen, daß diese Leute Ihnen nicht glauben werden. Von Anfang an hatten sie keine rechte Neigung dazu. O ja, widersprechen Sie nicht. Sogar Ihr britischer Konsul ist ein argloser Mann. Ihre Regierung steht bei Aristides in der Kreide. Und was meine Regierung betrifft« – er hob die Schultern –, »der Herr Minister, das weiß ich, wird sich nur sehr schwer überzeugen lassen.«

»Wir können uns nicht auf Regierungen verlassen«, sagte Jessop, »Regierungen und Diplomaten sind die Hände gebunden. Aber wir mußten sie hierherbringen, denn im Unterschied zu uns beiden sind sie Autoritäten. Ich setze meine letzte Hoffnung jedoch noch auf etwas anderes.«

»Und worauf?«

Jessops feierliche Miene entspannte sich, und er grinste. »Auf die Presse«, sagte er, »die Journalisten haben eine gute

Witterung für interessante Neuigkeiten. Sie wollen nicht, daß man solche Dinge vertuscht. Ferner setze ich meine Hoffnung noch auf den alten, halbtauben Mann.«

»Aha, ich weiß, wer damit gemeint ist. Der, der aussieht, als ob er dem Grabe zuwanke.«

»Ja, er ist schwach, halb blind und hört nicht mehr richtig. Aber er ist unbestechlich. Er war einst ein hoher Justizbeamter, und obgleich er sich kaum mehr auf den Füßen halten kann, ist doch sein Geist genauso lebendig wie früher – solche Menschen haben eine Nase dafür, wenn irgend etwas nicht astrein ist, und pflegen dann der Sache auf den Grund zu gehen. Er ist der Mann, der trotz seiner Schwerhörigkeit ein offenes Ohr für uns haben wird.«

Sie hatten inzwischen die Halle erreicht, wo Tee und Aperitifs angeboten wurden. Der Minister beglückwünschte Aristides in wohlgesetzten Worten. Auch der amerikanische Botschafter fügte das Seinige hinzu. Dann sah sich der Minister im Kreise um und sagte in etwas nervösem Ton: »Und nun, meine Herren, ist die Stunde unseres Abschieds gekommen. Wir haben alles gesehen«, er betonte diese Worte mit besonderem Nachdruck, »alles hier ist hervorragend. Eine ganz erstklassige Anlage! Wir sind unserem verehrten Gastgeber sehr zu Dank verpflichtet und beglückwünschen ihn zu seiner Schöpfung. Sind Sie derselben Meinung?«

Diese Worte hatten konventionell genug geklungen. Auch die Haltung des Ministers verriet nichts. Der Blick, den er über die Versammlung schweifen ließ, drückte nichts als die übliche Höflichkeit aus. In Wirklichkeit sollten diese harmlosen Sätze aber folgendes besagen: »Sie haben nun gesehen, meine Herren, daß hier nichts vorliegt, was Anlaß zu Argwohn oder Furcht geben könnte. Das ist eine große Erleichterung für uns, und wir können uns nun mit gutem Gewissen verabschieden – vorausgesetzt, es sind keine Wünsche offengeblieben.«

Das nun folgende Schweigen wurde schließlich durch eine Stimme unterbrochen. Es war die ruhige, ehrerbietige Stimme von Mr. Jessop, der sich an den Minister wandte: »Wenn Sie gestatten, Sir, so möchte ich noch eine Bitte an unseren liebenswürdigen Gastgeber richten.«

»Gewiß, gewiß, Mr. – eh –, Mr. Jessop, nicht wahr?«

Jessop wandte sich mit feierlicher Miene an Dr. van Heidem,

wobei er vermied, Monsieur Aristides anzusehen. »Wir haben heute so viele Angehörige Ihrer Institutionen kennengelernt«, sagte er, »verwirrend viele. Aber es befindet sich noch ein alter Freund von mir hier, mit dem ich gern ein Wort gewechselt hätte. Läßt sich das vor der Abreise noch machen?«

»Ein Freund von Ihnen?« fragte van Heidem höflich. Er schien überrascht.

»Eigentlich zwei Freunde«, antwortete Jessop, »Thomas und Olivia Betterton. Ich weiß, daß Betterton bei Ihnen arbeitet. Thomas Betterton. Er war in Harwell, und vorher lebte er in Amerika. Ich würde sehr gern mit ihnen sprechen, bevor ich gehe.«

Dr. van Heidem wahrte seine Fassung in bewundernswerter Weise. Er riß die Augen auf in höflichem Erstaunen und runzelte verdutzt die Stirn. »Betterton – Mrs. Betterton? Nein, es tut mir leid, aber hier befindet sich niemand dieses Namens.«

»Außerdem muß noch ein Amerikaner da sein«, fuhr Jessop unbeirrt fort, »ein Amerikaner namens Andrew Peters, Chemiker, soviel ich weiß. Habe ich nicht recht, Sir?« Mit diesen Worten wandte er sich ehrerbietig an den amerikanischen Botschafter.

Der Botschafter war ein kluger Mann in mittleren Jahren mit durchdringenden blauen Augen. Er hatte sowohl Charakter als auch diplomatisches Geschick. Er wechselte einen Blick mit Jessop, überlegte kurz und sagte dann: »Das stimmt. Der bekannte Andrew Peters. Auch ich würde ihn gern sehen.«

Dr. van Heidem geriet sichtlich in Verwirrung. Jessop warf einen flüchtigen Blick auf Aristides. Aber das gelbe Gesicht verriet nicht das mindeste, weder Überraschung noch Unruhe. Er sah beinahe gleichgültig aus.

»Andrew Peters soll der Mann heißen?« fragte van Heidem. »Es tut mir leid, Exzellenz, da hat man Sie falsch unterrichtet. Hier haben wir keinen Andrew Peters. Der Name ist mir gänzlich unbekannt.«

»Aber der Name Thomas Betterton ist Ihnen doch bekannt?« fragte Jessop. Eine Sekunde lang zögerte van Heidem. Er wandte langsam den Kopf nach dem alten Mann in seinem Sessel, aber sofort hatte er sich wieder in der Gewalt. »Thomas Betterton«, sagte er, »nun ja, ich habe von ihm gehört.«

Einer der Journalisten griff den Namen begierig auf. »Thomas Betterton«, rief er, »der hat doch vor sechs Monaten wegen seines rätselhaften Verschwindens so viel von sich reden gemacht. Sämtliche europäische Zeitungen brachten Schlagzeilen über seinen Fall. Die Polizei hat ihn überall gesucht. Donnerwetter! Könnte es sein, daß er sich die ganze Zeit hier aufgehalten hat?«

»Nein«, sagte van Heidem in scharfem Ton, »da hat Ihnen offenbar jemand einen Bären aufgebunden. Sie haben heute alle Angehörigen unserer Gemeinschaft gesehen. Sie haben überhaupt alles kennengelernt.«

»Ich glaube nicht«, sagte Jessop gelassen. »Es muß noch ein junger Mann da sein, der Ericsson heißt, und ein gewisser Dr. Barron, möglicherweise auch eine Mrs. Calvin Baker.«

»Ah!« Dr. van Heidem schien ein Licht aufzugehen. »Das sind ja die Leute, die in Marokko durch ein Flugzeugunglück ums Leben kamen. Ich erinnere mich jetzt genau daran. Zum mindesten weiß ich sicher, daß Ericsson und Dr. Barron in dem Flugzeug waren. Frankreich hat einen großen Verlust dadurch erlitten. Dieser Dr. Barron ist schwer zu ersetzen.« Er schüttelte den Kopf. »Von einer Mrs. Calvin Baker weiß ich nichts, doch erinnere ich mich, daß eine Engländerin oder Amerikanerin sich ebenfalls in dem Flugzeug befand. Es war ein sehr beklagenswerter Unfall.«

Er wandte sich wieder an Jessop. »Ich weiß nicht, Monsieur, wie Sie auf die Idee kommen, daß diese Leute hier sein sollten. Es mag sein, daß Dr. Barron einmal erwähnte, unserer Niederlassung einen Besuch abstatten zu wollen, während er sich in Nordafrika aufhielt. Vielleicht ist dies der Grund des Mißverständnisses.«

»Wollen Sie damit sagen, daß ich falsch unterrichtet bin? Daß niemand von den Genannten hier ist?«

»Aber wie können sie denn hier sein, mein bester Herr, wenn sie alle bei dem Flugzeugabsturz umkamen? Man hat doch, glaube ich, die Leichen gefunden?«

»Die aufgefundenen Leichen waren vollständig verkohlt und konnten daher nicht identifiziert werden.« Diese Worte sprach Jessop mit großem Nachdruck.

Hinter ihm ertönte plötzlich ein krächzendes Organ: »Wollen Sie damit sagen, daß keine genaue Untersuchung des Unglücks stattgefunden hat?« Lord Alverstoke beugte sich vor und hielt die Hand an seine Ohrmuschel. Unter überhängenden, buschigen Augenbrauen sah er Jessop durchdringend an.

»Zumindest nicht genau genug. Denn ich habe den Beweis, daß zumindest einige Flugzeuginsassen das Unglück überlebt haben, Mylord«, erklärte Jessop mit lauter, beinahe schneidender Stimme.

»Einen Beweis? Worin besteht dieser Beweis, Mr. – hm – Jessop.«

»Mrs. Betterton trug an dem Tag, als sie Fes verließ, um nach Marrakesch zu reisen, eine Kette aus Similiperlen. Eine dieser Perlen wurde eine halbe Meile von dem ausgebrannten Flugzeug gefunden.«

»Wie konnten Sie zweifelsfrei feststellen, daß die gefundene Perle tatsächlich zur Halskette dieser Dame gehörte?«

»Deshalb, weil alle Perlen dieser Halskette ein eingeritztes Zeichen tragen, das mit bloßem Auge nicht sichtbar ist, das man aber mit der Lupe erkennen kann.«

»So, so. Und wie kamen Sie darauf?«

»Ich selbst, Lord Alverstoke, hatte die Zeichen in Gegenwart meines Kollegen Leblanc in die Perlen eingeritzt.«

»Und warum haben Sie diese Zeichen eingeritzt? Hatten Sie dafür einen bestimmten Grund?«

»Ja, Mylord. Ich hatte Grund, anzunehmen, daß Mrs. Betterton mich auf die Spur ihres Mannes führen würde, gegen den ein Haftbefehl vorliegt . . . Es kamen noch zwei weitere Perlen zum Vorschein. Beide auf dem langen Weg von der Unglücksstelle zu der Kolonie, in der wir uns jetzt befinden. Wir zogen entlang dieser Strecke Erkundigungen ein und erhielten Auskünfte über eine Gruppe von Menschen, bei denen es sich um die sechs Reisenden handeln mußte, die angeblich mit dem Flugzeug verbrannt sind. Einer der Fluggäste war zudem mit einem phosphorgetränkten Handschuh versehen. Dieses Zeichen wurde an der Wand des Wagens entdeckt, der die Gruppe hierherbrachte.«

»Sehr bemerkenswert«, versetzte Lord Alverstoke in trockenem Amtston.

Monsieur Aristides bewegte sich in seinem Sessel unruhig hin und her. Seine Augenlider zuckten verräterisch. Dann fragte er: »Wo wurden die letzten Spuren von diesen Leuten entdeckt?«

»Auf einem verlassenen Flugfeld, Sir.« Jessop lieferte eine genaue Beschreibung der fraglichen Stelle.

»Das ist aber viele Meilen weit entfernt von hier«, gab Aristides zu bedenken, »immer vorausgesetzt, daß Ihre interessanten Theorien stimmen, nämlich, daß das Unglück vorgetäuscht war, dann müssen doch diese Passagiere logischerweise von dem verlassenen Flugplatz aus zu irgendeinem unbekannten Ziel aufgebrochen sein. Da dieser Flugplatz Hunderte von Meilen von hier entfernt ist, kann ich immer noch nicht verstehen, worauf sich Ihre Ansicht, daß sie hier sein müßten, gründet.«

»Dafür gibt es verschiedene Gründe, Sir. Einer unserer Suchpiloten hat ein Signal aufgefangen. Dieses Signal wurde Mr. Leblanc überbracht. Es war in Codeschrift abgefaßt und enthielt die Mitteilung, daß die fraglichen Personen in einer Leprakolonie seien.«

»Das ist bemerkenswert«, sagte Monsieur Aristides, »sehr bemerkenswert. Aber es scheint mir fast, daß jemand den Versuch gemacht hat, Sie irrezuführen. Die in Frage stehenden Personen sind tatsächlich nicht hier.« Er sprach in sehr sicherem Ton. »Im übrigen steht es Ihnen frei, die Niederlassung zu durchsuchen.«

»Ich bezweifle, daß wir etwas finden würden, Sir«, sagte Jessop, »das heißt, bei einer oberflächlichen Untersuchung. Obwohl«, fügte er hinzu, »mir die Stelle bekannt ist, von wo aus die eigentliche Untersuchung ihren Ausgang nehmen müßte.«

»Wirklich? Und wo sollte das sein?«

»Im vierten Gang vom zweiten Labor aus links am Ende des Ganges.«

Dr. van Heidem machte eine unwillkürliche Bewegung – zwei Gläser krachten auf den Boden.

Jessop sah ihn lächelnd an. »Nicht wahr, wir sind gut unterrichtet, Doktor!«

Scharf entgegnete van Heidem: »Das ist widersinnig und albern. Absolut widersinnig. Sie tun so, als ob wir hier Menschen gegen ihren Willen festhielten. Ich stelle das nachdrücklich in Abrede.«

Der Minister bemerkte mit Unbehagen: »Hier Anschuldigungen – dort Beteuerungen. Was soll das?«

Doch Aristides erwiderte liebenswürdig: »Es war eine wirklich interessante Theorie. Aber nur eine Theorie.« Er sah dabei auf seine Uhr. »Verzeihen Sie, meine Herren, wenn ich an Ihre Abreise erinnere. Die Fahrt zum Flughafen dauert lang, und es gäbe Anlaß zu großer Besorgnis, wenn Ihr Flugzeug als überfällig gemeldet würde.«

Sowohl Leblanc als auch Jessop wußten, daß es nun drauf ankam. Aristides warf das ganze Gewicht seiner Persönlichkeit in die Waagschale. Er wagte es, diesen Männern seinen Willen aufzuzwingen. Falls sie Widerstand leisten wollten, mußten sie sich offen als Gegner erklären. Der Minister mußte den erhaltenen Instruktionen zufolge nachgeben. Der Polizeipräsident würde sich nach dem Minister richten. Der amerikanische Botschafter war keineswegs überzeugt, aber vielleicht würde er sich aus diplomatischen Erwägungen einer neuerlichen Untersuchung widersetzen. Und der britische Konsul würde sich den beiden anderen anschließen.

Die Journalisten – überlegte Aristides –, die Journalisten konnten auch gewonnen werden. Was Jessop und Leblanc betraf, so wußten sie offenbar alles. Das war klar. Aber ohne amtliche Unterstützung konnten sie nichts machen. Die Augen Aristides' wanderten weiter und begegneten den Augen eines Mannes, der ebenso alt war wie er selbst. Es waren kalte, unerbittliche Augen. Dieser Mann, das wußte er, war unbestechlich. Aber schließlich . . . Sein Gedankengang wurde durch die hohe, schwache Stimme Lord Alverstokes unterbrochen. »Ich bin der Ansicht«, sagte diese Stimme, »daß wir uns mit der Abreise nicht allzusehr beeilen sollten. Denn hier liegt ein Fall vor, der näherer Untersuchung bedarf.«

»Wenn Sie sich dieser Mühe unterziehen wollen, Mylord . . .«, wandte sich Aristides mit einer graziösen Handbewegung an den alten Herrn. Dann fuhr er fort: »Eine widersinnige Anklage, durch keinerlei Beweise unterstützt, ist erhoben worden . . .«

». . . und die Beweise sind vorhanden!«

Dr. van Heidem fuhr in maßloser Überraschung herum. Einer der marokkanischen Diener war vorgetreten. Er war groß gewachsen, in gestickte Gewänder gehüllt und trug einen weißen Turban auf dem Kopf. Sein schwarzes Gesicht glänzte, denn es war mit Öl eingerieben. Die ganze Gesellschaft stand sprachlos, denn von den dicken Negerlippen klang eine ausgesprochen amerikanische Stimme.

»Beweise sind vorhanden«, sagte der Mann nochmals. »Hier stehe ich als erster Beweis, und es werden sich noch andere finden lassen. Diese Herren hier haben in Abrede gestellt, daß Andrew Peters, Torquil Ericsson, Mr. und Mrs. Betterton und Dr. Louis Barron hier seien. Das ist unrichtig. Sie sind *alle* hier

– und ich spreche in ihrem Auftrag.« Er näherte sich dem amerikanischen Botschafter. »Sie werden mich in dieser Verkleidung kaum erkennen, Sir«, sagte er, »aber ich bin in der Tat Andrew Peters.«

Ein leises Zischen – das war alles, was man von Monsieur Aristides hörte. Dann sank er mit ausdrucksloser Miene in seinen Sessel zurück.

»Es sind hier eine Menge Leute verborgen«, fuhr Peters fort, »Schwartz aus München ist hier, Helga Needheim, die englischen Gelehrten Jeffreys und Davidson, der Amerikaner Paul Wade, die Italiener Ricochetti und Bianco und auch Murchison. Sie alle sind hier in diesem Haus. Es hat ein System von Geheimgängen und -türen, die von Uneingeweihten nicht entdeckt werden können. Dann gibt es noch ein ganzes Netz von geheimen Laboratorien, die direkt in den Felsen eingehauen sind.«

»Unglaublich!» rief der amerikanische Botschafter. Er musterte die würdevolle Gestalt des Afrikaners und fing dann an zu lachen. »Ich kann Sie immer noch nicht erkennen«, sagte er.

»Das kommt von der Paraffineinspritzung in die Lippen, Sir, nicht zu reden von der schwarzen Schminke.«

»Wenn Sie wirklich Peters sind, unter welcher Nummer sind Sie beim FBI eingetragen?« fragte Jessop.

»813471, Sir.«

»Stimmt. Und die Anfangsbuchstaben aller Ihrer Vornamen?«

»B. A. P. G., Sir.«

»Dann ist dieser Mann Peters«, sagte der Botschafter und sah den Minister an. Der räusperte sich indigniert.

»Sie behaupten also«, wandte er sich an Peters, »daß man hier Leute gegen ihren Willen festhält?«

»Einige sind aus freiem Willen hier, Exzellenz, und einige nicht.«

»Wenn die Sache so ist«, sagte der Minister, »dann sind genaue Feststellungen notwendig.«

»Einen Augenblick«, Monsieur Aristides hob die Hand. »Es scheint mir«, sagte er liebenswürdig, aber mit Festigkeit, »daß mein Vertrauen hier gröblich mißbraucht worden ist.« Sein kalter Blick schweifte von Dr. van Heidem zu dem Direktor. Es lag ein unerbittlicher Befehl in diesem Blick. »Was Sie sich da erlaubt haben, aus eigener Machtvollkommenheit, meine Herren, und in Ihrer Begeisterung für die Wissenschaft, ist mir noch nicht ganz klar. Nach meinem Willen sollte diese Schöpfung allein den Interessen der Forschung dienen. Wie dieser Gedanke hier im einzelnen zur Ausführung gebracht und dabei verfälscht wurde, davon hatte ich bis eben keine Kenntnis. Ich möchte Ihnen den Rat geben, Herr Direktor, daß Sie sofort diejenigen vorführen, von denen man glaubt, daß sie auf ungesetzliche Weise hier festgehalten werden.«

»Aber Monsieur, das ist unmöglich – das kann doch nicht Ihr Ernst sein. Bedenken Sie doch . . .«

»Ich wünsche die sofortige Aufklärung der Angelegenheit«, unterbrach ihn Aristides.

Der Blick des großen Finanzmannes schweifte über seine Gäste hin. »Ich kann Ihnen aufs bestimmteste versichern, meine Herren«, sagte er, »daß ich an irgendeiner ungesetzlichen Handlung innerhalb dieser Kolonie nicht beteiligt bin.«

Dies war ein Befehl, und er wurde verstanden, denn Aristides war reich und mächtig. Monsieur Aristides, eine weltbekannte Gestalt, durfte nicht in diese Sache hineingezogen werden. Sollte er ruhig mit einem blauen Auge davonkommen, seine Absicht war zumindest durchkreuzt worden. Aristides war ohnehin durch keinen Fehlschlag zu entmutigen. War ihm dergleichen im Laufe seines Lebens nicht öfter passiert? Er hatte es stets mit philosophischer Ruhe hingenommen und sich zum nächsten Schlag vorbereitet. Jetzt breitete er mit theatralischer Geste die Hände aus und sagte: »Ich wasche meine Hände in Unschuld.«

Der Polizeipräsident wußte nun, was er zu tun hatte, und er wollte mit voller Amtsgewalt vorgehen. »Keine Floskeln mehr, bitte«, sagte er, »es ist meine Pflicht, alles ohne Ansehen zu untersuchen.«

Der leichenblasse Dr. van Heidem trat auf ihn zu. »Bitte kommen Sie mit mir«, sagte er, »ich werde Ihnen unsere Sonderabteilung zeigen.«

## 21

»Ich bin wie aus einem bösen Alptraum erwacht.« Sylvia stieß einen Seufzer der Erleichterung aus und faltete die Hände hinter dem Kopf. Sie saßen auf der Terrasse eines Hotels in Tanger, wo sie am Morgen mit dem Flugzeug angekommen waren.

»Haben wir das alles wirklich erlebt?« fragte sie. »Ich kann's immer noch nicht fassen.«

»Schließlich ist doch alles gutgegangen«, sagte Thomas Betterton, »aber ich muß dir beistimmen, es war ein böser Traum.«

Die Terrasse entlang kam Jessop.

»Wo ist Andy Peters?« fragte Sylvia.

»Er wird bald hier sein«, antwortete Jessop, »er hat noch eine Angelegenheit zu erledigen.«

»So war also Peters einer der Unsrigen«, sagte Sylvia, »und er hat die Sache mit dem phosphorgetränkten Handschuh gemacht und all die anderen Tricks?«

»Nun«, sagte Jessop, »genaugenommen ist er keiner von meinen Leuten. Er steht im Dienst der USA.«

»Das haben Sie also gemeint, als Sie sagten, ich würde hoffentlich immer beschützt sein, sobald ich Tom erreicht hätte? Sie meinten Andy Peters?«

Jessop nickte. »Hoffentlich zürnen Sie mir nun nicht mehr«, sagte er mit seiner feierlichsten Miene, »daß ich Sie von gewissen Entschlüssen zurückgehalten habe?«

Sylvia machte ein verblüfftes Gesicht. »Von welchen Entschlüssen?«

»Daß ich Sie nicht dem ursprünglich gewünschten Ende überlassen habe!«

»Was für ein Ende?« fragte Sylvia immer noch verständnislos.

»Nun, wir fürchteten doch, daß Ihre Reise ein Ende mit Schrecken nehmen könnte, daß sie eine Art Selbstmordunternehmen wäre.«

»Ach so!« Sie schüttelte ungläubig den Kopf, »das ist ebenso vorbei wie alles andere. Ich bin so lange Olivia Betterton gewesen, daß ich mich noch gar nicht damit abgefunden habe, wieder Sylvia Craven zu sein.«

»Ah«, rief Jessop, »dort kommt mein Freund Leblanc. Ich muß ein paar Worte mit ihm sprechen.« Er erhob sich und ging auf ihn zu.

In diesem Augenblick sagte Tom Betterton rasch: »Willst du mir noch einen Gefallen tun, Olivia? Ich nenne dich immer noch Olivia – ich bin so daran gewöhnt.«

»Ja, natürlich. Worum handelt es sich denn?«

»Geh mit mir die Terrasse in entgegengesetzter Richtung entlang, dann kehre wieder hierher zurück und sage, ich hätte mich in mein Zimmer zurückgezogen, um auszuruhen.«

Sie sah ihn fragend an. »Warum denn? Fühlst du dich nicht wohl?«

»Jetzt, wo alles gut ausgegangen ist, will ich mich wieder verkrümeln, meine Liebe.«

»Aber wohin denn?«

»Irgendwohin.«

»Aber warum, um Himmels willen?«

»Denke ein wenig nach, Olivia. Dieses Tanger ist ein angenehmer Ort und der Gerichtsbarkeit keines Landes unterworfen. Aber ich weiß genau, was passieren wird, wenn ich mit euch nach Gibraltar komme. Dort verhaften sie mich vom Fleck weg.«

Sylvia sah ihn traurig an. In der Aufregung der Abreise von der Kolonie hatte sie seine persönlichen Probleme ganz vergessen. »Du meinst, wegen der Preisgabe von Forschungsgeheimnissen, oder wie man das nennt. Aber wohin willst du flüchten?«

»Das habe ich dir doch schon gesagt: irgendwohin.«

»Aber ist das durchführbar? Da gibt's doch alle möglichen Paß- und Geldschwierigkeiten.«

Er lachte kurz auf. »Das Geldproblem ist gelöst. Das Geld ist sicher deponiert, und ich kann es unter einem anderen Namen abheben.«

»So hast du also doch Geld dafür genommen?«

»Natürlich habe ich das getan.«

»Sie werden dich aufspüren, wo du auch bist.«

»Das wird schwer sein. Versteh doch, Olivia, mein jetziges Aussehen stimmt mit meinen früheren Fotos nicht überein. Deshalb war ich doch so versessen auf die Gesichtsplastik. Das war die Hauptsache. Mit meinem veränderten Aussehen bin ich sicher auf Lebenszeit.«

Sylvia sah ihn forschend an. »Und wenn du nun nicht recht hast?« sagte sie. »Nein, du hast sicher nicht recht. Es wäre viel besser, du würdest dich stellen und die Strafe auf dich nehmen. Außerdem leben wir ja nicht in Kriegszeiten. Sicher würdest du nur eine kurze Gefängnisstrafe absitzen müssen. Das wäre doch besser, als lebenslänglich herumgejagt zu werden.«

»Das verstehst du nicht«, sagte er, »du weißt nicht den Hauptgrund. Komm, gehen wir. Es ist keine Zeit zu verlieren.«

»Aber wie willst du denn von Tanger wegkommen?«

»Das laß meine Sorge sein. Zerbrich dir nicht den Kopf darüber.«

Sie erhoben sich und wandelten langsam die Terrasse entlang. Auf merkwürdige Weise fühlte sie sich unsicher und gehemmt. Sie hatte doch ihre Verpflichtung gegenüber Jessop und der toten Olivia Betterton erfüllt. Es war doch alles in Ordnung. Sie und Thomas Betterton hatten wochenlang in der engsten Gemeinschaft miteinander gelebt, und doch waren sie sich vollkommen fremd geblieben. Kein freundschaftliches Band hielt sie zusammen.

Sie hatten nun das Ende der Terrasse erreicht. Ein kleines Tor war hier in die Seitenwand gebrochen, das auf einen engen Weg hinausführte, der sich zum Hafen hinunterschlängelte.

»Da werde ich hinausgehen«, sagte Betterton, »niemand achtet auf uns. Also leb wohl.«

»Glück auf den Weg«, erwiderte Sylvia langsam und leise.

Sie blickte Betterton nach, wie er auf das Tor zuging und die Klinke niederdrückte. Aber als die Tür aufging, trat er plötzlich einen Schritt zurück und blieb entsetzt stehen. In dem Torweg standen drei Männer. Zwei von ihnen traten auf ihn zu, und der erste sagte in amtlichem Ton: »Thomas Betterton, ich habe einen Haftbefehl gegen Sie. Sie werden hier in Gewahrsam gehalten, bis die Auslieferungsformalitäten mit den Staaten erledigt sind.«

Betterton wandte sich zur Flucht, aber der andere Mann hatte seine Absicht erraten und trat nun schnell an Bettertons Seite. Da drehte dieser sich lachend wieder um. »Das ist alles ganz schön und gut«, sagte er, »bis auf den Umstand, daß ich gar nicht Thomas Betterton bin.«

Aber da kam der dritte Mann heraus, der sich bisher im Hintergrund gehalten hatte, und stellte sich an die Seite der zwei anderen. »Sie sind Thomas Betterton«, sagte er, »wetten wir?«

Betterton lachte abermals. »Weil Sie die vergangenen Monate in meiner Nähe gelebt und gehört haben, daß man mich Thomas Betterton nannte, glauben Sie, ich sei es wirklich. Aber ich bin es nicht, Mr. Peters. Ich traf Betterton in Paris und ging an seiner Stelle in die Leprakolonie. Fragen Sie diese Dame hier, wenn Sie mir nicht glauben. Sie kam in die Kolonie, um mein Leben zu teilen, und gab vor, meine Frau zu sein, und ich erkannte sie als meine Frau an. Ist es nicht so gewesen?« Sylvia nickte. »Und weil ich nicht Betterton war, hatte ich diese Frau natürlich noch nie in meinem Leben gesehen. Ich hielt sie tatsächlich für Bettertons Frau und mußte irgendein Märchen erfinden, damit sie mir glaubte. Dies ist der wahre Tatbestand.«

»Deshalb also haben Sie vorgegeben, mich zu kennen, und deshalb verlangten Sie von mir, ich sollte die Täuschung aufrechterhalten.«

Betterton nickte. »Ich bin nicht Betterton«, sagte er, »betrachten Sie doch die Fotos vom wirklichen Betterton, und Sie werden erkennen, daß ich die Wahrheit sage.«

Jetzt trat Peters auf ihn zu. Seine Stimme war kalt und erbarmungslos, sie glich nicht im mindesten der Stimme, die Sylvia so gut kannte.

»Ich sah die Fotos von Betterton«, sagte er, »und ich gebe zu, daß man Sie nach diesen Bildern nicht erkennen konnte. Aber Sie sind trotzdem Thomas Betterton, und ich werde es beweisen.« Und mit einem heftigen Ruck riß er Bettertons Rock auf. »Sie sind Thomas Betterton«, sagte er. »In der Beuge Ihres rechten Armes muß sich eine Narbe in Form eines Z befinden.« Und gleichzeitig riß er ihm auch das Hemd auf und bog seinen Arm nach rückwärts. »Hier ist sie«, sagte er triumphierend und deutete auf die Narbe. »In Amerika gibt es zwei Laborgehilfen, die ihr Vorhandensein bezeugen können. Ich weiß davon, denn Elsa schrieb mir damals, wie es geschah.«

*»Elsa?«* stotterte Betterton und starrte ihn mit gläsernem Blick an. »Was ist mit Elsa?« Und ein nervöses Zittern lief durch seinen Körper.

»Interessiert es Sie gar nicht, wessen man Sie bezichtigt?«

Der eine der beiden Polizeibeamten trat wieder vor. »Die Anklage lautet auf Mord«, sagte er. »Sie haben Ihre Frau, Elsa Betterton-Mannheim, ermordet.«

## 22

»Es tut mir furchtbar leid, Olivia, glauben Sie mir das. Um Ihretwillen hätte ich ihm gern einen Ausweg offengelassen. Ich sagte Ihnen doch einmal, daß es für ihn besser wäre, in der Gemeinschaft zu bleiben, obwohl ich vorher die halbe Welt durchstreift habe, um ihn zu finden und Rache an ihm zu nehmen für das, was er an Elsa verbrochen hatte.«

»Ich verstehe nichts von dem, was Sie da sagen. Wer sind Sie eigentlich, Peters?«

»Ich dachte, Sie wüßten das. Ich bin Boris Glyn, Elsas Vetter. Ich wurde aus Polen zur Vervollkommnung meiner Studien auf eine amerikanische Universität geschickt. Und mein Onkel Mannheim riet mir angesichts der allgemeinen Lage in Europa, die amerikanische Staatsbürgerschaft zu erwerben. Daher nannte ich mich Andrew Peters. Als der Krieg ausbrach, ging ich nach Europa zurück und schloß mich der polnischen Widerstandsbewegung an. Ich brachte meinen Onkel und Elsa aus Polen raus, und sie gingen nach Amerika. Elsa – von ihr habe ich Ihnen ja schon erzählt. Sie war eine der bedeutendsten Wissenschaftlerinnen. Elsa war es, die die ZE-Spaltung entdeckte. Betterton, ein junger Kanadier, war damals Mannheims Assistent. Er verstand seine Sache, war aber durchaus nicht genial. Er verstand es, Elsa in sich verliebt zu machen, und heuchelte Zuneigung, die er keineswegs empfand. Denn er wollte nur deswegen in enger Gemeinschaft mit ihr leben, um aus ihrem wissenschaftlichen Werk Nutzen zu ziehen. Und so heirateten sie. Als dann Betterton erkannte, daß die Entdeckung, an der Elsa arbeitete, die ZE-Spaltung, etwas ganz Großes war, vergiftete er sie mit Vorbedacht.

Zu jener Zeit hatte man keinerlei Verdacht. Betterton schien ganz gebrochen vor Schmerz und vergrub sich in seine Arbeit. Dann veröffentlichte er die ZE-Spaltung unter seinem Namen. Sein Ziel war damit erreicht: Er wurde berühmt und galt als einer der bedeutendsten Kernphysiker. Er hielt es aber für zweckmäßig, Amerika den Rücken zu kehren und nach England zu gehen. Dort arbeitete er dann in der Atomforschungszentrale Harwell weiter.

Nach Kriegsende hatte ich noch längere Zeit in Europa zu tun. Da ich gute deutsche, polnische und russische Sprachkenntnisse habe, wurden mir mancherlei Aufträge zuteil. Doch unablässig beschäftigte mich der letzte Brief, den mir Elsa vor ihrem Tod geschrieben hatte. Die Krankheit, an der sie gestorben war, kam mir rätselhaft vor. Als ich endlich wieder in die Vereinigten Staaten zurückkehrte, begann ich die Sache zu untersuchen. Ich will nicht weiter auseinandersetzen, wie ich vorging, sondern nur noch erwähnen, daß Elsas Leiche schließlich exhumiert wurde. Nun befand sich aber ein junger Mensch bei Gericht, der seinerzeit mit Betterton eng befreundet gewesen war. Gerade um diese Zeit unternahm er eine Reise nach Europa, und ich nehme an, daß er Betterton besucht und ihm gegenüber die Exhumierung erwähnt hat. Betterton bekam plötzlich Angst. Möglicherweise hatten sich ihm schon damals die Unterhändler unseres Freundes Aristides genähert. So schlug er diesen Ausweg ein und versteckte sich in der Leprakolonie, um seiner Verhaftung und Aburteilung zu entgehen. Eine Gesichtsplastik sollte es unmöglich machen, ihn je zu identifizieren. Daß er bei Aristides in eine andere Art von Gefangenschaft geriet, schockierte ihn. Außerdem befand er sich in einer mißlichen Lage, denn er war absolut nicht fähig, auf wissenschaftlichem Gebiet das zu leisten, was man von ihm erwartete – er war nie und nimmer ein schöpferischer Geist.«

»Und dann sind Sie ihm gefolgt?« fragte Sylvia in atemloser Erwartung.

»Ja. Als die Zeitungen von dem aufsehenerregenden Verschwinden des Kernphysikers Thomas Betterton berichteten, begab ich mich nach England. Da ich Polnisch spreche, war es für mich nicht schwer, mit Typen in Kontakt zu kommen, die als geheime Verbindungsleute zur Volksrepublik Polen fungierten. Bei ihnen erkundigte ich mich nach Betterton, wobei ich meine angebliche kommunistische Gesinnung durchblicken ließ, denn ich glaubte ja, er sei hinter dem Eisernen Vorhang verschwunden, wo man ihn nicht hätte erreichen können. Nun, und wenn auch niemand auf der ganzen Welt ihn erreichte, *ich* würde ihn erreichen.« Peters lächelte grimmig. »Elsa war nicht nur eine geniale Kernphysikerin, sondern auch eine schöne und liebenswerte Frau. Sie wurde ermordet und beraubt von dem Mann, den sie liebte und dem sie vertraute. Wenn nötig, hätte ich Betterton dafür mit meinen eigenen Händen erwürgt.«

»Ach, jetzt wird mir alles klar«, stammelte Sylvia.

»Als ich nach England kam, schrieb ich Ihnen. Das heißt, ich schrieb Ihnen unter meinem polnischen Namen und enthüllte Ihnen alles.« Er sah sie forschend an. »Ich muß annehmen, daß Sie mir nicht glaubten, denn Sie haben mir nie geantwortet.« Er zuckte die Achseln. »So wandte ich mich an die Geheimpolizei. Ich spielte dort den steifen und korrekten Offizier. Damals mißtraute ich jedem Menschen. Aber zuletzt schloß ich mich doch Jessop an. Und heute morgen habe ich die mir gestellte Aufgabe zu Ende geführt. Man wird Betterton an Amerika ausliefern und ihm dort den Prozeß machen. Wird er freigesprochen, so kann ich nichts dagegen tun. Aber«, setzte er mit bösem Lächeln hinzu, »er wird nicht freigesprochen werden, da bin ich sicher.«

Er schwieg und starrte in den sonnenbeleuchteten Garten hinunter. »Das Scheußliche an der Sache ist«, begann er von neuem, »daß Sie zu ihm kamen, daß ich Sie traf und daß ich mich in Sie verlieben mußte. Es war für mich die Hölle, Olivia, das dürfen Sie mir glauben. Denn es ist nun einmal so: Ich bin die Ursache, daß Ihr Mann womöglich auf den elektrischen Stuhl geschickt wird. Darüber können wir nicht hinwegkommen. Das werden Sie mir nie verzeihen, und ich respektiere das.«

Er stand auf. »So, nun habe ich Ihnen alles gesagt. Ich wollte, daß Sie es aus meinem Munde hören. Und nun leben Sie wohl.«

Aber als er sich ungestüm zum Gehen wandte, streckte Sylvia die Hand nach ihm aus. »Warten Sie«, sagte sie hastig, »warten Sie einen Augenblick. Da ist noch etwas, das Sie nicht wissen: Ich bin nie Bettertons Frau gewesen. Seine zweite Frau, Olivia Betterton, starb in Casablanca. Jessop überredete mich dazu, ihre Stelle einzunehmen.«

Er sah sie starr an. *»Sie sind nicht Olivia Betterton?«*

»Nein, die ist bei dem Flugzeugunglück umgekommen.«

»Mein Gott«, rief Andy Peters, »mein Gott!« Er sank schwer in einen Sessel. »Olivia, mein Liebling!«

»Nennen Sie mich nicht mehr Olivia. Ich heiße Sylvia. Sylvia Craven.«

»Sylvia?« sagte er ungläubig, »daran muß ich mich erst gewöhnen.« Und mit zärtlichem Druck nahm er ihre Hand in die seine.

Am anderen Ende der Terrasse diskutierte Jessop mit Leblanc über verschiedene technische Einzelheiten, die sich auf den Fall Betterton bezogen. Aber plötzlich brach er mitten in einem Satz ab. »Sehen Sie mal dorthin, Leblanc«, sagte er freudig überrascht.

Leblanc fuhr unbeeindruckt fort: »Sind Sie nicht auch der Meinung, daß wir gegen dieses Ungeheuer Aristides nicht vorgehen können?«

»Nein, das können wir nicht, da haben Sie recht. Diese Aristides sind unangreifbar. Die verstehen es, sich überall herauszuwinden. Aber er hat eine Masse Geld verloren, und das wurmt ihn sehr. Und auch für einen Aristides ist kein Kraut gegen den Tod gewachsen. Vielleicht muß er sich seinem höchsten Richter früher verantworten, als er glaubt.«

»Aber was war es denn, mein Freund, was vorhin so sehr Ihre Aufmerksamkeit in Anspruch nahm?«

»Die beiden dort«, sagte Jessop. »Ich schickte Sylvia Craven auf eine Reise mit unbekanntem Ziel, aber nun scheint mir, daß diese Reise an einem sehr bekannten Ziel ihr Ende nehmen wird.«

# ELEFANTEN VERGESSEN NICHT

# 1

Mrs. Oliver betrachtete sich im Spiegel. Dabei warf sie einen kurzen Seitenblick auf die Uhr auf dem Kaminsims, die wie gewöhnlich zwanzig Minuten nachging. Dann beäugte sie wieder prüfend ihre Frisur. Die Schwierigkeit bei ihr war – und das gab sie offen zu –, daß sie ständig die Frisur wechselte. Sie hatte schon fast alle Möglichkeiten ausprobiert, mal eine strenge Hochfrisur getragen, mal eine Windstoßfrisur, bei der die Haare nach hinten gebürstet wurden, damit man die Denkerstirn sah. Jedenfalls hoffte sie, daß sie eine Denkerstirn hatte. Sie hatte einen Lockenkopf getragen, mit lauter kleinen enganliegenden Löckchen, und eine Art künstlerische Unordnung. Allerdings, überlegte sie, spielte ihre Frisur heute keine Rolle, denn heute würde sie – was sie sehr selten tat – einen Hut aufsetzen.

Im obersten Fach ihres Kleiderschrankes ruhten vier Hüte. Einer paßte nur für Hochzeiten. Denn bei einer Hochzeit war ein Hut ein absolutes »Muß«. Ja, sie besaß sogar zwei Exemplare für diese Gelegenheit. Der in der runden Hutschachtel war aus Federn und eher eine Kappe. Er vertrug auch einen plötzlichen Regenguß, wie sie einen manchmal auf dem Weg vom Wagen zur Kirche oder, wie heutzutage häufiger, zum Standesamt plötzlich überraschten.

Der andere war ein wesentlich kunstvolleres Gebilde und kam nur für eine Hochzeit an einem sommerlichen Samstagnachmittag in Frage. Er bestand ganz aus Blumen und Chiffon und einem gelben Schleier mit angehefteten Mimosen. Die anderen beiden Hüte in dem Fach hatten mehr Allzweckcharakter. Den einen nannte Mrs. Oliver ihren »Landhut«, er bestand aus braunem Filz, der zu jeder Art von Tweed paßte, mit einer kleidsamen Krempe, die man aufstellen oder in die Stirn gezogen tragen konnte.

Mrs. Oliver besaß einen Kaschmirpullover für kalte und einen leichten Pullover für heiße Tage, die in der Farbe zu dem Hut paßten. Allerdings trug sie die Pullover häufig, den Hut fast nie. Warum sollte man auch einen Hut aufsetzen, wenn man bloß aufs Land fuhr, um mit Freunden zu essen?

Der vierte Hut war der teuerste von allen vieren und von außergewöhnlich dauerhafter Eleganz. Vielleicht, dachte Mrs. Oliver manchmal, weil er so teuer gewesen ist. Er war eine Art

Turban aus übereinander angeordneten Lagen von verschiedenfarbigem Samt in sehr kleidsamen Pastelltönen, die zu allem paßten.

Mrs. Oliver hielt inne und rief, immer noch im Zweifel, nach Beistand. »Maria«, rief sie, dann lauter: »Maria! Kommen Sie eine Minute her!«

Maria kam. Sie war es gewohnt, daß Mrs. Oliver sie um Rat fragte, was sie anziehen sollte. »Werden Sie Ihren hübschen, schicken Hut aufsetzen?« fragte sie.

»Ja«, antwortete Mrs. Oliver. »Ich wollte wissen, ob er so besser aussieht oder andersherum.«

Maria trat zurück und betrachtete Mrs. Oliver prüfend. »Sie haben ihn verkehrt auf.«

»Ja«, antwortete Mrs. Oliver. »Das weiß ich. Aber ich dachte, daß er so irgendwie besser aussähe.«

»Ja, warum denn?«

»Nun, weil es so beabsichtigt ist, nehme ich an. Ich würde nicht von allein draufkommen. Sicher hat es sich die Hutmacherin so vorgestellt«, meinte Mrs. Oliver.

»Wieso finden Sie, daß er dann besser aussieht?«

»Weil man den schönen Blauton und das dunkle Negerbraun sieht, und ich finde, das ist doch hübscher als die Vorderseite mit dem Grün und Rot und der Schokoladenfarbe.« An diesem Punkt nahm Mrs. Oliver den Hut ab, setzte ihn wieder auf und probierte ihn erneut mit der Rückseite nach vorn, mit der Vorderseite nach vorn und dann quer, was weder ihr noch Maria gefiel.

»Quer können Sie ihn nicht tragen. Ich finde, das paßt nicht zu Ihrem Gesicht. Es paßt zu keinem Gesicht.«

»Ja, das geht nicht. Ich glaube, ich setze ihn doch so auf, wie er gehört.«

»Na, sicherer ist es bestimmt«, meinte Maria.

Mrs. Oliver nahm den Hut ab, und Maria half ihr, ein gutgeschnittenes, leichtes Wollkleid von zarter braunroter Farbe anzuziehen und den Hut festzustecken.

»Sie sehen sehr schick aus«, stellte Maria fest.

Das war es, was Mrs. Oliver an Maria so schätzte. Schon beim geringsten Anlaß lobte und bewunderte sie.

»Werden Sie bei dem Essen eine Rede halten?« fragte Maria.

»Eine Rede!« rief Mrs. Oliver entsetzt. »Nein, natürlich nicht! Sie wissen doch, ich halte nie eine Rede.«

»Ich dachte, das ist bei einem Literatenessen üblich. Da gehen Sie doch hin, nicht wahr? Berühmte Schriftsteller von 1973 – oder was für ein Jahr gerade dran ist.«

»Ich brauche keine Rede zu halten«, sagte Mrs. Oliver. »Ein paar andere Leute, die so etwas *gern* tun, werden das übernehmen. Sie machen es viel besser als ich.«

»Ich bin überzeugt, Sie würden eine wunderbare Rede halten, wenn Sie wirklich wollten«, sagte Maria, als ob sie sie in Versuchung führen wollte.

»Nein, bestimmt nicht«, wehrte Mrs. Oliver ab. »Ich weiß, was ich kann und was ich nicht kann. Ich kann keine Rede halten. Ich rege mich auf und werde nervös und würde wahrscheinlich stottern oder zweimal dasselbe sagen. Ich würde mir nicht nur dumm vorkommen, sondern sicher auch so aussehen. Ich kann mit dem Wort umgehen, wenn ich schreibe oder auf Band spreche oder diktiere. Ich kann mit der Sprache umgehen, solange es sich nicht um eine Rede handelt.«

»Na ja. Es wird schon alles klappen. Ich bin ganz sicher. Ein großes Essen, nicht wahr?«

»Ja«, sagte Mrs. Oliver sehr bedrückt. »Ein ganz großes Essen.« Und warum, überlegte sie, sprach es aber nicht aus, warum in aller Welt gehe ich hin? Sie grübelte darüber nach, da sie immer gern wußte, warum sie etwas tat, statt erst zu handeln und sich danach nach dem Grund zu fragen.

»Ich nehme an«, sagte sie laut zu sich selbst, denn Maria war in die Küche zurückgeeilt, weil es nach übergekochter Marmelade roch, die gerade auf dem Herd stand, »ich wollte mal wissen, wie so etwas ist. Immer wieder werde ich zu solchen literarischen Essen oder so was Ähnlichem eingeladen, und nie gehe ich hin.«

Mrs. Oliver war beim letzten Gang des Essens angelangt und seufzte zufrieden auf, während sie mit den Resten der Meringe auf ihrem Teller spielte. Meringen mochte sie besonders gern, und hier waren sie der köstliche letzte Gang eines sehr köstlichen Essens. Trotzdem, wenn man in ein gewisses Alter kam, mußte man mit Meringen vorsichtig sein. Die Zähne! Sie sahen gut aus, sie hatten den großen Vorteil, nicht weh tun zu können, sie waren weiß – genau wie echte. Aber sie waren eben *nicht* echt. Und Zähne, die nicht echt waren – so glaubte wenigstens Mrs. Oliver –, waren auch nicht aus erstklassigem Material. Hunde, hatte man ihr erzählt, hatten Zähne aus echtem Elfenbein, menschliche Wesen aber nur aus einer knochenähnlichen Substanz. Oder – wenn sie falsch waren – aus Kunststoff. Jedenfalls war der springende Punkt, man durfte nicht in peinliche Situationen kommen, in die einen falsche Zähne bringen konnten. Salat war problematisch, und Salzmandeln, und Dinge wie Schokolade mit hartem Kern, Karamelbonbons und die köstliche Zähigkeit und Klebrigkeit von Meringen. Mit einem zufriedenen Seufzer erledigte sie den letzten Bissen. Es war ein gutes Essen gewesen, ein sehr gutes sogar.

Mrs. Oliver spürte ein großes Wohlbehagen. Sie hatte den Lunch wirklich genossen. Auch die Gesellschaft hatte sie genossen. Das Essen, das zu Ehren berühmter Schriftstellerinnen gegeben wurde, hatte sich glücklicherweise nicht auf Damen allein beschränkt. Es waren auch Schriftsteller da, und Kritiker, Leute, die Bücher lasen, und andere, die sie schrieben. Mrs. Oliver saß zwischen zwei ganz reizenden Vertretern des männlichen Geschlechts. Der eine war Edwyn Aubin, dessen Gedichte sie sehr schätzte, ein Mann, der sehr unterhaltsam von seinen Auslandsreisen und allerlei literarischen und persönlichen Erlebnissen erzählte. Außerdem interessierte er sich sehr für Restaurants und gutes Essen, und sie hatten sich ganz vergnügt darüber unterhalten und das Thema Literatur weggelassen.

Sir Wesley Kent an ihrer anderen Seite war ebenfalls ein angenehmer Nachbar. Er hatte reizende Bemerkungen über ihre Bücher gemacht, und das mit soviel Takt, daß sie darüber nicht in Verlegenheit geriet, wie das so viele Menschen ohne weiteres fertigbrachten. Er hatte den einen oder anderen Grund genannt, warum er das eine oder andere ihrer Bücher besonders gut fand, und es waren gute Gründe gewesen, und deshalb hatte er Mrs. Oliver sehr gefallen. Lob von Männern, dachte Mrs. Oliver bei sich, kann man immer annehmen. Frauen waren überschwenglich. Was manche Frauen ihr so schrieben! Also wirklich! Natürlich nicht immer nur Frauen. Manchmal auch gefühlvolle junge Männer aus fremden Ländern. Erst letzte Woche hatte sie einen Verehrerbrief erhalten, der so begann: »Ich habe Ihr neuestes Buch gelesen und fühle, was für eine edle Frau Sie sind.« Nach der Lektüre von *The Second Goldfish* war der junge Mann in eine richtige literarische Ekstase geraten, was Mrs. Oliver höchst unpassend fand. Zwar war sie nicht übermäßig bescheiden und fand ihre Kriminalromane gut, manche schlechter, manche besser. Aber ihrer Meinung nach gab es keinen Grund, daß jemand aus ihren Büchern herauslesen konnte, sie sei eine edle Frau. Sie war einfach eine glückliche Frau, weil sie schreiben konnte, was ein Haufen Leute lesen wollte.

Alles in allem war sie bei dieser Heimsuchung eigentlich recht gut weggekommen. Es hatte ihr gefallen, sie hatte sich mit ein paar netten Leuten unterhalten. Bald würde man aufstehen, und die Gäste würden in die Richtung strömen, wo es Kaffee gab und man seinen Partner wechseln und mit andern Leuten schwatzen konnte. Das war der gefährliche Punkt, wie Mrs. Oliver recht gut wußte. Es war der Augenblick, wo andere Frauen auftauchen und sie überfallen konnten. Überfallen mit widerlichen Lobhudeleien, bei denen sie sich immer beklagenswert unfähig fühlte, die richtige Antwort zu geben, weil es im Grund keine richtige Antwort gab. Es war ungefähr so wie in einem Sprachführer.

Frage: »Ich muß Ihnen einfach sagen, wie gern ich ihre Bücher lese und wie wunderbar ich sie finde.«

Antwort des nervösen Autors: »Nein, das ist reizend! Wie mich das freut!«

»Wissen Sie, schon seit Monaten lauere ich darauf, Sie kennenzulernen. Es ist einfach wundervoll.«

»Ach, das ist aber reizend von Ihnen. Wirklich reizend.«

Und so weiter. Keiner schien in der Lage zu sein, das Thema zu wechseln. Es mußte sich alles um die eigenen Bücher drehen oder um die der anderen, sofern man sie gelesen hatte. Man zappelte im Netz der Literatur. Manche Leute konnten sich wehren, aber Mrs. Oliver war sich bitter bewußt, daß sie nicht die Fähigkeit dazu besaß. Eine Freundin aus dem Ausland hatte ihr einmal eine Art Vorlesung darüber gehalten.

»Ich habe dir zugehört«, hatte Albertina mit ihrer bezaubernden, leisen, fremdländisch klingenden Stimme gesagt, »was du dem jungen Mann von der Zeitung geantwortet hast, der dich interviewt hat. Du hast keinen Stolz! Nein, du bist nicht stolz auf deine Arbeit! Du müßtest sagen: ›Jawohl, ich schreibe gut. Ich schreibe besser als irgendwer anders, der Kriminalromane schreibt.‹«

»Aber das tue ich nicht«, hatte Mrs. Oliver erwidert. »Ich bin nicht schlecht, aber . . .«

»Ach, sag doch nicht ›das tue ich nicht‹. Du mußt es behaupten! Sogar wenn du es selbst nicht glaubst, mußt du es sagen.«

»Ich wünschte, Albertina«, hatte Mrs. Oliver gemeint, »daß du mit den Journalisten reden könntest. Du bist so geschickt. Könntest du nicht so tun, als seist du ich? Ich verstecke mich hinter der Tür und höre zu.«

»Ja, vermutlich ginge das. Sicher wäre es sehr komisch. Aber man würde es doch merken. Man kennt dein Gesicht. Du mußt nur einfach sagen: ›Ja, ja, ich weiß, daß ich besser bin als die anderen.‹ Du mußt es jedem erzählen. Alle sollen es wissen. Und darüber berichten. Ach, es ist schrecklich, dich dasitzen zu sehen, als wolltest du dich auch noch entschuldigen für das, was du sagst. Das ist doch wirklich nicht notwendig.« Es war beinahe so gewesen, erinnerte sich Mrs. Oliver, als sei sie eine junge Schauspielerin, die versuchte, eine Rolle zu lernen, und der Regisseur hatte festgestellt, daß sie hoffnungslos unbegabt war.

Nun, hier hatte es bis jetzt jedenfalls kaum Schwierigkeiten gegeben. Zwar würden ein paar Damen auf sie warten, wenn man aufstand. Sie konnte schon eine oder zwei darauf lauern sehen. Aber das war nicht schlimm. Sie würde lächeln und nett sein und sagen: »Wie reizend von Ihnen. Ich freue mich schrecklich. Ich bin so glücklich, Leute kennenzulernen, die meine Bücher mögen.« Den ganzen alten Quatsch. Als steckte man die Hand in eine Schachtel und holte einen Haufen nützlicher Worte heraus, die schon aneinandergereiht waren wie die Perlen einer Halskette. Und dann würde sie bald verschwinden können.

Ihr Blick wanderte über den Tisch in der Hoffnung, daß sie doch noch Freunde entdeckte, nicht nur Bewunderer. Ja, da hinten saß Maurine Grant, sie war eine reizende Person. Dann kam der ersehnte Augenblick, die Schriftstellerinnen und ihre Tischherren erhoben sich. Alles strömte auf die Sessel, Kaffeetische, Sofas und vertrauliche Nischen zu. Der Augenblick der Gefahr, wie Mrs. Oliver dachte, obwohl sie meistens nur auf Cocktailpartys ging, selten zu einem literarischen Essen. Jetzt drohte jeden Moment Gefahr in Gestalt von jemandem, an den man sich nicht mehr erinnerte, der sich selbst aber noch sehr gut an einen erinnerte, oder von jemandem, mit dem man keinesfalls sprechen wollte, dem man aber nicht ausweichen konnte. In diesem Fall war es das erste Dilemma, das auf sie zukam; eine große Frau, gut proportioniert, mit weißen Pferdezähnen, auf französisch hätte man sie als *femme formidable* bezeichnet. Außerdem wirkte sie sehr herrisch. Offensichtlich kannte sie Mrs. Oliver entweder schon oder beabsichtigte, sofort ihre Bekanntschaft zu machen. Letzteres geschah.

»Ach, Mrs. Oliver!« rief sie mit schriller Stimme. »Was für eine Freude, Sie hier zu treffen! Ich habe es mir schon so lange gewünscht. Ich bete Ihre Bücher einfach an. Mein Sohn auch. Und mein Mann hat immer darauf bestanden, daß wir nie ohne ein paar davon verreisten. Aber kommen Sie, setzen wir uns. Es gibt so vieles, das ich Sie fragen muß!«

Na, ja, dachte Mrs. Oliver, nicht gerade mein Lieblingstyp. Aber sie ist so gut wie jede andere. Sie ließ sich zu einem kleinen Ecksofa führen, und ihre neue Freundin nahm Kaffee und gab ihr auch welchen.

»So. Da wären wir! Sie werden meinen Namen nicht kennen. Ich bin Mrs. Burton-Cox.«

»Aber ja«, sagte Mrs. Oliver verlegen wie immer in solchen Situationen. Mrs. Burton-Cox? Schrieb sie auch Bücher? Nein, sie konnte sich wirklich in nichts an sie erinnern. Aber den Namen hatte sie schon einmal gehört. Eine ganz schwache Erinnerung kehrte zurück. Schrieb sie nicht politische Bücher oder so was? Jedenfalls keine Romane, Komödien oder Kriminalgeschichten. Vielleicht eine Intellektuelle mit politischen Ambitionen? Das dürfte nicht schwierig sein, dachte Mrs. Oliver erleichtert. Ich lasse sie einfach reden und sage von Zeit zu Zeit nur »Wie interessant!«

»Sie werden erstaunt sein über das, was ich Ihnen erzählen möchte«, erklärte Mrs. Burton-Cox. »Aber aus Ihren Büchern weiß ich, wie mitfühlend Sie sind, wieviel Sie von der menschlichen Natur verstehen. Und ich habe das Gefühl, daß, wenn mir jemand meine Frage beantworten kann, Sie diejenige sind.«

»Ich glaube wirklich nicht . . .«, stotterte Mrs. Oliver und suchte nach geeigneten Worten, um auszudrücken, daß sie absolut nicht sicher war, ob sie zu dem von ihr verlangten geistigen Höhenflug imstande war.

Mrs. Burton-Cox tippte ein Stückchen Zucker in ihren Kaffee und zermalmte es wie ein Raubtier, das einen Knochen frißt. Vielleicht hat sie auch Elfenbeinzähne, überlegte Mrs. Oliver flüchtig. Elfenbein? Hunde hatten Zähne aus Elfenbein und Walrosse und Elefanten auch, natürlich. Riesengroße Stoßzähne aus Elfenbein.

»Also«, sagte Mrs. Burton-Cox da, »das erste, was ich Sie fragen muß – obwohl ich mir ziemlich sicher bin, daß es stimmt . . . Sie haben eine Patentochter, nicht wahr? Celia Ravenscroft!«

»Oh«, sagte Mrs. Oliver, angenehm überrascht. Sie hatte das Gefühl, daß sie einem Gespräch über ein Patenkind gewachsen sein würde. Sie hatte viele Patenkinder – Mädchen und Jungen. Es hatte Zeiten gegeben, wo sie sich eingestehen mußte, daß sie sich nicht mehr an alle erinnerte. Je älter sie wurde, um so schwieriger wurde es. Obwohl sie ihre Schuldigkeit getan hatte. Als sie noch klein waren, hatte sie ihnen zu Weihnachten Spielzeug geschickt, sie hatte ihre Patenkinder und deren Eltern regelmäßig besucht und die Kinder, während sie heranwuchsen, auch zu sich eingeladen oder sie einmal von der Schule abgeholt und zum Essen ausgeführt. Und dann kam der Höhepunkt: Entweder der Junge oder das Mädchen wurden einundzwanzig Jahre alt, aus welchem Anlaß die Patin entweder das richtige tun mußte oder jemand damit beauftragte, oder es wurde geheiratet, und da machte man das gleiche Geschenk oder schickte Geld.

Danach entschwanden die Patenkinder meistens in den Hintergrund. Sie reisten ins Ausland, arbeiteten im Auswärtigen Amt, lehrten in fremden Ländern oder kümmerten sich um soziale Angelegenheiten. Jedenfalls verblaßte die Erinnerung an sie immer mehr. Man freute sich, wenn man ihnen plötzlich irgendwo begegnete, aber man mußte sich dann schon überlegen, wann man sie zum letztenmal gesehen hatte, wessen Sohn oder Tochter sie waren und aus welchem Grund man eigentlich zur Patin ausgewählt worden war.

»Celia Ravenscroft«, sagte Mrs. Oliver nun gutmütig. »Ja, ja, sie ist mein Patenkind. Stimmt.«

Nicht, daß nun Celia Ravenscrofts Bild vor ihrem inneren Auge erstanden wäre, höchstens eines aus sehr, sehr früher Zeit. Die Taufe. Sie war bei Celias Taufe gewesen und hatte ein ganz reizendes silbernes Queen-Anne-Teesieb als Geschenk gefunden. Sehr hübsch war es gewesen. Man konnte es auch für Milch benutzen. Außerdem gehörte es zu den Gegenständen, die ein Patenkind stets leicht versetzen konnte, falls sie rasch ein bißchen Geld brauchte. Wieviel leichter es doch war, sich an silberne Kaffeekannen, Siebe oder Taufbecher zu erinnern als an das Kind selbst . . .

»Ja«, sagte Mrs. Oliver. »Tatsächlich. Aber ich habe Celia leider sehr lange nicht gesehen.«

»Sie ist ein ziemlich impulsives Mädchen«, erklärte Mrs. Burton-Cox. »Ich meine, sie ändert ständig ihre Meinung. Sehr intelligent, sehr gut auf der Universität, aber – ihre politischen Ansichten . . . ich nehme an, daß heutzutage alle jungen Leute politisch interessiert sind.«

»Ich befasse mich nicht viel mit Politik«, sagte Mrs. Oliver, die Politik haßte.

»Wissen Sie, ich möchte Ihnen etwas anvertrauen. Ich werde Ihnen genau sagen, was ich herausbringen möchte. Ich weiß, es macht Ihnen nichts aus. Soviel Leute haben mir erzählt, wie gütig Sie sind, wie hilfsbereit.«

Ob sie mich anpumpen will, überlegte Mrs. Oliver, die viele Gespräche erlebt hatte, die auf diese Weise anfingen.

»Die Angelegenheit ist für mich äußerst wichtig. Ich muß es einfach herausfinden. Celia wird nämlich – oder glaubt, sie wird – meinen Sohn Desmond heiraten.«

»Ach, tatsächlich!« rief Mrs. Oliver.

»Jedenfalls haben die beiden das vor. Natürlich muß man über die Leute Bescheid wissen, und da gibt es etwas, das ich sehr gern herauskriegen möchte. Es ist ziemlich ungewöhnlich, und ich könnte nicht irgendeinen Fremden fragen, aber Sie empfinde ich nicht als Fremde, liebe Mrs. Oliver!«

Mrs. Oliver dachte, ich wünschte, du tätest es. Sie wurde jetzt nervös. Sie überlegte, ob Celia vielleicht ein uneheliches Kind hatte oder kriegte, oder ob man von ihr, Mrs. Oliver, erwartete, daß sie Einzelheiten wüßte. Das wäre sehr peinlich. Andererseits hatte sie Celia seit fünf oder sechs Jahren nicht mehr gesehen. Sie mußte jetzt ungefähr fünfundzwanzig oder sechsundzwanzig sein. Es würde ihr also nicht schwerfallen zu erklären, daß sie keine Ahnung habe.

Mrs. Burton-Cox beugte sich vor und atmete heftig. »Sie müssen es mir sagen, denn ich bin sicher, daß Sie es wissen oder doch vermuten, wie alles gekommen ist. Hat ihre Mutter ihren Vater getötet, oder war es der Vater, der die Mutter tötete?«

Mrs. Oliver war auf alles gefaßt gewesen, aber bestimmt nicht darauf. Sie starrte Mrs. Burton-Cox ungläubig an. »Aber ich – ich verstehe Sie nicht. Ich meine, aus welchem Grund . . .«

»Liebe Mrs. Oliver, Sie müssen es doch wissen . . . Es war

ein berühmter Fall . . . Natürlich ist es schon lange her, zehn, zwanzig Jahre mindestens –, aber die Sache erregte damals viel Aufsehen. Ich bin überzeugt, daß Sie sich erinnern! Sie müssen sich erinnern!«

Mrs. Olivers Gehirn arbeitete fieberhaft. Celia war ihr Patenkind. Das stimmte. Celias Mutter . . . ja natürlich! Celias Mutter war Molly Preston-Grey gewesen, mit der sie befreundet gewesen war, wenn auch nicht besonders intim, ja natürlich . . . sie hatte einen Mann in der Armee geheiratet . . . wie hieß er gleich . . . Sir Sowieso Ravenscroft. Oder war er Botschafter? Unglaublich, daß man sich an diese Dinge nicht mehr erinnerte. Sie wußte nicht einmal genau, ob sie Mollys Brautjungfer gewesen war. Sie glaubte, ja. Später hatten sie sich jahrelang nicht gesehen. Sie gingen ins Ausland, in den Mittleren Osten? Nach Persien? Indien? Nur gelegentlich, wenn sie auf Besuch in England waren, hatten sie sich wiedergesehen. Sie hatten sie an eine alte Fotografie erinnert, die man in die Hand nimmt und betrachtet. Man kennt die Leute darauf von irgendwoher, aber das Bild ist so verblaßt, daß man sie kaum wiedererkennt oder sich erinnert, wer sie eigentlich sind. Und nun wußte sie nicht einmal genau, ob Sir Ravenscroft und Lady Rafenscroft, geborene Preston-Grey, in ihrem Leben wichtig gewesen waren. Sie glaubte nicht.

Mrs. Burton-Cox sah sie immer noch an, als ob sie von ihrem Unvermögen, sich an einen so berühmten Fall zu erinnern, enttäuscht wäre.

»*Getötet?* Sie meinen – ein Unfall?« fragte Mrs. Oliver.

»Aber nein. Kein Unfall. In einem Haus am Meer. Cornwall, glaube ich. Irgendwo – wo Felsen waren. Jedenfalls hatten sie dort ein Haus. Und sie wurden beide in den Klippen gefunden – erschossen, wissen Sie! Aber die Polizei konnte nicht herausfinden, ob die Frau den Mann und dann sich selbst erschossen hatte, oder der Mann die Frau und dann sich. Sie haben die Kugeln und alles mögliche Beweismaterial untersucht, aber es war sehr schwierig. Man vermutete einen Doppelselbstmord. Ich habe vergessen, zu welchem Urteil man kam. Irgendwas – Unfall oder so. Natürlich hat jeder gewußt, daß es Absicht war. Natürlich sind damals eine Menge Gerüchte kursiert . . .«

»Wahrscheinlich alles erfunden«, sagte Mrs. Oliver hoffnungsvoll und versuchte, sich wenigstens an eines dieser Gerüchte zu erinnern.

»Kann sein. Kann sein. Schwer zu sagen, wissen Sie. Es soll Streitigkeiten gegeben haben, am selben Tag oder vorher, es war von einem anderen Mann die Rede, und natürlich wie gewöhnlich davon, daß da eine andere Frau gewesen ist. Man weiß nicht, was wirklich geschah. Ich glaube, es ist vieles totgeschwiegen worden, weil General Ravenscroft eine so hohe Position hatte. Es hieß auch, daß er in dem Jahr in einer Klinik gewesen und sehr krank war oder so was. Daß er gar nicht wußte, was er tat!«

»Es tut mir wirklich leid«, antwortete Mrs. Oliver mit fester Stimme, »daß ich überhaupt nichts darüber weiß. Nun, da Sie die Sache erwähnen, erinnere ich mich vage, auch an die Namen und daß ich die Leute kenne, aber ich habe nie gewußt, was wirklich los war. Ich habe nicht die leiseste Idee . . .«

Wirklich, dachte Mrs. Oliver, hätte ich doch bloß den Mut, der Person zu sagen, woher sie in Teufels Namen die Dreistigkeit nimmt, mich so was zu fragen.

»Es ist nämlich sehr wichtig für mich, die Wahrheit zu erfahren«, sagte Mrs. Burton-Cox. Ihre Augen, die aussahen wie Kieselsteine, wurden scharf. »Es ist deshalb wichtig, weil mein Junge, mein lieber Junge, Celia heiraten will.«

»Ich fürchte, ich kann Ihnen nicht helfen, ich habe nie etwas gehört.«

»Aber Sie *müssen* es wissen! Sie schreiben doch so herrliche Geschichten. Sie wissen alles über Verbrechen, wer sie begeht und warum. Ich bin sicher, daß alle möglichen Leute Ihnen die Geschichte hinter der Geschichte erzählen, weil Sie soviel mit diesen Dingen zu tun haben.«

»Ich weiß überhaupt nichts«, sagte Mrs. Oliver. Ihre Stimme war nicht mehr so höflich und klang ausgesprochen abweisend.

»Aber man kann doch jetzt, nach all den Jahren, nicht einfach zur Polizei gehen! Sie würden einem doch nichts sagen. Offensichtlich wollte man damals alles vertuschen. Aber ich habe einfach das Gefühl, daß ich die Wahrheit wissen muß.«

»Ich schreibe nur Bücher«, meinte Mrs. Oliver kalt. »Sie sind völlig erfunden. Ich persönlich weiß nichts über Verbrechen und habe keine Meinung über Kriminalogie. Deshalb kann ich Ihnen leider in keiner Weise helfen.«

»Aber Sie könnten Ihr Patenkind fragen! Sie könnten Celia fragen!«

»Celia fragen?« Mrs. Oliver erstarrte. »Ich wüßte nicht, wie ich *das* tun könnte. Sie war – nein, ich glaube, sie muß noch ein richtiges Kind gewesen sein, als sich diese Tragödie ereignete.«

»Ich nehme an, sie weiß trotzdem genau Bescheid«, antwortete Mrs. Burton-Cox. »Kinder wissen immer alles! Und Ihnen würde sie es erzählen. Ihnen bestimmt!«

»Sie sollten sie selber fragen, finde ich.«

»Das kann ich unmöglich«, erklärte Mrs. Burton-Cox. »Ich glaube nicht, daß es Desmond recht wäre. Er ist ziemlich – ziemlich empfindlich, was Celia betrifft, und ich glaube wirklich nicht – nein – ich bin überzeugt, daß sie es nur Ihnen sagt.«

»Ich denke nicht im Traum daran, sie zu fragen«, sagte Mrs. Oliver und tat, als ob sie auf ihre Uhr sähe. »Ach, du meine Güte«, rief sie, »wieviel Zeit wir mit diesem reizenden Essen vertan haben. Ich muß laufen. Ich habe eine sehr wichtige Verabredung. Guten Tag, Mrs. – hm – Bedley-Cox, es tut mir wirklich leid, daß ich Ihnen nicht helfen kann, aber diese Sache ist doch ziemlich delikat und – spielt es denn Ihrer Meinung nach wirklich eine so große Rolle?«

»Oh, ich glaube, eine ganz große.«

In diesem Augenblick schlenderte eine literarische Persönlichkeit, die Mrs. Oliver kannte, vorbei. Mrs. Oliver sprang auf und erwischte sie am Arm. »Louise, meine Liebe, wie reizend, daß ich dich treffe. Ich habe gar nicht gewußt, daß du hier bist.«

»Ach, Ariadne, es ist lange her, seit ich dich gesehen habe. Du bist dünner geworden, was?«

»Was du mir immer für Komplimente machst«, sagte Mrs. Oliver, nahm ihre Freundin am Arm und zog sie vom Sofa weg. »Ich muß rennen, weil ich eine Verabredung habe.«

»Ich nehme an, du bist dieses schreckliche Weib nicht losgeworden, nicht wahr?« fragte ihre Freundin und sah über die Schulter auf Mrs. Burton-Cox zurück.

»Sie hat mir so seltsame Fragen gestellt«, sagte Mrs. Oliver.

»Aha! Und du konntest sie nicht beantworten?«

»Nein. Außerdem ging mich die Sache nichts an. Ich habe überhaupt nichts davon gewußt. Und ich hätte ihr auch nicht geantwortet.«

»Ging es um etwas Interessantes?«

»Vermutlich«, sagte Mrs. Oliver. Ein Gedanke schoß ihr

durch den Kopf. »Ich nehme an, es könnte interessant werden, nur . . .«

»Jetzt steht sie auf und kommt hinter dir her«, sagte ihre Freundin. »Mach schnell! Ich sorge dafür, daß du verschwinden kannst, und fahre dich hin, wohin du willst, wenn du deinen Wagen nicht da hast.«

»In London fahre ich nie mit dem Auto, es ist so schwierig mit der Parkerei.«

»Ich weiß. Einfach mörderisch!«

Mrs. Oliver verabschiedete sich überall gebührend und saß kurz darauf im Auto.

»Nach *Eaton Terrace* wolltest du?« sagte die zuvorkommende Freundin.

»Ja«, antwortete Mrs. Oliver, »ich glaube, es heißt *Whitefriars Mansions*. An den Namen kann ich mich nicht genau erinnern, aber ich weiß, wo es ist.«

»Aha, ein Apartmenthaus. Ziemlich modern! Viereckig und geometrisch.«

»Genau«, sagte Mrs. Oliver.

## 2

Da Mrs. Oliver ihren Freund Hercule Poirot nicht zu Hause angetroffen hatte, mußte sie ihre Zuflucht zum Telefon nehmen. »Sind Sie zufällig heute abend daheim?« fragte sie und trommelte mit ihren Fingern ziemlich nervös auf die Tischplatte.

»Ist dort etwa . . .?«

»Ariadne Oliver«, sagte Mrs. Oliver, die immer von neuem überrascht war, wenn man sie nach ihrem Namen fragte, da sie glaubte, daß alle Freunde ihre Stimme sofort erkannten. »Ja, ich bin den ganzen Abend hier. Bedeutet das, daß ich das Vergnügen Ihres Besuches haben werde?«

»Wie nett von Ihnen, es so zu sagen«, rief Mrs. Oliver. »Ich weiß nicht, ob es ein Vergnügen sein wird.«

»Sie zu sehen, ist immer ein Vergnügen, *chère Madame*.«

»Ich weiß nicht, vielleicht könnte ich Ihnen ziemlich lästig werden und viele Fragen stellen. Ich möchte erfahren, wie Sie über eine gewisse Sache denken!«

»Ich bin immer bereit, jedem meine Meinung zu sagen«, erklärte Poirot.

»Es ist ein Problem aufgetaucht«, sagte Mrs. Oliver. »Sehr schwierig, ich weiß nicht, was ich machen soll.«

»Und deshalb kommen Sie zu mir. Ich fühle mich geschmeichelt. Höchst geschmeichelt.«

»Welche Zeit würde Ihnen passen?«

»Neun Uhr? Wir könnten zusammen Kaffee trinken, falls sie nicht einen *Grenadine* oder einen *Sirop de Cassis* vorziehen. Aber nein, so etwas mögen Sie ja nicht. Ich erinnere mich . . .«

»George«, sagte Poirot, nachdem er eingehängt hatte, zu seinem unschätzbaren Diener, »wir werden heute abend das Vergnügen eines Besuches von Mrs. Oliver haben. Ich denke, Kaffee und Likör. Ich bin nie ganz sicher, was sie gern trinkt.«

»Ich habe sie Kirsch trinken sehen, Sir.«

»Und *Crème de Menthe* glaube ich auch. Aber Kirsch hat sie, glaube ich, lieber.«

Mrs. Oliver kam pünktlich. Beim Abendessen hatte Poirot darüber nachgedacht, was Mrs. Oliver zu ihm trieb und warum sie so im Zweifel war, was sie tun sollte. Kam sie wegen eines schwierigen Problems zu ihm, oder würde sie ihm von einem Verbrechen erzählen? Poirot wußte genau, bei Mrs. Oliver war alles möglich. Die einfachsten und die ungewöhnlichsten Dinge. In ihren Augen waren sie alle gleich wichtig. Aber sie war beunruhigt. Nun, dachte Hercule Poirot, er würde mit Mrs. Oliver schon fertig werden. Er war immer mit ihr fertig geworden. Gelegentlich machte sie ihn wütend. Gleichzeitig war er ihr wirklich sehr zugetan. Sie hatten viele Erfahrungen und Experimente zusammen gemacht. Erst heute morgen hatte er irgend etwas über sie in der Zeitung gelesen – oder war es im Abendblatt gewesen? Er mußte versuchen, sich zu erinnern, bevor sie kam. Es war ihm gerade gelungen, als sein Diener Mrs. Oliver meldete.

Sie kam ins Zimmer, und Poirot schloß sofort, daß seine Diagnose zutraf. Sie war besorgt. Ihre Frisur, sonst immer sehr sorgfältig gelegt, war unordentlich, weil sie in ihrer fieberhaften und hastigen Art, die sie manchmal an sich hatte, mit den Fingern hindurchgefahren war. Er empfing sie mit allen Zeichen des Vergnügens, etablierte sie in einem Stuhl, schenkte ihr Kaffee ein und gab ihr ein Glas Kirsch.

»Ah!« sagte Mrs. Oliver mit einem Seufzer der Erleichterung. »Ich fürchte, Sie werden mich für schrecklich dumm halten, aber . . .«

»Ich lese, oder besser ich las in der Zeitung, daß Sie heute bei einem literarischen Essen waren. Berühmte Schriftstellerinnen. Ich dachte, so was würden Sie nie mitmachen.«

»Gewöhnlich nicht«, antwortete Mrs. Oliver, »und ich werd's auch nie wieder tun.«

»Aha! War es so schlimm?« Poirot war ganz Mitgefühl. Er wußte über Mrs. Olivers schwachen Punkt Bescheid. Übertriebenes Lob ihrer Bücher brachte sie immer aus der Fassung, hatte sie ihm einmal erzählt, weil sie nie die richtige Antwort darauf wußte. »Es hat Ihnen nicht gefallen?«

»Bis zu einem bestimmten Punkt schon«, erwiderte Mrs. Oliver, »aber dann passierte was sehr Unangenehmes.«

»Aha. Und das ist der Grund, weshalb Sie zu mir kommen.«

»Ja, aber eigentlich weiß ich es wirklich nicht genau. Ich meine, die Sache hat nichts mit Ihnen zu tun, und ich glaube auch nicht, daß es die Art von Dingen ist, die Sie interessiert. Und ich selber bin auch nicht wirklich neugierig darauf. Aber irgendwie muß ich es doch sein, sonst wäre ich nicht zu Ihnen gekommen, um Ihre Ansicht darüber zu hören. Was – was Sie an meiner Stelle täten.«

»Die Frage ist schwierig«, sagte Poirot. »Ich weiß, wie ich – Hercule Poirot – reagiere, aber ich weiß nicht, wie Sie handeln würden, so gut ich Sie auch kenne.«

»Eigentlich müßten Sie das aber beurteilen können«, sagte Mrs. Oliver. »Wir kennen uns lange genug.«

»Ungefähr zwanzig Jahre?«

»Ich weiß nicht genau. Ich kann mich nie an Jahreszahlen oder Daten erinnern. Ich bringe alles durcheinander. Ich kenne 1939, da begann der Krieg, und ich erinnere mich an andere Daten, weil sich da merkwürdige Dinge ereigneten.«

»Jedenfalls gingen Sie zu dem Literatenessen. Es hat Ihnen nicht sehr gefallen.«

»Das Essen war ausgezeichnet, aber nachher . . .«

»Hat man Ihnen gewisse Dinge erzählt«, sagte Poirot mit der Güte eines Arztes, der sich nach den Krankheitssymptomen erkundigt.

»Nun, wir hatten gerade angefangen, uns zu unterhalten. Plötzlich stürzte sich eines dieser großen, vollbusigen Weiber auf mich, die es immer fertigbringen, jeden zu beherrschen. Man fühlt sich schrecklich ungemütlich. Wissen Sie, als ob man einen Schmetterling fängt oder so, aber ohne Netz. Sie hat mich irgendwie eingekreist und auf eine Sitzbank geschubst und dann begann sie, auf mich einzureden. Mit einem meiner Patenkinder fing sie an.«

»Soso. Mit einem Patenkind. Haben Sie es gern?«

»Ich habe sie viele Jahre nicht gesehen«, erklärte Mrs. Oliver, »ich kann nicht mit ihnen allen in Kontakt bleiben. Und dann stellte sie mir eine höchst beunruhigende Frage. Sie wollte wissen – du meine Güte, es fällt mir wirklich sehr schwer, es zu erzählen . . .«

»Nein, es ist nicht schwer«, warf Poirot freundlich ein. »Es ist ganz einfach. Jeder erzählt mir früher oder später alles. Ich bin ein Fremder, sehen Sie, da macht es nichts aus. Es ist einfach, weil ich ein Fremder bin.«

»Also«, sagte Mrs. Oliver, »sie fragte mich nach dem Vater und der Mutter meines Patenkindes Celia. Sie fragte mich, ob ihre Mutter ihren Vater oder ihr Vater ihre Mutter ermordet hätte?«

»Wie bitte?«

»Ja, ich weiß, es klingt verrückt. Ich fand es auch verrückt.«

»Ob die Mutter ihres Patenkindes ihren Vater oder ihr Vater ihre Mutter ermordet hätte?«

»Genau!«

»Aber – war das eine Tatsache? Hatte ihr Vater die Mutter oder die Mutter den Vater tatsächlich ermordet?«

»Nun, sie wurden beide erschossen aufgefunden«, sagte Mrs. Oliver, »in den Klippen. Ich kann mich nicht mehr erinnern, ob es in Cornwall war oder auf Korsika. So was Ähnliches.«

»Dann war es also wahr, was sie sagte?«

»Ja, dieser Punkt stimmte. Es passierte vor Jahren. Na schön, aber warum kommt sie damit zu mir?«

»Weil Sie Kriminalschriftstellerin sind«, erklärte Poirot. «Sie sagte sicher, Sie wüßten alles über Verbrechen. Also, das ist wirklich passiert?«

»Ja. Ich glaube, ich erzähle Ihnen besser alles von Anfang an. Allerdings kann ich mich nicht mehr an alles erinnern. Es liegt ungefähr . . . nun, ich glaube, es liegt jetzt mindestens zwanzig Jahre zurück. An die Namen der Leute erinnere ich mich, weil ich sie mal gut gekannt habe. Die Frau war mit mir zur Schule gegangen, wir mochten uns gern. Wir waren Freundinnen. Es war ein vielbesprochener Fall – wissen Sie, es stand in allen Zeitungen und so. Sir Alistair Ravenscroft und Lady Ravenscroft. Ein sehr glücklich verheiratetes Paar, er war Oberst oder General, sie reisten in der ganzen Welt herum. Dann kauften sie das Haus, irgendwo, ich glaube, im Ausland – ich kann mich nicht erinnern. Und auf einmal standen Berichte über den Fall in allen Zeitungen . . . Ob jemand sie ermordet hatte oder sie überfallen worden waren oder so was, oder ob sie sich gegenseitig umgebracht hätten. Ich glaube, mit einem Revolver, der seit Urzeiten im Haus gelegen hatte. Also, ich erzähle Ihnen am besten alles, was ich noch weiß.«

Mrs. Oliver nahm sich zusammen und brachte es fertig, Poirot ein mehr oder weniger klares Resümee dessen zu geben, was man ihr erzählt hatte. Poirot hakte hier und da mit einer Rückfrage ein. »Aber warum?« fragte er schließlich, »warum will diese Frau das so genau wissen?«

»Das ist es gerade, was ich herausbekommen möchte«, sagte Mrs. Oliver. »Ich glaube, ich könnte Celia ausfindig machen. Sicher lebt sie noch immer in London. Oder war es Cambridge oder Oxford? Ich glaube, sie hat ihren Doktor gemacht und hält hier Vorlesungen oder unterrichtet. Und – sie ist sehr modern, wissen Sie. Verkehrt mit langhaarigen Leuten in merkwürdiger Aufmachung. Daß sie Rauschgift nimmt, glaube ich nicht. Sie ist ganz in Ordnung und – ich hörte nur hin und wieder von ihr. Ich meine, sie schickt mir zu Weihnachten eine Karte und so. Nun, man denkt nicht die ganze Zeit an seine Patenkinder. Sie muß schon fünf- oder sechsundzwanzig sein.«

»Nicht verheiratet?«

»Nein. Anscheinend will sie heiraten – so habe ich es verstanden –, den Sohn von Mrs. – wie hieß die Frau noch? Ach ja, Mrs. Brittle – nein – Burton-Cox!«

»Und Mrs. Burton-Cox möchte nicht, daß ihr Sohn dieses Mädchen heiratet, weil ihr Vater ihre Mutter oder die Mutter den Vater umgebracht hat?«

»Vermutlich. Das ist der einzige Grund, den ich mir vorstellen kann. Denn wieso spielt es für diese Ehe eine Rolle, wie es genau war? Wieso ist es der künftigen Schwiegermutter wichtig zu erfahren, wer wen umbrachte?«

»Darüber sollte man nachdenken«, sagte Poirot. »Es ist . . . also, wissen Sie, das ist wirklich interessant. Ich meine nicht bezüglich Sir Alistair Ravenscroft oder Lady Ravenscroft. Ich glaube, ich kann mich vage erinnern – an den Fall, oder war er nicht derselbe? Aber diese Mrs. Burton-Cox ist sehr merkwürdig. Vielleicht ist sie nicht ganz richtig im Kopf? Hat sie ihren Sohn gern?«

»Wahrscheinlich«, sagte Mrs. Oliver. »Wahrscheinlich möchte sie einfach nicht, daß er dieses Mädchen heiratet.«

»Weil sie vielleicht die Veranlagung, den Ehemann zu ermorden, geerbt hat – oder so was?«

»Wie soll ich das wissen?« rief Mrs. Oliver. »Sie scheint anzunehmen, daß ich's ihr verraten kann, aber sie hat *mir* wirklich nicht genug erzählt! Was steckt dahinter? Was bedeutet das alles?«

»Es wäre fast interessant, es herauszufinden«, stellte Poirot fest.

»Also, das ist der Grund, weshalb ich Sie besuche«, sagte Mrs. Oliver. »Sie finden gern Sachen heraus. Sachen, deren Ursache Sie anfangs nicht erkennen können. Die niemand erkennen kann.«

»Glauben Sie, daß Mrs. Burton-Cox eine bestimmte Lösung vorzöge?« fragte Poirot.

»Sie meinen, daß der Mann seine Frau getötet hätte oder die Frau ihren Mann? Ich glaube nicht.«

»Tja«, meinte Poirot. »Ich begreife Ihr Dilemma. Es reizt mich. Sie kommen also von einer Party. Man hat Sie gebeten, etwas sehr Schwieriges, fast Unmögliches zu unternehmen – und Sie, Sie überlegen, wie man so eine Sache am besten angeht.«

»Na, und was wäre nun das richtige?«

»Das ist für mich nicht so einfach zu entscheiden. Ich bin keine Frau. Eine Frau, die Sie nicht besonders gut kennen, die Sie nur auf einer Party getroffen haben, hat Sie mit diesem Problem konfrontiert, Sie gebeten, es zu lösen, ohne ein genaues Motiv zu nennen.«

»Jawohl«, sagte Mrs. Oliver. »Und was tut Ariadne jetzt? Mit anderen Worten, was tut A, wenn Sie diesen Fall als Rätsel in einer Zeitung zu lösen hätte?«

»Hm. Man könnte das Problem von drei Seiten angehen. A schreibt Mrs. Burton-Cox einen Brief, es täte einem leid, man könnte ihr in dieser Angelegenheit wirklich nicht behilflich sein oder ähnlich. Zweitens, Sie setzen sich mit Ihrer Patentochter in Verbindung und erzählen ihr, was die Mutter des jungen Mannes, den sie heiraten möchte, von Ihnen verlangt hat. Sie werden herausbekommen, ob sie wirklich daran denkt, diesen Mann zu heiraten, und ob sie eine Ahnung oder der junge Mann ihr erzählt hat, was seine Mutter eigentlich will. Da wären noch andere interessante Punkte: zum Beispiel, wie das Mädchen über ihre künftige Schwiegermutter denkt. Und drittens könnten Sie«, schloß Poirot, »und dazu rate ich Ihnen . . .«

»Ich weiß«, unterbrach Mrs. Oliver, »ein Wort!«

»*Nichts* tun«, beendete Poirot seinen Satz.

»Genau! Das wäre das Einfachste und Vernünftigste. Nichts zu unternehmen. Ein starkes Stück, einfach hinzugehen und einem Mädchen, das noch dazu mein Patenkind ist, zu berichten, was ihre künftige Schwiegermutter herumerzählt und worüber sie die Leute ausfragt. Aber . . .«

»Ich weiß«, warf Poirot ein, »es ist die menschliche Neugier.«

»Ich möchte wissen, warum dieses abscheuliche Weib zu mir kam und das sagte«, antwortete Mrs. Oliver. »Solange . . .«

»Ja«, sagte Poirot, »solange können Sie nicht ruhig schlafen. Sie würden nachts aufwachen und – wie ich Sie kenne – auf die verrücktesten und seltsamsten Ideen kommen, die Sie wahrscheinlich kurz darauf zu einer hochinteressanten Kriminalgeschichte verarbeiten würden. Zu einem Kriminalroman, zu einem Thriller. Zu allem möglichen.«

»So betrachtet, könnten Sie recht haben.« Mrs. Olivers Augen begannen zu blitzen.

»Lassen Sie es sein«, mahnte Poirot. »Es wäre ein sehr schwieriges Unternehmen. Es scheint mir keinen triftigen Grund dafür zu geben.«

»Aber ich würde mich gern *überzeugen,* daß es keinen triftigen Grund gibt!«

»Menschliche Neugierde«, sagte Poirot. »Ein interessantes Gebiet.« Er seufzte. »Wenn ich denke, was wir ihr im Lauf der Geschichte verdanken. Neugier! Ich weiß nicht, wer sie erfunden hat. Man sagt sie gewöhnlich den Katzen nach. Aber ich möchte behaupten, daß in Wirklichkeit die Griechen die Neugier erfanden. Sie wollten *wissen.* Vor ihnen wollte, soweit ich informiert bin, keiner viel wissen. Man wollte nur wissen, wie man sich in dem Lande, in dem man lebte, verhalten mußte, um nicht geköpft oder gerädert zu werden oder sonst etwas Uner freuliches zu erleben. Aber man gehorchte, oder man gehorchte nicht. Sie wollten nicht wissen, *warum*. Seit damals wollen so viele Leute das *Warum* wissen, und deshalb ist soviel passiert. Heute gibt es Schiffe, Flugzeuge, Eisenbahnen und Atombomben, Penicillin und Mittel gegen alle möglichen Krankheiten. Ein kleiner Junge schaut zu, wie der Dampf den Deckel eines Wasserkessels auf dem Herd hebt, und schon haben wir die Eisenbahn, die in direkter Linie zu Eisenbahnerstreiks und ähnlichem führt. Und so weiter und so weiter.«

»Sagen Sie mir nur eins«, fragte Mrs. Oliver, »finden Sie, daß ich eine schreckliche Schnüfflerin bin?«

»Nein«, antwortete Poirot. »Im großen und ganzen halte ich Sie nicht für eine sehr neugierige Frau. Aber ich kann Sie mir gut vorstellen, wie Sie bei einer literarischen Party in Panik geraten, weil Sie sich gegen zuviel Liebenswürdigkeiten und Lob zur Wehr setzen müssen. Deshalb gerieten Sie in dieses Dilemma und entwickelten eine starke Abneigung gegen die Person, die Sie da hineinriß.«

»Ja. Ein schreckliches Weib. Sehr unangenehm!«

»Dieser lang zurückliegende Mord an einem Ehepaar, das angeblich gut miteinander auskam und sich nie stritt – man hat nie den Grund erfahren, sagen Sie?«

»Sie wurden erschossen. Ja, sie wurden erschossen. Es könnte ein Selbstmordabkommen gewesen sein. Ich glaube, die Polizei nahm das zunächst auch an. Natürlich kann man so viele Jahre danach nichts mehr feststellen.«

»O doch!« behauptete Poirot. »Ich meine, ich könnte was herausfinden.«

»Wirklich? Mit Hilfe all der aufregenden Freunde, die Sie haben?«

»Nun, ich würde nicht gerade sagen, durch sie. Natürlich gibt es Freunde, die etwas wissen, die bestimmte Berichte beschaffen könnten, die Niederschriften, die damals über den Fall gemacht wurden. Ich könnte Zutritt zu bestimmten Protokollen bekommen.«

»Sie finden was heraus«, rief Mrs. Oliver hoffnungsvoll, »und erzählen es mir dann.«

»Ja«, sagte Poirot, »jedenfalls könnte ich Ihnen alle Fakten zu dem Fall organisieren. Allerdings wird das ein bißchen Zeit beanspruchen.«

»Wenn Sie das tun – ich hätte wirklich gern, Sie täten's –,

unternehme ich selbst auch etwas. Ich besuche das Mädchen. Ich finde heraus, ob sie irgend etwas weiß, ich frage sie, ob ich ihrer künftigen Schwiegermutter eine Abfuhr erteilen soll oder es sonst einen Weg gibt, ihr zu helfen. Ich möchte auch den jungen Mann kennenlernen, den sie heiraten will.«

»Sehr gut«, sagte Poirot. »Ausgezeichnet.«

»Und ich glaube«, sagte Mrs. Oliver, »da gibt es ein paar Leute . . .« Nachdenklich runzelte sie die Stirn.

»Ich fürchte, daß uns die nicht viel helfen«, meinte Hercule Poirot. »Der Fall ruht längst in der Vergangenheit. Zur damaligen Zeit vielleicht eine *cause célèbre*. Aber was ist eine *cause célèbre,* wenn man es genau überlegt? Wenn es nicht zu einem überraschenden *dénouement* kommt, was hier ja nicht zutrifft? Niemand erinnert sich.«

»Ja«, sagte Mrs. Oliver, »das stimmt. So viel wurde in den Zeitungen geschrieben, und eine Zeitlang wurde immer wieder darüber geredet, und dann ging die Sache einfach unter. Wie das eben heute so ist. Wie bei dem Mädchen damals, Sie wissen schon, die von zu Hause weglief. Sie wurde nie gefunden. Das war vor fünf oder sechs Jahren. Jetzt entdeckte plötzlich ein kleiner Junge, der in einem Sandhaufen oder einer Kiesgrube spielte, ihren toten Körper. Nach fünf oder sechs Jahren!«

»Wie man feststellen kann, wie lange der Körper dort gelegen hat, und wenn man alle entsprechenden Polizeiprotokolle durchliest, könnte man den Mörder vielleicht finden. Aber Ihr Problem ist schwieriger, denn es gibt zwei mögliche Lösungen: daß der Gatte seine Frau nicht leiden konnte und sie loswerden wollte, oder daß die Frau ihren Mann haßte und einen Liebhaber hatte. Deshalb könnte es ein Verbrechen aus Leidenschaft gewesen sein. Oder doch etwas völlig anderes. Jedenfalls wird man schwer etwas herausbringen. Wenn die Polizei damals nichts fand, muß das Motiv sehr schlecht zu erkennen sein und nicht auf der Hand liegen. Deshalb ist es ein Geheimnis geblieben. Ganz einfach!«

»Ich finde, ich sollte doch zu Celia gehen. Vielleicht hat das dieses schreckliche Weib tatsächlich gewollt — daß ich hingehe. Sie dachte, die Tochter wüßte was — nun, sie könnte ja etwas wissen«, überlegte Mrs. Oliver. »Kinder sind so. Sie wissen die unglaublichsten Dinge.«

»Haben Sie eine Ahnung, wie alt Ihr Patenkind, diese Celia, damals war?«

»Nun, so aus dem Handgelenk kann ich's nicht sagen. Neun oder zehn vielleicht, oder auch älter. Ich glaube, sie war damals von zu Hause weg, im Pensionat. Aber das kann ich mir auch nur einbilden, oder ich habe es damals gelesen.«

»Sie glauben, es war Mrs. Burton-Cox' Wunsch, daß Sie aus der Tochter Informationen herausholen? Vielleicht weiß die Tochter etwas, vielleicht hat sie es dem Sohn erzählt und der seiner Mutter. Ich könnte mir vorstellen, daß Mrs. Burton-Cox versuchte, das Mädchen selbst zu fragen, und eine Abfuhr kriegte. Da dachte sie, die bekannte Mrs. Oliver ist ihre Patin und hat außerdem viel kriminalistische Sachkenntnis. Sie könnte die Informationen bekommen. – Trotzdem begreife ich immer noch nicht, warum sie das wissen will«, grübelte Poirot. »Ich glaube auch nicht, daß ›die Leute‹, wie Sie sie vage bezeichnen, Ihnen nach so langer Zeit helfen können. Würde sich überhaupt jemand erinnern?«

»Ich glaube doch«, behauptete Mrs. Oliver.

»Sie überraschen mich«, entgegnete Poirot und sah sie etwas verwirrt an. »Erinnern sich die Leute *wirklich?«*

»Ach«, sagte Mrs. Oliver, »ich dachte eigentlich an Elefanten.«

*»Elefanten?«* Wie so häufig fand Poirot, daß Mrs. Oliver wirklich sehr sprunghaft war. Wieso plötzlich Elefanten?

»Gestern, beim Essen, dachte ich an Elefanten«, sagte Mrs. Oliver.

»Warum, in aller Welt?« fragte Poirot neugierig.

»Also, genauer gesagt, ich dachte an Zähne. Sie wissen schon, man versucht, was zu essen, und wenn man falsche Zähne hat – dann geht es nicht so gut. Man muß wissen, was man essen darf und was nicht.«

»Ach, ja!« rief Poirot mit einem tiefen Seufzer. »Die Zahnärzte können viel für einen tun, aber eben nicht alles.«

»So ist es. Und dann überlegte ich, wissen Sie, daß unsere Zähne nur aus Bein sind und nicht so besonders gut, und wie schön es wäre, ein Hund zu sein, der richtige Elfenbeinzähne hat. Und ich dachte an Walrosse und – na ja, an Elefanten. Wenn Sie an Elfenbein denken, fallen Ihnen doch selbstverständlich sofort Elefanten ein, nicht wahr? Die riesengroßen Stoßzähne!«

»Das ist wahr«, meinte Poirot, der noch immer nicht begriff, worauf Mrs. Oliver hinauswollte.

»So überlegte ich, daß wir uns eigentlich an die Leute wenden müßten, die wie die Elefanten sind. Denn Elefanten, so sagt man, vergessen nie.«

»Ja, das habe ich schon gehört«, pflichtete Poirot bei.

»Elefanten vergessen nie«, wiederholte Mrs. Oliver. »Kennen Sie die Geschichte, die man den Kindern immer erzählt? Jemand, ein indischer Schneider, stach eine Nadel oder so was Ähnliches in den Stoßzahn eines Elefanten. Nein. Nicht in den Stoßzahn, in seinen Rüssel natürlich, in den Elefantenrüssel. Als der Elefant mal wieder vorbeikam, hatte er das Maul voll Wasser und spritzte den Schneider naß. Obwohl er ihn jahrelang nicht gesehen hatte! Er hatte nicht vergessen. Er erinnerte sich. Das ist es, sehen Sie! Elefanten erinnern sich. Was ich jetzt tun muß . . . Ich muß auf Elefantensuche gehen.«

»Ich weiß nicht, ob ich Sie richtig verstanden habe«, warf Hercule Poirot ein. »Wen bezeichnen Sie als Elefanten? Es klingt, als ob Sie sich die Informationen aus dem Zoo holen wollten.«

»Nun, das nicht gerade«, sagte Mrs. Oliver. »Ich meine nicht die Elefanten selbst, sondern die Art, wie manche Leute bis zu einem gewissen Grad Elefanten gleichen. Da gibt es Leute, die sich *wirklich* erinnern. – Man erinnert sich doch an die merkwürdigsten Sachen. *Ich* zum Beispiel erinnere mich an eine Menge Dinge sehr gut. Ich erinnere mich an mein Geburtstagsfest, als ich fünf wurde, und an den rosa Kuchen – einen wunderschönen rosa Kuchen. Es war ein Vogel aus Zucker drauf. Und ich erinnere mich an den Tag, an dem mein Kanarienvogel entflog und ich weinte. Und an einen anderen Tag, als ich auf ein Feld lief, und da war ein Stier und jemand sagte, er würde mich aufspießen. Ich war außer mir vor Angst. Es war an einem Dienstag. Ich weiß nicht, wieso ich mich ausgerechnet daran erinnere, aber es war wirklich ein Dienstag! Da fällt mir ein herrliches Brombeeren-Picknick ein. Ich wurde furchtbar zerstochen, aber ich hatte mehr Brombeeren gesammelt als alle anderen. Es war herrlich! Damals war ich, glaube ich, neun Jahre alt. Aber man braucht gar nicht so weit zurückzugehen. Ich bin in meinem Leben auf vielen Hochzeiten gewesen, aber wenn ich so zurückdenke, dann erinnere ich mich nur an eine oder zwei genau. Bei einer war ich Brautjungfer. Sie fand in New Forest statt, ich weiß nicht mehr, wer alles da war. Ich glaube, eine meiner Cousinen heiratete. Ich kannte sie eigentlich nicht besonders gut, aber sie wollte viele Brautjungfern und, nun, ich kam ihnen eben gelegen. Da fällt mir noch eine andere Hochzeit ein. Von einem Freund bei der Marine. Er wäre beinahe in einem Unterseeboot untergegangen, aber dann wurde er gerettet, und die Eltern seiner Verlobten, die erst gegen die Heirat waren, waren danach einverstanden. Auch da war ich Brautjungfer. Ich will damit bloß sagen, daß es *immer* Dinge gibt, an die man sich erinnert.«

»Jetzt begreife ich, was Sie meinen«, erklärte Poirot. »Sehr interessant. Sie gehen also *à la recherche des éléphants?«*

»Richtig. Ich muß nur noch das genaue Datum wissen.«

»Da«, sagte Poirot, »kann ich Ihnen vielleicht helfen.«

»Außerdem muß ich überlegen, welche Leute ich damals kannte und welche die gleichen Freunde wie ich hatten und auch General Ravenscroft kannten. Leute, die sie vielleicht im Ausland trafen und die ich ebenfalls kannte, wenn ich sie auch lange Jahre nicht mehr gesehen habe. Die Menschen freuen sich immer, wenn plötzlich jemand aus der Vergangenheit auftaucht, auch wenn sie sich nicht besonders gut an ihn erinnern. Dann unterhält man sich über alte Zeiten, was damals geschah, und an was man sich noch erinnert.«

»Sehr aufschlußreich«, sagte Poirot. »Ich finde, Sie sind gut gerüstet für Ihr Vorhaben. Es geht also um Leute, die in der Gegend wohnten, wo sich das tragische Ereignis abspielte, oder die dort gelebt haben könnten. Schwieriger ist es wohl, auf das Thema selbst zu sprechen zu kommen. Man müßte verschiedene Taktiken probieren. Zum Beispiel ein kleines Gespräch anfangen über das Geschehene, über ihre Vermutungen und über das, was damals geredet wurde. Ob der Mann oder die Frau möglicherweise eine Liebesaffäre hatten. Über Geld, das jemand geerbt hat. Ich glaube, Sie könnten eine ganze Menge zusammenkratzen.«

»Du meine Güte«, rief Mrs. Oliver. »Ich habe wirklich Angst, daß ich eine Schnüfflerin bin!«

»Sie haben einen Auftrag bekommen«, erklärte Poirot, »zwar nicht von jemandem, den Sie mögen, oder dem Sie helfen wollen, sondern von jemandem, den Sie völlig ablehnen. Aber das spielt hier keine Rolle. Sie sind auf der Suche, der Suche nach Wissen. Sie gehen Ihren eigenen Weg. Es ist der Weg der Elefanten. Die Elefanten *könnten* sich erinnern. *Bon voyage!«*

»Wie bitte?« fragte Mrs. Oliver.

»Ich schicke Sie auf Ihre Entdeckungsreise«, erklärte Poirot. *»À la recherche des éléphants.«*

»Ich glaube, ich bin verrückt«, sagte Mrs. Oliver betrübt. Wieder fuhr sie sich mit den Händen durch das Haar, sie sah aus wie der Struwwelpeter persönlich. »Ich wollte gerade eine Geschichte über einen goldgelben Apportierhund schreiben. Aber es lief nicht richtig. Ich konnte einfach den Anfang nicht hinkriegen, wenn Sie verstehen, was ich meine.«

»Ach, lassen Sie doch den goldgelben Apportierhund sein! Kümmern Sie sich nur um Elefanten!«

## 3

»Würden Sie mir mein Adressenverzeichnis suchen, Miß Livingstone?«

»Es liegt auf Ihrem Schreibtisch, Mrs. Oliver, links.«

»Das meine ich nicht«, antwortete Mrs. Oliver. »Es ist das laufende. Ich will das andere, vom letzten Jahr, oder vielleicht vom Jahr davor.«

»Ob es nicht weggeworfen wurde?« schlug Miß Livingstone vor.

»Nein, ich werfe kein Adreßbuch weg, weil man so etwas immer wieder braucht. Ich meine die Adressen, die man nicht ins nächste überträgt. Vermutlich liegen sie in einer Kommodenschublade.«

Miß Livingstone war noch ziemlich neu, Ersatz für Miß Sedgwick. Mrs. Oliver vermißte Miß Sedgwick sehr. Miß Sedgwick hatte immer alles gewußt. Sie kannte die Orte, an die Mrs. Oliver manchmal Sachen verlegte oder an denen sie etwas aufbewahrte. Sie erinnerte sich an die Leute, denen Mrs. Oliver nette Briefe geschrieben hatte oder grobe, weil man sie geärgert hatte. Sie war unbezahlbar, oder besser, sie war unbezahlbar gewesen. »Sie war«, murmelte Mrs. Oliver, »sie war wie dieses Buch — wie heißt es bloß noch — , das große braune Buch . . . Alle Leute um die Jahrhundertwende hatten es. Ach, ja: *Enquire Within Upon Everything*. Ein Ratgeber für alles. Man konnte alles drin finden: Wie man Rostflecken aus der Wäsche rauskriegt, geronnene Mayonnaise klar wird oder wie man einen

Brief an einen Bischof anfängt. Viele, viele Ratschläge. Alles stand da drin im *Enquire Within Upon Everything*. Großtante Alices Hilfe und Stütze.«

Miß Sedgwick war genauso nützlich gewesen wie Großtante Alices Buch. Miß Livingstone dagegen ganz und gar nicht. Immer stand sie bloß herum, mit langem Gesicht und bewußt tüchtigem Aussehen. Jeder Zug ihres Gesichts sagte: »Ich bin sehr tüchtig.« Aber sie war es nicht, dachte Mrs. Oliver. Sie wußte nur, wo ihre früheren schriftstellernden Arbeitgeber ihre Sachen aufbewahrt hatten und wo Mrs. Oliver ihrer Ansicht nach die ihren aufbewahren sollte.

»Was ich brauche«, erklärte Mrs. Oliver mit der Entschiedenheit eines verzogenen Kindes, »ist mein Adreßbuch von 1970. Und das von 1969 auch. Bitte suchen Sie es schleunigst!«

»Natürlich, natürlich«, rief Miß Livingstone.

Mit leerem Blick sah sie sich um, wie jemand, der nach etwas suchen soll, wovon er noch nie gehört hat, das er aber dank seiner Tüchtigkeit und mit etwas Glück finden wird.

Wenn die Sedgwick nicht wiederkommt, werde ich verrückt, dachte Mrs. Oliver. Ich schaff' es nicht ohne Miß Sedgwick.

Miß Livingstone begann, verschiedene Schubladen in Mrs. Olivers sogenanntem Studier- und Arbeitszimmer aufzuziehen. »Hier ist das letzte Jahr«, rief sie plötzlich beglückt. »Das dürfte viel aktueller sein, nicht? 1971.«

»1971 will ich nicht«, antwortete Mrs. Oliver. Vage Erinnerungen kamen ihr. »Sehen Sie mal im Teewagen dort nach!«

Sichtlich beunruhigt sah sich Miß Livingstone um.

»Der Tisch dort«, sagte Mrs. Oliver.

»Ein Büroartikel dürfte sich kaum in einem Teewagen befinden«, bemerkte Miß Livingstone und wies damit ihre Arbeitgeberin auf die allgemeinen Tatsachen des Lebens hin.

»Doch!« beharrte Mrs. Oliver. »Ich glaube, ja.« Sie schob Mrs. Livingstone zur Seite, ging zum Teewagen, hob den Deckel von einem runden Behälter aus Papiermaché, der ursprünglich *Lapsang-Souchon*-Tee enthalten hatte, und nahm ein zusammengerolltes, braunes Notizbuch heraus. »Da ist es!«

»Nur von 1968, Mrs. Oliver. Vier Jahre her.«

»Es könnte passen«, sagte Mrs. Oliver, nahm es und trug es zum Schreibtisch. »Das wäre im Moment alles, Miß Livingstone, aber Sie könnten nachsehen, ob Sie mein Geburtstagsverzeichnis irgendwo finden.«

»Ich wußte nicht . . .«

»Ich benutze es jetzt nicht mehr«, sagte Mrs. Oliver, »aber ich habe eines. Ein ziemlich großes, wissen Sie. Ich fing es an, als ich noch ein Kind war, und habe es jahrelang geführt. Vermutlich liegt es irgendwo in der Mansarde im Fremdenzimmer. In dem Ding neben dem Bett.«

»Oh! Soll ich nachsehen?«

»Das habe ich mir so vorgestellt«, sagte Mrs. Oliver. Sie wurde ein bißchen munterer, als Miß Livingstone das Zimmer verlassen hatte, schloß die Tür nachdrücklich hinter ihr, ging zum Schreibtisch zurück und begann, die nach Tee riechenden Adressen in verblichener Tinte durchzusehen.

»Ravenscroft – Celia Ravenscroft. Aha! 14, Fishacre Mews, S. W. 3. Das ist die Adresse in Chelsea. Damals wohnte sie dort. Aber danach noch woanders. So ähnlich wie Strand-on-the-Green bei Kew Bridge.« Sie blätterte ein paar Seiten weiter. »Ach ja, dies ist, scheint's, eine spätere. Mardyke Grove. Eine Querstraße von der Fulham Road, glaube ich. Jedenfalls da irgendwo. Hat sie Telefon? Ja, ich glaube, die stimmt. Flaxman . . . Jedenfalls probier' ich sie.«

Sie ging zum Telefon hinüber. Die Tür öffnete sich, und Miß Livingstone sah herein. »Glauben Sie, daß vielleicht . . .«

»Ich habe die Adresse, die ich brauche, gefunden«, rief ihr Mrs. Oliver zu. »Suchen Sie weiter nach dem Geburtstagsverzeichnis. Es ist wichtig.« Als sich die Tür schloß, murmelte sie: »Brauchen Sie dazu, so lange Sie wollen!« Sie drehte die Wählscheibe, wartete und öffnete währenddessen die Tür und rief die Treppe hinauf: »Probieren Sie's mal mit der spanischen Truhe. Die mit den Messingbeschlägen! Ich hab' vergessen, wo sie jetzt steht. Unterm Tisch in der Halle, glaube ich.«

Mrs. Olivers erstes Wählen war kein Erfolg. Sie hatte offenbar eine Mrs. Smith-Potter angerufen, die sich als erzürnt und wenig hilfreich erwies und nicht wußte, welche Telefonnummer frühere Wohnungsinhaber jetzt hatten.

Mrs. Oliver unterzog das Adreßbuch einer nochmaligen gründlichen Prüfung. Sie entdeckte zwei weitere Adressen, die hastig über andere geschrieben worden waren und keinen sehr vielversprechenden Eindruck machten. Aber schließlich schien eine etwas unleserliche Telefonnummer zwischen den ausgestrichenen Anfangsbuchstaben und Adressen Erfolg zu versprechen.

Eine Stimme gab zu, Celia zu kennen. »Du liebe Güte, ja. Aber sie wohnt seit *Jahren* nicht mehr hier. Ich glaube, sie war dann in Newcastle, als ich das letzte Mal von ihr hörte.«

»O je«, rief Mrs. Oliver, »wie schade, die Adresse hab' ich nicht.«

»Ich auch nicht«, antwortete das freundliche Mädchen. »Ich glaube, sie war dort Sekretärin bei einem Tierarzt.«

Das klang nicht gerade hoffnungsvoll. Mrs. Oliver probierte es noch ein- oder zweimal. Die Anschriften in ihrem neuesten Adreßbuch waren nutzlos, deshalb ging sie etwas weiter zurück. Sie wurde fündig, wie man sagt, als sie zum letzten kam, das aus dem Jahr 1967.

»Ach, Sie meinen Celia!« sagte eine Stimme am Telefon. »Celia Ravenscroft, nicht wahr? Oder hieß sie vielleicht Finchwell?«

Mrs. Oliver konnte sich gerade noch rechtzeitig beherrschen, um nicht »Nein, und Redbreast auch nicht« zu sagen.

»Ein sehr tüchtiges Mädchen«, sagte die Stimme. »Sie arbeitete über eineinhalb Jahre für mich. Ja, sehr tüchtig. Ich wäre froh gewesen, wenn sie länger geblieben wäre. Dann ging sie irgendwohin in die Harley Street, aber ich glaube, ich habe ihre Adresse. Lassen Sie mich mal nachsehen!« Nun kam eine lange Pause, während der Mrs. X – die Unbekannte – nachsah. »Hier ist die Adresse. Anscheinend in Islington, wäre das möglich?«

Mrs. Oliver erklärte, daß sie alles für möglich hielte, bedankte sich bei Mrs. X und schrieb die Adresse auf.

»Schwierig, nicht wahr«, meinte Mrs. X, »Adressen rauszufinden. Gewöhnlich schicken sie sie einem ja mit der Post. Auf Postkarten oder als Drucksache. Aber ich selbst scheine sie immer alle zu verlieren.«

Mrs. Oliver antwortete, daß sie die gleiche Schwäche hätte. Sie probierte die Nummer in Islington. Eine tiefe, ausländisch klingende Stimme meldete sich. »Sie wollen – Wie? Wer hier wohnt?«

»Miß Celia Ravenscroft?«

»O ja, das stimmt. Ja, sie wohnt hier. Im zweiten Stock. Sie ist ausgegangen, sie kommt nicht nach Hause.«

»Wird sie später am Abend zurück sein?«

»Oh, sehr bald, denke ich, weil sie sich für eine Party umziehen will.«

Mrs. Oliver bedankte sich für die Auskunft und hing ein. »Also wirklich«, sagte sie etwas ärgerlich zu sich selbst, »diese Mädchen von heute!« Sie überlegte, wie lange sie ihr Patenkind Celia nicht mehr gesehen hatte. Man verlor sich aus den Augen. Celia, überlegte sie, war jetzt in London. Wenn ihr Freund auch in London war, oder die Mutter ihres Freundes – dann kam alles zusammen. O je, dachte Mrs. Oliver, ich kriege direkt Kopfschmerzen. »Ja, Miß Livingstone?« Sie wandte den Kopf.

Miß Livingstone, die sehr ungewöhnlich aussah und zahlreichen Spinnweben und einer dicken Staubschicht dekoriert war, stand erzürnt auf der Schwelle und hielt einen Stapel staubiger Bücher im Arm. »Ich weiß nicht, ob irgendeines davon Ihnen was nützt, Mrs. Oliver. Sie scheinen viele Jahre zurückzugehen.«

»Müßten sie auch«, sagte Mrs. Oliver. »Legen Sie sie hier in die Sofaecke, dann sehe ich heute abend selber nach.«

Miß Livingstone, die immer mißbilligender dreinsah, erklärte: »Schön, Mrs. Oliver. Aber ich werde sie erst abstauben.«

»Das wäre sehr nett«, antwortete Mrs. Oliver, die sich gerade noch zurückhalten konnte, »und um Gottes willen stauben Sie sich selber auch ab!« zu sagen. Sie sah auf die Uhr und wählte wieder die Nummer in Islington. Die Stimme, die sich diesmal meldete, war angelsächsischer Natur und besaß eine klare Entschiedenheit, was Mrs. Oliver als sehr befriedigend empfand.

»Miß Ravenscroft? Miß Celia Ravenscroft?«

»Ja, hier spricht Celia Ravenscroft.«

»Ich erwarte nicht, daß du dich noch gut an mich erinnerst. Ich bin Mrs. Oliver, Ariadne Oliver. Wir haben uns lange nicht gesehen. Ich bin deine Patentante.«

»Ach ja, natürlich! Ich weiß! Nein, wir haben uns wirklich lange nicht gesehen.«

»Ich möchte dich sehr gern treffen. Könntest du zu mir kommen, oder was möchtest du sonst? Vielleicht zum Essen . . .«

»Im Augenblick ist es während der Arbeitszeit ziemlich schwierig. Ich könnte heute abend kommen, wenn du willst. So gegen halb acht oder acht. Später habe ich eine Verabredung, aber . . .«

»Ich würde mich sehr, sehr freuen«, erklärte Mrs. Oliver.

»Also, gut.«

»Ich gebe dir die Adresse«, Mrs. Oliver nannte sie.

»Schön, ich komme. Ja, ich weiß, wo das ist.«

Mrs. Oliver hängte ein, schrieb eine kurze Notiz auf den Telefonblock und sah unwillig auf, als Miß Livingstone hereinkam, die mit einem gewichtigen, riesigen Album kämpfte. »Ich überlege, ob es möglicherweise dies sein könnte, Mrs. Oliver?«

»Nein. Da stehen besondere Kochrezepte drin.«

»Du meine Güte«, sagte Miß Livingstone, »tatsächlich!«

»Na, ich könnte genausogut wieder mal ein paar nachlesen«, sagte Mrs. Oliver und nahm ihr den Band entschlossen ab. »Gehen Sie und schauen Sie noch mal nach. Wissen Sie, mir ist der Wäscheschrank eingefallen, neben dem Badezimmer. Sie müßten mal im obersten Fach mit den Badetüchern nachsehen. Manchmal stecke ich Papiere und Bücher dahinter. Einen Augenblick. Ich komme mit und sehe selbst nach.«

Zehn Minuten später war Mrs. Oliver wieder im Arbeitszimmer und blätterte in den Seiten eines verblichenen Albums. Miß Livingstone, im letzten Stadium der Auflösung, stand neben der Tür. Da sie solches Leid nicht mit ansehen konnte, sagte Mrs. Oliver: »Nun, das genügt. Sie können höchstens noch einen Blick in die Truhe im Eßzimmer werfen. Die, die ein bißchen kaputt ist. Sehen Sie nach, ob Sie noch ein paar Adreßbücher finden. Ganz frühe«, meinte Mrs. Oliver. Miß Livingstone verschwand.

»Na«, sagte Mrs. Oliver, setzte sich mit einem tiefen Seufzer und sah das Geburtstagsverzeichnis durch. »Wer ist erleichterter? Sie, weil sie gehen kann, oder ich, weil sie geht? Wenn Celia dagewesen ist, wird es ein arbeitsreicher Abend werden.« Sie nahm ein neues Schulheft von dem Stapel, der immer auf einem kleinen Tisch neben dem Schreibtisch bereitlag, notierte verschiedene Daten, Adressen und Namen, die in Frage kamen, schlug ein- oder zweimal im Telefonbuch nach und rief schließlich Monsieur Hercule Poirot an. »Sind Sie das, Monsieur Poirot?«

»Ja, *Madame,* persönlich.«

»Haben Sie was unternommen?«

»Wie bitte – was unternommen?«

»Irgend etwas«, erwiderte Mrs. Oliver. »Warum ich Sie gestern bat.«

»Ja, natürlich! Ich habe ein paar Dinge ins Rollen gebracht und gewisse Nachforschungen veranlaßt.«

»Aber noch nichts Konkretes«, stellte Mrs. Oliver fest, deren Wertschätzung männlicher Aktivität gering war.

»Und Sie, *chère Madame?«*

»Ich war sehr fleißig«, betonte Mrs. Oliver.

»Aha! Und was haben Sie getan, *Madame?«*

»Elefanten gesammelt«, antwortete Mrs. Oliver, »wenn Ihnen das was sagt.«

»Ich glaube, schon.«

»Es ist nicht einfach, die Vergangenheit heraufzubeschwören«, sagte Mrs. Oliver. »Wirklich erstaunlich, an wie viele Leute man sich erinnert, wenn man Namen nachschlägt. Und was sie manchmal für dummes Zeug in die Geburtstagsbücher schreiben. Ich begreife nicht, warum ich mit sechzehn oder siebzehn oder auch dreißig Jahren wollte, daß sich die Leute in meinem Geburtstagsbuch verewigten. Da gibt's eine Art Sinnspruch von einem Dichter für jeden einzelnen Tag im Jahr. Manche sind schrecklich blöde.«

»Wurden Sie in Ihren Nachforschungen ermutigt?«

»Nicht direkt«, meinte Mrs. Oliver. »Aber ich glaube immer noch, daß ich auf dem richtigen Weg bin. Ich habe mein Patenkind angerufen . . .«

»Aha. Und werden Sie sie sehen?«

»Ja, sie besucht mich heute abend zwischen sieben und acht, falls sie mich nicht versetzt. Das kann man nie wissen. Junge Leute sind so unzuverlässig.«

»Freute sie sich über Ihren Anruf?«

»Ich weiß nicht recht«, sagte Mrs. Oliver, »nicht besonders, glaube ich. Sie hat eine sehr scharfe Stimme und – ich erinnere mich jetzt: Als ich sie das letzte Mal sah – vor etwa zehn Jahren –, fand ich sie ziemlich zum Fürchten.«

»Zum Fürchten? In welcher Hinsicht?«

»Sie hatte mich mehr eingeschüchtert als ich sie.«

»Das ist doch eher gut als schlecht.«

»Wirklich?«

»Wenn Leute der Meinung sind, daß sie Sie nicht leiden mögen oder überzeugt sind, daß sie Sie nicht leiden können, dann macht es ihnen Spaß, Sie das merken zu lassen. Auf diese Weise werden sie Ihnen mehr verraten, als wenn sie versuchten, liebenswürdig und freundlich zu Ihnen zu sein.«

»Einschmeicheln, meinen Sie? Ja, da könnte was dran sein. Dann würden sie mir nur erzählen, was ich hören möchte. Andererseits, wenn sie wütend auf mich sind, würden sie Bemerkungen machen, die mich verärgern sollen. Ob Celia so ist? Am besten erinnere ich mich an sie, als sie fünf Jahre alt war. Damals hatte sie ein Kinderfräulein. Sie warf ihr immer die Schuhe nach.«

»Das Kinderfräulein dem Kind, oder das Kind dem Kinderfräulein?«

»Natürlich das Kind dem Kinderfräulein«, sagte Mrs. Oliver. Sie legte den Hörer auf und ging zum Sofa, um die aufgestapelten Erinnerungen an die Vergangenheit zu betrachten. Dabei murmelte sie leise Namen vor sich hin.

»Mariana Josephine Pontarlier – ja, natürlich, an die habe ich seit Jahren nicht mehr gedacht – ich glaubte, sie sei längst tot. Anna Braceby – ja, ja, die hat doch lange im Ausland gelebt – da, da möchte ich bloß wissen . . .« Bei dieser Arbeit verging die Zeit wie im Flug, und Mrs. Oliver war ganz überrascht, als es läutete. Sie ging selbst hinaus, um zu öffnen.

## 4

Ein großes Mädchen stand draußen auf der Fußmatte. Für einen kurzen Moment war Mrs. Oliver verblüfft. Das also war Celia! Sie wirkte unglaublich vital und lebendig, ein Eindruck, den Mrs. Oliver selten von jemandem hatte.

Celia, dachte sie, war eine Persönlichkeit. Aggressiv vielleicht, auch schwierig, möglicherweise sogar fast gefährlich. Eines von den Mädchen, die eine Aufgabe im Leben hatten, die zur Heftigkeit neigten, die den Dingen auf den Grund gehen wollten. Aber interessant. Ausgesprochen interessant.

»Komm herein, Celia«, sagte sie. »Es ist lange her, seit ich dich das letzte Mal gesehen habe. Wenn ich mich nicht täusche, anläßlich einer Hochzeit. Du warst Brautjungfer. Du trugst ein aprikosenfarbenes Chiffonkleid und einen Riesenstrauß von – von . . . es sah aus wie Goldruten.«

»Wahrscheinlich waren es auch welche«, sagte Celia Ravenscroft. »Wir haben schrecklich viel geniest – Heuschnupfen. Es war eine gräßliche Hochzeit. Ich weiß. Martha Leghorn. Die häßlichsten Brautjungfernkleider, die ich je sah. Und bestimmt das häßlichste, das ich jemals trug.«

»Ja. Sie standen keiner. Du warst hübscher als die anderen, wenn ich das bemerken darf.«

»Es ist nett von dir, das zu sagen. Ich habe mich in meiner Haut nicht gerade wohl gefühlt.«

Mrs. Oliver deutete auf einen Stuhl und klapperte mit ein paar Karaffen. »Möchtest du einen Sherry oder lieber etwas anderes?«

»Nein, gern einen Sherry.«

»Hier, bitte. Es wird dir sicher ziemlich merkwürdig vorkommen«, fuhr Mrs. Oliver fort, »daß ich dich so aus heiterem Himmel angerufen habe.«

»Nein, bestimmt nicht.«

»Ich bin leider keine sehr gewissenhafte Patentante.«

»Warum auch, bei meinem Alter?«

»Du hast recht«, meinte Mrs. Oliver. »Solche Pflichten hören zu einem bestimmten Zeitpunkt auf. Nicht, daß ich meine immer erfüllt hätte. Ich kann mich nicht erinnern, zu deiner Konfirmation gekommen zu sein.«

»Ich glaube, die Pflicht einer Patin ist es, dafür zu sorgen, daß man seinen Katechismus lernt und Ähnliches, nicht wahr? Dem Teufel und seinen Werken entsagen«, erwiderte Celia. Ein leises, vergnügtes Lächeln huschte über ihre Lippen.

Sie ist sehr liebenswert, dachte Mrs. Oliver, aber trotzdem in mancher Beziehung ein recht gefährliches Mädchen. »Also, ich will dir erzählen, warum ich versuchte, dich zu finden«, begann sie. »Das Ganze ist ziemlich merkwürdig. Ich gehe nicht oft zu literarischen Parties, aber zufällig war ich vorgestern auf einer.«

»Ja, ich weiß. Ich las es in der Zeitung. Dein Name stand auch drin: Mrs. Ariadne Oliver. Ich wunderte mich direkt, weil ich weiß, daß du gewöhnlich nicht hingehst.«

»Ja«, sagte Mrs. Oliver. »Ich wünschte, ich hätte es nicht getan.«

»War es nicht nett?«

»Doch, irgendwie schon. Es gibt immer irgend etwas, das einen amüsiert. Aber«, fügte sie hinzu, »es gibt gewöhnlich auch immer irgend etwas, das einen ärgert.«

»Und dich hat etwas geärgert?«

»Ja. Ja, und es steht in einem seltsamen Zusammenhang mit dir. Ich dachte – nun, ich dachte, ich müßte es dir erzählen, weil es mir nicht gefiel. Es gefiel mir ganz und gar nicht.«

»Das klingt aber interessant.« Celia nippte ein wenig an ihrem Sherry.

»Eine Frau sprach mich an. Ich kannte sie nicht, und sie kannte mich nicht.«

»Das passiert dir sicher öfters«, meinte Celia.

»Ja, häufig«, gab Mrs. Oliver zu. »Es gehört zu den Risiken eines Schriftstellerlebens. Leute kommen her und sagen. Ich liebe Ihre Bücher so sehr, ich bin entzückt, Sie persönlich kennenzulernen! Und so weiter.«

»Ich war mal Sekretärin bei einem Schriftsteller. Ich kenne das und weiß, wie schwierig es ist.«

»Ja, so war es dort auch, aber darauf war ich gefaßt. Und dann tauchte die Frau auf und sagte: ›Soviel ich weiß, haben Sie ein Patenkind, das Celia Ravenscroft heißt‹.«

»Also das ist wirklich merkwürdig«, antwortete Celia. »Einfach so zu dir hinzugehen und das zu sagen. Ich finde, sie hätte es taktvoller machen müssen. Zum Beispiel, erst über deine Bücher sprechen und wie sehr ihr dein letztes gefallen hätte, oder so. Und dann auf mich überleiten. Was hatte sie denn gegen mich?«

»Soweit ich begriff, überhaupt nichts.«

»Ist sie mit mir befreundet?«

»Keine Ahnung«, sagte Mrs. Oliver.

Es entstand ein kurzes Schweigen. Celia trank noch ein bißchen Sherry und sah Mrs. Oliver prüfend an. »Du machst mich wirklich neugierig«, sagte sie. »Ich begreife nicht recht, worauf du hinauswillst.«

»Na«, erklärte Mrs. Oliver, »ich hoffe nur, daß du nicht ärgerlich auf mich wirst.«

»Warum sollte ich?«

»Weil ich dir jetzt etwas Bestimmtes erzählen möchte, und du könntest finden, das geht mich nichts an, ich sollte meinen Mund halten und nicht darüber reden.«

»Da bin ich aber sehr gespannt.«

»Sie nannte mir ihren Namen: Mrs. Burton-Cox.«

*»Oh!«* Es war ein sehr deutliches Oh.

»Kennst du sie?«

»Ja.«

»Ich dachte es mir schon, weil . . .«

»Weil . . .«

»Weil sie mir etwas über dich verriet.«

»Was – über mich? Daß sie mich kennt?«

»Sie sagte, daß sie glaubt, ihr Sohn wollte dich heiraten.«

Celias Gesichtsausdruck wechselte. Sie runzelte kurz die Stirn und sah Mrs. Oliver scharf an. »Und du willst wissen, ob das stimmt?«

»Nein«, sagte Mrs. Oliver, »das möchte ich durchaus nicht. Ich erwähne es nur, weil es so ziemlich das erste war, was sie sagte. Sie fand, ich könnte dich um eine Auskunft bitten, da du mein Patenkind bist. Sie glaubte wohl, daß ich diese Auskunft – falls ich sie bekäme – an sie weitergeben würde.«

»Und was ist das?«

»Also, du wirst nicht gern hören, was ich jetzt sage«, meinte Mrs. Oliver. »Mir gefällt es selber nicht. Es lief mir richtig kribbelig den Rücken hinunter, weil ich fand, daß es – nun, einfach unverschämt war. Schrecklich schlechte Manieren. Unverzeihlich. Sie sagte: ›Können Sie herausfinden, ob ihr Vater ihre Mutter oder ihre Mutter ihren Vater umgebracht hat?‹«

»Das sagte sie zu dir? Das verlangt sie von dir?«

»Ja.«

»Und sie kannte dich nicht? Ich meine, sie wußte nur, daß du Schriftstellerin bist, und sah dich auf der Party?«

»Ja. Wir waren uns noch nie begegnet, und ich wollte, ich hätte sie nie getroffen.«

»Fandest du das nicht außergewöhnlich?«

»Ich würde nichts ungewöhnlich finden, was diese Frau sagt. Sie ist – wenn ich es so sagen darf – eine ganz besonders ekelhafte Person.«

»Ja. Eine ganz besonders ekelhafte Person!«

»Und wirst du ihren Sohn heiraten?«

»Nun, wir haben es uns überlegt. Ich bin mir nicht sicher. Du wußtest, wovon sie sprach?«

»Ich weiß, was jeder weiß, der deine Familie kannte.«

»Daß meine Eltern, nachdem Vater aus Indien zurückkam, ein Haus auf dem Land kauften und sie eines Tages gemeinsam auf dem Klippenpfad spazierengingen. Daß man sie beide dort erschossen auffand. Ein Revolver lag neben ihnen. Er gehörte meinem Vater. Anscheinend hatte er zwei Revolver im Haus. Es war nicht festzustellen, ob es ein Selbstmordabkommen war oder ob mein Vater meine Mutter tötete und sich dann erschoß oder ob meine Mutter meinen Vater erschoß und sich anschließend selbst umbrachte. Aber das kennst du ja alles.«

»So ungefähr«, sagte Mrs. Oliver. »Es dürfte jetzt zwölf, fünfzehn Jahre her sein.«

»Ungefähr, ja.«

»Und du warst damals zwölf oder vierzehn.«

»Ja . . .«

»Viel weiß ich nicht darüber«, meinte Mrs. Oliver. »Ich war damals nicht in England. Ich war auf einer Vortragsreise in den USA. Ich las es nur in den Zeitungen. Man hatte dem Fall in der Presse viel Platz eingeräumt, weil es schwer war, die Tatsachen festzustellen – es schien kein Motiv zu geben. Deine Eltern waren immer glücklich zusammen gewesen. Ich erinnere mich, daß man das erwähnte. Es interessierte mich, weil ich deine Eltern schon kannte, als wir alle noch viel jünger waren, besonders deine Mutter kannte ich gut. Wir waren zusammen in der Schule. Danach trennten sich unsere Wege. Ich heiratete, und sie heiratete und ging weg, soweit ich mich erinnere, nach Indien, mit ihrem Soldaten-Ehemann. Aber sie bat mich, Patin eines ihrer Kinder zu sein. Deine Patin. Da deine Eltern im Ausland lebten, sahen wir uns viele Jahre lang nur wenig. Dich sah ich gelegentlich.«

»Ja. Du besuchtest mich öfter im Pensionat. Daran erinnere ich mich. Du füttertest mich köstlich mit ganz herrlichen Sachen.«

»Du warst ein ungewöhnliches Kind. Du mochtest gerne Kaviar.«

»Das tue ich immer noch«, antwortete Celia, »obwohl ich ihn nicht oft vorgesetzt bekomme.«

»Ich war erschüttert, als ich es in der Zeitung las. Man wußte sehr wenig. Kein Motiv. Nichts Auffälliges. Keine Streitigkeiten. Nichts deutete auf eine Gewalteinwirkung von außen hin. Ich war schockiert darüber«, sagte Mrs. Oliver, »und dann vergaß ich es. Ein paarmal überlegte ich noch, was die Ursache gewesen sein könnte, aber da ich nicht in England war – sondern wie gesagt auf einer Reise durch die USA –, vergaß ich das Ganze. Ein paar Jahre später sah ich dich wieder, und natürlich sprach ich mit dir nicht darüber.«

»Ja«, sagte Celia, »ich war dir dafür dankbar.«

»Das ganze Leben lang«, sagte Mrs. Oliver, »stößt man auf sehr merkwürdige Dinge, die Freunden oder Verwandten passieren. Bei Freunden hat man natürlich oft eine Vermutung, was dahinterstecken könnte. Wenn es aber lange her ist, daß jemand von ihnen sprach oder man sie traf, tappt man völlig im dunkeln, und niemand ist mehr da, dem man seine Neugier über diese Sache zeigen darf.«

»Du warst immer sehr nett zu mir«, sagte Celia. »Du schicktest mir hübsche Geschenke, ein besonders hübsches, als ich einundzwanzig wurde.«

»Das ist die Zeit, wo man ein bißchen Extrageld braucht«, antwortete Mrs. Oliver, »weil man gerade dann soviel unternehmen und haben will.«

»Ja, ich habe dich immer für einen verständnisvollen Menschen gehalten und nicht für – nun, du weißt schon, wie die Leute oft sind. Fragen einen aus und wollen alles über einen wissen. Du hast nie Fragen gestellt. Du hast mich oft ins Theater mitgenommen oder zum Essen eingeladen und mit mir geredet, als ob alles in Ordnung wäre und du eben nur eine entfernte Verwandte wärest. Das hab' ich sehr genossen. Ich habe in meinem Leben so viele Schnüffler kennengelernt.«

»Ja. Jeder hat früher oder später Ähnliches durchzustehen«, sagte Mrs. Oliver. »Aber du siehst jetzt, was mich auf dieser Party so durcheinanderbrachte. Ich fand es ungewöhnlich, daß mich eine völlig Fremde wie Mrs. Burton-Cox um so etwas bat. Ich konnte mir nicht vorstellen, warum sie das wissen wollte. Es ging sie doch gar nichts an. Außer . . .«

». . . es hatte etwas mit meiner Heirat mit Desmond zu tun. Desmond ist ihr Sohn.«

»Möglich. Aber ich konnte nicht begreifen, wieso oder warum sie das was anging.«

»Sie geht alles was an! Sie ist eine Schnüfflerin – sie ist einfach das, was du vorhin gesagt hast – eine ekelhafte Person.«

»Aber Desmond ist vermutlich nicht ekelhaft.«

»Nein! Nein! Ich habe Desmond sehr gern, und Desmond mag mich! Nur seine Mutter mag ich nicht.«

»Hat er denn seine Mutter gern?«

»Ich weiß es nicht«, sagte Celia. »Er könnte sie doch gern haben, möglich ist alles, nicht? Jedenfalls möchte ich jetzt nicht heiraten. Ich bin noch nicht soweit. Es gibt so viele – Schwierigkeiten, weißt du, eine Menge Für und Wider. – Es muß deine Neugier gereizt haben«, fuhr Celia fort. »Ich meine, warum Mrs. Schnüffel-Cox dich bat, mich auszuhorchen und dann zu ihr zu laufen und es ihr zu erzählen . . . stellst du mir übrigens die bewußte Frage?«

»Du meinst, ob du glaubst oder weißt, wie deine Eltern starben, ob es vielleicht ein Doppelselbstmord war?«

»So ungefähr, ja. Aber ich muß dich vorher fragen, ob du meine Antwort an Mrs. Burton-Cox weitergibst?«

»Nein«, erklärte Mrs. Oliver. »Ganz bestimmt nicht. Ich denke nicht daran, dem gräßlichen Weib nur ein Wort zu verraten. Ich werde ihr ganz entschieden mitteilen, daß es weder sie noch mich was angeht und ich mich nicht von dir informieren lasse, um es an sie weiterzugeben.«

»So habe ich es mir auch vorgestellt. Ich war überzeugt, daß ich dir vertrauen kann. Ich erzähle dir gern, was ich weiß.«

»Das brauchst du nicht. Ich frage dich nicht danach.«

»Aber ich antworte trotzdem. Die Antwort heißt – nichts.«

»Nichts«, wiederholte Mrs. Oliver nachdenklich.

»Ja. Ich war damals nicht da. Ich war nicht zu Hause. Ich weiß nicht mehr genau, wo ich war. Ich glaube, in einem Pensionat in der Schweiz, oder bei einer Schulfreundin, weil Ferien waren. Du siehst, ich bringe heute auch alles durcheinander.«

»Das kann ich verstehen«, sagte Mrs. Oliver grübelnd. »Es wäre sehr unwahrscheinlich, wenn du was wissen würdest. Bedenke, wir alt du damals warst.«

»Es interessiert mich zu erfahren«, sagte Celia, »was du von der Sache hältst. Findest du, ich müßte alles genau wissen? Oder nicht?«

»Du sagst, du warst nicht zu Hause. Wärst du damals zu Hause gewesen, würdest du wohl etwas mehr wissen. Kinder sehen viel, Teenager auch. In diesem Alter sieht man eine Menge, nur spricht man meist nicht darüber. Man weiß Dinge, die Außenseiter nicht wissen können und die man nicht gern – sagen wir mal – dem vernehmenden Polizeibeamten erzählt.«

»Ja. Ich konnte gar nichts gewußt haben. Ich glaube nicht, daß ich auch nur eine Ahnung hatte. Was vermutete die Polizei? Nimm es mir nicht übel, wenn ich das frage, aber es mußte mich doch interessieren! Siehst du, ich habe nie einen Bericht über die Untersuchung gelesen oder irgendein Protokoll.«

»Sie hielten es offenbar für einen Doppelselbstmord, aber soviel ich weiß, hatten sie nie die leiseste Ahnung über das Motiv.«

»Willst du wissen, was ich glaube?«

»Wenn du möchtest.«

»Ich nehme an, es interessiert dich. Schließlich schreibst du

Kriminalromane, in denen sich die Leute umbringen. Ich finde, es müßte dich interessieren.«

»Doch, das gebe ich zu«, gestand Mrs. Oliver. »Aber ich möchte dich um alles in der Welt nicht kränken, indem ich dich um Auskünfte bitte, die mich nichts angehen.«

»Also: Ich frage mich«, begann Celia, »und ich habe mich oft gefragt, warum und wie, aber ich wußte so wenig. Ich meine, wie es zu Hause war. In den vorangegangenen Ferien war ich als Austauschschülerin auf dem Kontinent, deshalb hatte ich Mutter und Vater länger nicht gesehen. Sie waren zwar ein paarmal in die Schweiz gekommen und hatten mich ein- oder zweimal besucht, aber das war alles. Damals kamen sie mir eigentlich wie immer vor, nur älter. Vater war nicht gesund. Er kränkelte. Vielleicht war es das Herz? Über so was denkt man nicht nach. Meine Mutter schien mir ziemlich nervös zu sein. Nicht hypochondrisch, aber sie neigte dazu, sich um ihre Gesundheit zu sorgen. Sie verstanden sich glänzend. Es fiel mir nichts Besonderes auf. Aber manchmal fängt man an zu grübeln . . .«

»Ich glaube, wir sollten nicht mehr darüber sprechen«, warf Mrs. Oliver ein. »Wir brauchen es nicht zu wissen, wir müssen es nicht herausfinden. Das Ganze ist vorbei und erledigt. Der Urteilsspruch war durchaus befriedigend. Es gab keinen Anhaltspunkt, kein Motiv oder Ähnliches. Es wurde nicht gefragt, ob dein Vater deine Mutter vorsätzlich getötet hatte oder deine Mutter deinen Vater.«

»Wenn ich überlege, was das Wahrscheinlichere ist«, erklärte Celia, »würde ich meinen, daß mein Vater meine Mutter tötete. Es ist doch für einen Mann natürlicher, jemanden zu erschießen, gleich, aus welchem Grund. Ich glaube nicht, daß eine Frau oder eine Frau wie meine Mutter meinen Vater hätte erschießen können. Wenn sie ihn hätte umbringen wollen, hätte sie sicher eine andere Methode gewählt. Aber ich glaube, daß keiner von beiden den andern töten wollte.«

»Also war es ein Außenseiter?«

»Ja, aber was versteht man darunter?« fragte Celia.

»Wer wohnte noch im Haus?«

»Eine Haushälterin, älter, sah schlecht, ziemlich taub. Eine junge Ausländerin, ein Au-pair-Mädchen, sie war mal meine Erzieherin – furchtbar nett –, sie kam zurück, um meine Mutter zu pflegen, die im Krankenhaus gewesen war. Und manchmal eine Tante, die ich nie besonders mochte. Ich kann mir nicht vorstellen, daß einer von ihnen irgendeinen Groll gegen meine Eltern hegte. Niemand hat von ihrem Tod profitiert, außer wohl ich selbst und mein Bruder Eduard, der vier Jahre jünger ist als ich. Wir haben das Geld geerbt, aber es war nicht sehr viel da. Vater hatte natürlich seine Pension, meine Mutter ein eigenes kleines Einkommen. Nein. Da war nicht viel.«

»Es tut mir leid«, sagte Mrs. Oliver. »Es tut mir so leid, wenn ich dich mit meinen vielen Fragen traurig gestimmt habe.«

»Ich bin nicht traurig. Du hast mir die Tragödie wieder ein wenig ins Gedächtnis gerufen. Es interessiert mich, weil . . . verstehst du . . . jetzt bin ich in einem Alter, wo ich mehr wissen möchte. Ich hab' sie gern gehabt, wie man seine Eltern gern hat. Ganz normal. Aber mir ist klar, daß ich nicht weiß, wie sie *wirklich* waren. Wie ihr Leben war. Was für sie wichtig war. Darüber weiß ich überhaupt nichts. Es nagt an mir und läßt mir keine Ruhe. Ja. Ich würde gern Klarheit haben. Dann müßte ich nicht mehr darüber nachgrübeln.«

»Tust du das? Grübelst du darüber nach?«

Celia sah sie einen Augenblick an. Sie schien einen Entschluß zu fassen. »Ja«, gestand sie, »ich denke fast die ganze Zeit dran. Es ist allmählich wie ein Alptraum. Und Desmond geht es genauso.«

## 5

Hercule Poirot ließ sich durch die Drehtür hineinbefördern, bremste ihren Schwung mit einer Hand und betrat das kleine Restaurant. Zu dieser Tageszeit waren nicht viele Gäste da, und seine Augen erspähten den Mann rasch, den er suchte. Die vierschrötige Gestalt von Superintendent Spence erhob sich von einem Ecktisch.

»Gut«, sagte er, »daß Sie da sind. Sie hatten keine Schwierigkeiten herzufinden?«

»Überhaupt keine. Ihre Beschreibung war ausgezeichnet.«

»Darf ich vorstellen! Das ist Chefsuperintendent Garroway. Monsieur Hercule Poirot.«

Garroway war ein großer, schmaler Mann mit einem mageren, asketischen Gesicht und grauem Haar, das eine kleine, runde Stelle des Schädels freiließ wie eine Tonsur, so daß er entfernt an einen Geistlichen erinnerte.

»Wie schön, daß Sie gekommen sind«, sagte Poirot.

»Ich bin natürlich jetzt im Ruhestand«, betonte Garroway, »aber man erinnert sich. Man erinnert sich an bestimmte Dinge, wenn sie auch vergangen und vorbei sind, und die allgemeine Öffentlichkeit wahrscheinlich nichts mehr davon weiß. Trotzdem.«

Hercule Poirot hätte beinahe »Elefanten vergessen nie« gesagt, beherrschte sich aber noch rechtzeitig. Dieser Satz war in seinem Denken jetzt so mit Mrs. Oliver verbunden, daß es ihm schwerfiel, ihn nicht auch bei unpassenden Gelegenheiten zu gebrauchen. Superintendent Spence zog einen Stuhl heran, und die drei Herren setzten sich.

Die Speisekarte wurde gebracht. Spence, der gerade dieses Restaurant besonders gern mochte, bot seinen Rat an. Garroway und Poirot trafen ihre Wahl. Dann lehnten sie sich in ihren Stühlen zurück, tranken kleine Schlücke Sherry und musterten sich eine Zeitlang schweigend.

»Ich muß mich bei Ihnen entschuldigen«, erklärte Poirot, »wirklich entschuldigen, daß ich mit meinen Wünschen bezüglich einer Affäre, die längst vorbei und erledigt ist, zu Ihnen komme.«

»Mich interessiert besonders«, antwortete Spence, »was Sie daran so interessiert. Ich dachte zuerst, es hängt mit einer Sache zusammen, die sich jetzt ereignet hat, oder ist es einfach plötzliche Spence fort. »Ein Mädchen, das auf einer Party ihn- über den Tisch hinweg an. »Garroway«, fuhr er fort, »der damals noch Inspektor war, leitete die Untersuchung in der Mordsache Ravenscroft. Da er ein alter Freund von mir ist, hatte ich keine Schwierigkeiten, mit ihm Verbindung aufzunehmen.«

»Und er war so freundlich, heute hierherzukommen«, fügte Poirot hinzu, »nur weil ich ungerechtfertigterweise neugierig bin wegen einer Affäre, die längst vergangen und erledigt ist.«

»Nun, das möchte ich nicht sagen«, meinte Garroway. »Wir alle haben an bestimmten Fällen, die lange zurückliegen, Interesse. Hat Lizzie Borden ihre Eltern wirklich mit einer Axt getötet? Manche Leute glauben das immer noch nicht. Wer tötete Charles Bravo und warum? Es gibt die verschiedensten Theorien, die zumeist nicht sehr fundiert sind. Aber immer noch versuchen die Leute, Alternativerklärungen zu finden.« Er sah mit seinem kühnen, klugen Augen zu Poirot hinüber. »Und Monseur Poirot hat, wenn ich mich nicht irre, gelegentlich eine Vorliebe gerade für Morde bewiesen, die weit zurückliegen.«

»Dreimal bestimmt«, meinte Superintendent Spence. »Einmal, glaube ich, weil eine junge Kanadierin ihn darum bat!«

»Stimmt«, sagte Poirot. »Ein Mädchen aus Kanada, sehr impulsiv, sehr leidenschaftlich, sehr energisch. Sie war hergekommen, um einen Mord zu untersuchen, für den ihre Mutter zum Tode verurteilt worden war, aber sie starb, bevor das Urteil vollstreckt wurde. Die Tochter war überzeugt, daß ihre Mutter unschuldig war.«

»Und Sie glaubten das auch?«

»Als sie mir zuerst von dem Fall erzählte, nicht. Aber sie war sehr überzeugend und ihrer Sache sicher.«

»Es ist für eine Tochter doch nur natürlich, zu wollen, daß ihre Mutter unschuldig ist. Sie versucht alles, um Beweise für ihre Unschuld zu erbringen«, sagte Spence.

»Aber es war ein bißchen mehr als das«, antwortete Poirot. »Sie machte mir klar, was für ein Typ von Frau ihre Mutter war.«

»Eine Frau, die eines Mordes nicht fähig ist?«

»Nein«, sagte Poirot, »ich glaube nicht, daß es überhaupt jemanden gibt, der des Mordes absolut nicht fähig ist. Man muß nur wissen, um welche Art Mensch es sich handelt und was ihn soweit gebracht hat. Aber in diesem speziellen Fall hat die Mutter niemals ihre Unschuld beteuert. Sie schien ganz zufrieden mit ihrer Verurteilung zu sein. Das kam mir zunächst merkwürdig vor. War sie eine Fatalistin? Es schien nicht so. Als ich nachzuforschen begann, wurde mir klar, daß sie es nicht war, sondern eher das Gegenteil,«

Garroway hörte aufmerksam zu. »Und war sie unschuldig?«

»Ja«, sagte Poirot. »Sie war unschuldig.«

»Und das hat Sie überrascht?«

»Nicht zum Zeitpunkt, als mir das klar wurde«, sagte Poirot. »Das waren Punkte – einer besonders –, die bewiesen, daß sie nicht schuldig gewesen sein konnte.«

Die gegrillte Forelle wurde serviert.

»Da war noch der ein Fll, bei dem Sie Die Vergangenheit wieder aufgerollt haben, wenn er auch ein bißchen anders lag«, fuhr Spence fort. »Ein Mädchen, das auf einer Party erzählte, sie sei Zeugin eines Mordes gewesen.«

»Auch da mußte man – sozusagen – rückwärts, statt vorwärts gehen«, erklärte Poirot.

»Und hatte das Mädchen den Mord wirklich gesehen?«

»Nein, es war das falsche Mädchen. Diese Forelle ist köstlich«, fügte er anerkennend hinzu.

»Sie machen hier ausgezeichnete Fischgerichte«, sagte Superintendent Spence und nahm von der angebotenen Sauce. »Eine herrliche Sauce«, meinte er dann.

In stillschweigendem Genießen der Speisen vergingen die nächsten drei Minuten.

»Als Spence mich besuchte«, nahm Chefsuperintendent Garroway das Gespräch wieder auf, »und mich fragte, ob ich mich an den Fall Ravenscroft erinnerte, war ich erstaunt und erfreut zugleich.«

»Sie haben nicht alles vergessen?«

»Nicht im Fall Ravenscroft. Den vergißt man nicht so leicht.«

»Sie stimmen mir zu«, sagte Poirot, »daß es da Widersprüche gab? Mangel an Beweismaterial, an Alternativlösungen?«

»Nein«, sagte Garroway, »nichts der Art. Beweismaterial für die offenkundigen Fakten war alles da. Für solche Todesfälle gab es auch frühere Beispiele, es sah alles ganz einfach aus. Und doch . . .«

»Ja?« sagte Poirot.

»Und doch war alles falsch«, sagte Garroway. »Ja, ich spürte es ganz instinktiv, verstehen Sie?«

»Ich verstehe es sehr gut«, antwortete Poirot. »Und Spence auch. Man stößt manchmal auf solche Fälle. Da sind die Beweise, das Motiv, die Gelegenheit, die *mise-en-scène,* einfach alles. Man könnte sagen, ein kompletter Entwurf. Und trotzdem wissen die Leute, die aus beruflichen Gründen damit zu tun haben, daß alles falsch ist, genauso wie ein Kunstkritiker weiß, ob ein Bild gefälscht ist, ob es das Original oder eine Kopie ist.«

»Ich konnte nichts machen«, sagte Garroway. »Ich habe den Fall gründlich durchleuchtet, drüber und drunter und dahinter gesehen, sozusagen. Ich habe mit den Leuten gesprochen. Es war einfach nichts da. Es sah wie ein Doppelselbstmord aus, alles sprach dafür. Natürlich konnte es aber auch der Gatte gewesen sein, der erst seine Frau erschoß und dann sich selbst, oder die Frau, die ihren Mann und dann sich selbst erschoß. Das hat es alles schon gegeben. Aber in den meisten Fällen hat man doch eine Ahnung, warum.«

»Hier fehlte das Motiv. Ist es das?« fragte Poirot.

»Ja, genau. Sie wissen ja, sobald man anfängt, nachzuforschen, bekommt man in der Regel schnell ein gutes Bild von den Leuten, wie sie lebten und so weiter. Hier war ein Ehepaar – der Gatte von einwandfreiem Ruf, sie eine zärtliche, reizvolle Frau –, das sich gut verstand. So was findet man ziemlich rasch heraus. Sie führten eine glückliche Ehe. Sie gingen spazieren, legten abends Patiencen, hatten Kinder, die ihnen keine großen Sorgen machten. Der Junge war auf einer Schule in England, das Mädchen in einem Schweizer Pensionat. Soweit man das beurteilen konnte, stimmte in ihrem Leben alles. Die Ärzte erklärten, daß ihre Gesundheit in Ordnung war. Der Mann hatte einen etwas zu hohen Blutdruck, seine Frau hatte einen kleinen Herzschaden, nichts Ernsthaftes. Natürlich könnten sie sich mal Sorgen wegen ihrer Gesundheit gemacht haben. Es gibt viele Leute, die bei bester Gesundheit sind und doch glauben, daß sie an Krebs leiden und kein Jahr mehr leben werden. Das führt manchmal sogar zum Selbstmord. Aber die Ravenscrofts schienen nicht zu dieser Sorte von Leuten zu gehören. Allem Anschein nach waren sie ausgeglichene und friedliche Menschen.«

»Was haben Sie also wirklich von der Sache gehalten?» fragte Poirot.

»Das ist es ja gerade! Wenn ich so zurückschaue, dann sage ich mir, es war Selbstmord. Es kann nur Selbstmord gewesen sein. Aus diesem oder jenem Grund konnten sie das Leben nicht mehr ertragen. Nicht aus finanziellen Gründen, nicht aus gesundheitlichen Gründen oder weil sie unglücklich waren. Und da, sehen Sie, kam ich an einen toten Punkt. Es sah doch alles nach Selbstmord aus! Sie machten einen Spaziergang. Sie nahmen einen Revolver mit. Der Revolver wurde zwischen den Leichen gefunden. Er trug verwischte Fingerabdrücke von beiden. Beide hatten ihn also in der Hand gehabt; aber nichts wies darauf hin, wer zuletzt geschossen hatte. Man möchte annehmen, daß der Gatte seine Frau und dann sich erschoß. Einfach, weil es wahrscheinlicher ist. Aber warum? So viele Jahre sind vergangen. Wenn ich manchmal in der Zeitung von Toten lese, von einem Ehepaar, das sich anscheinend gemeinsam das Leben nahm, dann erinnere ich mich und überlege, was im Fall

Ravenscroft passiert sein könnte. Zwölf oder vierzehn Jahre ist es her, und ich überlege noch immer, warum, warum, warum? Hat der Mann vielleicht seine Frau gehaßt, haßte er sie schon lange Zeit? Hat die Frau vielleicht ihren Mann gehaßt und wollte ihn loswerden? Haben sie sich so gehaßt, daß sie es nicht mehr ertragen konnten?« Garroway wirkte sehr interessiert. »Haben Sie eine Idee, Monsieur Poirot? Ist jemand zu Ihnen gekommen und hat Ihnen etwas erzählt, das Ihr Interesse weckte? Das das ›Warum‹ erklärt?«

»Nein. Aber trotzdem«, antwortete Poirot, »müssen Sie eine Theorie gehabt haben. Erzählen Sie schon, was für eine Theorie hatten Sie?«

»Natürlich, Sie haben recht. Man hat Theorien, und man erwartet, daß sie – oder wenigstens eine davon – zutreffen, aber gewöhnlich tun sie's nicht. Schließlich kam ich zu der Meinung, daß man das Motiv nicht finden konnte, weil man nicht genug wußte. Was wußte ich denn tatsächlich? General Ravenscroft war fast sechzig, seine Frau fünfunddreißig. Um genau zu sein, ich kannte die letzten fünf oder sechs Jahre ihres Lebens. Der General hatte sich pensionieren lassen, und sie waren aus dem Ausland nach England zurückgekommen. Alles Beweismaterial, all mein Wissen stammte aus diesen paar Jahren. Zuerst wohnten sie in einem Haus in Bournemouth, dann zogen sie nach Overcliffe, wo sich die Tragödie ereignete. Sie hatten dort ruhig gelebt, glücklich, ihre Kinder kamen in den Ferien nach Hause. Es war eine friedvolle Zeit, möchte ich sagen, am Ende eines fast friedvollen Lebens.

Es gab kein finanzielles Motiv, kein Haßmotiv, keine Liebesaffären. Nichts dergleichen. Aber die Zeit zuvor! Was wußte ich über sie? Sehr wenig. Sie hatten ihr Leben meistens im Ausland verbracht, abgesehen von gelegentlichen Besuchen in England, der Mann hatte einen einwandfreien Ruf, die Freunde der Frau berichteten nur Gutes. Es gab keine Tragödie, keine Streitereien, nichts. Aber vielleicht wußte ich nur nicht Bescheid? Da war ein Zeitraum von zwanzig – dreißig Jahren, von der Kindheit bis zur Ehe, die Zeit, die sie in Indien oder sonstwo lebten. Vielleicht lag da die Ursache zu der Tragödie? Es gibt ein Sprichwort, das meine Großmutter oft gebrauchte: Alte Sünden werfen lange Schatten. War die Todesursache so ein Schatten, ein Schatten aus der Vergangenheit? Das herauszufinden ist nicht leicht. Man kann den Lebenslauf eines Mannes überprüfen, hören, was Freunde oder Bekannte berichten, aber man kennt keine intimen Einzelheiten.

Ich glaube, allmählich setzte sich der Gedanke in meinem Kopf fest, daß da meine Nachforschungen hätten beginnen müssen, wenn es möglich gewesen wäre. Irgend etwas mußte damals geschehen sein, in einem andern Land vielleicht. Ein Ereignis, das man vergessen glaubte, das längst vergangen schien, dessen Auswirkungen aber doch bis in die Gegenwart reichten. Ein Groll, ein Streit, von dem niemand wußte, eine Geschichte, die sich weiß Gott wo und wann ereignet hatte. Wenn man nur gewußt hätte, wo man hätte suchen sollen.«

»Es gehörte vielleicht zu den Dingen«, meinte Poirot, »an die sich niemand mehr erinnert – heute noch erinnert. Ihre Freunde hier in England hatten womöglich keine Ahnung.«

»Ihre Freunde in England stammten meistens aus der Zeit nach seiner Pensionierung, wenn auch hin und wieder alte Freunde sie besuchten. Aber man erfährt nicht viel über Ereignisse, die in der Vergangenheit geschehen sind. Die Menschen vergessen.«

»Ja«, antwortete Poirot gedankenvoll. »Die Menschen vergessen.«

»Sie sind nicht wie die Elefanten«, warf Chefsuperintendent Garroway mit einem kleinen Lächeln ein. »Elefanten, sagt man, vergessen nie.«

»Merkwürdig, daß Sie das sagen«, rief Poirot.

Chefsuperintendent Garroway sah Poirot etwas überrascht an. Er schien auf eine Erklärung zu warten. Auch Spence warf einen kurzen Blick auf seinen alten Freund. »Vielleicht passierte es in Indien«, schlug er vor. »Daher kommen ja schließlich die Elefanten, nicht wahr? Oder aus Afrika. Aber wer hat Ihnen gegenüber Elefanten erwähnt?«

»Eine Freundin von mir, ganz zufällig«, erklärte Poirot. »Jemand, den Sie kennen«, fügte er zu Superintendent Spence gewandt hinzu. »Mrs. Oliver.«

»Oh, Mrs. Ariadne Oliver. Und weiter?«

»Was weiter?« fragte Poirot.

»Weiß sie etwas?« fragte Spence.

»Bis jetzt, glaube ich noch nicht«, meinte Poirot, »aber vielleicht bald.« Dann fügte er nachdenklich hinzu: »Sie ist der Typ dafür. Sie kommt viel herum, wenn Sie verstehen, was ich meine.«

»Allerdings«, stimmte Spence zu. »Hat sie irgendwelche Vorstellungen?«

»Sprechen Sie von Mrs. Ariadne Oliver, der Schriftstellerin?« warf Garroway ein.

»Genau«, sagte Spence.

»Versteht sie was von Verbrechen? Ich weiß, daß sie Kriminalromane schreibt. Aber ich habe nie rausgebracht, woher sie ihre Einfälle und Fakten nimmt.«

»Ihre Ideen«, sagte Poirot, »entspringen ihrer Phantasie. Die Tatsachen – nun, das ist schwieriger.« Er schwieg einen Augenblick.

»Woran denken Sie, Poirot, an etwas Bestimmtes?«

»Ja, ich habe ihr einmal eine Geschichte verdorben, so behauptet sie jedenfalls. Ihr war gerade zu einer bestimmten Sache eine tolle Idee gekommen, es hatte etwas mit einer langärmeligen Wolljacke zu tun. Ich unterbrach sie mit einem Telefonanruf und dadurch verlor sie den Faden. Sie macht mir heute noch Vorwürfe deswegen.«

»Du liebe Güte«, sagte Spence. »Klingt ziemlich wie die Geschichte von der Petersilie, die an einem heißen Tag in die Butter fiel. Und nach Sherlock Holmes und dem Hund, die nachts nichts taten.«

»Hatten sie einen Hund?« frage Poirot.

»Wie meinen Sie?«

»Ich fragte, ob sie einen Hund hatten. Die Ravencrofts. Haben sie auf dem bewußten Spaziergang einen Hund mitgenommen?«

»Sie hatten einen Hund, ja«, sagte Garroway. »Soviel ich weiß, nahmen sie ihn meistens mit.«

»Wenn es eine von Mrs. Olivers Geschichten gewesen wäre«, warf Spence ein, »hätte man den Hund heulend bei den zwei Leichen finden müssen. Aber das war nicht der Fall.«

Garroway schüttelte den Kopf.

»Wo der Hund jetzt wohl ist?« überlegte Poirot.

»Wahrscheinlich in irgendeinem Garten begraben«, antwortete Garroway. »Es ist vierzehn Jahre her.«

»Also können wir nicht hingehen und ihn uns vornehmen«, sagte Poirot und fügte gedankenvoll hinzu: »Sehr schade. Es ist nämlich erstaunlich, was Hunde verraten können. Wer war denn im Haus? Ich meine, an dem Tag, als das Verbrechen geschah?«

»Ich habe Ihnen für alle Fälle eine Liste mitgebracht«, sagte Garroway. »Da war Mrs. Whittaker, eine ältliche Haushälterin. Sie hatte ihren freien Tag, so konnten wir nicht viel Hilfreiches aus ihr herausbringen. Eine frühere Erzieherin der Ravenscroft-Kinder war gerade zu Besuch. Mrs. Whittaker war sehr schwerhörig und kurzsichtig. Sie konnte uns überhaupt nichts Interessantes berichten, außer, daß Lady Ravenscroft kurz vorher einige Zeit in einer Klinik verbracht hatte – wegen irgendeiner Nervensache. Dann gab es noch einen Gärtner!«

»Es hätte also ein Fremder sein können. Jemand von außen, ein Unbekannter aus der Vergangenheit. Daran denken Sie doch, Chefsuperintendent Garroway?«

»Nur so eine Theorie von mir.«

Poirot schwieg. Er dachte an einen Fall, bei dem er über fünf Menschen und deren Vergangenheit nachgeforscht hatte. Es war wie in dem Kinderlied von den »Fünf kleinen Schweinen« gewesen. Eine interessante Geschichte, und zum Schluß auch lohnend, denn er hatte die Wahrheit herausgefunden.

## 6

Als Mrs. Oliver am anderen Morgen vom Einkaufen zurückkam, erwartete Miß Livingstone sie schon. »Da waren zwei Telefonanrufe, Mrs. Oliver.«

»Ja?«

»Der erste kam von Crichton and Smith. Sie wollten wissen, ob Sie den limonengrünen oder den blaßblauen Brokat wählen.«

»Ich habe mich noch nicht entschlossen«, antwortete Mrs. Oliver. »Bitte, erinnern Sie mich morgen früh daran. Ich möchte die Stoffe gern noch bei Kunstlicht sehen.«

»Und der andere war von einem Fremden, einem Mr. Hercule Poirot, glaube ich.«

»Aha!« rief Mrs. Oliver. »Was wollte er?«

»Er fragte, ob Sie anrufen könnten. Er möchte Sie heute nachmittag treffen.«

»Ganz unmöglich«, sagte Mrs. Oliver. »Rufen Sie zurück, ja? Ich muß sofort wieder weg. Hat er eine Telefonnummer angegeben?«

»Das hat er.«

»Gut. Sagen Sie, es täte mir leid, daß ich nicht kommen könnte, aber ich sei hinter einem Elefanten her.«

»Wie bitte?«

»Sagen Sie ihm, ich sei einem Elefanten auf der Spur.«

»Aha!« Miß Livingstone sah ihre Arbeitgeberin prüfend an, um festzustellen, ob ihr Gefühl zutraf, daß Mrs. Ariadne Oliver, obwohl eine erfolgreiche Schriftstellerin, manchmal nicht ganz richtig im Kopf war.

»Ich habe noch nie Elefanten gejagt«, erklärte Mrs. Oliver jetzt. »Es ist sehr interessant.« Sie ging ins Wohnzimmer und öffnete das oberste der auf dem Sofa gestapelten Bücher, von denen die meisten ziemlich mitgenommen aussahen. Mrs. Oliver hatte sich am vergangenen Abend durch alle hindurchgearbeitet und ein Blatt Papier mit Adressen vollgeschrieben.

»Irgendwo muß man eben anfangen«, sagte sie. »Ich glaube, ich sollte mit Julia anfangen, wenn sie jetzt nicht völlig spinnt. Sie hatte immer so viele Einfälle, und schließlich kennt sie die Gegend, weil sie in der Nähe gewohnt hat. Ja, besuchen wir Julia.«

»Hier sind vier Briefe zum Unterschreiben«, meldete sich Miß Livingstone.

»Da kann ich mich jetzt nicht drum kümmern«, wehrte Mrs. Oliver ab. »Ich habe keine Sekunde mehr Zeit. Ich muß nach Hampton Court. Das ist eine lange Fahrt.«

Die ehrenwerte Julia Carstairs hatte etwas Mühe, aus ihrem Lehnstuhl hochzukommen, wie es Menschen über Siebzig eben geht, wenn sie sich nach einer längeren Ruhepause, vielleicht sogar einem Nickerchen, erheben wollen. Sie machte ein paar Schritte und zwinkerte ein bißchen, um besser sehen zu können, wen ihr treues Faktotum gemeldet hatte, mit dem sie ein Apartment von »Homes for the Privileged« bewohnte. Da sie etwas schwerhörig war, hatte sie den Namen nicht genau verstanden. Mrs. Gulliver? Sie konnte sich an keine Mrs. Gulliver erinnern. Sie machte auf wackligen Beinen ein paar Schritte und blinzelte.

»Ich erwarte nicht, daß du dich an mich erinnerst. Es sind so viele Jahre her, seit wir uns das letzte Mal gesehen haben.« Wie viele ältere Leute hatte Mrs. Carstairs ein besseres Gedächtnis für Stimmen als Gesichter.

»Nein, so was!« rief sie, »das ist – gütiger Himmel, das ist

Ariadne! Meine Liebe, wie schön, dich zu sehen.« Die beiden Damen begrüßten sich herzlich.

»Ich bin zufällig in diesen Teil der Welt geraten«, erklärte Mrs. Oliver. »Ich mußte jemanden besuchen, der nicht weit weg wohnt. Und dann fiel mir ein, daß ich gestern, als ich in meinem Adreßbuch blätterte, entdeckt hatte, daß es ganz in deiner Nähe ist. Wunderhübsch hast du's hier«, fügte sie hinzu und sah sich um.

»Nicht schlecht«, gab Mrs. Carstairs zu. »Es ist zwar nicht ganz, wie es sein sollte, aber es hat doch viele Vorzüge. Man kann seine eigenen Möbel mitbringen und seine eigenen Sachen, und es gibt ein Restaurant, in dem man essen kann. Aber man kann sich auch selbst kochen. Ach ja, es ist eigentlich wirklich sehr nett hier. Der Park ist wunderschön und gepflegt. Aber setz dich doch, Ariadne, bitte setz dich! Du siehst sehr gut aus. Ich hab's in der Zeitung gelesen, daß du neulich auf einem Literatenessen warst. Wie merkwürdig, daß man was in der Zeitung über jemanden liest, und beinahe am nächsten Tag trifft man die betreffende Person. Wirklich ungewöhnlich.«

»Ja«, sagte Mrs. Oliver und setzte sich, »so geht's manchmal, nicht wahr?«

»Wohnst du immer noch in London?« Mrs. Oliver bejahte. Sie unterhielten sich über alles mögliche.

Mrs. Oliver dachte plötzlich vage an ihre Tanzstunde, als sie die erste Figur des *Lancer's* lernte: Vor und zurück, Hände ausstrecken, zweimal drehen, rascher, und so weiter. Sie erkundigte sich nach Mrs. Carstairs Tochter und den beiden Enkeln und der anderen Tochter. Was sie jetzt machte. Offenbar lebte sie auf Neuseeland. Mrs. Carstairs wußte nicht genau über ihren Beruf Bescheid, irgend etwas mit Sozialforschung. Sie drückte auf eine elektrische Glocke neben ihrer Armlehne und befahl Emma, Tee zu bringen. Mrs. Oliver bat, keine Umstände zu machen. Aber Julia Carstairs sagte: »Natürlich muß Ariadne Tee kriegen.«

Die beiden Damen lehnten sich zurück. Die zweite und dritte Figur des *Lancer's:* Alte Freunde, Kinder der Freunde, gestorbene Freunde.

»Es müssen Jahre her sein, seit ich dich das letzte Mal sah«, überlegte Mrs. Carstairs.

»Ich glaube, es war auf der Hochzeit von Llewellyn.«

»Ja, das könnte stimmen. Wie schrecklich Moira als Brautjungfer aussah. Diese furchtbar unvorteilhaften aprikosenfarbenen Kleider, die sie trugen.«

»Ich weiß. Die haben ihnen gar nicht gut gestanden.«

»Ich finde, heute sind Hochzeiten längst nicht mehr so hübsch wie zu unserer Zeit. Manche haben so merkwürdige Kleider an. Neulich war eine meiner Freundinnen auf einer Hochzeit und erzählte, daß der Bräutigam in gesteppten weißen Satin gekleidet war, mit Rüschen am Hals. Aus Valenciennesspitzen. Wirklich sehr merkwürdig. Und das Mädchen trug einen höchst seltsamen Hosenanzug. Auch weiß, aber über und über mit grünen Kleeblättern bedruckt. Meine liebe Ariadne, kannst du dir so was vorstellen? Wirklich! Noch dazu in der Kirche! Wenn ich der Geistliche gewesen wäre, hätte ich es abgelehnt, sie zu trauen.«

Der Tee wurde gebracht.

»Neulich traf ich mein Patenkind Celia Ravenscroft«, sagte Mrs. Oliver. »Erinnerst du dich an die Ravenscrofts? Natürlich ist es schon viele Jahre her.«

»Die Ravenscrofts? Warte mal! Das war doch diese traurige Tragödie! Angeblich ein Doppelselbstmord, nicht wahr? In der Nähe ihres Hauses in Overcliffe.«

»Was du für ein großartiges Gedächtnis hast, Julia«, meinte Mrs.Oliver.

»Hatte ich immer schon. Obwohl ich manchmal Schwierigkeiten mit Namen habe. Ja, es war sehr tragisch.«

»Wirklich sehr tragisch.«

»Einer meiner Vettern kannte sie sehr gut, in Indien, Roddy Foster, weißt du. General Ravenscroft machte ein glänzende Karriere. Natürlich war er, als er pensioniert wurde, ein bißchen taub. Manchmal hörte er nicht richtig, was man sagte.«

»Kannst du dich noch gut an sie erinnern?«

»Aber ja. Sie wohnten doch fünf oder sechs Jahre in Overcliffe.«

»Ich habe ihren Vornamen vergessen«, gestand Mrs.Oliver.

»Margaret, glaube ich. Aber jeder nannte sie Molly. Ja, Margaret. Damals hießen viele Mädchen so, nicht? Sie trug eine Perücke, erinnerst du dich?«

»So ganz genau weiß ich es nicht mehr, aber ich glaube, ja.«

»Sie wollte mich auch dazu überreden. Sie behauptete, das sei auf Reisen so praktisch. Sie hatte verschiedene Perücken. Eine für den Abend und eine für die Reise und eine – eigentlich merkwürdig, findest du nicht? Sie hätte doch einen Hut aufsetzen können.«

»Ich kannte sie nicht so gut wie du«, erklärte Mrs. Oliver, »und zur Tatzeit war ich auf einer Reise durch die USA. Deshalb habe ich eigentlich nie genauere Einzelheiten erfahren.«

»Nun, es war alles sehr geheimnisvoll«, sagte Julia Carstairs. »Niemand wußte etwas. Es wurden so viele Geschichten herumerzählt.«

»Was hat man bei der polizeilichen Untersuchung festgestellt – ich nehme an, es fand eine statt?«

»Aber natürlich! Die Polizei mußte die Sache untersuchen. Es war einer dieser unklaren Fälle, weißt du? Sie konnten nicht genau sagen, was passiert war. Es schien möglich, daß General Ravenscroft seine Frau und dann sich erschossen hatte, aber offenbar war es genauso wahrscheinlich, daß Lady Ravenscroft erst ihren Mann und dann sich umbrachte. Die plausibelste Erklärung war, daß sie gemeinsam Selbstmord begangen hatten, aber es konnte nicht festgestellt werden, wie es dazu kam.«

»Die Möglichkeit eines Verbrechens schied aus?«

»Aber ja! Es hieß ganz ausdrücklich, daß nichts darauf hindeutete, daß etwas an der Sache faul war. Es gab keine Fußabdrücke oder irgendwelche Anzeichen, daß jemand in derNähe gewesen war. Sie gingen nach dem Tee spazieren, wie sie das häufig taten. Sie kamen nicht zum Essen zurück, und der Diener oder der Gärtner ging sie suchen und fand sie beide tot. Der Revolver lag zwischen den Leichen.«

»Der Revolver gehörte ihm, nicht wahr?«

»Ja. Er besaß zwei. Diese alten Militärs tun das häufig. Sie fühlen sich so wohl sicherer, heutzutage passiert ja soviel. Ein zweiter Revolver lag noch zu Hause in einer Schublade. Er muß die Waffe absichtlich mitgenommen haben. Ich kann mir nicht denken, daß sie einen Revolver auf einen Spaziergang mitgenommen hätten.«

»Nein, das hätte sie wohl nicht so einfach machen können.«

»Anscheinend gab es keinerlei Beweise dafür, daß sie unglücklich gewesen waren oder sich gestritten hätten oder irgendeinen Grund, warum sie Selbstmord begehen hätten sollen. Natürlich weiß man nie, was für traurige Dinge es im Leben seiner Mitmenschen gibt.«

»Ja«, pflichtete Mrs. Oliver bei. »Das weiß man nie, Julia. Hast du irgendwelche Vermutungen?«

»Nun, man macht sich so seine Gedanken, liebe Ariadne. Weißt du, vielleicht war er krank. Vielleicht hat man ihm gesagt, er müßte an Krebs sterben. Aber das stimmte laut dem medizinischen Befund nicht. Er war ganz gesund. Soviel ich weiß, hatte er mal – wie heißt es gleich – einen Herzinfarkt. Lateinisch klingt es nach Krone, aber es ist ein Herzanfall. Jedenfalls hat er so was gehabt, war aber kuriert. Sie war ziemlich nervös. Sie war immer schon neurotisch gewesen.«

»Ja, daran erinnere ich mich«, sagte Mrs. Oliver. »Natürlich kannte ich sie nicht sehr gut, aber . . .», fragte sie plötzlich, »trug sie damals eine Perücke?«

»Also weißt du, daran kann ich mich nicht genau erinnern. Sie hat ihre Perücke immer getragen. Eine von ihnen, meine ich.«

»Ich finde nur«, sagte Mrs. Oliver. »Irgendwie hab' ich das Gefühl, daß man kaum eine Perücke aufsetzt, wenn man sich oder seinen Mann erschießen will, meinst du nicht auch?«

Die beiden Damen besprachen diesen Punkt lebhaft. »Was glaubst du nun wirklich, Julia?« fragte Mrs. Oliver dann.

»Nun, wie gesagt, liebe Ariadne, man macht sich seine Gedanken. Es wurde allerhand geredet, das ist ja immer so.«

»Über ihn oder sie?«

»Es hieß, da sei eine junge Frau im Spiel gewesen, weißt du. Sie soll als seine Sekretärin gearbeitet haben. Er hat in Indien seine Memoiren geschrieben – ein Verlegerauftrag, glaube ich –, und er hat ihr immer diktiert. Einige behaupten – ach, du weißt schon, was manchmal geredet wird –, daß er vielleicht . . . was angefangen hat mit dem Mädchen. Sie war nicht mehr ganz jung. Über dreißig, und sah nicht besonders gut aus. Es gab keinen Skandal, aber man kann nie wissen. Manche Leute glaubten, er hätte seine Frau erschossen, weil er das Mädchen heiraten wollte. Aber *ich* hab's nie geglaubt.«

»Was hast *du* denn geglaubt?«

»Also, natürlich habe ich mir schon Gedanken über *sie* gemacht.«

»Du meinst, daß auch von einem Mann die Rede war?«

»In Indien soll mal was gewesen sein. Sie soll sich mit einem jungen Mann eingelassen haben, viel jünger als sie. Und ihrem Mann hat das nicht gefallen, es gab einen kleinen Skandal. Ich hab' vergessen, wo das war. Jedenfalls war es lange her, und ich glaube nicht, daß irgendwas draus wurde.«

»Du glaubst nicht, daß hier in der Gegend geklatscht wurde? Keine besonderen Beziehungen zu irgend jemanden in der Nachbarschaft? Es gab keinen Beweis für Streitereien zwischen ihnen?«

»Nein. Natürlich habe ich damals auch alles über den Fall gelesen. Man sprach viel darüber, weil man das Gefühl hatte, es könnte eine tragische Liebesgeschichte dahinterstecken.«

»Das traf aber nicht zu, denkst du? Sie hatten doch Kinder. Celia, mein Patenkind.«

»Ja, natürlich, und einen Sohn. Er war noch sehr jung und irgendwo auf der Schule. Das Mädchen war erst zwölf – nein, älter. Sie war bei einer Familie in der Schweiz.«

»Es gab keine – keine Geisteskrankheiten in der Familie?«

»Ach, du denkst an den Jungen – ja, das *könnte* möglich sein. Man hört die merkwürdigsten Dinge. Da war doch der Junge, der seinen Vater erschoß – irgendwo bei Newcastle, glaube ich. Das war Jahre vorher. Du weißt schon. Er war sehr deprimiert, und zuerst wollte er sich angeblich erhängen, als er auf der Universität war, und dann fuhr er nach Hause und erschoß seinen Vater. Keiner wußte genau, warum. Jedenfalls, bei den Ravenscrofts war das nicht der Fall. Nein, da bin ich ganz sicher. Ich kann mir nicht helfen, ich denke . . .«

»Ja, Julia?«

»Ich kann mir nicht helfen, ich denke immer, es müßte ein Mann dahinterstecken.«

»Du meinst, daß sie . . .«

»Nun – also, es wäre einfach möglich, weißt du. Zum Beispiel, wegen der Perücken.«

»Ich sehe nicht ganz ein, was die Perücken damit zu tun haben.«

»Nun, sie wollte sich hübscher machen.«

»Ich denke, sie war fünfunddreißig?«

»Mehr, mehr! Sechsunddreißig, glaube ich. Sie hat mir einmal die Perücken gezeigt, mit der einen sah sie wirklich sehr attraktiv aus. Und sie verwendete auch viel Make-up. Das fing alles erst an, als sie hierherkam. Sie war eine gutaussehende Frau.«

»Du meinst, sie könnte jemanden kennengelernt haben, einen Mann?«

»Das habe ich immer vermutet«, erklärte Mrs. Carstairs. »Siehst du, wenn ein Mann was mit einem Mädchen hat, merken es die Leute für gewöhnlich, weil die Männer so was nicht so gut verbergen können. Aber eine Frau – ich könnte mir schon vorstellen, daß sie jemanden kennenlernte, und keiner hat davon erfahren.«

»Glaubst du das wirklich, Julia?«

»Nein, eigentlich nicht«, gestand Julia. »Weil ich finde, daß die Leute es doch immer rausbringen, nicht wahr? Das Personal weiß es, der Gärtner oder der Busfahrer. Oder der Nachbar. Und wenn sie es wissen, sprechen sie darüber. Trotzdem, es könnte so was gewesen sein, und Ravenscroft entdeckte es . . .«

»Du meinst also, Mord aus Eifersucht?«

»Ich glaube, ja.«

»Du hältst es also für wahrscheinlicher, daß er sie erschoß und dann sich, als daß sie ihn und dann sich umbrachte?«

»Ja. Denn wenn sie ihn hätte loswerden wollen, wäre sie wohl kaum mit ihm spazierengegangen. Sie hätte den Revolver in der Handtasche mitnehmen müssen, und dazu hätte sie schon eine recht große Handtasche gebraucht. Man muß die praktische Seite der Dinge berücksichtigen.«

»Ja«, sagte Mrs. Oliver zustimmend, »das muß man. Sehr interessant.«

»Für dich sicher besonders, meine Liebe, weil du Kriminalromane schreibst. Eigentlich hätte ich gedacht, daß du bessere Ideen hast. Du müßtest eher wissen, was möglicherweise passiert sein könnte.«

»Nein«, protestierte Mrs. Oliver, »denn die Verbrechen in meinen Kriminalromanen sind erfunden. In meinen Geschichten geschieht alles so, wie ich es will und erfinde. Sie handeln nicht von Dingen, die tatsächlich passiert sind. So bin ich eigentlich am wenigsten geeignet, darüber zu urteilen. Ich möchte gern wissen, was du denkst. Du bist eine gute Menschenkennerin, Julia, und du hast die Ravenscrofts gekannt. Sie könnte dir irgendwann mal etwas erzählt haben – oder er.«

»Ja, ja! Warte mal einen Augenblick! Wenn du das so sagst, fällt mir sicher was ein!«

Mrs. Carstairs lehnte sich im Stuhl zurück, schloß ihre Augen halb und versank in Nachdenken. Mrs. Oliver blieb ruhig sitzen und sah aus wie jemand, der darauf wartet, daß das Kaffeewasser zu kochen beginnt.

»Einmal hat sie wirklich was gesagt, und ich weiß eigentlich nicht, was sie damit meinte«, begann Mrs. Carstairs. »Etwas darüber, ein neues Leben anzufangen – in Verbindung mit der heiligen Therese. Therese von Avila.«

Mrs. Oliver sah leicht erschreckt aus. »Aber wie kam die heilige Therese ins Spiel?«

»Ich weiß wirklich nicht mehr genau. Sie muß ihre Lebensgeschichte gelesen haben. Jedenfalls meinte sie, wie wunderbar es sei, wenn Frauen eine Art zweite Chance bekommen. Das ist nicht genau der Ausdruck, den sie brauchte, aber etwas Ähnliches war es. Du weißt schon, wenn sie vierzig oder fünfzig werden und noch einmal neu anfangen wollen. Therese von Avila tat das. Bis dahin hatte sie nichts Besonderes gemacht. Sie war eben eine Nonne. Dann zog sie plötzlich aus und reformierte alle Klöster und wurde eine große Heilige.«

»Aber das scheint mir nicht ganz dasselbe zu sein.«

»Eigentlich nicht«, gab Mrs. Carstairs zu. »Aber Frauen reden manchmal den größten Unsinn, wenn sie etwas älter werden und eine Liebesaffäre haben. Daß es nie zu spät ist und so.«

## 7

Zweifelnd betrachtete Mrs. Oliver die drei Stufen und die Eingangstür zu dem kleinen, verkommen aussehenden Haus. Unter den Fenstern wuchsen ein paar Zwiebelgewächse, hauptsächlich Tulpen. Sie öffnete ihr kleines Adreßbuch, überzeugte sich, daß sie am richtigen Ort war, und klopfte behutsam mit dem Türklopfer an, nachdem sie auf eine elektrische Türklingel gedrückt, sich drinnen aber nichts gerührt hatte. Als weiter alles still blieb, klopfte sie wieder. Nun hörte sie Geräusche, schlurfende Schritte, asthmatisches Keuchen, und jemand bemühte sich, die Tür zu öffnen. Zusammen mit diesen Geräuschen drang undeutliches Gemurmel aus dem Briefkasten.

»Ist doch schrecklich. Jetzt klemmt das Ding schon wieder.«

Schließlich wurden die Bemühungen von Erfolg gekrönt. Die Tür öffnete sich ächzend und quietschend. Eine sehr alte Frau mit verrunzeltem Gesicht, gebeugten Schultern und von Arthritis verkrümmt, sah die Besucherin an. Ihre Miene war nicht besonders freundlich. Sie verriet keinerlei Anzeichen von Furcht, nur Unwillen darüber, daß jemand es sich erlaubt hatte, an die Behausung einer echten Engländerin anzuklopfen. Sie mochte siebzig oder achtzig Jahre sein, aber sie war noch immer eine mutige Verteidigerin ihres Burgfriedens.

»Ich weiß nicht, was Sie wollen und . . .« Sie brach ab. »Grundgütiger Himmel!« rief sie aus, »es ist Miß Ariadne. Nein, so was! Es ist Miß Ariadne!«

»Ich finde es großartig, daß Sie mich wiedererkennen«, erklärte Mrs. Oliver. »Wie geht's Ihnen, Mrs. Matcham?«

»Miß Ariadne! Es ist nicht zu fassen!«

Mrs. Oliver dachte, daß es lange her war, seit jemand sie Miß Ariadne genannt hatte, aber die vor Alter brüchige Stimme klang ihr immer noch vertraut.

»Kommen Sie herein, meine Liebe«, sagte die alte Frau, »kommen Sie erst mal herein. Sie sehen gut aus, sehr gut. Wieviel Jahre haben wir uns nicht gesehen? Fünfzehn mindestens.«

Es waren zwar wesentlich mehr als fünfzehn, aber Mrs. Oliver beließ es dabei. Sie trat ein. Mrs. Matcham schüttelte ihr zittrig die Hand. Mühsam schloß sie die Tür und führte Mrs. Oliver schlurfend und humpelnd in ein kleines Zimmer, das offensichtlich für den Empfang von Besuchen bestimmt war, falls Mrs. Matcham ihn hereinließ. Eine Unmenge Fotografien von Babys und Erwachsenen standen und hingen herum. Manche Bilder in hübschen Lederrahmen, die sich allmählich verzogen hatten, aber noch nicht ganz in Stücke gegangen waren. Eine Fotografie in einem angelaufenen Silberrahmen zeigte eine junge Frau im Ballkleid und mit Federn auf dem Kopf. Ein Sofa und zwei Stühle standen da, Mrs. Oliver setzte sich auf einen Stuhl. Mrs. Matcham nahm auf dem Sofa Platz und stopfte sich unbeholfen ein Kissen in den Rücken.

»Meine Liebe, ich kann es gar nicht glauben, daß ich Sie hier vor mir sehe. Schreiben Sie immer noch Ihre hübschen Geschichten?«

»Ja«, bestätigte Mrs. Oliver, obwohl sie leise Zweifel hegte, daß man Kriminalromane und Geschichten über Verbrechen und verbrecherisches Verhalten als »hübsche Geschichten« bezeichnen konnte. Aber das, dachte sie, war schon immer Mrs. Matchams Angewohnheit gewesen.

»Ich bin jetzt ganz allein«, fuhr Mrs. Matcham fort. »Erinnern Sie sich an meine Schwester Gracie? Sie starb letzten Herbst, ja. An Krebs. Sie haben sie noch operiert, aber es war schon zu spät.«

»Ach, meine Liebe, das tut mir aber leid.«

Während der nächsten zehn Minuten drehte sich das Gespräch um das Dahinscheiden von Mrs. Matchams letzten Verwandten, die einer nach dem anderen gestorben waren.

»Und Ihnen geht es gut? Sie sind gesund? Sie haben doch einen Mann? Ach, jetzt erinnere ich mich, er ist vor Jahren gestorben, nicht wahr? Und was führt Sie nun zu mir, nach Little Saltern Minor?«

»Ich war zufällig in der Gegend«, erklärte Mrs. Oliver, »und als ich Ihre Anschrift in meinem kleinen Adreßbuch fand, dachte ich, ich könnte mal reinschauen und fragen, wie es Ihnen geht.«

»Ah! Und ein bißchen von alten Zeiten plaudern? Es ist immer nett, wenn man sich darüber unterhalten kann, nicht wahr?«

»Ganz richtig«, sagte Mrs. Oliver, erleichtert, daß das Stichwort gefallen war. »Was für viele Fotos Sie haben!«

»Und ob ich die habe! Wissen Sie, als ich im Heim war – es hatte einen verrückten Namen, *Haus Sonnenuntergang, Glück für die Alten* oder so ähnlich – also über ein Jahr habe ich dort gelebt, bis ich es nicht mehr aushielt! Eine ekelhafte Gesellschaft war das. Man konnte nicht mal seine eigenen Sachen mitbringen. Alles mußte dem Heim gehören. Ich behaupte ja nicht, daß es nicht gemütlich war, aber wissen Sie, ich mag mein eigenes Zeug um mich haben. Meine Fotos und meine Möbel. Eines Tages kam eine reizende Dame vom Vorstand, jawohl, und sagte, es gäbe Heime, in die man alles mitnehmen könnte. Dazu eine furchtbar nette Helferin, die schaut jeden Tag nach, ob alles in Ordnung ist. Ja, hier fühle ich mich nun wirklich wohl. Ich habe alle meine Sachen hier.«

»Sie kommen aus der ganzen Welt«, sagte Mrs. Oliver und sah sich um.

»Ja, der Tisch dort – der aus Messing – ist von Captain Wilson, er schickte ihn mir aus Singapur. Hübsch, nicht? Hier, dies auf dem Aschenbecher ist etwas Merkwürdiges. Ägyptisch, ja. Ein Skarabius oder wie man es nennt. Klingt wie eine Art Juckreiz, was? Ist es aber nicht. Nein, es ist eine Art Käfer aus Stein. Angeblich. Ein Lapsus – ein Lupislazuli oder so ähnlich.«

»Lapislazuli«, korrigierte Mrs. Oliver.

»Stimmt. Sehr hübsch, nicht? Das war mein archäologischer Junge, der machte Ausgrabungen. Er hat ihn mir geschickt.«

»Ihre ganze schöne Vergangenheit«, sagte Mrs. Oliver.

»Ach ja. Alle meine Jungen und Mädchen. Manche kriegte ich als Babys, einige hatte ich vom ersten Monat an, und dann die älteren. Manche Fotos stammen aus Indien und aus der Zeit, als ich in Siam war. Ja ja. Dies da ist Miß Moia in ihrer ersten Ballrobe. Sie war ein hübsches Ding. Zweimal geschieden. Ja. Zuerst Schwierigkeiten mit Seiner Lordschaft, dem ersten Mann, dann heiratete sie einen Popsänger, und das hat natürlich nicht gutgehen können. Dann nahm sie einen Amerikaner aus Kalifornien. Sie besaßen eine Jacht und reisten viel herum. Starb vor zwei oder drei Jahren und war erst zweiundsechzig. Ein Jammer, so jung zu sterben.«

»Sie sind selber auch ganz schön in der Welt herumgekommen, nicht wahr?« sagte Mrs. Oliver. »Indien. Hongkong, dann Ägypten, und Südamerika.«

»O ja, ich bin viel herumgekommen.«

»Ich erinnere mich«, sagte Mrs. Oliver, »als ich nach Indien reiste, waren Sie mit einer Offiziersfamilie dort, nicht wahr? Bei einem General Sowieso. Hieß er nicht – einen Moment, mir fällt der Name nicht ein –, hieß er nicht Ravenscroft?«

»Nein, nein, Sie verwechseln das. Sie meinen die Barnabys. Bei denen war ich. Sie kamen auf Besuch zu ihnen. Stimmt's? Sie hatten eine Reise gemacht und haben sie besucht. Sie waren eine alte Freundin der Barnbabys. Er war Richter.«

»Ja, natürlich«, antwortete Mrs. Oliver. »Es ist alles ein bißchen schwierig. Man bringt die Namen so leicht durcheinander.«

»Zwei nette Kinder hatten sie«, fuhr Mrs. Matcham fort. »Natürlich besuchten sie in England die Schule. Der Junge kam nach Harrow und das Mädchen nach Roedaen, so hieß es, glaub ich, und ich ging zu einer anderen Familie. Tja, heute ist alles anders. Es gibt auch nicht mehr so viele Ammen wie früher. Obwohl die Ammen hin und wieder auch Scherereien machten. Mit unserer habe ich mich ja gut verstanden, als ich bei den Barnabys war. Von wem sprachen Sie doch gerade? Den Ravenscrofts? Ich erinnere mich an sie. Ich habe nur den Ort vergessen, wo sie wohnten. Nicht weit von uns weg. Die Familien kannten sich. Es ist lange her, aber ich erinnere mich genau. Nachdem die Kinder in die Schule kamen, blieb ich noch bei Mrs. Barnaby. Hab' ihre Kleider in Ordnung gehalten, gestopft und so weiter. Ich war noch da, als die schreckliche Sache passierte. Jetzt meine ich nicht die Barnabys, sondern die Ravenscrofts. Ja, das werde ich nie vergessen. Natürlich war ich persönlich nicht beteiligt, aber es war doch eine furchtbare Tragödie, nicht?«

»Das dürfte wohl stimmen.«

»Es passierte, als Sie schon nach England zurückgefahren waren, Miß Ariadne, ein gutes Stück später, glaube ich. Sie waren so ein nettes Paar. Wirklich sehr, sehr nett, und es war ein solcher Schock für sie.«

»Ich kann mich im Moment wirklich nicht erinnern«, sagte Mrs. Oliver.

»Ich weiß. Man vergißt so vieles. Ich selber ja nicht. Aber es hieß, sie sei immer etwas seltsam gewesen. Schon als Kind hat sie mal ein Baby aus dem Kinderwagen genommen und es in den Fluß geworfen. Eifersucht, hieß es.«

»Sprechen Sie – meinen Sie Lady Ravenscroft?«

»Nein, natürlich nicht. Ach, Sie erinnern sich nicht so gut wie ich. Es war die Schwester.«

»Ihre Schwester?«

»Ich bin mir heute nicht mehr sicher, ob es ihre Schwester war oder seine. Angeblich war sie lange Zeit in einem Nervensanatorium gewesen. Seit sie elf oder zwölf Jahre alt war. Dann hieß es, sie wäre wieder in Ordnung, und sie wurde entlassen. Sie heiratete einen Offizier. Und dann gab es Schwierigkeiten. Und als nächstes hörte man, daß sie wieder in eine Anstalt gesteckt worden war. Man wird da gut behandelt, wissen Sie. Nette Zimmer und so weiter. Und sie sind immer wieder hingegangen und haben sie besucht, der General oder seine Frau. Die Kinder wurden von jemand anderem aufgezogen, man hatte wohl Angst. Jedenfalls hieß es zum Schluß, daß sie wieder in Ordnung wäre. So kehrte sie zurück und lebte mit ihrem Mann, und dann starb er. Das Herz. Sie war sehr verstört und kam zu ihrem Bruder – oder war es ihre Schwester –, um bei ihnen zu leben, sie schien sich da sehr wohl zu fühlen. Und wie gern sie die Kinder hatte! Es war nicht der kleine Junge, glaube ich, der war in der Schule. Es war das kleine Mädchen. Ein anderes kleines Mädchen, das an dem Nachmittag zum Spielen kam. Ach, ich kann mich an die Einzelheiten nicht mehr erinnern. Es ist so lange her! Manche haben behauptet, sie wäre es gar nicht gewesen. Sie glaubten, die Amme hätte es getan, aber die Amme liebte die Kinder und war völlig verstört. Sie hatte sie aus dem Haus fortnehmen wollen. Sie meinte, sie seien da nicht sicher. Aber natürlich glaubte man ihr nicht, und dann passierte das, und soviel ich weiß, dachten sie, es müßte die Amme – wie hieß sie bloß – gewesen sein. Der Name fällt mir einfach nicht ein. Jedenfalls, da hatten sie's!«

»Und was geschah mit der Schwester, ob nun vom General oder von Lady Ravenscroft?«

»Nun, sie wurde von einem Arzt weggebracht und schließlich nach England zurückgeschickt. Ich weiß nicht, ob sie in die gleiche Klinik kam wie vorher, aber sie war gut versorgt. Geld war genug da. Von der Familie des Mannes. Vielleicht wurde sie wieder gesund. Ich hab' jahrelang nicht mehr daran gedacht. Bis Sie kamen und mich nach General und Lady Ravenscroft fragten. Wo sie jetzt wohl sein mögen? Er müßte längst pensioniert sein.«

»Nun, es war eine recht traurige Geschichte«, sagte Mrs. Oliver. »Haben Sie darüber nichts in der Zeitung gelesen?«

»Was denn?«

»Daß sie ein Haus in England gekauft hatten und . . .«

»Ach ja, jetzt fällt's mir wieder ein! Ich erinnere mich, was darüber gelesen zu haben. Und daß ich dachte, den Namen Ravenscroft kennst du doch, aber an das Wo und Wie konnte ich mich nicht mehr erinnern. Sie stürzten über eine Klippe, nicht wahr?«

»Ja«, sagte Mrs. Oliver, »so ähnlich.«

»Aber hören Sie, meine Liebe, es ist wirklich zu nett, daß Sie da sind. Sie müssen eine Tasse Tee mit mir trinken.«

»Danke«, sagte Mrs. Oliver, »wirklich, ich möchte keinen Tee.«

»Natürlich wollen Sie welchen. Wenn es Ihnen nichts ausmacht, kommen Sie mit in die Küche, ja? Ich bin nämlich die meiste Zeit dort. Es ist einfacher. Aber Besucher führe ich immer hier herein, weil ich auf meine Sachen stolz bin, wissen Sie. Stolz auf meine Sachen und stolz auf alle meine Kinder.«

»Menschen wie Sie müssen ein wundervolles Leben gehabt haben, mit den vielen Kindern, die Sie aufzogen.«

»Ja, ich erinnere mich, als Sie ein kleines Mädchen waren, haben Sie so gern Geschichten gehört. Da war eine mit einem Tiger und eine über Affen – Affen auf einem Baum.«

»Ja«, sagte Mrs. Oliver. »An die erinnere ich mich. Es ist schon lange her.«

Ihre Gedanken wanderten zurück in ihre Kindheit, als sie sechs oder sieben Jahre alt gewesen war und in zu engen Knopfstiefeln auf einer englischen Straße spazierenging und einer Geschichte zuhörte, die ein freundliches Kindermädchen über Indien oder Ägypten erzählte. Das Kindermädchen war Mrs. Matcham gewesen. Mrs. Oliver sah sich im Zimmer um, während sie ihrer Gastgeberin hinausfolgte. Da hingen und standen Bilder von Mädchen und Schuljungen, von Kindern und Erwachsenen, meistens in ihren besten Kleidern und Anzügen fotografiert und in hübschen Rahmen, alle Fotos Zeichen dafür, daß man sein Kindermädchen nicht vergessen hatte. Sicherlich sorgten die früheren Zöglinge auch dafür, dachte Mrs. Oliver, daß ihre Nanny einigermaßen gut leben konnte und genug Geld hatte. Plötzlich spürte Mrs. Oliver das Verlangen zu weinen. Das sah ihr wenig ähnlich, und es gelang ihr, sich energisch zur Ordnung zu rufen. Sie folgte Mrs. Matcham in die Küche und holte dort ihre Geschenke hervor.

»Nein, so was, Miß Ariadne! Eine Dose *Tophole-Thathams-Tee*. Den hatte ich schon immer am liebsten. Daß Sie sich daran erinnern! Ich kann ihn heutzutage kaum noch kriegen. Und meine Lieblingsplätzchen! Sie sind mir eine! Wie haben sie Sie doch genannt – die beiden kleinen Jungen, die immer zum Spielen kamen? Einer nannte Sie Lady Elefant und der andere Lady Schwan. Sie ritten auf Ihrem Rücken, und Sie gingen auf allen vieren und taten, als hätten Sie einen Rüssel!«

»Sie vergessen kaum etwas, Nanny, nicht wahr?« sagte Mrs. Oliver.

»Ach«, meinte Mrs. Matcham. »Elefanten vergessen nie. Das ist ein altes Sprichwort.«

## 8

Mrs. Oliver betrat die Geschäftsräume von Williams & Barnet, einer gut eingerichteten Apotheke, die auch verschiedene kosmetische Artikel führte. Sie betrachtete ein Tischchen mit Hühneraugenmitteln, zögerte bei einem Berg von Gummischwämmen, wanderte unsicher in Richtung Rezeptpult und kam dann zu den elegant dekorierten Schönheitsmitteln, wie sie Elizabeth Arden, Helena Rubinstein, Max Factor und andere Wohltäter der Damenwelt herstellen. Schließlich blieb sie bei einem etwas plumpen Mädchen stehen, fragte nach einer bestimmten Lippenstiftmarke und stieß einen kleinen Überraschungsschrei aus. »Seh' ich recht, Marlene – Sie sind doch Marlene, nicht wahr?«

»Nein, so was! Mrs. Oliver. Ich freu' mich, Sie zu sehen. Wie nett! Die Mädchen werden begeistert sein, wenn ich ihnen berichte, daß Sie hier waren und eingekauft haben.«

»Sie brauchen's ihnen ja nicht zu erzählen!«

»Oh, sie werden sicher ein Autogramm haben wollen.«

»Es wäre mir lieber, wenn sie keins wollten«, erklärte Mrs. Oliver. »Und wie geht es Ihnen, Marlene?«

»Ganz gut.«

»Ich wußte nicht, ob sie überhaupt noch hier arbeiten.«

»Ach, hier ist es genauso gut wie woanders, finde ich, man wird nett behandelt. Letztes Jahr habe ich eine Gehaltserhöhung gekriegt, und für die Kosmetikabteilung bin ich allein verantwortlich.«

»Was macht Ihre Mutter? Geht's ihr gut?«

»Danke. Sie wird sich freuen, wenn sie erfährt, daß ich Sie getroffen habe.«

»Wohnt sie noch im gleichen Haus unten in der – der Straße hinterm Krankenhaus?«

»Aber ja, wir wohnen immer noch dort. Vater ist es nicht so besonders gutgegangen. Er war eine Zeitlang im Krankenhaus, aber Mutter hält sich prächtig. Bleiben Sie länger hier?«

»Eigentlich nicht«, sagte Mrs. Oliver. »Ich bin auf der Durchreise. Ich habe eine alte Freundin besucht und überlege . . .« Sie sah auf ihre Armbanduhr. »Ist Ihre Mutter jetzt zu Hause, Marlene? Ich könnte auf einen Sprung bei ihr vorbeischauen. Ein paar Worte mit ihr wechseln, bevor ich weiter muß.«

»Ach, tun Sie das doch«, rief Marlene. »Sie wird sich riesig freuen. Ich kann leider nicht weg, man würde es nicht gern sehen. Ich kann nicht einfach eine Stunde verschwinden, wissen Sie.«

»Nun, dann eben ein andermal«, sagte Mrs. Oliver. »Aber ich erinnere mich nicht mehr genau . . . war es Nummer 17 oder hat das Haus einen Namen?«

»Es heißt *Laurel Cottage*.«

»Ach ja, natürlich. Wie dumm von mir. Also, es war wirklich

nett, Sie zu sehen.« Sie eilte hinaus, einen nicht benötigten Lippenstift in der Tasche. Sie fuhr mit ihrem Wagen die Hauptstraße von Chipping Bartram entlang und bog hinter einer Garage und dem Krankenhausgebäude in eine ziemlich schmale Straße ein, die links und rechts von hübschen, kleinen Häusern gesäumt war. Sie ließ den Wagen vor *Laurel Cottage* stehen und ging zur Haustür.

Eine dünne, energisch wirkende Frau mit grauem Haar und um die Fünfzig öffnete. Sie erkannte Mrs. Oliver sofort. »Sind Sie's wirklich, Mrs. Oliver? Nein, so was! Jahrelang hab' ich Sie nicht gesehen, wahrhaftig.«

»Ja, es ist lange her.«

»Kommen Sie herein, kommen Sie herein. Kann ich Ihnen eine schöne Tasse Tee machen?«

»Vielen Dank, nein«, sagte Mrs. Oliver, »ich habe schon bei einer Freundin Tee getrunken und muß bald nach London zurückfahren. Wie es so geht, ich war wegen irgendwas in der Apotheke, und da traf ich Marlene.«

»Ja, sie hat dort einen sehr guten Job. Man hält viel von ihr. Sie hätte soviel Unternehmungsgeist.«

»Das ist fein. Und wie geht's Ihnen, Mrs. Buckle? Sie sehen sehr gut aus. Kaum älter als beim letzten Mal.«

»Oh, das möchte ich nicht sagen. Graue Haare, und abgenommen habe ich auch.«

»Heute ist anscheinend ein Tag, an dem ich lauter alte Freunde treffe«, erzählte Mrs. Oliver, während sie ins Haus gingen und Mrs. Buckle sie in ein kleines, ziemlich vollgestopftes Wohnzimmer führte. »Ich weiß nicht, ob Sie sich an Mrs. Carstairs erinnern – Mrs. Julia Carstairs.«

»Aber natürlich, ja! Sie muß schon ziemlich betagt sein.«

»Das ist sie auch. Wir haben über alte Zeiten geplaudert, wissen Sie. Wir kamen auch auf die Tragödie von damals zu sprechen. Ich war gerade in Amerika, deshalb wußte ich nicht viel darüber. Die Leute hießen Ravenscroft.«

»Ja, daran kann ich mich gut erinnern.«

»Sie haben irgendwann mal bei ihnen gearbeitet, nicht wahr, Mrs. Buckle?«

»Ja, drei Vormittage in der Woche. Es waren sehr nette Leute. Wissen Sie, so richtig vornehm und militärisch. Alte Schule.«

»Es war wirklich ein sehr tragisches Ereignis.«

»Ja, das war es wirklich.«

»Haben Sie damals noch bei ihnen gearbeitet?«

»Nein. Da hatte ich die Arbeit schon aufgegeben. Ich mußte mich um meine alte Tante Emma kümmern, sie war fast blind und nicht gesund, ich konnte die Zeit nicht mehr erübrigen. Aber einen oder zwei Monate vorher war ich noch bei ihnen.«

»Daß so was Schreckliches passieren mußte!« sagte Mrs. Oliver. »Soviel ich weiß, dachte man, es sei ein Doppelselbstmord gewesen.«

»Das glaube ich nicht!« rief Mrs. Buckle. »Sie hätten niemals gemeinsam Selbstmord begangen, da bin ich sicher. Nicht in dem Alter. Und wie harmonisch sie zusammen lebten. Allerdings wohnten sie noch nicht sehr lange dort.«

»Ja! Soviel ich weiß, nicht«, überlegte Mrs. Oliver. »Sie zogen in die Nähe von Bournemouth, als sie nach England zurückkamen?«

»Ja, aber sie fanden, daß es ein bißchen zu weit von London weg war, und deshalb zogen sie nach Overcliffe. War ein sehr nettes Haus, und ein schöner Garten.«

»Waren beide gesund?«

»Nun, sie haben ihr Alter ein bißchen gespürt, wie die meisten Leute. Der General hatte irgendeine Herzgeschichte oder einen leichten Schlaganfall gehabt. Er mußte Pillen nehmen, wissen Sie, und sich immer wieder mal hinlegen.«

»Und Mrs. Ravenscroft?«

»Ach, ich glaube, die vermißte das Leben im Ausland. Sie kannten hier nicht viele Leute, wenn sie auch eine ganze Anzahl Familien kennenlernten, natürlich, in ihren Kreisen! Aber es wird halt nicht so wie in Indien oder so gewesen sein. Wissen Sie, wo man einen Haufen Angestellte hat und es lustige Feste gibt und all so was.«

»Sie meinen, sie hat diese lustigen Feste vermißt?«

»Na ja, ganz genau weiß ich das nicht.«

»Irgend jemand hat mir erzählt, daß sie eine Perücke trug.«

»Sie hatte mehrere«, berichtete Mrs. Buckle mit leichtem Lächeln. »Sehr schick und teuer. Wissen Sie, von Zeit zu Zeit schickte sie eine zum Auffrischen in das Geschäft nach London, wo sie sie gekauft hatte. Sie besaß alle Sorten. Da war eine mit rostbraunem Haar und eine mit lauter kleinen grauen Löckchen. In der sah sie besonders hüsch aus. Und zwei – nicht ganz so attraktive, aber sehr praktische für windige Tage, wenn man was zum Aufsetzen brauchte, falls es regnete. Sie hat sehr auf ihr Äußeres geachtet, wissen Sie, und eine Menge Geld für Kleider ausgegeben.«

»Was meinen Sie, was die Ursache der Tragödie war?« fragte Mrs. Oliver. »Sehen Sie, ich war so weit weg und traf damals keine Freunde, weil ich in Amerika war. Ich erfuhr überhaupt nichts und – nun –, man stellt nicht gern Fragen oder schreibt deswegen Briefe. Es muß einen Grund gegeben haben! Es war doch General Ravenscrofts eigener Revolver, soviel ich weiß.«

»Ja, er besaß zwei. Er sagte, kein Haus sei sicher ohne Waffe. Vielleicht hatte er recht. Nicht, daß sie vorher mal Schwierigkeiten gehabt hätten, soweit ich weiß. Einmal kam ein ziemlich ekliger Kerl an die Tür. Er gefiel mir gar nicht, wirklich nicht. Er wollte den General sprechen und behauptete, er wäre in seinem Regiment gewesen, als junger Mann. Der General stellte ihm ein paar Fragen, und ich glaube, er gefiel ihm nicht recht, er hielt ihn wohl für nicht sehr glaubwürdig. Er schickte ihn weg.«

»Glauben Sie, es könnte ein Außenstehender gewesen sein?«

»Nun, das nehme ich an, weil es die einzige Möglichkeit ist. Allerdings, den Mann, der ihren Garten in Ordnung hielt, konnte ich auch nicht leiden. Er hatte keinen besonders guten Ruf und angeblich ein paarmal gesessen. Aber der General wollte ihm eine Chance geben.«

»Glauben Sie denn, daß der Gärtner sie getötet haben könnte?«

»Nun, ich – ich habe das immer angenommen. Aber da liege ich wahrscheinlich falsch. Aber was die Leute behaupten, daß es irgendeinen Skandal über sie oder ihn gab und entweder er sie oder sie ihn erschoß – das halte ich für Blödsinn. Jawohl. Nein, es war ein Außenstehender. Einer von denen, die – nun, schauen Sie nur, was man jeden Tag in der Zeitung liest. Junge Männer, praktisch noch Kinder, nehmen einen Haufen Drogen und spielen verrückt und erschießen Leute für nichts und wieder nichts, laden ein Mädchen in ein Lokal ein und bringen sie nach Hause, und am nächsten Tag findet man sie tot in einer Kiesgrube. Stehlen den Müttern die Kinder aus dem Kinderwagen, gehen mit Mädchen zum Tanzen und erwürgen sie auf dem Heimweg. Heute ist wirklich alles möglich. Jedenfalls, da geht dieses nette Ehepaar, der General und seine Frau, auf einen netten Abendspaziergang, und da liegen sie, beide durch den Kopf geschossen.«

»Durch den Kopf?«

»Nun, ganz genau erinnere ich mich nicht mehr, und natürlich hab' ich selbst überhaupt nichts gesehen. Jedenfalls, sie sind bloß spazierengegangen, wie so häufig.«

»Sie hatten keinen Streit?«

»Na ja, hin und wieder gab es schon mal eine Auseinandersetzung, aber wo gibt's die nicht?«

»Keinen Freund, keine Freundin?«

»Also, da gab's schon ein bißchen Klatsch – da und dort –, aber es war alles Unsinn. Es steckte überhaupt nichts dahinter. Die Leute müssen immer reden.«

»Vielleicht war einer von ihnen krank?«

»Nun, Lady Ravenscroft war ein- oder zweimal in London bei einem Doktor wegen irgendwas, und ich bin ziemlich sicher, daß sie ins Krankenhaus gehen wollte, um sich irgendwas operieren zu lassen, doch sie hat mir nie gesagt, weswegen. Aber sie haben sie wieder zurechtgekriegt – sie war eine Zeitlang drin. Als sie zurückkam, sah sie viel jünger aus. Sie hatte überhaupt viele Gesichtsbehandlungen und sah so entzückend aus mit der Lockenperücke. Als ob sie ein neues Leben angefangen hätte.«

»Und General Ravenscroft?«

»Ein echter Gentleman, ich hab' niemals von einem Skandal gehört, und ich glaube auch nicht, daß es je einen gegeben hat. Die Leute reden viel, und erst recht bei so einer Tragödie. Mir kommt's vor, als ob er in Indien mal einen Schlag an den Kopf gekriegt hätte oder so was Ähnliches. Ein Onkel oder Großonkel von mir ist mal vom Pferd gefallen. Er hat sich den Kopf an einer Kanone oder so was angeschlagen und war nachher sehr merkwürdig. Sechs Monate ist es gutgegangen, dann mußten sie ihn in ein Asyl stecken, weil er seine Frau umbringen wollte. Er behauptete, sie würde ihn verfolgen und wäre eine Spionin. Es ist nicht zu glauben, was für Sachen in manchen Familien passieren«

»Jedenfalls, Sie glauben nicht, daß an der Behauptung, sie hätten sich nicht gut verstanden und sich deshalb gegenseitig umgebracht, was Wahres ist.«

»Nein, ich nicht.«

»Waren die Kinder damals zu Hause?«

»Nein. Miß – hm – wie hieß sie doch noch? Rosie? Nein. Penelope?«

»Celia«, sagte Mrs. Oliver. »Sie ist mein Patenkind.«

»Natürlich, stimmt! Ich erinnere mich, wie Sie mal kamen und sie ausführten. Sie war ein sehr intelligentes Mädchen, manchmal sehr temperamentvoll, aber sie hatte ihre Eltern sehr gern. Nein, sie war auf einer Schule in der Schweiz, als das passierte. Ich bin froh, denn es wäre für sie ein furchtbarer Schock gewesen, wenn sie es miterlebt hätte.«

»Da war noch ein Junge?«

»Ja. Master Edward. Sein Vater machte sich seinetwegen Sorgen, glaub' ich. Er sah immer so aus, als ob er seinen Vater nicht leiden könnte.«

»Ach, da ist nichts dahinter, Jungen machen häufig so ein Stadium durch. Hatte er seine Mutter gern?«

»Nun, sie machte meiner Meinung nach ein bißchen zuviel Wirbel um ihn, und das fand er langweilig. Sie wissen schon, Jungen mögen es nicht, wenn Mütter so ein Getue um sie machen, mal sollen sie eine dickere Jacke anziehen, mal noch einen Pullover. Seinem Vater gefiel sein Haarschnitt nicht. Damals trugen die Jungen das Haar nicht so lang wie heute, aber es fing schon an, wenn Sie verstehen, was ich meine.«

»Der Junge war auch nicht zu Hause?«

»Nein.«

»Es wird ein Schock für ihn gewesen sein.«

»Bestimmt. Ich arbeitete damals ja nicht mehr dort, so daß ich nicht viel erfuhr. Wenn Sie mich fragen, ich hab' diesen Gärtner nie leiden können. Wie hieß er doch gleich – Fred, glaub ich, Fred Wizell, oder so ähnlich. Mir scheint, er hat ein bißchen – nun, er war ein bißchen unehrlich, der General kam dahinter und wollte ihn hinauswerfen. Ich hätt's ihm zugetraut.«

»Den Mann und die Frau zu erschießen?«

»Na, ich würde eher annehmen, er erschoß bloß den General. Aber wenn er den General erschoß und seine Frau wäre dazugekommen, dann hätte er auch sie erschießen müssen. So was können Sie in jedem Buch lesen.«

»Ja«, meinte Mrs. Oliver nachdenklich, »Papier ist geduldig.«

»Und der Erzieher?«

»Was für ein Erzieher?«

»Der Erzieher des Jungen. Wissen Sie, er bestand irgendein Examen nicht, da stellten sie einen Lehrer für ihn ein. Er war ungefähr ein Jahr dort. Lady Ravenscroft mochte ihn sehr gern. Sie war musikalisch, wissen Sie, und der Lehrer auch. Mr. Edmunds hieß er übrigens. Ein ziemlich fader Jüngling meiner Meinung nach, General Ravenscroft machte sich wohl nicht viel aus ihm.«

»Aber Mrs. Ravenscroft schon.«

»Ach, sie hatten viel Gemeinsames. Sie hatte ihn ausgesucht, nicht so sehr der General. Allerdings hatte er sehr gute Manieren und sprach sehr nett mit jedem und so . . .«

»Und der Sohn – wie hieß er doch gleich?«

»Edward? Ja, er hatte direkt eine Schwäche für ihn, er schwärmte ihn an. Jedenfalls, glauben Sie ja nicht an irgendeinen Skandal in der Familie, oder daß sie eine Affäre hatte oder General Ravenscroft etwas mit diesem mickerigen Mädchen, das für ihn gearbeitet hatte. Nein! Wer immer dieser gemeine Mörder war, er kam von außen. Die Polizei hat nie jemanden ausfindig gemacht, kein Wagen wurde dort gesehen, sie sind überhaupt nicht weitergekommen. Aber trotzdem glaub' ich, man müßte nach jemandem suchen, den sie vom Ausland her kannten oder sogar aus ihrer Zeit in Bournemouth. Man kann nie wissen.«

»Was hielt denn Ihr Mann von der Sache?« fragte Mrs. Oliver. »Er konnte natürlich nicht soviel darüber wissen wie Sie, aber vielleicht hatte er was gehört.«

»Natürlich, abends, im *George and Flag,* wissen Sie. Die Leute haben alles Mögliche behauptet. Daß sie getrunken hat und kistenweise leere Flaschen aus dem Haus getragen wurden. Absolut gelogen, das weiß ich genau! Außerdem war da noch ein Neffe, der sie ab und zu besuchte. Er kam irgendwie in Schwierigkeiten, aber ich glaube nicht, daß viel dran war. Die Polizei hielt's auch nicht für wichtig. Das war auch gar nicht zu der Zeit damals.«

»Außer General und Lady Ravenscroft wohnte niemand ständig im Haus?«

»Nun, sie hatte eine Schwester, die manchmal kam, Lady Ravenscroft, meine ich. Eine Halbschwester, glaub' ich. Sie sah der Lady ziemlich ähnlich, aber sie war nicht so schön, und ein oder zwei Jahre älter. Sie brachte immer ein bißchen Unruhe mit, wenn sie auf Besuch kam. Sie war der Typ, der gern Unruhe stiftete, wenn Sie wissen, was ich meine. Bloß, um andere Leute zu ärgern!«

»Mochte Lady Ravenscroft sie?«

»Wenn Sie mich fragen, eigentlich nicht. Ich glaube, die Schwester erschien einfach, und sie wollte nicht ablehnen, aber ich glaube, es war nicht leicht für sie, sie zu Besuch zu haben. Der General konnte sie ganz gut leiden, weil sie sehr gut Karten spielte. Auch Schach und so was, das hat ihm gefallen. Auf gewisse Weise war sie eine amüsante Frau. Mrs. Jerryboy oder so ähnlich hieß sie. Sie war Witwe. Hat sich auch Geld von ihnen geliehen.«

»Mochten Sie sie?«

»Seien Sie mir nicht böse, Ma'am, aber ich mochte sie nicht. Ich konnte sie überhaupt nicht leiden. Ein richtiger Störenfried. Aber sie war längere Zeit nicht dagewesen, als die tragische Geschichte passierte. So ganz genau kann ich mich nicht mehr an sie erinnern. Ihr Sohn kam ein- oder zweimal mit. Ich konnte ihn nicht besonders leiden. Unsicherer Kunde, fand ich.«

»Vermutlich«, sagte Mrs. Oliver, »wird man die Wahrheit nie mehr erfahren. Jedenfalls jetzt nicht mehr. Nach so langer Zeit. Kürzlich sah ich mein Patenkind wieder.«

»Tatsächlich? Wie geht's Miß Celia? Gut?«

»Ja. Offenbar ganz gut. Sie will heiraten. Jedenfalls hat sie einen . . .«

»Einen festen Freund?« rief Mrs. Buckle. »Ach ja, den hatten wir alle. Nicht, daß wir den ersten besten heirateten, mit dem wir uns einließen. Das ist auch in neun von zehn Malen viel gescheiter.«

»Sie kennen nicht zufällig eine gewisse Mrs. Burton-Cox?« fragte Mrs. Oliver.

»Burton-Cox? Der Name kommt mir bekannt vor. Nein, ich glaube, nicht. Hat sie nicht hier mal gewohnt oder bei den Ravenscrofts gelebt oder so was? Irgendeine alte Freundin von General Ravenscroft, glaub' ich, aus Indien. Aber ich weiß es nicht genau.« Sie schüttelte den Kopf.

»Tja«, sagte Mrs. Oliver, »leider kann ich nicht bleiben und noch länger mit Ihnen plaudern. Es war wirklich sehr nett, Sie und Marlene wiederzusehen.«

## 9

»Da war ein Anruf für Sie«, meldete Hercule Poirots Diener George. »Von Mrs. Oliver.«

»Danke, George. Und was hat sie gesagt?«

»Sie fragte, ob sie heute abend nach dem Essen kommen kann.«

»Das wäre großartig«, rief Poirot. »Ganz großartig. Ich habe einen anstrengenden Tag hinter mir, Mrs. Olivers Besuch wird eine Erholung sein. Sie ist so amüsant und sagt die unglaublichsten Dinge. Hat sie die Elefanten erwähnt?«

»Elefanten, Sir? Nein, ich glaube nicht.«

»Aha. Das bedeutet sicher, daß die Elefanten ein Reinfall waren.«

George sah seinen Herrn zweifelnd an. Es gab Zeiten, da begriff er die Bedeutung seiner Bemerkungen nicht ganz.

»Wir rufen zurück!« sagte Poirot. »Ich bin entzückt, sie zu sehen.« George verschwand und kehrte kurz darauf zurück, um zu sagen, daß Mrs. Oliver gegen Viertel vor neun Uhr erscheinen würde.

»Kaffee«, meinte Poirot. »Es gibt Kaffee und Petits fours. Ich habe mir kürzlich welche von Fortnum and Mason schicken lassen.«

»Likör, Sir?«

»Nein, George, ich glaube nicht. Ich selbst trinke einen *Sirop de Cassis*.«

Mrs. Oliver war pünktlich. Poirot begrüßte sie hocherfreut. »Wie geht es Ihnen, *chère Madame?*«

»Ich bin erschöpft«, erwiderte Mrs. Oliver und sank in den angebotenen Lehnsessel. »Vollkommen erschöpft.«

»Ah! *Qui va à la chasse* . . . hm, ich kann mich an das Sprichwort nicht mehr erinnern.«

»Aber ich«, erklärte Mrs. Oliver. »Ich hab's als Kind gelernt. *Qui va à la chasse, perd sa place.*«

»Das trifft aber sicher auf Ihre Jagd nicht zu. Ich meine Ihre Elefantenjagd, falls das nicht nur so eine Redensart war.«

»Absolut nicht«, antwortete Mrs. Oliver. »Ich habe wie eine Verrückte Elefanten gejagt, überall. Das viele Benzin, das ich verfahren habe, die Züge, in denen ich gesessen bin, die vielen

Briefe, die ich schrieb, die Telegramme! Sie glauben nicht, wie anstrengend so eine Sache ist.«

»Dann ruhen Sie sich aus. Trinken Sie einen Kaffee.«

»Schönen, starken, schwarzen Kaffee – danke, gern. Genau, was ich brauche.«

»Haben Sie Erfolg gehabt, wenn man fragen darf?«

»Eine Menge«, erwiderte Mrs. Oliver. »Die Frage ist nur, ob es etwas taugt.«

»Sie haben Tatsachen herausgekriegt?«

»Nein. Eigentlich nicht. Ich habe von Dingen gehört, die mir die Leute als Tatsachen erzählten, aber ich bezweifle sehr, ob es alles *wirklich* Tatsachen sind.«

»Also alles nur vom Hörensagen?«

»Nein. Es kam, wie ich vermutet hatte. Es waren Erinnerungen. Ein Haufen Leute, die sich erinnerten. Die Sache ist nur die, daß man sich, wenn man sich erinnert, nicht immer richtig erinnert, nicht wahr?«

»Ja. Aber man könnte es doch immerhin als einen Erfolg bezeichnen, meinen Sie nicht?«

»Und was haben Sie gemacht?« fragte Mrs. Oliver.

»Sie sind immer so direkt, *Madame«,* antwortete Poirot. »Sie verlangen von mir, daß ich herumrenne und was unternehme.«

»Also, sind Sie herumgerannt?«

»Nein, aber ich hatte Besprechungen mit ein paar Kollegen.«

»Das klingt viel friedlicher als meine Abenteuer«, sagte Mrs. Oliver. »Ach, ist der Kaffee gut. Schön stark. Sie glauben nicht, wie müde ich bin. Und wie durcheinander.«

»Na, na. Wir wollen das Beste hoffen. Sie haben etwas erreicht. Ich bin überzeugt.«

»Ich habe einen Haufen Meinungen und Geschichten gehört. Ich weiß nicht, ob was Wahres dran ist.«

»Vielleicht sind sie nicht wahr, aber nützlich«, bemerkte Poirot.

»Ich weiß schon, was Sie meinen«, antwortete Mrs. Oliver. »Ich glaube das auch. Aber wenn Leute von der Vergangenheit erzählen, dann berichten sie oft nicht, was wirklich passiert ist, sondern bilden sich nur ein, daß es so passiert ist.«

»Aber sie müssen doch etwas haben, wovon sie ausgehen«, erklärte Poirot.

»Ich hab' Ihnen eine Liste gemacht«, sagte Mrs. Oliver. »Ich brauche nicht ins Detail zu gehen, wo ich überall war oder was ich wen fragte; ich war auf Informationen scharf, die man vielleicht nicht von jedem Beliebigen bekommt. Sie stammen alle von Leuten, die über die Ravenscrofts etwas Bescheid wußten, auch wenn sie sie persönlich nicht sehr gut kannten.«

»Informationen aus fremden Ländern, meinen Sie?«

»Ziemlich viele. Und von Leuten, die die Ravenscrofts hier oberflächlich kannten oder deren Tanten, Vettern oder auch Freunde sie vor langer Zeit gekannt hatten.«

»Und jeder, dessen Namen Sie notierten, hatte etwas zu berichten, das sich auf die Tragödie oder die daran Beteiligten bezog.«

»So ist es«, sagte Mrs. Oliver. »Soll ich's Ihnen kurz erzählen?«

»Ja. Nehmen Sie doch von den Petits fours.«

»Danke.«

Mrs. Oliver nahm ein besonders süß und gallenfeindlich aussehendes Stück und kaute energisch. »Süßigkeiten«, sagte sie, »geben einem eine Menge Kraft und Vitalität, finde ich. Tja, also, ich habe folgende Anhaltspunkte . . . Die Leute fingen ihre Erzählung gewöhnlich immer an mit einem ›O ja, natürlich!‹ oder ›Wie traurig das war, die ganze Geschichte!‹ oder ›Natürlich, alle wissen doch, was passiert ist!‹ So ähnlich begann es jedesmal.«

»Ja.«

»Also: Die Leute glauben alle zu wissen, was geschah. Aber einen wirklich triftigen Grund haben sie dafür nicht. Jemand hat ihnen etwas erzählt, Freunde oder das Personal oder so. Natürlich waren alle Hinweise so, daß sie zutreffen konnten. General Ravenscroft soll seine Memoiren über seine Zeit in Indien geschrieben und eine junge Frau als Sekretärin eingestellt haben, der er diktierte. Sie war hübsch, zwischen ihnen soll etwas gewesen sein. Man glaubt, daß er seine Frau erschoß, weil er dieses Mädchen heiraten wollte, und danach so entsetzt über seine Tat war, daß er sich selbst umbrachte . . .«

»Also«, warf Poirot ein, »eine romantische Erklärung.«

»Andererseits wohnte ein Privatlehrer im Haus, der dem Jungen, der krank gewesen und sechs Monate der Schule ferngeblieben war, Unterricht erteilte – ein gutaussehender junger Mann.«

»Aha. Und die Frau verliebte sich in den jungen Mann und hatte eine Affäre mit ihm?«

»Auch das vermutete man«, antwortete Mrs. Oliver. »Wieder keine Beweise. Nur romantische Ideen.«

»Und?«

»Deshalb soll nun der General seine Frau erschossen und dann – auch wieder in einem Anfall von Reue – sich selbst umgebracht haben. Doch da gibt's noch eine Geschichte: Der General hatte eine Affäre, seine Frau fand's raus und erschoß ihn und dann sich selbst. Alles in allem weiß niemand was Genaues. Jede Geschichte könnte wahr sein, nichts Definitives oder irgendeinen Beweis. Einfach Klatsch, den man sich damals, vor zwölf oder dreizehn Jahren, erzählte. Heute ist er fast vergessen. Aber die Leute erinnern sich doch noch etwas – an ein paar Namen – und bringen die Dinge nur mäßig durcheinander. Da war ein Gärtner und eine nette ältere Haushälterin, fast taub, aber niemand glaubt, daß sie etwas damit zu tun hatten. Und so weiter. Ich habe Ihnen alle Möglichkeiten und Namen aufgeschrieben. Alles ist so schwierig. Seine Frau soll eine Zeitlang krank gewesen sein. Die Haare müssen ihr ausgefallen sein, denn sie besaß viele Perücken.«

»Ja, das habe ich auch gehört«, sagte Poirot.

»Von wem denn?«

»Von einem Freund bei der Polizei. Er hat die Untersuchungsprotokolle nachgelesen. Es waren vier Perücken! Ich würde gern Ihre Ansicht darüber hören, *Madame!* Finden Sie nicht, daß vier Perücken ein wenig übertrieben ist?«

»Das finde ich wirklich«, antwortete Mrs. Oliver. »Ich hatte mal eine Tante, die trug eine Perücke. Außerdem besaß sie noch eine extra. Die eine schickte sie immer zum Auffrischen und trug solange die andere. Ich kenne niemand, der vier Perücken hat.« Sie holte ein kleines Notizbuch aus ihrer Tasche und blätterte suchend darin herum. »Da ist Mrs. Carstairs. Sie erinnerte sich sehr gut an die Ravenscrofts. ›Ein nettes Paar‹, sagte sie. ›Es war Krebs.‹ Ich fragte, wer denn Krebs gehabt hätte, aber das hatte sie ganz vergessen. Sie erzählte, Mrs. Ravenscroft hätte in London einen Arzt konsultiert, sie wäre operiert worden und dann sehr elend gewesen. Ihr Mann war beunruhigt, erschoß sie und sich dann auch.«

»Wußte sie denn das genau?«

»Reine Theorie. Soweit ich bei meinen Nachforschungen feststellen konnte«, sagte Mrs. Oliver betont, »denken alle Leute meist an Krebs, wenn irgendwelche Freunde, die man nicht allzugut kennt, plötzlich krank werden oder zum Arzt gehen. Jemand anders – ich kann den Namen hier nicht richtig lesen – meint, daß der Mann Krebs gehabt hätte. Er sei sehr unglücklich gewesen und seine Frau auch. Und sie hätten es gemeinsam besprochen und hätten den Gedanken daran nicht ertragen können und beschlossen, sich umzubringen.«

»Traurig und romantisch«, sagte Poirot.

»Ja, und sicher stimmt es nicht«, antwortete Mrs. Oliver. »Schlimm, nicht wahr? Ich meine, daß die Leute sich an so vieles erinnern, und dann haben sie das meiste davon erfunden.«

»Die Leute ziehen einfach eine Schlußfolgerung«, erwiderte Poirot. »Zum Beispiel: Sie hören, daß jemand nach London gefahren ist, um – sagen wir mal – einen Arzt aufzusuchen, oder daß jemand zwei oder drei Monate im Krankenhaus war. Das ist eine *Tatsache*.«

»Ja, und wenn sie dann später darauf zu sprechen kommen, haben sie eine Lösung parat, die sie sich selbst zurechtgelegt haben. Das ist nicht gerade hilfreich, oder?«

»Doch«, protestierte Poirot. »Sie haben recht, wissen Sie, mit dem, was Sie sagten.«

»Über Elefanten?« fragte Mrs. Oliver zweifelnd.

»Über Elefanten«, bestätigte Poirot. »Es ist wichtig, bestimmte Tatsachen zu kennen, die sich in der Erinnerung der Leute gehalten haben, wenn sie auch nicht mehr genau wissen, um was es sich eigentlich handelte, warum es geschah oder was die Ursache war. Aber sie könnten doch etwas wissen, was wir nicht wissen und nicht erfahren würden. So haben die Erinnerungen zu Vermutungen geführt – Theorien über Untreue, Krankheit, Doppelselbstmord, Eifersucht. Man könnte natürlich nachforschen, ob sie wirklich zutreffen.«

»Die Leute sprechen gern über die ferne Vergangenheit«, meinte Mrs. Oliver. »Viel lieber als über das, was gerade passiert oder was letztes Jahr passiert ist. Es bringt ihnen manches zurück. Natürlich erzählen sie einem zuerst von allen möglichen Leuten, über die man gar nichts wissen will, und dann kriegen Sie zu hören, was diese Leute wieder über andere erfahren haben. Und General und Lady Ravenscroft sind auf einmal ganz vergessen. Aber ich fürchte doch, ich konnte nicht sehr behilflich sein.«

»Glauben Sie das nicht«, rief Poirot. »Ich bin sicher, daß einige der Notizen in Ihrem hübschen kleinen, purpurroten Notizbuch mit der Tragödie wirklich etwas zu tun haben. Ich kann Ihnen sagen, daß meine eigenen Nachforschungen in den offiziellen Untersuchungsprotokollen über diese beiden Todesfälle ergeben haben, daß die Sache nach wie vor ein Geheimnis ist. Jedenfalls in der Sicht der Polizei. Das Ehepaar war sich sehr zugetan; es gab keinen Klatsch oder Gerede über sexuelle Probleme, keine Krankheit, die einen Selbstmord gerechtfertigt hätte. Ich spreche jetzt nur von der Zeit, die der Tragödie unmittelbar voranging. Aber da sind noch die Jahre, die weiter zurückliegen.«

»Ich weiß«, sagte Mrs. Oliver, »darüber habe ich was von meiner alten Kinderfrau gehört. Sie ist jetzt – ich weiß nicht, sie sieht wie hundert aus, aber sicher ist sie nur achtzig. Sie war schon in meiner Kindheit nicht mehr jung. Sie hat mir immer Geschichten erzählt, von Leuten, die im Kolonialdienst waren – in Indien, Ägypten, Siam, Hongkong . . .«

»War es interessant?«

»Ja«, antwortete Mrs. Oliver, »sie erzählte von einem tragischen Ereignis. So genau wußte sie nicht mehr, was eigentlich passiert war. Ich bin nicht sicher, ob es sich auf die Ravenscrofts bezog, es könnte auch mit anderen Leuten dort zu tun gehabt haben, sie erinnerte sich nicht genau an die Namen. Es handelte sich um Geisteskrankheit. Irgend jemandes Schwägerin war geisteskrank, entweder die Schwester des Generals oder die Schwester seiner Frau. Sie war jahrelang in einer Heilanstalt. Soviel ich verstand, hat sie ihre Kinder getötet oder versucht, sie zu töten, und dann dachte man, sie wäre geheilt, und sie kam nach Ägypten oder Indien oder wo das war, um bei ihren Verwandten zu leben. Da scheint sich noch eine Tragödie ereignet zu haben, auch im Zusammenhang mit Kindern. Jedenfalls wurde es vertuscht. Aber ich überlege, ob in der Familie von Lady Ravenscroft oder der ihres Mannes jemand geisteskrank gewesen sein könnte. Es braucht ja keine nahe Verwandte, wie zum Beispiel eine Schwester, gewesen zu sein. Vielleicht war es eine Cousine? Aber es schien mir des Nachdenkens wert.«

»Ja«, sagte Poirot, »oft schlummert alles Mögliche viele Jahre lang, und plötzlich taucht es aus der Vergangenheit auf und existiert einfach. Wie mal jemand zu mir sagte: Alte Sünden werfen lange Schatten.«

»Nicht, daß es wahrscheinlich ist«, sagte Mrs. Oliver, »daß die gute Mrs. Matcham sich richtig erinnert, aber es *könnte* zu dem passen, was dieses schreckliche Weib auf dem Literatenessen zu mir sagte . . .«

». . . als sie wissen wollte . . .«

»Ja. Als sie mich bat, mein Patenkind zu fragen, ob ihre Mutter ihren Vater oder ihr Vater ihre Mutter tötete.«

»Und sie dachte, das Mädchen müßte etwas wissen?« Poirot runzelte die Stirn.

»Nun, das ist doch sehr wahrscheinlich. Nicht zum Zeitpunkt der Tat – man könnte es ihr verschwiegen haben –, aber sie könnte später Dinge erfahren haben, die ihr verrieten, wie das Leben ihrer Eltern war und wer wen tötete, wenn sie's auch wahrscheinlich niemals erwähnen oder überhaupt darüber sprechen würde.«

»Und Sie meinen, daß diese Mrs. . . . .«

»Ja. – Ich hab' ihren Namen vergessen. Mrs. Burton-Soundso. Sie erzählte mir, daß ihr Sohn eine Freundin hätte und sie heiraten wollten. Ich kann schon verstehen, daß man da wissen möchte, ob der Vater oder die Mutter Kriminelle oder Geisteskranke in der Familie hatte. Wahrscheinlich dachte sie, daß, wenn die Mutter den Vater getötet hatte, es sehr unklug von dem Jungen wäre, die Tochter zu heiraten. Wenn dagegen der Vater die Mutter umbrachte, hätte ihr das wohl nicht soviel ausgemacht.«

»Sie meinen, sie glaubte, es würde sich nur in der weiblichen Linie vererben?«

»Nun, sie ist nicht gerade der Typ einer besonders klugen Frau. Tyrannisch«, fügte Mrs. Oliver hinzu. »Sie glaubt, eine Menge zu wissen, aber das stimmt nicht. Eine Frau könnte jedoch so denken.«

»Ein interessanter Gesichtspunkt, und sehr gut möglich«, antwortete Poirot. Er seufzte. »Wir haben noch viel zu tun.«

»Ich hab' noch eine andere Ansicht zu dem Fall. Aus zweiter Hand. Sie wissen schon. Jemand sagt ›Die Ravenscrofts? War das nicht das Ehepaar, das ein Kind adoptierte? Und dann, als die Sache perfekt war, wollte die richtige Mutter es zurück haben und es kam zu einer Gerichtsverhandlung. Das Gericht sprach ihnen das Sorgerecht für das Kind zu, und die Mutter versuchte, es zu entführen.‹«

»Da gibt es plausiblere Anhaltspunkte«, sagte Poirot, »die sich aus Ihrem Bericht ergeben. Und die mir lieber sind.«

»Zum Beispiel?«

»Perücken. Vier Perücken!«

»Ja«, sagte Mrs. Oliver, »ich dachte mir schon, daß Sie das interessiert, wenn ich auch nicht weiß, warum. Es scheint keine besondere Bedeutung zu haben. Bei der anderen Geschichte ging es nur um einen Fall von Geisteskrankheit. Es gibt Leute, die in ein Sanatorium oder eine Klapsmühle kommen, weil sie ihre eigenen Kinder oder ein fremdes umgebracht haben, einfach aus Verrücktheit, ohne jeden Grund. Ich kann nicht einsehen, warum das General und Lady Ravenscroft veranlaßt haben sollte, sich umzubringen.«

»Wenn nicht einer von beiden darin verwickelt war«, überlegte Poirot.

»Sie meinen, General Ravenscroft könnte jemanden umgebracht haben – vielleicht ein uneheliches Kind seiner Frau oder von ihm selbst? Oder umgekehrt? Nein, ich finde, wir werden hier ein bißchen zu melodramatisch.«

»Trotzdem«, sagte Poirot. »Die Leute sind für gewöhnlich auch das, was sie zu sein scheinen.«

»Sie meinen . . .?«

»Sie liebten sich doch! Ein Paar, das ohne Streit glücklich zusammen lebte. Es scheint keinen Krankheitsfall gegeben zu haben – außer der angeblichen Operation –, nichts, was auf Krebs oder Leukämie hinweist, keine Sorgen, denen sie vielleicht nicht gewachsen waren. Und doch, irgendwie stoßen wir immer nur auf Dinge, die *möglich,* nicht aber *wahrscheinlich* scheinen. Meine Freunde bei der Polizei, die damals die Untersuchungen durchführten, erklären, daß alle Aussagen mit den Tatsachen übereinstimmten. Aus irgendeinem Grund wollten die beiden nicht mehr weiterleben. *Warum?«*

»Ich kannte mal ein Ehepaar«, sagte Mrs. Oliver, »das beschlossen hatte, sich umzubringen, wenn die Deutschen in England landen würden. Im Zweiten Weltkrieg. Ich fand das sehr dumm. Ich überlege . . .«

»Was überlegen Sie?«

». . . ob General und Lady Ravenscrofts Tod etwa irgend jemandem genutzt hat.«

»Weil jemand Geld von ihnen erbte?«

»Nun, vielleicht nicht ganz so kraß. Aber jemand hätte dadurch bessere Chancen im Leben haben können. Vielleicht gab es einen Punkt in ihrem Leben, den ihre Kinder nicht erfahren sollten.«

Poirot seufzte. »Das Schwierige ist«, erklärte er, »Ihnen fällt soviel ein, was sich ereignet haben *könnte,* was so gewesen sein *könnte.* Sie bringen mich auf Ideen, auf mögliche Ideen. Wenn sie doch auch wahrscheinlich wären! – *Warum?* Warum mußten die beiden sterben? Sie hatten keine Schmerzen, sie waren nicht krank, sie waren offenbar nicht unglücklich. Warum machten sie dann eines Abends einen Spaziergang in die Klippen, mit dem Hund . . .«

»Was hat denn der Hund damit zu run?«

»Nun, ich überlege nur. Nahmen sie den Hund mit oder lief er ihnen nach? Wie kommt der Hund ins Spiel?«

»Ich glaube, es ist wie mit den Perücken. Einfach noch ein Punkt, den man nicht erklären kann und der keinen Sinn zu haben scheint. Einer meiner Elefanten berichtete, daß der Hund besonders an Lady Ravenscroft hing, aber ein anderer erzählte, daß er sie gebissen hätte.«

»Es läuft immer wieder auf dasselbe hinaus.« Poirot seufzte erneut. »Man möchte mehr wissen. Man möchte mehr über seine Mitmenschen wissen, aber wie kann man das, wenn so viele Jahre dazwischenliegen?«

»Nun, ein- oder zweimal haben Sie's doch geschafft, nicht wahr?« meinte Mrs. Oliver. »Erinnern Sie sich – eine Geschichte mit einem Maler, der erschossen oder vergiftet wurde. Irgendwo am Meer in einer Art Burg oder so was. Sie fanden heraus, wer es getan hatte, obwohl Sie von den Leuten überhaupt niemanden kannten.«

»Stimmt. Ich kannte niemanden, aber ich erfuhr von den Leuten, die dort wohnten, genaue Einzelheiten über sie.«

»Eben das versuche ich ja auch«, antwortete Mrs. Oliver. »Nur komm ich nicht nahe genug ran. Ich kann niemanden finden, der wirklich Bescheid weiß, der dabei war. Meinen Sie wirklich, wir sollten aufgeben?«

»Das wäre wohl das vernünftigste.« Poirot nickte. »Aber es gibt einen Moment, wo man einfach nicht mehr vernünftig sein will. Man will mehr herausfinden. Jetzt interessiert mich dieses Paar, mit den beiden netten Kindern. Ich nehme doch an, daß es nette Kinder sind?«

»Den Jungen kenne ich nicht«, erwiderte Mrs. Oliver. »Ich habe ihn nie gesehen. Möchten Sie mein Patenkind Celia kennenlernen? Ich könnte sie bitten, Sie zu besuchen, wenn Sie wollen.«

»Ja, das wäre nett. Vielleicht möchte sie nicht gern hierherkommen, wir könnten uns auch woanders treffen. Und noch jemanden würde ich gern sehen.«

»Wen denn?«

»Die Frau von der Party. Das tyrannische Weib. Ihre tyrannische Freundin.«

»Sie ist nicht meine Freundin«, protestierte Mrs. Oliver. »Sie kam einfach und sprach mich an, das ist alles.«

»Könnten Sie die Bekanntschaft mit ihr wiederaufnehmen?«

»Aber ja, ganz leicht. Sicher ist sie geradezu erpicht darauf.«

»Ich möchte zu gern herausbringen, warum sie es so genau wissen will.«

»Ja. Das könnte nützlich sein. Jedenfalls . . .« Mrs. Oliver seufzte, »ich werde froh sein, mich von den Elefanten einmal erholen zu können. Nanny – Sie wissen schon, die alte Kinderfrau, von der ich erzählte –, Nanny sprach von Elefanten, weil Elefanten nicht vergessen. Dieser alberne Satz verfolgt mich allmählich. Na ja, jetzt sind Sie dran, nach neuen Elefanten zu suchen.«

»Und was ist mit Ihnen?«

»Vielleicht suche ich nach Schwänen.«

*»Mon dieu.* Wo kommen jetzt Schwäne ins Spiel?«

»Nur eine Erinnerung. Das Kindermädchen rief es mir wieder ins Gedächtnis. Als Kind spielte ich immer mit zwei kleinen Jungen, der eine nannte mich Lady Elefant und der andere Lady Schwan. Wenn ich Lady Schwan war, tat ich, als könne ich auf dem Teppich schwimmen. Wenn ich Lady Elefant spielte, ritten sie auf mir. Hier in dieser Geschichte gibt es aber keine Schwäne.«

»Das ist auch gut so«, stellte Poirot fest. »Elefanten reichen vollständig.«

## 10

Zwei Tage später trank Hercule Poirot seine Frühstücksschokolade und las einen Brief, der am Morgen gekommen war. Er las ihn schon zum zweiten Mal. Die Handschrift war mittelmäßig und wirkte nicht gerade wie die eines Erwachsenen.

Sehr geehrter Monsieur Poirot,
ich fürchte, Sie werden meinen Brief etwas merkwürdig finden, aber vielleicht hilft es, wenn ich eine Freundin von Ihnen erwähne. Ich habe versucht, Kontakt mit ihr aufzunehmen, um sie zu bitten, meinen Besuch bei Ihnen zu arrangieren, aber sie ist anscheinend verreist. Ich spreche von Mrs. Ariadne Oliver, der Schriftstellerin. Ihre Sekretärin sagte etwas von einer Safari in Afrika. Wenn das der Fall ist, dürfte Mrs. Oliver eine Zeitlang abwesend sein. Aber ich bin sicher, sie hätte mir geholfen. Ich möchte Sie wirklich sehr gern sprechen. Ich brauche dringend Rat.

Soviel ich weiß, ist Mrs. Oliver mit meiner Mutter bekannt, die sie auf einem Literatenessen traf. Wenn Sie mir eine Zeit nennen könnten, wann ich Sie aufsuchen dürfte, wäre ich Ihnen aufrichtig dankbar. Ich richte mich ganz nach Ihnen. Ich weiß nicht, ob es von Bedeutung ist, aber Mrs. Olivers Sekretärin sagte etwas von »Elefanten«. Vermutlich hat das mit Mrs. Olivers Afrikareise zu tun. Die Sekretärin tat, als sei das eine Art Losungswort. Ich verstehe das zwar nicht, aber vielleicht tun Sie es. Ich bin sehr beunruhigt und in Sorge und wäre sehr dankbar, wenn Sie mich empfangen würden.

Ihr ergebener
Desmond Burton-Cox

*»Nom d'un petit bonhomme!«* rief Hercule Poirot.

»Wie bitte, Sir?« fragte George.

»Nur ein Stoßseufzer«, sagte Hercule Poirot. »Es gibt Dinge im Leben, die man nur sehr schwer wieder los wird, wenn sie mal aufgetaucht sind. Bei mir scheinen es Elefanten zu sein.« Er stand vom Frühstückstisch auf, rief seine langjährige Sekretärin Miß Lemon, gab ihr Desmond Cox' Brief und bat sie, ein Treffen mit ihm zu vereinbaren. »Zur Zeit habe ich nicht übermäßig viel vor«, erklärte er. «Morgen würde mir gut passen.«

Miß Lemon erinnerte ihn an zwei bereits getroffene Verabredungen, trotzdem war aber noch reichlich Zeit, etwas zu arrangieren. »Hat es mit dem Zoo zu tun?« fragte sie.

»Nein«, antwortete Poirot. »Nein, erwähnen Sie die Elefanten nicht. Es kann alles mal zuviel werden. Elefanten sind riesig. Sie beanspruchen einen großen Teil unseres Blickfeldes. Wir können sie weglassen. Aber sie werden zweifellos im Lauf meines Gesprächs mit Desmond Burton-Cox auftauchen.«

»Mr. Desmond Burton-Cox!« verkündete George und führte den erwarteten Gast herein.

Poirot stand neben dem Kamin. Eine etwas nervöse, aber tatkräftige Persönlichkeit, dachte er. Ein bißchen verlegen, doch das verbirgt er geschickt.

»Mr. Hercule Poirot?«

»Der bin ich. Und Sie sind Desmond Burton-Cox. Bitte, setzen Sie sich und erzählen Sie mir, was ich für Sie tun kann.«

»Es ist alles ziemlich schwierig«, meinte Desmond Burton-Cox.

»Das ist häufig so«, beschwichtigte Hercule Poirot, »aber wir haben ja genügend Zeit. Setzen Sie sich doch.«

Desmond sah den Mann, dem er nun gegenübersaß, etwas zweifelnd an. Wirklich, eine komische Erscheinung, dachte er. Der eiförmige Kopf, der große Schnurrbart. Nicht sehr beeindruckend. Im Grunde nicht ganz, was er erwartet hatte. »Sie sind Detektiv, nicht wahr?« fragte er. »Die Leute kommen zu Ihnen, um Sie zu bitten, bestimmte Dinge für sie herauszufinden.«

»Ja«, sagte Poirot, »das ist eine meiner Aufgaben im Leben.«

»Ich nehme nicht an, daß Sie den Grund für mein Kommen kennen oder genau wissen, wer ich bin.«

»Ich weiß einiges.«

»Sie meinen Mrs. Oliver. Ihre Freundin, Mrs. Oliver. Hat sie Ihnen etwas erzählt?«

»Sie erzählte mir, daß sie mit ihrem Patenkind, Miß Celia Ravenscroft, gesprochen hat. Das stimmt doch, nicht wahr?«

»Ja. Ja, Celia hat's mir gesagt. Mrs. Oliver, ist sie . . . kennt sie auch meine Mutter – gut, meine ich?«

»Nein. Ich glaube nicht, daß sie sich näher kennen. Laut Mrs. Oliver haben sie sich kürzlich auf einem Literatenessen getroffen und ein paar Worte gewechselt. Soviel ich begriff, hat Ihre Mutter an Mrs. Oliver ein bestimmtes Ansinnen gestellt.«

»Dazu hatte sie kein Recht«, erklärte der junge Mann. Seine Augenbrauen zogen sich über der Nase zusammen. Er sah jetzt ärgerlich aus, ärgerlich und beinahe wütend. »Also wirklich«, sagte er, »wenn Mutter . . .«

»Ich verstehe«, sagte Poirot. »Heute findet man solche Gefühle häufig, und früher gab es sie genauso. Mütter tun ständig Dinge, die sie nach Ansicht ihrer Kinder lieber lassen sollten. Habe ich recht?«

»Stimmt genau. Meine Mutter mischt sich in Dinge, die sie wirklich nichts angehen.«

»Sie und Celia Ravenscroft sind, soviel ich weiß, eng befreundet. Mrs. Oliver erfuhr von Ihrer Mutter, daß Sie an Heirat denken. Vielleicht schon in naher Zukunft?«

»Ja, aber meine Mutter sollte wirklich keine derartigen Fragen stellen und sich über Dinge beunruhigen, die sie – die sie nichts angehen.«

»Mütter sind eben so.« Poirot lächelte leise. Dann fügte er hinzu: »Sie sind Ihrer Mutter wohl sehr zugetan?«

»Das möchte ich nicht sagen«, meinte Desmond. »Nein, das möchte ich wirklich nicht behaupten. Sehen Sie – nun, ich sag's Ihnen besser gleich: Sie ist nicht meine richtige Mutter.«

»Oh, tatsächlich? Das wußte ich nicht.«

»Ich wurde adoptiert«, erklärte Desmond. »Sie hatte einen Sohn, einen kleinen Jungen, der starb. Und da wollte sie ein Kind annehmen, und so hat man mich adoptiert. Sie spricht immer von mir als von ihrem Sohn und empfindet für mich wie für einen leiblichen Sohn, aber in Wirklichkeit bin ich's gar nicht. Wir sind uns kein bißchen ähnlich. Wir haben auch ganz unterschiedliche Ansichten.«

»Sehr verständlich«, sagte Poirot.

»Aber ich scheine nicht weiterzukommen«, sagte Desmond, »mit meinem Anliegen.«

»Sie wollen doch, daß ich etwas für Sie herausbekomme, daß ich bestimmte Nachforschungen durchführe?«

»Ja, so ungefähr. Ich weiß nicht, wieweit Sie über die ganze Sache informiert sind.«

»Nur wenig«, antwortete Poirot. »Keine Einzelheiten. Ich weiß nicht viel über Sie oder Miß Ravenscroft, die ich noch nicht kenne. Aber ich würde sie gern kennenlernen.«

»Ja, ich wollte sie schon mitbringen, aber dann dachte ich, ich spreche lieber zuerst allein mit Ihnen.«

»Das ist recht vernünftig«, stimmte Poirot zu. »Sind Sie unglücklich? Beunruhigt? Haben Sie Schwierigkeiten?«

»Nicht wirklich, nein. Es müßten gar keine Schwierigkeiten sein. Eigentlich gibt es auch keine. Was passiert ist, liegt viele Jahre zurück, Celia war noch ein Kind, ein Schulmädchen. Und eine solche Tragödie kann immer wieder geschehen – jeden Tag, jederzeit. Daß zwei Menschen, die man kennt, etwas so aus der Fassung bringt, daß sie Selbstmord begehen. Es war eine Art Selbstmordpakt. Niemand hat viel darüber gewußt, über die Ursache und so weiter. Aber schließlich, so was passiert nun mal, und es ist nicht Sache der Kinder, sich über den Grund Gedanken zu machen. Wenn sie die Tatsachen wissen, ist das genug, sollte man meinen. Und meine Mutter geht es überhaupt nichts an.«

»Wenn man sich so umsieht«, antwortete Poirot, »stellt man immer wieder fest, daß sich die Leute oft für Dinge interessieren, die sie gar nichts angehen. Manchmal mehr, als für Dinge, um die sie sich kümmern müßten.«

»Die Geschichte ist doch längst vorbei. Niemand wußte viel darüber, nichts Genaues. Aber, sehen Sie, meine Mutter stellt andauernd Fragen. Sie möchte alles Mögliche wissen, und jetzt hat sie's mit Celia. Sie hat Celia soweit gebracht, daß sie nicht mehr weiß, ob sie mich heiraten möchte oder nicht.«

»Und Sie? Wissen Sie es?«

»Ja, natürlich! Ich möchte sie heiraten. Ich bin fest entschlossen. Aber sie ist ganz verwirrt. Sie möchte Bescheid wissen. Sie möchte wissen, warum es passierte, und sie glaubt – obwohl ich überzeugt bin, daß sie sich irrt –, sie glaubt, daß meine Mutter was weiß oder gehört hat.«

»Ich habe viel Sympathie für Sie«, sagte Poirot, »aber mir scheint, daß – wenn Sie vernünftige junge Leute sind und wenn Sie heiraten wollen – es keinen Grund gibt, warum Sie es nicht tun sollten. Ich habe auf meine Bitten hin einige Informationen über das traurige Ereignis bekommen. Wie Sie schon sagten, hat es sich vor vielen Jahren zugetragen. Es gab keine ausreichenden Erklärungen. Es gab nie welche. Aber im Leben bekommt man eben nicht immer Erklärungen für all die traurigen Dinge, die sich ereignen.«

»Es war Doppelselbstmord«, meinte der junge Mann. »Es kann gar nicht anders gewesen sein. Aber . . .«

»Sie möchten die Ursache kennen. Ist es das?«

»Ja. Deshalb ist Celia so bekümmert, und sie hat mich schon beinahe angesteckt. Meine Mutter ist auf jeden Fall beunruhigt, obwohl, wie schon gesagt, es sie absolut nichts angeht. Ich glaube nicht, daß man irgend jemandem die Schuld geben kann. Es gab keinen Streit oder so was. Das Schlimme ist eben, daß wir nicht Bescheid wissen. Ich könnte sowieso nichts wissen, weil ich ja nicht dort war.«

»Sie haben General oder Lady Ravenscroft nicht gekannt?«

»Nein. Aber Celia hab' ich mehr oder weniger mein ganzes Leben lang gekannt. Die Leute, bei denen ich die Ferien verbrachte, waren ihre Nachbarn – als wir Kinder waren. Wir haben uns immer gern gemocht und uns gut verstanden. Später habe ich Celia viele Jahre nicht gesehen. Ihre Eltern gingen nach Indien, wissen Sie, und meine auch. Sie haben sich dort wiedergetroffen – ich meine, mein Vater und meine Adoptivmutter. Mein Vater ist übrigens tot. Aber meine Mutter hatte wohl irgendwas gehört, als sie in Indien war, und sich jetzt wieder daran erinnert und darüber aufgeregt. Sie bildet sich Dinge ein, die einfach nicht stimmen können. Aber sie ist entschlossen, Celia damit zu quälen. Ich möchte wirklich wissen, was passiert ist, und Celia auch. Den Grund! Das Motiv! Nicht bloß das blöde Gerede der Leute.«

»Ja«, antwortete Poirot, »es ist durchaus natürlich, daß Sie beide so empfinden. Aber ist es wirklich wichtig? Was eine Rolle spielt, ist doch das Heute, die Gegenwart. Das Mächen, das Sie heiraten möchten und das Sie heiraten will – was hat die Vergangenheit mit Ihnen zu tun? Was spielt es für eine Rolle, ob ihre Eltern gemeinsam Selbstmord begingen oder bei einem Flugzeugunglück ums Leben kamen, ob einer der beiden verunglückte und der andere später Selbstmord beging? Oder ob da eine Liebesaffäre war, die sie unglücklich machte?«

»Was Sie sagen, ist sicher vernünftig und völlig richtig, aber die Angelegenheit hat sich nun in einer Weise entwickelt, daß ich dafür sorgen muß, daß Celia zufrieden ist. Sie gehört zu den Menschen, bei denen alles tiefer geht, auch wenn sie nicht viel darüber reden.«

»Ist Ihnen nie der Gedanke gekommen«, sagte Hercule Poirot, »daß es sehr schwierig, ja unmöglich sein könnte festzustellen, was wirklich geschah?«

»Sie meinen, ob einer den anderen tötete und wenn ja, wer und warum? Nicht, wenn wirklich etwas dahinter gewesen ist.«

»Aber dieses ›Etwas‹ ist in der Vergangenheit passiert, warum sollte es jetzt eine Rolle spielen?«

»Es würde auch keine spielen, wenn meine Mutter sich nicht eingemischt und in der Sache herumgestochert hätte. Ich glaube auch nicht, daß Celia sich je viel Gedanken darüber gemacht hat. Sie war in der Schweiz auf der Schule, als diese Tragödie passierte, und keiner hat ihr viel erzählt, und wenn man ein Teenager ist, akzeptiert man die Dinge meistens doch so, wie sie sind, als hätten sie eigentlich nichts mit einem persönlich zu tun.«

»Glauben Sie dann nicht, daß Sie vielleicht etwas Unmögliches wollen?«

»Ich möchte, daß Sie die Wahrheit herausfinden«, erklärte Desmond.

»Ich habe dagegen nichts einzuwenden«, sagte Poirot. »In Wahrheit verspüre ich sogar eine gewisse Neugier. Dinge, die Trauer, Überraschung, Schock, Krankheit auslösen, sind menschliche Tragödien, und es ist nur natürlich, daß man sich dafür interessiert. Ich frage mich nur, ob es klug oder notwendig ist, die Vergangenheit aufzurühren?«

»Vielleicht nicht«, sagte Desmond, »aber . . .«

»Und«, unterbrach ihn Poirot, »finden Sie nicht auch, daß es ein ziemlich hoffnungsloses Unternehmen ist? Nach so langer Zeit?«

»Nein«, entgegnete Desmond. »das finde ich nicht. Ich halte es für durchaus möglich.«

»Sehr interessant«, sagte Poirot. »Und wieso?«

»Weil . . .«

»*Weil?* Sie müssen doch einen Grund haben!«

»Ich glaube, daß es Leute gibt, die Bescheid wissen. Die Ihnen etwas erzählen könnten, wenn sie wollten, und die es Celia oder mir nicht sagen wollen, von denen *Sie* es aber erfahren könnten.«

»Interessant.«

»Ich habe ganz vage etwas gehört. Da soll jemand geisteskrank gewesen sein. Ich weiß nicht genau wer, es könnte Lady Ravenscroft gewesen sein . . . Ich glaube, sie war jahrelang in einer Irrenanstalt. Irgend etwas Trauriges hatte sich ereignet, als sie noch sehr jung war. Ein Kind ist gestorben, es war wohl ein Unglücksfall. Irgendwie war sie davon betroffen.«

»Vermutlich wissen Sie das nicht aus persönlicher Erfahrung?«

»Nein. Meine Mutter erwähnte so was. Sie erfuhr davon in Indien. Klatsch. Sie wissen ja, wie man sich im Kolonialdienst trifft und die Frauen zusammen klatschen und sich Geschichten erzählen, die gar nicht wahr zu sein brauchen.«

»Und Sie möchten feststellen, ob sie nicht doch wahr sind.«

»Ja, und ich weiß nicht, wie ich es allein herausbringen soll. Jetzt, da es schon so lange her ist. Und ich weiß auch nicht, an wen ich mich wenden könnte. Bis wir die Wahrheit herausgefunden haben . . .«

»Sie wollen damit sagen«, unterbrach ihn Poirot, »daß Sie Celia Ravenscroft erst heiratet, wenn sie absolut sicher ist, daß keine Geisteskrankheiten in ihrer Familie erblich sind.«

»Davor hat sie irgendwie Angst, ja. Meine Mutter hat ihr das offenbar in den Kopf gesetzt. Anscheinend möchte meine Mutter das gern glauben. Ich bin überzeugt, daß sie gar keinen Grund dafür hat. Reine Bosheit! Nichts als Gerede!«

»Es wird nicht einfach sein, etwas herauszubekommen.«

»Nein, aber ich habe viel von Ihnen gehört. Sie sollen sehr geschickt darin sein, etwas ausfindig zu machen. Wie Sie die Leute ausfragen und zum Sprechen bringen!«

»Wen, schlagen Sie vor, soll ich fragen? Mit Indien meinen Sie doch sicher nicht die Inder? Sie sprechen von den Zeiten, als Indien noch Kolonie war und dort englische Garnisonen waren? Sie sprechen von Engländern und dem Klatsch, der in den Garnisonen verbreitet wurde?«

»Ich glaube nicht, daß es uns etwas nützen würde, so weit zurückzugehen. Ich meine, wer damals auch den Klatsch verbreitet haben mag und wer da auch redete – es ist so lange her, daß man dort sicherlich alles vergessen hat und die Leute vermutlich längst gestorben sind. Meiner Meinung nach hat meine Mutter eine Menge falsch verstanden. Sicherlich hat sie einiges gehört und sich danach eine Meinung gebildet . . .«

»Sie glauben immer noch, ich sei in der Lage . . .«

»Nun, ich glaube nicht, daß Sie nach Indien fahren und dort Leute ausfragen sollten. Von denen gibt es doch niemand mehr.«

»Aber Sie könnten mir ein paar Namen nennen?«

»Von den Leuten in Indien nicht.«

»Aber von anderen?«

»Ich will es Ihnen näher erklären. Meiner Ansicht nach gibt es zwei Menschen, die wissen könnten, was tatsächlich geschah, und warum. Denn sie waren damals *dort*. Sie müssen es wissen, weil sie dabei waren.«

»Sie wollen nicht selbst hingehen?«

»Nun, das könnte ich tun. In gewisser Weise habe ich das auch, aber ich fürchte, wissen Sie, daß man mir – also, ich weiß nicht recht. Ich würde nicht gern die Fragen stellen, auf die ich eine Antwort haben möchte. Celia geht es offenbar genauso.

Sie waren beide so nett, und gerade deshalb müßten sie meiner Meinung nach etwas wissen. Nicht weil sie ekelhafte Leute waren, nicht weil sie klatschten, sondern weil sie halfen. Vielleicht halfen sie jemandem aus der Patsche oder versuchten es und schafften es nicht. Ach, ich drücke mich so ungeschickt aus.«

»Nein, gar nicht«, wehrte Poirot ab, »Sie machen Ihre Sache recht gut. Es interessiert mich. Ich glaube, Sie haben etwas ganz Bestimmtes im Auge. Ist Celia Ravenscroft damit einverstanden?«

»Ich habe ihr nicht sehr viel erzählt. Wissen Sie, sie mochte Maddy und Zélie sehr gern.«

»Maddy und Zélie?«

»Ja, so heißen sie. Lassen Sie mich erklären! Als Celia noch ein Kind war – damals, als ich sie während der Ferien kennenlernte –, hatte sie ein französisches Au-pair-Mädchen: damals hießen sie noch Gouvernanten. Eine Mademoiselle. Sie war furchtbar nett. Sie spielte mit uns Kindern, und Celia nannte sie einfach Maddy – wie die ganze Familie.«

»Aha. Eine Mademoiselle!«

»Ja, und sehen Sie, da Sie doch Franzose oder Belgier sind, dachte ich, sie würde Ihnen vielleicht Dinge erzählen, die sie anderen Leuten nicht erzählt.«

»Soso. Und die andere Dame, die Sie erwähnten?«

»Zélie. Auch eine Mademoiselle. Maddy war, glaube ich, ungefähr zwei oder drei Jahre dort und kehrte dann nach Frankreich zurück, oder in die Schweiz. Dann kam die andere. Sie war jünger. Celia nannte sie Zélie. Die ganze Familie nannte sie Zélie. Sie war jung, hübsch und lebenslustig. Wir liebten sie alle schrecklich. Die ganze Familie. Auch General Ravenscroft.«

»Und Lady Ravenscroft?«

»Sie mochte Zélie sehr gern, und Zélie sie. Deshalb kam sie ja zurück.«

»Sie kam zurück?«

»Ja, als Lady Ravenscroft im Krankenhaus gewesen war, kam Zélie zurück und pflegte sie. Ich weiß es nicht ganz sicher, aber ich glaube, sie war dort, als es – als die Tragödie passierte. Und deshalb, sehen Sie, müßte sie wissen, was wirklich geschah.«

»Kennen Sie ihre Adresse? Wissen Sie, wo sie wohnt?«

»Ja. Ich habe beide Adressen. Ich dachte, Sie könnten vielleicht hinfahren und sie besuchen. Es ist zwar etwas viel verlangt . . .« Er brach ab.

Poirot sah ihn nachdenklich an. Dann meinte er: »Ja, das ist allerdings eine Möglichkeit . . .«

## 11

Chefsuperintendent Garroway sah Poirot über den Tisch hinweg an. Seine Augen funkelten. George servierte ihm einen Whisky mit Soda, ging zu Poirot hinüber und stellte ein mit einer dunkelroten Flüssigkeit gefülltes Glas neben ihn.

»Was trinken Sie denn da?« fragte Garroway interessiert.

»Schwarzen Johannisbeersaft.«

»Na ja«, meinte Garroway, »jeder nach seinem Geschmack! Was hat mir Spence erzählt? Daß Sie früher immer *tisane* tranken? Was ist das, eine Art französisches Klavier, oder was?«

»Nein«, sagte Poirot, »es drückt das Fieber herunter.«

»Aha. Rauschgift für Kranke!« Er trank einen Schluck aus seinem Glas. »Also«, prostete er, »auf den Selbstmord!«

»War es Selbstmord?«

»Was denn sonst?« Er schüttelte den Kopf.

»Tut mir leid«, meinte Poirot, »daß ich Ihnen soviel Mühe mache. Ich bin wie ein Kind oder Tier in einer der Geschichten Ihres Mr. Kipling: Ich leide an unstillbarer Neugierde.«

»Unstillbare Neugierde«, sagte Garroway. »Hübsche Geschichten hat er verfaßt, der Kipling. Wußte, wovon er schrieb. Man erzählte mir einmal, daß er eine kurze Besichtigungstour durch einen Zerstörer machen könne und dann genauer über das Schiff Bescheid wisse als die besten Ingenieure der königlichen Marine.«

»Leider«, sagte Hercule Poirot, »weiß ich nicht soviel. Deshalb, verstehen Sie, muß ich Fragen stellen. Ich fürchte, ich habe Ihnen da einen recht langen Fragebogen geschickt.«

»Mich beschäftigt«, sagte Garroway, »wie Sie von einer Sache zur anderen springen: Psychiater, ärztliche Protokolle, wer Geld hinterließ, wer Geld hatte, wer Geld bekam. Wer auf Geld hoffte und keins bekam. Einzelheiten über Damenfrisuren, Perücken, Perückenlieferanten – die Dinger kamen übrigens in reizenden rosafarbenen Kartons.«

»Sie wußten über diese Details genau Bescheid«, sagte Poirot. »Das hat mich erstaunt, kann ich Ihnen sagen!«

»Na ja, es war ein rätselhafter Fall, und wir haben natürlich alles genau notiert. Es nützte nicht viel, aber es steht alles in den Akten, falls jemand nachsehen will.« Er schob ein Blatt über den Tisch. »Hier. Der Friseur hatte sein Geschäft in der Bond Street. Teure Firma – Eugene and Rosentelle. Später zogen Sie um in die Sloane Street. Dies ist die Adresse. Aber jetzt ist es ein Tiergeschäft. Zwei Angestellte wurden übernommen und traten vor ein paar Jahren in den Ruhestand, aber damals waren sie Topleute. Lady Ravenscroft stand auf ihrer Stammkundenliste. Die Rosentelle wohnt jetzt in Cheltenham. Immer noch in derselben Branche. Jetzt nennt sie sich Haarstilistin – das ist das Neueste – und Kosmetikerin. Derselbe Mensch, nur mit einem anderen Hut, hat man in meiner Jugend gesagt.«

»Aha!« – »Wieso, aha?« fragte Garroway.

»Ich bin Ihnen äußerst dankbar«, sagte Hercule Poirot. »Sie haben mich auf eine Idee gebracht. Auf was für merkwürdigen Umwegen man doch manchmal auf die besten Ideen kommt!«

»Sie haben schon viel zu viele«, sagte Garroway. »Das ist eins Ihrer Probleme. Da brauchen Sie nicht noch mehr. Also weiter! Ich habe auch in der Familiengeschichte nachgeforscht – doch da ist nicht viel drin. Alistair Ravenscrofts Vorfahren stammen aus Schottland. Der Vater war Geistlicher, zwei Onkel waren in der Armee, beide sehr angesehen. Er heiratete Margaret Preston-Grey, ein Mädchen aus guter Familie. Keine Skandale. Sie hatten recht, sie hatte eine Zwillingsschwester. Ich weiß nicht, wo Sie das herhaben. Dorothea und Margaret Preston-Grey – allgemein als Dolly und Molly bekannt. Die Preston-Greys lebten in Hatters Green in Sussex. Eineiige Zwillinge, die übliche Geschichte: bekamen zur gleichen Zeit den ersten Zahn, kriegten im gleichen Monat Scharlach, trugen die gleichen Kleider, verliebten sich in dieselbe Art Mann, heirateten ungefähr zur gleichen Zeit, beide Männer waren in der Armee. Der Hausarzt der Familie starb vor ein paar Jahren, so daß da nichts mehr zu holen ist. Aber es gab ein tragisches Ereignis, das mit der einen zusammenhing.«

»Lady Ravenscroft?«

»Nein, mit der anderen. Sie heiratete einen gewissen Captain Jarrow, hatte zwei Kinder: das jüngere, ein vierjähriger Junge, wurde von einem Schubkarren oder einem anderen Kinderspielzeug umgestoßen, schlug sich den Kopf an, fiel in einen Zierteich und ertrank. Anscheinend war das andere Kind, ein neunjähriges Mädchen, schuld. Sie spielten zusammen und stritten, wie Kinder es tun. Es gab kaum Zweifel daran. Aber es existierte noch eine andere Version. Die Mutter soll es getan haben, sie sei wütend geworden und hätte ihn geschlagen. Andere behaupten, es sei eine Nachbarin gewesen, die ihn hineinstieß. Vermutlich ist dies nicht von Interesse für Sie – hat nichts zu tun mit einem Selbstmordabkommen zwischen der Schwester der Mutter und ihrem Ehemann Jahre später.«

»Offenbar nicht«, bestätigte Poirot. »Aber man hört immer gern Hintergrundgeschichten.«

»Ja. – Wie ich schon sagte, man muß in der Vergangenheit nach dem Motiv suchen. Obwohl ich gestehe, daß wir nicht daran gedacht haben, so weit zurückzugehen. Denn schließlich war dies alles zwanzig Jahre vor dem Selbstmord.«

»Gab es damals irgendeine gerichtliche Untersuchung?«

»Ja. Ich konnte den Fall einsehen, die entsprechenden Berichte und die Zeitungsartikel. Es bestanden schon einige Zweifel, wissen Sie. Die Mutter war schwer erschüttert und brach völlig zusammen. Sie mußte ins Krankenhaus. Angeblich war sie danach nie mehr so wie vorher.«

»Aber man nahm an, daß sie es getan hatte?«

»Zumindest dachte der Arzt es. Direkte Beweise gab es keine, wissen Sie. Sie sagte, sie habe den Vorfall vom Fenster aus beobachtet, wie das ältere Kind – das Mädchen – den Jungen schlug und hineinstieß. Aber ihr Bericht – tja, ich nehme an, sie glaubten ihr damals nicht. Sie redete so durcheinander.«

»Und die psychiatrischen Befunde?«

»Sie kam in ein Sanatorium oder in ein Krankenhaus, sie war zweifellos geisteskrank. Sie blieb eine sehr lange Zeit dort und wurde behandelt. Soviel ich weiß, unter Aufsicht eines Spezialisten vom *St. Andrew's Hospital* in London. Schließlich hat man sie nach drei Jahren für geheilt erklärt und entlassen, damit sie zu Hause ein normales Leben mit ihrer Familie leben konnte.«

»Und war sie normal?«

»Sie war immer schon neurotisch . . .«

»Wo hielt sie sich zur Zeit des Selbstmordes auf? Bei den Ravenscrofts?«

»Nein – sie war etwa drei Wochen vorher gestorben. Da wohnte sie gerade bei den Ravenscrofts in Overcliffe. Es scheint wieder einmal ein Beispiel für das Schicksal von eineiigen Zwillingen zu sein. Sie war Schlafwandlerin – schon eine ganze Reihe von Jahren offenbar. Auf diese Weise hatte sie schon mehrmals kleinere Unfälle gehabt. Manchmal nahm sie zu viele Beruhigungstabletten und wanderte nachts im Schlaf im Haus herum oder draußen. Einmal lief sie über den Pfad oben bei den Klippen, verlor den Halt und stürzte ab. Sie war sofort tot – sie haben sie erst am nächsten Tag gefunden. Ihre Schwester, Lady Ravenscroft, war schrecklich unglücklich. Sie hatten sich sehr gemocht. Infolge des Schocks mußte sie ins Krankenhaus.«

»Könnte dieses tragische Unglück später zu dem Selbstmord der Ravenscrofts geführt haben?«

»Es gab keinerlei Hinweise in dieser Richtung.«

»Wie Sie sagen, passieren bei Zwillingen manchmal die merkwürdigsten Dinge. Lady Ravenscroft könnte sich umgebracht haben, weil sie so sehr an ihrer Zwillingsschwester hing. Daraufhin erschoß sich der Gatte, weil er sich in irgendeiner Form schuldig fühlte . . .«

Garroway protestierte: »Ihre Phantasie geht mit Ihnen durch, Poirot. Alistair Ravenscroft hätte nie eine Affäre mit seiner Schwägerin haben können, ohne daß es jeder wußte! Derartiges gab es nicht – wenn Sie das meinen.«

Das Telefon läutete. Poirot nahm den Hörer ab. Es war Mrs. Oliver. »Monsieur Poirot, können Sie morgen zum Tee oder auf einen Sherry zu mir kommen? Celia ist auch da, und später dieses tyrannische Weibsbild. Das sollte ich doch so arrangieren, nicht wahr?« Poirot bestätigte, daß dies der Fall sei. »Ich muß mich beeilen«, sagte Mrs. Oliver, »ich soll einen alten Haudegen treffen, den mir mein Elefant Nummer eins, Julia Carstairs, besorgt hat. Ich glaube, sie hat den Namen nicht richtig behalten – das tut sie immer –, aber ich hoffe, die Adresse stimmt!«

## 12

»Nun, *Madame«,* sagte Poirot, »wie erging es Ihnen mit Sir Hugo Foster?«

»Zunächst mal – er heißt nicht Foster, sondern Fothergill. Julia bringt die Namen immer durcheinander.«

»Also sind Elefanten, was Namen betrifft, nicht verläßlich?«

»Reden wir nicht mehr von Elefanten – ich bin fertig mit ihnen.«

»Und Ihr alter Haudegen?«

»Ein Schatz – aber als Informationsquelle völlig hoffnungslos. Ganz besessen von Leuten, die Barnet hießen und ein Kind hatten, das in Indien bei einem Unfall starb. Aber das hat nichts mit den Ravenscrofts zu tun. Ich sage Ihnen, mit Elefanten bin ich fertig!«

»*Madame,* Sie waren sehr hartnäckig. Sie haben sich prächtig gehalten.«

»Celia kommt in ungefähr einer halben Stunde. Sie wollten sie doch treffen, nicht wahr? Ich sagte ihr, daß Sie – nun, daß Sie mir in dieser Angelegenheit behilflich sind. Oder möchten Sie lieber, daß sie zu Ihnen kommt?«

»Nein«, sagte Poirot, »so ist es besser.«

»Ich glaube nicht, daß sie lange bleibt. Wenn sie nach etwa einer Stunde wieder ginge, könnten wir die Sache noch ein bißchen überdenken, bevor Mrs. Burton-Cox kommt.«

»Das wird interessant werden. Sehr interessant!«

Mrs. Oliver seufzte. »Lieber Himmel, es ist ein Jammer! Wir haben viel zuviel Material, finden Sie nicht?«

»Trotzdem wissen wir nicht, wonach wir eigentlich suchen. Bis jetzt wissen wir nur, daß es aller Wahrscheinlichkeit nach ein Doppelselbstmord war. Eines Ehepaares, das ruhig und glücklich zusammen lebte. Und was ist die Ursache, der Grund? Wir haben vor und zurück geforscht, nach rechts und links, nach Westen und Osten.«

»Genau«, pflichtete Mrs. Oliver bei. »Überall. Nur am Nordpol waren wir noch nicht«, fügte sie hinzu.

»Und nicht am Südpol«, ergänzte Poirot.

»Was haben wir also, alles in allem gerechnet?«

»Einiges«, sagte Poirot. »Hier hab' ich eine Liste. Möchten Sie sie sehen?«

Mrs. Oliver setzte sich neben ihn und schaute ihm über die Schulter.

»Perücken«, rief sie und deutete auf den ersten Punkt. »Warum die zuerst?«

»Vier Perücken«, sagte Poirot, »das ist doch interessant und ziemlich seltsam.«

»Soviel ich weiß, wurde das Geschäft, aus dem die Perücken

stammen, aufgegeben. Heute kaufen die Leute sie ganz woanders. Sie tragen auch nicht mehr so häufig welche wie damals. Man trug eine Perücke, wenn man verreiste. Das ersparte einem Unannehmlichkeiten unterwegs.«

»Ja, ja«, sagte Poirot. »Wir werden in dieser Beziehung tun, was wir können. Aber da sind noch mehr Dinge, die mich interessieren. Und noch andere Geschichten. Zum Beispiel über Geisteskrankheiten in der Familie. Über eine Zwillingsschwester, die nicht normal war und viele Jahre ihres Lebens in einem Sanatorium verbrachte.«

»Das scheint doch nirgends hinzuführen«, erklärte Mrs. Oliver. »Sie könnte natürlich aufgetaucht sein und die beiden erschossen haben, aber ich sehe wirklich nicht ein, warum.«

»Aber«, sagte Poirot, »die Fingerabdrücke auf dem Revolver waren ausschließlich die des Generals und seiner Frau. Dann ist da die Geschichte in Indien, von einem Kind, das ermordet wurde, möglicherweise von Lady Ravenscrofts Zwillingsschwester. Möglicherweise auch von einer völlig anderen Frau – einer Amme oder einem Dienstboten. Zu Punkt zwei: Wir wissen ein bißchen mehr über Geld.«

»Wieso kommt jetzt Geld ins Spiel?« fragte Mrs. Oliver überrascht.

»Das ist ja das Interessante. Geld spielt meistens eine Rolle. Ob es jemand durch diesen Selbstmord erbte oder eben nicht erbte. Geld bringt Schwierigkeiten, Unruhe, Habgier und so weiter. Aber in diesem Fall scheint es überhaupt nicht um Geld gegangen zu sein! Dann sind da noch die verschiedenen Geschichten über Liebesaffären, entweder der Ehefrau oder des Ehemannes. Sie könnten einen Selbstmord oder Mord ausgelöst haben. Das passiert häufig. Und dann kommen wir zu dem Punkt, der mich im Augenblick am meisten interessiert. Deshalb möchte ich Mrs. Burton-Cox so dringend sprechen.«

»Ach, diese schreckliche Person. Ich begreife nicht, wieso Sie sie für wichtig halten. Sie hat bloß in alles ihre neugierige Nase gesteckt und will, daß ich für sie die Wahrheit herausfinde.«

»Ja. Aber warum will sie das denn? Dieser Punkt kommt mir höchst seltsam vor. Meiner Meinung nach muß man die Ursache herausfinden. Sie ist das Verbindungsglied, wissen Sie.«

»Das Verbindungsglied?«

»Ja. Wir wissen nicht, was das für eine Verbindung ist, wo

und wie sie besteht. Wir wissen nur, daß sie unbedingt mehr über den Selbstmord herausbringen möchte. Sie ist das Verbindungsglied zwischen Ihrem Patenkind Celia und dem Sohn, der nicht ihr eigener ist.«

»Was wollen Sie damit sagen – nicht ihr eigener?«

»Sie hat ihn adoptiert«, antwortete Poirot. »Weil ihr eigener Sohn starb.«

»Wie ist er gestorben? Warum? Wann?«

»Alle diese Fragen habe ich mir schon selbst gestellt. Sie könnte die Verbindung sein . . . Es kann eine gefühlsmäßige Bindung bestehen, ein Wunsch nach Vergeltung, es kann Haß dahinterstecken oder irgendeine Liebesaffäre. Jedenfalls muß ich sie kennenlernen. Ich muß mir ein Urteil machen können. Ja! Ich bin überzeugt, daß es wichtig ist.«

Es läutete an der Haustür, und Mrs. Oliver stand auf, um zu öffnen. »Das könnte Celia sein«, rief sie im Gehen. »Sind Sie sicher, daß es so in Ordnung ist?«

»Was mich betrifft, ja«, sagte Poirot. »Und was Celia betrifft, hoffentlich auch.«

Ein paar Minuten später kam Mrs. Oliver mit Celia Ravenscroft zurück. Celia sah etwas zweifelnd, ja mißtrauisch drein. »Ich weiß nicht recht«, sagte sie, »ob ich . . .« Sie schwieg und starrte Hercule Poirot an.

»Ich möchte dir jemanden vorstellen«, sagte Mrs. Oliver, »der mir eine große Hilfe ist und, wie ich hoffe, auch dir. Dies ist Monsieur Hercule Poirot, ein Genie auf dem Gebiet der Kriminalistik.«

»Oh«, sagte Celia. Zweifelnd beäugte sie die kleine Gestalt mit dem eiförmigen Kopf und dem gewaltigen Schnurrbart. »Ich glaube«, sagte sie zögernd, »daß ich schon von ihm gehört habe.«

Hercule Poirot konnte sich gerade noch zurückhalten. Sonst hätte er gesagt: »Die meisten Leute haben schon von mir gehört.« Obwohl es jetzt nicht mehr ganz zutraf, da viele Leute, die von ihm gehört oder ihn gekannt hatten, nun unter einem Grabstein auf dem Friedhof ruhten.

»Setzen Sie sich, Mademoiselle!« sagte er nur. »Ich will Ihnen eines verraten: Wenn ich eine Untersuchung anfange, führe ich sie bis zum Ende durch. Ich werde die Wahrheit ans Licht befördern, und wenn es wirklich die Wahrheit ist, die Sie wissen wollen, dann werde ich sie herausbringen. Aber es könnte sein, daß Sie nur Beruhigung wollen. Das ist nicht dasselbe. Ich kann verschiedene Aspekte finden, die Sie beruhigen könnten. Wären Sie damit zufrieden? Wenn ja, sollten Sie besser nicht mehr verlangen.«

Celia setzte sich auf den Stuhl, den er ihr hingeschoben hatte, und sah ihn ernst an. »Sie glauben nicht, daß ich die Wahrheit wissen will?«

»Ich glaube«, antwortete Poirot, »daß die Wahrheit ein Schock ist, daß sie Ihnen Kummer bereiten könnte und Sie möglicherweise sagen: ›Warum hab' ich das alles nicht ruhen lassen? Warum wollte ich die Wahrheit wissen, da ich doch nichts mehr tun kann? Mein Vater und meine Mutter haben Selbstmord begangen – doch ich liebe sie trotzdem.‹ Es ist keine schlechte Sache, seine Eltern zu lieben.«

»Obwohl man das heutzutage manchmal zu denken scheint«, warf Mrs. Oliver ein. »Sozusagen ein neuer Glaubensartikel.«

»Es quält mich schon länger«, sagte Celia. »Ich fing an nachzudenken. Ich schnappte so merkwürdige Sachen auf, von Leuten, die mich manchmal ziemlich mitleidig ansahen. Andere wieder waren neugierig. Man fängt an, Dinge zu entdecken, über Leute, die man trifft, die man kennt, die die Familie gekannt haben. Ich möchte nicht so weiterleben. Sie glauben, es sei mir nicht richtig ernst damit, aber ich will wirklich die Wahrheit wissen. Ich kann mit ihr fertig werden! – Sie haben Desmond gesehen, nicht wahr?« fragte sie übergangslos. »Er hat Sie aufgesucht. Er erzählte es mir!«

»Ja. Er war bei mir. Sollte er das nicht?«

»Er hat mich nicht gefragt.«

»Und wenn er Sie gefragt hätte?«

»Ich weiß es nicht. Ich weiß nicht, ob ich es ihm hätte verbieten oder ob ich ihn hätte ermutigen sollen.«

»Ich würde Ihnen gern eine Frage stellen, Mademoiselle. Ich möchte wissen, ob es in Ihrem Herzen etwas gibt, das Ihnen mehr bedeutet als alles andere.«

»Was meinen Sie damit?«

»Wie Sie sagten, hat mich Desmond Burton-Cox besucht. Ein sehr attraktiver und liebenswerter junger Mann. Es war ihm sehr ernst mit dem, was er sagte, sehr ernst. Und das ist nun das Wichtige. Wollen Sie wirklich heiraten? Wenn ja – welchen Unterschied kann es für Desmond oder Sie bedeuten, ob es ein gemeinsamer Selbstmord war oder etwas ganz anderes?«

»Sie glauben, daß es tatsächlich etwas anderes war?«

»Ich weiß es noch nicht«, sagte Poirot. »Aber ich habe Grund zu der Annahme, daß es möglich ist. Es gibt verschiedene Punkte, die sich nicht mit der Theorie eines Doppelselbstmordes vereinbaren lassen. Aber die Polizei ist sehr genau, Mademoiselle Celia, sehr genau. Sie hat alles Beweismaterial zusammengetragen und festgestellt, daß es nur gemeinsamer Selbstmord gewesen sein kann.«

»Aber man hat nie ein Motiv gefunden, das meinen Sie doch?«

»Ja«, gab Poirot zu, »das meine ich.«

»Und Sie kennen den Grund auch nicht.«

»Ich bin mir nicht sicher«, sagte Poirot. »Ich fürchte, es könnte etwas sehr Schmerzliches dabei herauskommen, und deshalb frage ich Sie, ob Sie nicht lieber Vergangenes vergangen sein lassen wollen. Da ist ein junger Mann, den Sie gern haben und der Sie gern hat. Ihnen geht es doch um die Zukunft, nicht um die Vergangenheit.«

»Erzählte er Ihnen, daß er ein adoptiertes Kind ist?«

»Ja.«

»Sagen Sie selber, was geht *sie* das eigentlich an? Warum geht *sie* zu Mrs. Oliver und belästigt sie mit ihren Fragen? Sie ist nicht seine leibliche Mutter.«

»Mag er sie?«

»Nein«, antwortete Celia. »Im ganzen gesehen, würde ich sagen, lehnt er sie ab. Er mochte sie noch nie.«

»Sie hat Geld für ihn ausgegeben, für die Schule, für seinen Unterhalt und so weiter. Glauben Sie denn, *sie* hängt an ihm?«

»Ich glaube, nicht. Ich glaube, sie wollte einfach ein Kind haben anstelle ihres eigenen. Ihr Kind war bei einem Unfall umgekommen, und deshalb wollte sie eines adoptieren. Ihr Mann war kurz vorher gestorben. Alle diese Daten zu behalten ist so schwierig.«

»Ich weiß, ich weiß. Aber etwas möchte ich gern erfahren.«

»Ja, bitte?«

»Ist er finanziell unabhängig?«

»Ich weiß nicht genau, was Sie damit meinen. Er kann bestimmt für mich sorgen, für eine Frau sorgen. Soviel ich weiß, wurde ihm bei der Adoption etwas Geld überschrieben. Eine ausreichende Summe. Natürlich kein Vermögen.«

»Könnte sie keine finanziellen Druckmittel ausüben?«

»Sie meinen, ihm das Geld sperren, wenn er mich heiratet? Ich glaube nicht, daß sie damit gedroht hat oder daß sie's überhaupt könnte. Das ist sicher alles von den Ämtern bei der Adoption geregelt worden. Die machen da einen Riesenwirbel, soviel ich weiß.«

»Noch etwas möchte ich Sie fragen, was außer Ihnen vielleicht niemand weiß. Eventuell noch Mrs. Burton-Cox. Wer war seine wirkliche Mutter?«

»Glauben Sie, das könnte einer der Gründe für ihre Schnüffelei sein? Keine Ahnung. Möglicherweise war er unehelich. Diese Kinder werden doch meistens zur Adoption freigegeben, nicht? Sie könnte über seine wirkliche Mutter oder seinen Vater etwas wissen. Aber dann hat sie's ihm nicht erzählt. Soviel ich weiß, hat sie ihm nur das übliche Zeug erzählt, was man so sagt. Daß es genauso schön ist, adoptiert zu sein, weil es ein Beweis ist, daß man sich das Kind wirklich gewünscht hat, und so weiter. Eine Menge dummes Geschwätz.«

»Kennt er oder kennen Sie irgendwelche Blutsverwandte?«

»Ich glaube nicht, daß er wen kennt. Es interessiert ihn auch nicht. Über so was macht er sich keine Gedanken.«

»War Mrs. Burton-Cox mit Ihrer Familie, Ihrer Mutter oder Ihrem Vater befreundet? Können Sie sich erinnern, daß sie mal zu Besuch kam, als Sie noch zu Hause lebten?«

»Nein. Ich glaube, Desmonds Mutter, Mrs. Burton-Cox, ging nach Indien. Ihr Mann ist wahrscheinlich dort gestorben, und Desmond wurde nach England auf die Schule geschickt. Während der Ferien war er bei irgendwelchen Vettern. So haben wir uns kennengelernt. Ich konnte ihn nicht vergessen, wissen Sie. Es war eine Art Heldenverehrung. Er war groß im Bäumeklettern und hat mir viel über Vogelnester und Vogeleier beigebracht. So war es ganz natürlich, daß wir, als wir uns auf der Universität wiedersahen, von alten Zeiten sprachen und er mich nach meinem Namen fragte. Er sagte: ›Ich kenne nur deinen Vornamen.‹ Und dann erinnerten wir uns an viele Dinge, die wir zusammen erlebt hatten. So kamen wir uns näher. Ich weiß nicht viel über ihn. Eigentlich weiß ich gar nichts. Aber ich möchte die Wahrheit wissen. Wie kann man sein Leben planen, wenn man nicht genau weiß, was einen beeinflußt, was wirklich geschehen ist?«

»Sie möchten also, daß ich mit meinen Nachforschungen fortfahre?«

»Ja, wenn es was nützt, obwohl ich's fast nicht glaube, weil Desmond und ich uns auch schon so bemüht haben. Wir hatten nicht viel Erfolg. Alles scheint immer wieder auf das gleiche hinauszulaufen, obwohl es ja eigentlich nicht die Geschichte eines Lebens ist. Es ist eher die Geschichte eines Todes, nicht wahr? Eigentlich von zwei Toden. Aber wenn es zweifacher Selbstmord ist, denkt man daran wie an einen einzigen Tod. Habe ich das bei Shakespeare gelesen oder woher kenne ich das Zitat ›Und im Tode wurden sie nicht getrennt . . .‹« Celia sah Poirot fest an. »Ja, machen Sie weiter. Finden Sie die Wahrheit! Informieren Sie Mrs. Oliver oder mich über alles, was Sie entdecken. Mir wäre es fast lieber, wenn Sie mir persönlich Bescheid geben.« Celia wandte sich an Mrs. Oliver. »Ich möchte nicht unhöflich zu dir sein, liebe Patentante. Du warst immer so nett zu mir, aber – aber ich hätte gern alle Informationen direkt von der Quelle.«

»Nun«, sagte Poirot, »ich will gern die Quelle sein.«

»Und Sie glauben, Sie finden etwas?«

»Davon bin ich überzeugt.«

»Und Sie täuschen sich nie?«

»Selten oder nie. Mehr sage ich nicht.«

## 13

»Nun«, sagte Mrs. Oliver, nachdem sie Celia zur Tür gebracht hatte, »was halten Sie von ihr?«

»Sie ist eine Persönlichkeit«, erklärte Poirot, »ein interessantes Mädchen. Entschieden kein Durchschnittstyp.«

»Ja, ganz meiner Meinung.«

»Ich möchte Sie bitten, mir Näheres zu erzählen.«

»Über Celia? Eigentlich kenne ich sie gar nicht gut. Das ist immer so mit Patenkindern. Wie es so geht, sieht man sie nur alle heiligen Zeiten.«

»Celia meinte ich nicht. Ich meinte ihre Mutter.«

»Aha!«

»Sie kannten die Mutter?«

»Ja. Wir waren zusammen in Paris im Pensionat. Damals war es üblich, die jungen Mädchen für den letzten Schliff nach Paris zu schicken«, erklärte Mrs. Oliver. »Was möchten Sie wissen?«

»Sie erinnern sich also an sie. Wie war sie denn?«

»Ja, ich erinnere mich. Wie ich Ihnen schon mal sagte, man vergißt Leute oder Dinge nicht, weil die Verbindung zu ihnen schon so lange in der Vergangenheit liegt.«

»Was für einen Eindruck machte sie auf Sie?«

»Sie war bildschön«, antwortete Mrs. Oliver. »Daran erinnere ich mich. Nicht mit dreizehn oder vierzehn. Da hatte sie noch viel Babyspeck. Ich glaube, den hatten wir alle«, fügte sie nachdenklich hinzu.

»War sie eine Persönlichkeit?«

»Schwer zu sagen. Sie war nicht meine einzige oder meine engste Freundin. Wir waren mehrere – eine kleine Horde, könnte man sagen. Wir spielten begeistert Tennis oder gingen in die Oper oder langweilten uns tödlich in einer Gemäldegalerie. Ich kann Ihnen wirklich nur ein allgemeines Bild geben.«

»Molly Preston-Grey. So hieß sie doch. Hatte sie einen Freund?«

»Wir schwärmten immer für jemanden, natürlich nicht für einen Popsänger. Die gab's damals noch nicht. Meistens für Schauspieler. Da war ein ziemlich berühmter Varietékünstler. Ein Mädchen hatte sein Bild über ihrem Bett hängen, und Mademoiselle Girand, die Französischlehrerin, wollte das nicht gestatten. ›*Ce n'est pas convenable*‹, sagte sie. Das Mädchen hat ihr nämlich nicht verraten, daß es ihr Vater war. Wir haben so gelacht«, fügte Mrs. Oliver hinzu. »Ja, wir haben viel gelacht.«

»Erzählen Sie mir noch mehr von Molly oder Margaret Preston-Grey. Erinnert Celia Sie an sie?«

»Nein, gar nicht. Sie sind sich nicht ähnlich. Ich finde, Molly war mehr – war gefühlsbetonter.«

»Wie ich hörte, hatte sie eine Zwillingsschwester. War sie im gleichen Pensionat?«

»Nein. Sie war zwar gleich alt, aber sie war irgendwo anders, in England. Ich bin mir nicht sicher. Ich traf die Zwillingsschwester Dolly nur ein- oder zweimal. Damals sah sie natürlich genauso aus wie Molly. Sie versuchten noch nicht, verschieden auszusehen, verschiedene Frisuren zu tragen und so weiter, wie Zwillinge das häufig machen, wenn sie größer werden. Molly hing sehr an ihrer Schwester, aber sie hat nicht viel von ihr gesprochen. Ich habe das Gefühl – heute, meine ich, nicht damals –, daß mit der Schwester nicht alles ganz stimmte. Ein-

oder zweimal, erinnere ich mich, hieß es, sie sei krank und irgendwo zur Behandlung. Oder so ähnlich. Ich erinnere mich, daß ich einmal überlegte, ob sie ein Krüppel sei. Einmal wurde sie von einer Tante zu einer Seereise abgeholt, die ihre Gesundheit bessern sollte.« Mrs. Oliver schüttelte den Kopf. »Ich erinnere mich nicht mehr genau. Jedenfalls hatte ich das Gefühl, daß Molly ihr sehr zugetan war und sie irgendwie beschützen wollte. Kommt Ihnen das unsinnig vor?«

»Überhaupt nicht!«

»Es gab auch Zeiten, wo sie nicht über sie sprechen wollte. Sie erzählte von ihrem Vater oder ihrer Mutter. Sie hatte sie gern, so auf die übliche Weise. Einmal kam ihre Mutter nach Paris und führte sie aus. Eine reizende Frau, nicht sehr aufregend oder gutaussehend, einfach nett, ruhig, gütig.«

»Aha. Sie können also nichts erzählen, was uns weiterhilft. Wie steht's mit Jungenfreundschaften?«

»Damals hatte man nicht so viele Freunde«, antwortete Mrs. Oliver. »Es war nicht so wie heute, wo es selbstverständlich ist. Später, als wir wieder zu Hause waren, haben wir uns mehr oder weniger aus den Augen verloren. Ich glaube, daß Molly mit ihren Eltern ins Ausland ging. Nach Indien, oder war's Ägypten? Einmal waren sie in Schweden und danach irgendwo auf den Bermudas. Ich glaube, der Vater war Gouverneur. Aber an diese Dinge kann ich mich nicht mehr genau erinnern. Man erinnert sich besser an die Dummheiten, die man angestellt hat. Ich war in den Geigenlehrer verknallt, das weiß ich noch, Molly in den Gesangslehrer, was wohl beides weniger aufregend war als die Freunde von heute. Man betete sie an, sehnte sich nach dem Augenblick, wo sie zum Unterricht kamen. Wir waren ihnen – darüber besteht kein Zweifel – völlig gleichgültig. Aber nachts träumte man von ihnen, und ich kann mich noch erinnern, daß ich im Traum meinen geliebten Monsieur Adolphe pflegte, als er an der Cholera erkrankt war, und Blut spendete, um sein Leben zu retten. Wie jung man doch war! Es gab mal eine Zeit, da wollte ich absolut Nonne werden, später Krankenschwester. – Nun, ich glaube, Mrs. Burton-Cox wird in ein paar Minuten hier sein. Ich bin neugierig, wie sie auf Sie reagiert.«

Poirot sah auf seine Uhr. »Das werden wir bald wissen.«

»Haben wir vorher noch irgendwas zu besprechen?«

»Da gibt es einige Punkte, in denen wir unsere Notizen vergleichen sollten. Wie gesagt, ein oder zwei Details wären noch zu untersuchen. Ein Elefant für Sie, und ein Elefant für mich.«

»Wie können Sie so was sagen«, tadelte Mrs. Oliver. »Ich hab' Ihnen doch erklärt, daß ich mit den Elefanten fertig bin.«

»Ach«, sagte Poirot, »aber vielleicht sind die Elefanten noch nicht fertig mit Ihnen!«

Wieder läutete es an der Haustür. Poirot und Mrs. Oliver sahen sich an. »Also«, sagte Mrs. Oliver, »auf in den Kampf.« Sie verließ des Zimmer.

Poirot hörte Begrüßungsworte aus dem Flur dringen, und kurz darauf führte Mrs. Oliver Mrs. Burton-Cox herein.

»Wie entzückend Sie wohnen«, rief Mrs. Burton-Cox aus. »Zu nett von Ihnen, daß Sie sich von Ihrer wertvollen Zeit etwas abgeknapst und mich eingeladen haben.» Sie schoß einen Seitenblick auf Hercule Poirot ab. Ein leicht überraschter Ausdruck huschte über ihr Gesicht. Einen Augenblick schweiften ihre Augen von Poirot zu dem Stutzflügel, der an einem Fenster stand. Mrs. Oliver vermutete, daß Mrs. Burton-Cox Hercule Poirot für den Klavierstimmer hielt. Sie beeilte sich, das richtigzustellen.

»Darf ich Ihnen Monsieur Hercule Poirot vorstellen?« sagte sie. Poirot beugte sich über Mrs. Burton-Cox' Hand.

»Ich glaube, er ist der einzige Mensch, der Ihnen helfen kann, meine Liebe. Sie wissen schon, bezüglich meinem Patenkind Celia Ravenscroft.«

»Ach ja, wie freundlich von Ihnen, sich daran zu erinnern. Ich hoffe so sehr, daß Sie mir ein bißchen mehr über das, was wirklich geschah, berichten können.«

»Ich war leider nicht sehr erfolgreich«, antwortete Mrs. Oliver, »und das ist auch der Grund, warum ich Monsieur Poirot hergebeten habe. Er ist großartig, einer der besten in seinem Beruf. Ich kann Ihnen gar nicht sagen, wie vielen Freunden er schon geholfen und wie viele Geheimnisse er schon aufgeklärt hat. Und die Geschichte damals war so tragisch.«

»Ja, wahrhaftig«, sagte Mrs. Burton-Cox. Ihre Augen schauten immer noch zweifelnd drein.

Mrs. Oliver bat sie, Platz zu nehmen. »Was darf ich Ihnen anbieten?« fragte sie. »Ein Glas Sherry? Für Tee ist es wohl zu spät. Oder hätten sie lieber einen Cocktail?«

»Ein Glas Sherry, bitte. Sehr freundlich.«

»Monsieur Poirot?«

»Ich auch.«

Mrs. Oliver war aufrichtig froh, daß er nicht um *Sirop de Cassis* oder eines seiner geliebten Fruchtsaftgetränke gebeten hatte. Sie brachte Gläser und eine Karaffe. »Ich habe Monsieur Poirot bereits in groben Zügen die Nachforschungen, die Sie wünschen, angedeutet.«

»Ach ja!« sagte Mrs. Burton-Cox. Sie schien ziemlich im Zweifel und nicht so selbstsicher wie sonst zu sein. »Heutzutage«, sagte sie zu Poirot, »sind die jungen Leute so schwierig. Mein Sohn ist ein so lieber Junge; wir haben große Hoffnungen auf ihn gesetzt. Und dann dieses Mädchen, ganz reizend. Sicher sagte Mrs. Oliver Ihnen, daß sie ihr Patenkind ist . . . tja, man kann nie wissen. Ich meine, solche Freundschaften entstehen plötzlich und dauern oft nicht lange. Früher, in meiner Jugend, haben wir so was Kälberliebe genannt, wissen Sie. Aber es ist doch sehr wichtig, daß man ein klein wenig über die Leute Bescheid weiß, über die Familie und so weiter. Natürlich weiß ich, daß Celia aus sehr guter Familie kommt, aber trotzdem, da war diese tragische Geschichte. Zwei Selbstmorde, glaube ich, aber niemand konnte mir bisher klar sagen, was dazu führte. Ich habe keine Freunde, die auch mit den Ravenscrofts befreundet waren, und so ist es sehr schwierig, sich ein Bild zu machen. Selbstverständlich, Celia ist ein reizendes Mädchen, aber trotzdem, man möchte doch Genaues wissen.«

»Wie ich von meiner Freundin, Mrs. Oliver, höre, möchten Sie etwas ganz Bestimmtes erfahren. Wer . . .«

»Mrs. Burton-Cox«, mischte sich Mrs. Oliver ziemlich bestimmt ein, »will wissen, ob Celias Vater ihre Mutter und dann sich selbst erschoß oder ob Celias Mutter ihren Mann umbrachte und sich anschließend erschoß.«

»Ich finde, das ist ein Unterschied«, sagte Mrs. Burton-Cox. »Ein großer Unterschied.«

»Ein sehr interessanter Standpunkt«, meinte Poirot. Sein Ton klang nicht gerade ermutigend.

»Der emotionelle Hintergrund interessiert mich, die Gefühle, die mitspielten. In einer Ehe, das müssen Sie zugeben, muß man an die Kinder denken. Ich meine die Vererbung. Heute weiß man doch, daß die Vererbung eine größere Rolle spielt als die Umwelt. Sie beeinflußt die Charakterbildung und bestimmt eventuelle Risiken, die man vielleicht nicht auf sich nehmen möchte.«

»Sehr wahr«, sagte Poirot. »Die Leute, die solche Risiken auf sich nehmen, müssen das auch entscheiden. Ihr Sohn und diese junge Dame – es ist ihre Entscheidung.«

»Ich weiß, ich weiß. Nicht die meine. Eltern sollen sich nicht einmischen, nicht wahr, nicht einmal einen Rat geben. Aber ich möchte eben Genaueres erfahren, jawohl, ich möchte Bescheid wissen. Ob Sie wohl eine Untersuchung – so heißt das, glaube ich – durchführen könnten? Aber möglicherweise bin ich eine sehr dumme Mutter, übermäßig um meinen Sohn besorgt. Mütter sind eben so.« Sie neigte den Kopf etwas auf die Seite und gab ein kleines wieherndes Lachen von sich. »Vielleicht«, sagte sie und leerte das Sherryglas, »vielleicht wollen Sie es sich noch überlegen, und auch ich überlege es mir noch. Man müßte die genauen Fragen und Details, um die ich mir Sorgen mache, besprechen.« Sie sah auf ihre Uhr. »Ach, du meine Güte! Ich habe noch eine Verabredung. Ich muß gehen. Es tut mir so leid, liebe Mrs. Oliver, daß ich gleich wieder weglaufe, aber Sie wissen ja, wie das ist. Ich hatte heute nachmittag die größten Schwierigkeiten, ein Taxi zu kriegen. Alle fuhren vorbei. Ach ja, so was ist wirklich lästig. Mrs. Oliver hat doch Ihre Adresse, nicht wahr?«

»Ich gebe sie Ihnen«, sagte Poirot, nahm eine Visitenkarte aus seiner Tasche und reichte sie ihr.

»Ach ja, ja. Sie sind Hercule Poirot. Sie sind Franzose?«

»Belgier.«

»Ach ja, Belgier! Ja, ja. Ich verstehe. Es hat mich sehr gefreut, Sie kennenzulernen, und ich bin voller Hoffnung. Meine Güte, jetzt muß ich aber ganz, ganz schnell gehen.« Sie schüttelte Mrs. Oliver die Hand, dann Poirot und verließ das Zimmer. Kurz darauf schlug die Haustür zu.

»Also, was sagen Sie dazu?« rief Mrs. Oliver.

»Was meinen Sie?«

»Sie ist weggelaufen«, empörte sich Mrs. Oliver. »Einfach davongelaufen. Sie haben sie erschreckt.«

»Ja«, antwortete Poirot. »Ich glaube, das haben Sie ganz richtig gesehen.«

»Sie wollte, daß ich Celia aushorche, über eine Art Geheimnis, das sie da vermutet, aber eine wirklich genaue Untersuchung will sie nicht, oder?«

»Offenbar«, sagte Poirot. »Interessant. Sehr interessant. Sie ist doch gut situiert, glauben Sie nicht?«

»Möchte ich annehmen. Ihre Garderobe ist kostspielig, sie wohnt in einer teuren Gegend . . . es ist schwer zu sagen. Sie gehört zu den Frauen, die immer was wollen und einen herumkommandieren. Sie sitzt in einem Haufen von Komitees. Es ist nichts verdächtig an ihr, meine ich. Ich habe ein paar Leute gefragt, niemand mag sie besonders. Aber sie ist eine aktive Person, die sich für Öffentlichkeitsarbeit interessiert, für Politik und solche Sachen.«

»Was stimmt dann nicht mit ihr?« fragte Poirot.

»Sie finden, irgend etwas ist mit ihr nicht in Ordnung? Oder mögen Sie sie bloß nicht, so wie ich?«

»Ich glaube, sie hat etwas zu verbergen und möchte nicht, daß es ans Licht kommt«, erklärte Poirot.

»Aha. Und werden Sie es herausfinden?«

»Natürlich, wenn ich kann. Es wird nicht leicht sein: Sie ist auf dem Rückzug. Sie war auf dem Rückzug, als sie von hier wegging. Sie fürchtete sich vor den Fragen, die ich ihr stellen wollte. Ja. Sehr interessant.« Poirot seufzte. »Wir werden noch weiter zurückgehen müssen, als wir dachten.«

»Was, wieder eine Reise in die Vergangenheit?«

»Ja. In mehr als einem Fall gibt es einen Punkt in der Vergangenheit, den man herausbekommen muß, ehe man zum Geschehen selbst zurückkehren kann. Und was wäre das? Ja, es ist fünfzehn Jahre her, zwanzig Jahre, die Szene spielt in einem Haus in Overcliffe. Ja. Wir müssen wieder zurückspulen.«

»Na, das wär's dann wohl«, sagte Mrs. Oliver. »Also, was können wir tun? Wie steht's mit Ihrer Liste?«

»Die Polizeiberichte enthielten eine gewisse Menge an Informationen über alles, was im Haus gefunden wurde. Sie erinnern sich, daß unter den Sachen vier Perücken waren.«

»Ja«, antwortete Mrs. Oliver, »und Sie meinten, daß vier Perücken zuviel wären.«

»Es schien mir ein bißchen übertrieben. Außerdem gab man mir ein paar vielleicht recht nützliche Adressen. Unter anderem die eines Arztes, der uns weiterhelfen könnte.«

»Meinen Sie den Hausarzt?«

»Nein, den nicht. Es ist ein Arzt, der bei einer Untersuchung über ein tödlich verunglücktes Kind aussagte. Es war von einem älteren Kind oder von jemand anderen gestoßen worden.«

»Etwa von der Mutter?«

»Möglicherweise. Oder von jemandem, der damals im Haus war. Ich kenne den Teil Englands, wo es passierte, und Chefsuperintendent Garroway fand den Mann, mit Hilfe eigener Informationen und durch ein paar Journalistenfreunde von mir, die an diesem Fall besonders interessiert sind.«

»Und Sie werden ihn aufsuchen? Er muß jetzt ein sehr alter Herr sein.«

»Ich werde nicht ihn besuchen, sondern seinen Sohn. Sein Sohn ist auch Spezialist für Geisteskrankheiten. Ich habe eine Empfehlung an ihn. Er könnte in der Lage sein, mir etwas Interessantes zu erzählen. Außerdem wurden auch Nachforschungen in finanzieller Hinsicht angestellt.«

»Was wollen Sie damit sagen?«

»Nun, es gibt noch einiges, was wir klären müssen. Bei vielen Verbrechen spielt Geld eine Rolle. Wer hatte Geld zu verlieren, wer zu gewinnen? Das müssen wir herausfinden.«

»Im Falle Ravenscroft dürfte die Polizei es doch festgestellt haben.«

»Anscheinend war alles ganz normal. Sie hatten beide ein Testament gemacht und das Geld dem Ehepartner vermacht. Keiner profitierte davon, weil ja beide starben. So daß die einzigen Nutznießer die Tochter Celia waren und ein jüngerer Sohn, Edward, der, soviel ich weiß, jetzt im Ausland eine Universität besucht.«

»Das hilft uns nichts. Keins der Kinder war zu Hause oder könnte irgend etwas mit der Sache zu tun gehabt haben.«

»Das ist wahr. Man muß tiefer bohren, weiter zurückgehen, das Problem von allen Seiten beleuchten, wenn man herausbringen will, ob ein handfestes finanzielles Motiv existierte.«

»Also, verlangen Sie bloß so was nicht von mir!« rief Mrs. Oliver. »Dafür hab' ich wirklich keine Begabung. Das beweisen auch meine Gespräche, die ich mit den Elefanten geführt habe.«

»Ja. Das beste wäre, wenn Sie wegen der Perücken etwas unternähmen.«

»Der Perücken?«

»In dem sehr sorgfältig ausgearbeiteten Polizeiprotokoll stand eine Notiz über den Perückenlieferanten. Eine teure Firma in der Bond Street. Später zog der Laden um. Zwei der früheren Partner führten ihn weiter, und wie ich höre, wurde das Geschäft aufgegeben. Aber ich habe die Adresse einer der ersten Friseusen von damals, und ich dachte, es wäre einfacher, wenn eine Frau sie ausfragte.«

»Aha«, sagte Mrs. Oliver, »und das soll ich sein?«

»Ja.«

»Gut. Was habe ich zu tun?«

»Gehen Sie zu der Adresse in Cheltenham, die ich Ihnen gebe. Dort wohnt eine gewisse Madame Rosentelle, eine nicht mehr junge Frau, aber eine sehr tüchtige Friseuse und Perükkenmacherin. Sie war mit einem Kollegen verheiratet, der sich erfolgreich mit dem Problem der männlichen Kahlköpfigkeit befaßte. Toupets und so was.«

»Du meine Güte«, sagte Mrs. Oliver, »was Sie mir für Aufträge geben! Glauben Sie, daß sie sich noch an etwas erinnert?«

»Elefanten vergessen nie«, antwortete Hercule Poirot.

»Ach. Und wen fragen Sie aus? Diesen Doktor, den Sie vorhin erwähnten?«

»Den zuerst, ja.«

»Und woran, glauben Sie, wird er sich erinnern?«

»Sicher nicht an sehr viel«, erwiderte Poirot. »Aber er dürfte von diesem bestimmten Unfall gehört haben. Schließlich war es ein interessanter Fall, nicht wahr? Es muß Berichte darüber gegeben haben.«

»Sie meinen die Zwillingsschwester?«

»Ja. Soviel ich erfahren konnte, gab es im Zusammenhang mit ihr zwei Unfälle. Einen, als sie eine junge Mutter war und auf dem Land, in Hatters Green, lebte. Und einen späteren in Indien. Und jedesmal starb ein Kind.«

»Sie meinen, daß, da sie Zwillinge waren, meine Molly auch irgendeinen geistigen Defekt gehabt haben könnte? Das glaube ich nicht einen Augenblick. Das paßt nicht zu ihr. Sie war zärtlich, liebevoll, sah sehr gut aus, war gefühlsvoll . . . einfach eine schrecklich nette Person.«

»Ja, anscheinend. Und alles in allem auch eine glückliche Person?«

»Absolut. Eine sehr glückliche Person. Natürlich sah ich später im Leben nicht mehr viel von ihr, sie lebte ja im Ausland. Aber ich hatte immer den Eindruck, bei den sehr seltenen Gelegenheiten, wenn ich einen Brief von ihr bekam oder sie besuchte, daß sie ein glücklicher Mensch war.«

»Und die Zwillingsschwester haben Sie nicht näher gekannt?«

»Nein. Nun . . . offengestanden, ich glaube, sie lebte in einer Anstalt, jedenfalls bei den wenigen Malen, die ich Molly wiedersah. Sie war auch nicht auf Mollys Hochzeit, nicht einmal als Brautjungfer.«

»Das allein ist schon merkwürdig.«

»Ich begreife immer noch nicht, was Sie dadurch herausbekommen wollen.«

»Einfach Informationen.«

## 14

Hercule Poirot stieg aus dem Taxi, zahlte und gab dem Fahrer ein Trinkgeld. Er überzeugte sich, daß die Adresse mit der in seinem kleinen Notizbuch übereinstimmte, holte vorsichtig den an Dr. Willoughby adressierten Brief aus der Jackentasche, stieg die Stufen zur Haustür hinauf und läutete. Ein Diener öffnete. Poirot nannte seinen Namen. Dr. Willoughby erwartete ihn bereits.

Der Diener führte Poirot in ein kleines, gemütliches Zimmer, mit Bücherregalen an einer Wand und zwei Armsesseln vor dem Kamin. Auf einem Tischchen standen ein Tablett mit Gläsern und zwei Karaffen. Dr. Willoughby erhob sich, um Poirot zu begrüßen. Er war zwischen fünfzig und sechzig Jahre alt, groß und schlank, und hatte eine hohe Stirn, dunkle Haare und durchdringende, graue Augen. Er schüttelte Poirot die Hand und bat ihn, Platz zu nehmen. Poirot reichte Dr. Willoughby den Brief. Der Arzt öffnete ihn, las ihn, legte ihn auf das Tischchen und sah Poirot interessiert an. »Ich habe schon Näheres gehört«, sagte er, »von Chefsuperintendent Garroway und von einem Freund im Innenministerium, der mich ebenfalls bat, Ihnen in der Sache behilflich zu sein.«

»Ich weiß, daß ich sehr viel von Ihnen verlange«, sagte Poirot, »aber es gibt gewichtige Gründe dafür.«

»Noch nach so vielen Jahren?«

»Ja. Natürlich kann ich sehr gut verstehen, wenn Sie sich an diese bestimmte Geschichte nicht mehr genau erinnern.«

»Ich glaube, doch. Ich bin, wie Sie vielleicht gehört haben, an ganz bestimmten Aspekten meines Berufs interessiert, und zwar schon seit vielen Jahren.«

»Ihr Vater war eine Kapazität auf dem Gebiet.«

»Ja, sein Beruf war seine Leidenschaft. Er hatte eine Menge Theorien, einige bestätigten sich glänzend, andere enttäuschten. Sie sind also nur an einem bestimmten Fall von Geisteskrankheit interessiert?«

»Ja, an Dorothea Preston-Grey.«

»Ich war damals noch ein junger Mann, aber schon sehr mit den Arbeiten meines Vaters vertraut. Allerdings, meine und seine Theorien deckten sich nicht immer. Ich verstehe nicht, was Ihnen an dem Fall Dorothea Preston-Grey oder Mrs. Jarrow, wie sie nach ihrer Verehelichung hieß, so besonders wichtig ist.«

»Sie ist ein Zwilling.«

»Allerdings. Das war damals gerade das spezielle Studiengebiet meines Vaters. Er hatte den Plan, das Leben von eineiigen Zwillingen zu beobachten, die entweder in gleicher Umgebung aufwuchsen oder dank besonderer Umstände in völlig verschiedener. Er wollte prüfen, inwieweit sie sich ähnlich blieben und ob sich ihr Lebenslauf glich. Zwei Brüder, die fast ihr ganzes Leben getrennt voneinander verbracht hatten, und doch schienen zur selben Zeit dieselben Dinge zu passieren . . . außerordentlich aufschlußreich. Aber dieser Aspekt interessiert sie nicht, soviel ich weiß.«

»Nein«, sagte Poirot, »mir geht es bei dieser Sache um einen anderen Punkt . . . um den Unfall eines Kindes.«

»Es passierte in Surrey. Eine sehr hübsche Gegend. Mrs. Jarrow war gerade verwitwet und hatte zwei kleine Kinder. Ihr Gatte verunglückte tödlich. Als Folge dieses tragischen Ereignisses war sie . . .«

»Geistig gestört?« fragte Poirot.

»Nein, das glaubte man nicht. Durch den Tod ihres Mannes hatte sie einen schweren Schock, sie litt sehr unter dem Verlust und erholte sich nach Ansicht ihres Hausarztes nicht zufriedenstellend. Er war mit den Fortschritten, die ihre Genesung machte, nicht recht einverstanden. Sie schien auch nicht so mit ihrer Trauer fertig zu werden, wie er es gern gesehen hätte. Sie reagierte sehr eigenartig. Jedenfalls wollte er einen Spezialisten zuziehen und holte meinen Vater, der fand, daß ihr Zustand gewisse Gefahren in sich berge, und empfahl, sie eine Zeitlang zur Beobachtung in eine geeignete Klinik zu bringen. Besonders, nachdem das Unglück mit dem Kind passiert war. Es waren zwei Kinder da, und nach allem, was Mrs. Jarrow über den Vorfall berichtete, war es das ältere, ein Mädchen, das den kleinen Bruder angriff und ihn mit einem Spaten oder einer Hacke schlug, so daß er in einen Gartenteich fiel und ertrank.

Nun, Sie wissen sicherlich, daß derartige Vorfälle bei Kindern häufiger passieren. Kinder werden manchmal mit dem Kinderwagen in einen Teich gestoßen, nur weil ein älteres – aus Eifersucht – glaubt, daß Mama es jetzt viel einfacher hat, wenn Edward oder Donald oder wie der Junge heißt, nicht mehr da ist. Oder das Kind denkt, daß es schöner für die Mutter wäre. Das Motiv ist immer Eifersucht. Allerdings schien in diesem speziellen Fall dafür kein Beweis vorzuliegen. Das Kind hatte sich nicht gegen die Ankunft des Brüderchens gewehrt. Andererseits hatte Mrs. Jarrow diese zweite Kind nicht gewollt. Obwohl sich ihr Gatte auf dieses zweite Kind gefreut hatte, wollte Mrs. Jarrow es nicht. Sie war wegen einer Abtreibung zweimal bei einem Arzt, aber sie fand keinen, der bereit gewesen wäre, diesen damals noch verbotenen Eingriff durchzuführen. Ein Hausmädchen und ein Telegrammbote sagten aus, daß es eine Frau gewesen sei, die den Kleinen geschlagen hätte, nicht das ältere Kind. Ein anderes Dienstmädchen behauptete ganz entschieden, sie habe vom Fenster aus gesehen, daß es Mrs. Jarrow gewesen wäre. Sie sagte. ›Ich glaube, die Ärmste weiß gar nicht mehr, was sie tut. Seit ihr Mann gestorben ist, ist sie in einem seltsamen Zustand. So war sie noch nie.‹

Man betrachtete die Geschichte als Unfall und nahm an, die Kinder hätten zusammen gespielt und einander gestoßen und so weiter. Dabei beließ man es, aber als mein Vater zugezogen wurde, war er nach verschiedenen Gesprächen und Tests mit Mrs. Jarrow ganz sicher, daß sie für das Geschehene verantwortlich war, und hielt eine psychiatrische Behandlung für angebracht.«

»Ihr Vater war überzeugt von ihrer Schuld?«

»Ja. Damals gab es eine sehr populäre Behandlungsmethode, die auch mein Vater vertrat. Die Idee war, daß nach einer ausreichenden Behandlung, die manchmal ziemlich lange dauerte – ein Jahr oder mehr –, die Patienten wieder ihr normales Alltagsleben leben konnten. Man schickte sie nach Hause, wo sie, bei entsprechender ärztlicher Betreuung und Rücksichtnahme in der Familie, ein normales Leben führen konnten. Ich darf bemerken, daß diese Methode in vielen Fällen zunächst

Erfolg hatte, aber später änderte sich das. Es gab unglückselige Rückschläge. Anscheinend geheilte Patienten kehrten in ihre gewohnte Umgebung zurück, in die Familie, und wurden langsam rückfällig, so daß es mehrmals zu Tragödien kam oder beinahe gekommen wäre. Besonders in einem Fall wurde mein Vater bitter enttäuscht – er hatte eine Frau als geheilt zu ihrer Freundin zurückgeschickt, mit der sie früher zusammengelebt hatte. Alles schien gutzugehen, aber nach fünf oder sechs Monaten ließ sie einen Arzt kommen und sagte zu ihm: ›Ich weiß, Sie werden deswegen böse auf mich sein und die Polizei holen. Aber ich mußte es tun. Ich sah den Teufel in Hildas Augen und wußte, daß ich sie töten mußte.‹ Die Freundin lag erwürgt in einem Stuhl, mit zerstörten Augen. Die Mörderin starb im Irrenhaus, ohne sich je ihres Verbrechens bewußt zu werden. Sie wußte nur, daß man ihr befohlen hatte, den Teufel zu vernichten.«

Poirot schüttelte bedauernd den Kopf.

Dr. Willoughby fuhr fort: »Nun, ich bin der Ansicht, daß Dorothea Preston-Grey an einer verhältnismäßig leichten, aber trotzdem gefährlichen Form von Geisteskrankheit litt und Aufsicht brauchte. Das wurde damals, wenn ich das so sagen darf, nicht ganz eingesehen, mein Vater hielt es nicht für ratsam. Sie kam nur in ein sehr gutes Pflegeheim und verließ die Anstalt nach einigen Jahren, wie es schien, völlig geheilt. Sie führte ein ganz normales Leben, zusammen mit einer reizenden Krankenschwester, die nach außenhin als ihr Dienstmädchen galt. Sie reiste viel, war sehr kontaktfreudig und ging irgendwann ins Ausland.«

»Nach Indien«, ergänzte Poirot.

»Ja. Sie sind richtig informiert. Sie ging nach Indien, um dort bei ihrer Zwillingsschwester zu leben.«

»Und dann passierte wieder etwas?«

»Ja. Ein Nachbarskind wurde tätlich angegriffen. Zuerst glaubte man, von einer Amme, dann verdächtigte man einen eingeborenen Diener. Aber wieder schien es keinen Zweifel zu geben, daß Mrs. Jarrow, aus einem Grund, den nur sie kannte, der Täter war. Es gab keinen definitiven Beweis. Der Mann ihrer Zwillingsschwester, General . . .«

»Ravenscroft?« half Poirot nach.

»Ja, richtig! General Ravenscroft war damit einverstanden, daß sie nach England zurückkehrte und sich wieder einer psychiatrischen Behandlung unterzog. Ist es das, was Sie wissen wollten?«

»Ja«, antwortete Poirot, »einen Teil der Geschichte wußte ich schon, aber nur vom Hörensagen, worauf man sich ja nicht verlassen kann. Ich wollte Sie fragen, da dies ja ein Fall von eineiigen Zwillingen ist, was mit dem anderen Zwilling los war? Margaret Preston-Grey, die Frau von General Ravenscroft. Könnte sie ebenfalls geistig nicht ganz normal gewesen sein?«

»Sie war nie ein medizinischer Fall. Sie war völlig gesund. Mein Vater hat sie ein- oder zweimal besucht und mit ihr gesprochen, weil er häufig Fälle fast gleichartiger Erkrankungen oder seelischer Störungen bei eineiigen Zwillingen festgestellt hatte, die sich einmal sehr zugetan gewesen waren.«

»Was meinen Sie damit?«

»Aus bestimmten Gründen kann sich zwischen eineiigen Zwillingen eine gewisse Animosität entwickeln. Sie folgt auf eine zunächst große, gegenseitige Liebe und kann zu etwas wie Haß degenerieren, wenn irgendein emotioneller Streß zwischen den beiden entsteht, oder eine Gefühlskrise.

Das könnte hier der Fall gewesen sein. Als junger Offizier verliebte sich General Ravenscroft in Dorothea Preston-Grey, die ein bildhübsches Mädchen war – die schönere der Schwestern –, und sie verliebte sich in ihn. Sie waren nicht offiziell verlobt. Kurz darauf änderte Captain Ravenscroft seine Meinung und wandte sich Margaret zu, der Schwester. Oder Molly, wie jeder sie nannte. Er bat um ihre Hand. Molly erwiderte seine Gefühle, und sie heirateten, sobald es seine Karriere zuließ. Mein Vater hatte keinen Zweifel, daß der andere Zwilling, Dolly, sehr eifersüchtig auf die Schwester war, Alistair Ravenscroft nach wie vor liebte und ihm seine Heirat übelnahm. Sie kam darüber jedoch hinweg und heiratete einen anderen Mann. Es schien eine durchaus glückliche Ehe zu sein. Danach besuchte sie die Ravenscrofts gelegentlich, nicht nur das eine Mal in Indien, und später auch zu Hause in England! Sie schien wieder ganz hergestellt zu sein. Jedenfalls erzählte mir mein Vater, daß Lady Ravenscroft – Molly – ihrer Schwester sehr zugetan war. Sie fühlte sich ihr gegenüber in der Beschützerrolle und liebte sie zärtlich. Sie hätte sie gerne öfter gesehen, aber General Ravenscroft paßte das nicht so ganz. Ich halte es für möglich, daß sich Dolly – Mrs. Jarrow – immer noch sehr zu General Ravenscroft hingezogen fühlte, was ihm unangenehm sein mußte. Seine Frau dagegen war überzeugt, daß ihre Schwester ihre Eifersucht und ihren Zorn überwunden hatte.«

»Mrs. Jarrow soll etwa drei Wochen vor dem traurigen Ereignis die Ravenscrofts besucht haben.«

»Ja, das stimmt. Damals kam sie selbst auf tragische Weise ums Leben. Sie war Schlafwandlerin. Eines Nachts lief sie im Schlaf hinaus und stürzte über die Klippen. Man fand sie erst am nächsten Tag, sie starb im Krankenhaus, ohne das Bewußtsein wiedererlangt zu haben. Ihre Schwester Molly war völlig außer sich und tief erschüttert. Aber ich möchte doch betonen – und das wollen Sie wahrscheinlich auch wissen –, daß dieser Unfall unmöglich zu dem darauffolgenden Selbstmord des Ehepaares, das so glücklich zusammen war, führen konnte. Trauer um den Tod einer Schwester oder Schwägerin ist kaum Anlaß zum Selbstmord. Und schon gar nicht zu zwei Selbstmorden.«

»Es sei denn«, wandte Hercule Poirot ein, »Margaret Ravenscroft war für den Tod ihrer Schwester verantwortlich.«

»Mein Gott!« rief Dr. Willoughby, »Sie wollen doch nicht andeuten . . .«

»Daß es Margaret war, die ihrer schlafwandelnden Schwester folgte, und daß es Margaret war, die Dorothea über die Klippe hinunterstieß?«

»Eine solche Vermutung lehne ich rundweg ab«, protestierte Dr. Willoughby.

»Die Menschen«, antwortete Poirot, »sind unberechenbar.«

## 15

Cheltenham gefiel Mrs. Oliver. Sie war vorher noch nie dort gewesen. Hübsch ist es hier, dachte sie, endlich mal wieder Häuser, die wirklich noch wie richtige Häuser aussehen.

Ihr fiel ein, daß sie Leute kannte, die in Cheltenham gewohnt hatten. Meist pensionierte Beamte oder Offiziere. Genau der richtige Ort, fand sie, wo man seinen Lebensabend verbrachte, wenn man lange im Ausland gewesen war. Cheltenham erweckte ein Gefühl von Geborgenheit und Ruhe und Freundlichkeit. Sie warf einen Blick in ein paar sehr nette Antiquitätengeschäfte und stand kurz darauf vor dem Haus, zu dem sie wollte – oder genauer, zu dem Hercule Poirot sie geschickt hatte. Es war *The Rose Green Frisiersalon*. Sie betrat das Geschäft und sah sich um. Vier oder fünf Kundinnen ließen sich gerade die Haare machen. Ein molliges junges Mädchen kam mit fragender Miene auf Mrs. Oliver zu.

»Ich möchte zu Mrs. Rosentelle«, erklärte Mrs. Oliver. »Sie sagte, sie hätte heute vormittag Zeit für mich. Es handelt sich aber nicht um meine Haare«, fügte sie hinzu, »ich möchte sie privat sprechen. Man hat sie angerufen und sie meinte, daß es ihr gegen halb zwölf passen würde.«

»Ah ja«, sagte das Mädchen, »Madame erwartet Besuch.«

Sie führte Mrs. Oliver durch einen Gang und über eine kurze Treppe zu einer Schwingtür, die offensichtlich den Frisursalon von Mrs. Rosentelles Wohnung trennte. Das mollige Mädchen klopfte an eine dahinterliegende Tür, steckte die Nase ins Zimmer und rief: »Die Dame, die Sie sprechen möchte.« Dann fragte sie: »Wie war doch gleich Ihr Name?«

»Mrs. Oliver.«

Mrs. Oliver trat ein. Der Raum erinnerte entfernt an den Friseursalon. Die Vorhänge waren aus rosenfarbener dünner Seide, und die Tapete hatte ein Rosenmuster. Mrs. Rosentelle, die Mrs. Oliver für etwa gleichaltrig oder sogar etwas älter hielt, trank gerade ihren Morgenkaffee.

»Mrs. Rosentelle?« fragte Mrs. Oliver.

»Ja?«

»Sie haben mich doch erwartet?«

»Aber ja. Ich habe zwar nicht ganz verstanden, um was es sich handelte, die Telefonverbindung war so schlecht. Aber das macht nichts. Ich habe ungefähr eine halbe Stunde Zeit. Möchten Sie eine Tasse Kaffee?«

»Nein, vielen Dank«, antwortete Mrs. Oliver. »Ich will Sie nicht länger als unbedingt nötig aufhalten. Ich möchte Sie nur etwas fragen, an das Sie sich vielleicht zufällig noch erinnern. Sie haben doch lange Jahre als Friseuse gearbeitet?«

»Ja. Jetzt bin ich froh, daß ich das Geschäft den Mädchen überlassen kann. Ich selbst tue nichts mehr.«

»Aber Sie beraten noch?«

»Ja, das schon.« Mrs. Rosentelle lächelte. Sie hatte ein nettes, intelligentes Gesicht und gutfrisiertes braunes Haar mit ein paar interessanten grauen Strähnen darin. »Ich begreife nicht ganz, worum es geht.«

»Ich wollte Ihnen ein paar Fragen stellen, über Perücken. Sie hatten doch ein Geschäft in London, nicht wahr?«

»Ja. Zuerst in der Bond Street, dann zogen wir um in die Sloane Street, aber nun ist es herrlich, auf dem Land zu leben, wissen Sie. Mein Mann und ich sind sehr glücklich hier. Mit Perücken haben wir nicht mehr soviel zu tun. Mein Mann berät noch und entwirft Herrenperücken und Toupets. Bei vielen Leuten spielt es im Beruf nämlich eine große Rolle, daß sie nicht zu alt aussehen.«

»Das kann ich mir denken«, bestätigte Mrs. Oliver. Aus reiner Nervosität machte sie weiter Konversation und überlegte dabei angestrengt, wie sie zum eigentlichen Grund ihres Besuches kommen könnte.

Sie erschrak, als Mrs. Rosentelle sich plötzlich vorbeugte und sagte: »Sie sind doch Ariadne Oliver, die Romanschriftstellerin?«

»Ja«, gab Mrs. Oliver zu, »das stimmt . . .« Auf ihrem Gesicht erschien ein beschämter Ausdruck, wie immer in solchen Situationen. »Ja, ich schreibe Romane.«

»Ich liebe Ihre Bücher. Ich habe viele gelesen. Das ist aber wirklich reizend. Sagen Sie mir doch, wie ich Ihnen helfen kann!«

»Es geht um Perücken. Die Geschichte liegt viele Jahre zurück. Wahrscheinlich können Sie sich gar nicht mehr daran erinnern.«

»Nun, wir werden sehen . . .«

»Es handelt sich um eine Freundin von mir, wir waren zusammen in der Schule. Später heiratete sie und ging nach Indien. Sie kam auf tragische Weise ums Leben, und einer der Punkte, die man dabei seltsam fand, waren die vielen Perücken. Sie stammten alle von Ihnen, von Ihrer Firma, meine ich.«

»Wie hieß Ihre Freundin denn?«

»Ihr Mädchenname war Preston-Grey, später hieß sie Ravenscroft.«

»Ah ja, ich erinnere mich an Lady Ravenscroft. Sehr genau sogar! Sie war so reizend und sah sehr, sehr gut aus. Ihr Gatte war Oberst oder General, er war pensioniert, und sie wohnten in . . .«

»Sie begingen angeblich Selbstmord«, sagte Mrs. Oliver.

»Ja, ja! Ich las darüber. Damals sagte ich zu meinem Mann: ›Aber das ist doch Lady Ravenscroft!‹ Dann erschien ein Bild des Ehepaares in der Zeitung, ich hatte mich also nicht getäuscht. Ihn habe ich nicht gekannt, aber sie war es. Eine traurige Geschichte. Sie soll Krebs gehabt haben, deshalb ist es passiert. Aber Einzelheiten erfuhr ich nie . . . Wieso glauben Sie, ich könnte Ihnen helfen?«

»Sie lieferten die Perücken, und soviel ich weiß, fand die Polizei es auffällig, daß sie vier Perücken besaß. Aber vielleicht ist es das gar nicht?«

»Heute hat man oft mindestens zwei«, erklärte Mrs. Rosentelle. »Wissen Sie, die eine ist meistens beim Aufkämmen, und die andere trägt man.«

»Erinnern Sie sich, daß Lady Ravenscroft zusätzlich noch zwei Perücken bestellte?«

»Sie kam nicht selbst. Ich glaube, sie war krank oder im Krankenhaus. Die junge Französin kam, ihre Gesellschafterin oder so was. Sehr nett. Sprach perfekt Englisch. Sie sagte genau, wie sie sie haben wollte. Größe und Farbe und Frisur. Nicht zu glauben, daß ich mich noch daran erinnere! Aber etwa einen Monat oder sechs Wochen später las ich von dem Selbstmord . . . Sie erfuhr wohl, wie es um sie stand, sie konnte einfach nicht damit fertig werden, und ihr Gatte konnte nicht ohne sie leben . . .«

Mrs. Oliver nickte nachdenklich. »Es waren doch verschiedene Perücken?« fragte sie.

»Ja, eine mit einer sehr hübschen grauen Strähne, eine war für alle Tage und eine für den Abend. Eine bestand nur aus kurzen Löckchen. Die war besonders hübsch, man konnte sie sogar mit Hut tragen, ohne daß sie in Unordnung geriet. Es tat mir sehr leid um Lady Ravenscroft. Abgesehen von ihrer Krankheit war sie auch sehr unglücklich über ihre Schwester, die kurz zuvor gestorben war. Eine Zwillingsschwester.«

»Ja, Zwillinge lieben sich meist zärtlich.«

»Sonst schien sie immer eine so glückliche Frau gewesen zu sein«, sagte Mrs. Rosentelle und seufzte.

Mrs. Oliver wechselte das Thema. »Glauben Sie, daß für mich eine Perücke das richtige wäre?« fragte sie. Mrs. Rosentelle legte prüfend eine Hand auf Mrs. Olivers Kopf.

»Ich würde Ihnen nicht dazu raten. Sie haben prachtvolles Haar – noch immer dicht. Ich überlege . . .« Ein leises Lächeln erschien auf ihren Lippen. »Sie wollen sie nur so zum Spaß?«

»Wie klug von Ihnen, das zu erraten. Es stimmt. Ich liebe Experimente . . .«

»Sie genießen das Leben, nicht wahr?«

»Ja, das tue ich. Es ist wohl das Gefühl, daß man nie weiß, was als nächstes passiert.«

»Aber aus diesem Grund«, meinte Mrs. Rosentelle, »machen sich viele Menschen ständig Sorgen.«

## 16

Mr. Goby betrat das Zimmer und setzte sich, als Poirot ihn dazu aufforderte, auf seinen gewohnten Platz. Er sah sich im Raum um und überlegte, was er heute wählen sollte. Mr. Goby war dafür bekannt, daß er beim Sprechen sein Gegenüber nie direkt ansah. Statt dessen suchte er sich einen Heizkörper aus, ein Fernsehgerät, mal eine Uhr, mal einen Teppich oder eine Matte.

»Also«, sagte Hercule Poirot, »haben Sie was für mich?«

»Ich habe verschiedene Details gesammelt«, antwortete Mr. Goby und holte ein paar Papiere aus der Brieftasche.

Mr. Goby war in London – vielleicht sogar in ganz England – als Lieferant von Informationen bekannt. Wie er seine Wunder vollbrachte, wußte niemand genau. Er beschäftigte nicht viele andere Leute. Aber die Ergebnisse ließen seine Auftraggeber jedesmal staunen.

»Mrs. Burton-Cox«, begann er und kündigte den Namen an wie der Kirchendiener eine Bibelstelle. Er hätte genausogut »Buch Jesaia, viertes Kapitel, dritter Vers«, sagen können.

»Mrs. Burton-Cox«, wiederholte er. »Heiratete Mr. Cecil Aldbury, Knopffabrikant. Reicher Mann. Politiker. Er starb vier Jahre nach der Eheschließung durch einen Autounfall. Das einzige Kind aus dieser Ehe starb kurz danach ebenfalls durch einen Unfall. Mr. Aldburys Vermögen erbte seine Frau, es war aber nicht so groß wie vermutet, die Firma ging nicht mehr so gut. Außerdem hinterließ Mr. Aldbury eine beträchtliche Summe einer Miß Kathleen Fenn, zu der er anscheinend intime Beziehungen unterhalten hatte, von denen seine Frau nichts wußte. Mrs. Burton-Cox machte politisch Karriere. Ungefähr drei Jahre später adoptierte sie ein Kind von Miß Kathleen Fenn.

Miß Kathleen Fenn behauptete, daß es der Sohn des verstorbenen Mr. Aldbury wäre. Dies scheint mir, nach allem, was ich hörte, etwas fragwürdig. Denn«, fuhr Mr. Goby fort, »Miß Fenn unterhielt viele Beziehungen, meist zu wohlhabenden und großzügigen Herren, aber schließlich – so viele Leute haben ihren Preis, nicht wahr? Ich fürchte, ich werde Ihnen eine ganz ordentliche Rechnung schicken müssen.«

»Erzählen Sie weiter.«

»Kurz danach heiratete Mrs. Aldbury Major Burton-Cox. Miß Kathleen Fenn wurde – das kann man wohl sagen – eine sehr erfolgreiche Schauspielerin und Popsängerin und verdiente viel Geld. Sie schrieb an Mrs. Burton-Cox, daß sie ihr Kind gern zurückhaben würde. Mrs. Burton-Cox lehnte ab. Major Burton-Cox kam in Indien ums Leben. Er hinterließ seine Frau nicht unversorgt. Außerdem habe ich erfahren, daß Miß Kathleen Fenn, die kürzlich starb, ein Testament gemacht hatte, in dem sie ihr gesamtes Vermögen – eine beträchtliche Summe – ihrem natürlichen Sohn Desmond Burton-Cox vererbte.«

»Sehr großzügig«, sagte Poirot. »Woran starb Miß Fenn?«

»Angeblich an Leukämie.«

»Und der Junge erbte das ganze Geld?«

»Es wird treuhänderisch verwaltet, bis er fünfundzwanzig ist.«

»Dann wird er also unabhängig sein und ein beträchtliches Vermögen besitzen. Und Mrs. Burton-Cox?«

»Hatte bei ihren Investitionen keine sehr glückliche Hand, wie man hört. Sie besitzt genug zum Leben, aber nicht viel mehr.«

»Hat der junge Desmond sein Testament gemacht?»

»Das«, gestand Mr. Goby, »weiß ich leider noch nicht. Aber ich habe Mittel und Wege, es zu erfahren. Wenn's soweit ist, werde ich es Ihnen sofort mitteilen.« Mr. Goby verabschiedete sich und verbeugte sich geistesabwesend vor dem elektrischen Kamin.

Etwa eineinhalb Stunden später läutete das Telefon. Hercule Poirot machte sich gerade Notizen auf ein Blatt Papier. Ab und zu runzelte er die Stirn, zwirbelte seinen Schnurrbart, strich etwas durch und schrieb weiter. Als das Telefon läutete, nahm er den Hörer ab und lauschte. »Danke«, sagte er dann. »Das war rasche Arbeit. Ja . . . ja, ich bin Ihnen sehr dankbar. Manchmal weiß ich wirklich nicht, wie Sie so was fertigbringen . . . Ja, damit wird manches klar. Es gibt gewissen Dingen einen Sinn, die vorher sinnlos zu sein schienen . . . Ja . . . ich höre noch . . . Er weiß, daß er adoptiert wurde, aber er erfuhr nie, wer seine wahre Mutter war . . . Ja, sehr gut. Sie werden auch den anderen Punkt noch klären? Danke.« Poirot legte den Hörer auf und begann wieder zu schreiben.

Nach einer halben Stunde läutete das Telefon erneut. »Ich bin aus Cheltenham zurück«, sagte eine Stimme, die Poirot mühelos erkannte.

»Ah, *chère Madame,* Sie haben Mrs. Rosentelle besucht?«

»Ja. Sie ist reizend. Ganz reizend. Und Sie hatten recht, sie ist auch ein Elefant.«

»Das heißt, *chère Madame?«*

»Daß sie sich an Molly Ravenscroft erinnerte.«

»Und an die Perücken?«

»Ja.« Mrs. Oliver berichtete kurz, was sie erfahren hatte.

»Ja«, sagte Poirot, »das paßt. Es stimmt genau mit dem überein, was Chefsuperintendent Garroway mir erzählte. Die Polizei fand genau diese vier Perücken.«

»Also habe ich eigentlich nur etwas erfahren, was wir schon wissen?«

»Nein, Sie haben mir mehr erzählt. Laut Mrs. Rosentelle bestellte Lady Ravenscroft doch zwei Perücken zusätzlich zu den beiden, die sie bereits besaß, und zwar ungefähr einen Monat bis sechs Wochen vor der Selbstmordtragödie. Das ist doch interessant, nicht wahr?«

»Es ist ganz normal«, antwortete Mrs. Oliver. »Sie wissen ja, daß manche Frauen ihre Sachen schnell kaputtmachen. Perükken sind empfindlich. Wenn sie nicht mehr aufgefrischt und gereinigt werden können, muß man natürlich neue kaufen. Ich kann nicht begreifen, was Sie daran so aufregt.«

»Ich bin auch nicht aufgeregt deswegen«, sagte Poirot. »Es ist zwar ein wichtiger Punkt, aber interessanter ist, was Sie außerdem noch erzählten. Es war eine Französin, die die Perükken bestellte, nicht wahr?«

»Ja. Offenbar eine Art Gesellschafterin. Lady Ravenscroft war im Krankenhaus gewesen, noch nicht ganz gesund und konnte deshalb nicht selbst kommen, um sie auszusuchen.«

»Aha.«

»Und deshalb kam ihre französische Gesellschafterin.«

»Wissen Sie zufällig ihren Namen?«

»Nein. Ich glaube nicht, daß Mrs. Rosentelle ihn erwähnte. Sie wußte ihn wohl gar nicht. Die Verabredung wurde von Lady Ravenscroft getroffen, und die Französin brachte die Perücken wegen der Größe und Farbe und so weiter.«

»Schön«, sagte Poirot, »es hilft mir beim nächsten Schritt, den ich gerade tun will.«

»Was haben Sie denn erfahren?« fragte Mrs. Oliver. »Haben Sie überhaupt etwas unternommen?«

»Sie sind so skeptisch«, protestierte Poirot, »Sie glauben immer, daß ich nichts tue, daß ich dasitze und mich ausruhe.«

»Nun, ich nehme eher an, daß Sie im Stuhl sitzen und nachdenken«, sagte Mrs. Oliver, »schließlich gehen Sie wirklich nicht oft weg, um was zu unternehmen.«

»In naher Zukunft werde ich aber möglicherweise genau das tun«, sagte Hercule Poirot, »Sie werden sich darüber freuen. Vielleicht fahre ich sogar über den Kanal, allerdings bestimmt nicht per Schiff. Ich werde lieber fliegen.«

»Oh! Soll ich mitkommen?«

»Nein«, erwiderte Poirot, »es ist besser, wenn ich allein bin.«

»Haben Sie es wirklich vor?«

»Aber ja, ja! Ich werde ganz aktiv sein und viel herumrennen. Dann können Sie mit mir zufrieden sein, *Madame!*«

Nachdem er eingehängt hatte, wählte er eine andere Nummer, die er in seinem Notizbuch nachschlug. »Mein lieber Garroway, hier spricht Hercule Poirot. Störe ich? Sind Sie sehr beschäftigt?«

»Nein, gar nicht«, antwortete Garroway. »Ich schneide nur meine Rosen, das ist alles.«

»Ich möchte Sie etwas fragen. Eine Kleinigkeit.«

»Wegen der Selbstmorde?«

»Ja. Sie sagten, daß ein Hund im Haus gewesen war, der oft mit der Familie spazierenging; so habe ich es verstanden.«

»Ja, da war ein Hund. Die Haushälterin erwähnte doch, daß sie den Hund an jenem Tag wie gewöhnlich mitgenommen hatten.«

»Haben sich bei der Untersuchung von Mrs. Ravenscrofts Leiche Anzeichen dafür ergeben, daß sie von einem Hund gebissen wurde? Nicht unbedingt am gleichen Tag, vielleicht schon eher?«

»Merkwürdig, daß Sie mich das fragen. Ich würde mich sonst wohl kaum daran erinnert haben, wenn Sie's jetzt nicht erwähnt hätten. Ja, da waren ein paar Narben. Nichts Schlimmes. Aber die Haushälterin berichtete, daß der Hund sein Frauchen öfter angefallen und gebissen hätte, wenn auch nicht ernstlich. Hören Sie, Poirot, damals gab es dort keine Tollwut, falls Sie das meinen. Nichts Derartiges. Und schließlich wurden sie erschossen – beide sind erschossen worden. Keine Frage von Vergiftung oder Tetanus.«

»Das meine ich auch nicht«, sagte Poirot, »ich wollte nur etwas Bestimmtes wissen.«

»Ein Hundebiß war ziemlich frisch, etwa eine Woche alt, oder auch zwei, und gut verheilt.«

»Ich hätte den Hund gern gekannt. Vielleicht war er sehr intelligent?« Als er den Hörer aufgelegt hatte, murmelte Poirot: »Ja, ein intelligenter Hund! Vielleicht intelligenter als die Polizei!«

## 17

Miß Livingstone führte den Gast herein. »Mr. Hercules Porrett«, kündigte sie ihn an. Als sie hinausgegangen war, schloß Poirot die Tür, setzte sich zu seiner Freundin Mrs. Ariadne Oliver auf das Sofa und sagte mit gedämpfter Stimme: »Ich reise ab!«

*»Was?«* rief Mrs. Oliver, die Poirots Informationsmethoden immer leicht erschreckten.

»Ich reise ab. Ich fliege nach Genf.«

»Das klingt, als wären Sie bei der UNO oder der UNESCO oder so was.«

»Nein. Ich mache nur einen privaten Besuch.«

»Haben Sie einen Elefanten in Genf?«

»Nun, man könnte es so betrachten. Vielleicht sogar zwei.«

»Ich habe nichts mehr herausgebracht«, bekannte Mrs. Oliver. »Ich weiß wirklich nicht, wen ich noch besuchen und fragen könnte.«

»Sagten Sie nicht, daß Ihr Patenkind Celia einen jüngeren Bruder hat?«

»Ja, Edward. Ich habe ihn kaum je gesehen. Ein- oder zweimal. Aber das ist Jahre her.«

»Wo ist er jetzt?«

»Auf der Universität, in Kanada, glaube ich. Wollen Sie hinfahren und ihn ausfragen?»

»Nein, im Augenblick nicht. Ich wüßte nur gern, wo er steckt. Aber soviel ich weiß, war er nicht zu Hause, als es passierte.«

»Sie können doch nicht eine Sekunde glauben, daß er der Täter ist? Daß er Vater und Mutter erschoß?«

»Er war nicht zu Hause«, bemerkte Poirot. »Das las ich in den Polizeiberichten.«

»Haben Sie sonst Interessantes herausgebracht? Sie sehen ganz aufgeregt aus.«

»In gewisser Hinsicht bin ich es auch. Ich habe Dinge herausbekommen, die auf das, was wir bereits wissen, ein ganz neues Licht werfen.«

»Und das wäre?«

»Ich verstehe jetzt, warum Mrs. Burton-Cox sich Ihnen aufdrängte und versuchte, durch Sie Einzelheiten über die Selbstmorde der Ravenscrofts zu erfahren.«

»Wollen Sie damit sagen, daß sie nicht bloß neugierig war?«

»Ich glaube, daß Methode dahintersteckte. Vielleicht spielt hier Geld eine Rolle.«

»Geld? Was hat das alles mit Geld zu tun? Sie ist doch ganz gut situiert, oder nicht?«

»Sie hat genug zum Leben, ja. Aber offenbar machte ihr Adoptivsohn, den sie als ihren richtigen Sohn betrachtet – er weiß, daß er adoptiert ist, kennt aber seine echten Eltern nicht –, also allem Anschein nach machte er bei seiner Volljährigkeit ein Testament, möglicherweise auf Veranlassung seiner Adoptivmutter. Vielleicht rieten ihm auch Freunde dazu. Oder ein Anwalt, den sie konsultierte. Jedenfalls wird er sich gedacht haben, daß er sein Vermögen genausogut auch ihr hinterlassen könne, da er niemand anderen hatte, zu dem Zeitpunkt jedenfalls.«

»Ich sehe nicht ein, wieso das der Grund sein sollte, warum sie Näheres über die Selbstmorde erfahren wollte.«

»Nein? Sie versuchte, die Heirat zu hintertreiben. Wenn Jung-Desmond eine Freundin hatte und bald heiraten würde – was ja eine Menge junger Leute heutzutage tun, sie wollen nicht warten und lange überlegen –, würde Mrs. Burton-Cox nicht erben, denn die Heirat höbe das Testament auf. Und sicher würde Desmond Burton-Cox dann in einem neuen Testament alles seiner Frau und nicht seiner Adoptivmutter hinterlassen.«

»Und Sie glauben, Mrs. Burton-Cox wollte das verhindern?«

»Sie suchte einen Grund, um ihn von der Heirat abzubringen. Vermutlich hoffte sie, ja glaubte sie, daß Celias Mutter ihren Mann erschoß und dann sich selbst. So etwas kann einen jungen Mann schon entmutigen. Selbst wenn ihr Vater ihre Mutter tötete, wäre das noch ein schrecklicher Gedanke gewesen. Es könnte mit Leichtigkeit einen doch noch sehr jungen Mann beeinflussen.«

»Glauben Sie, er könnte befürchten, daß bei solchen Eltern auch die Tochter Mordgelüste hätte?«

»Nicht ganz so hart, aber es kommt der Wahrheit nahe.«

»Er war doch nicht reich? Ein Adoptivkind!«

»Er kannte den Namen seiner richtigen Mutter nicht und wußte nicht, wer sie war. Sie war Schauspielerin und Sängerin und verdiente sehr gut. Sie verlangte ihr Kind zurück. Als Mrs. Burton-Cox nicht darauf einging, hat sie wohl viel über den Jungen nachgedacht und beschlossen, ihm ihr Vermögen zu vermachen. Bis er fünfundzwanzig ist, wird das Geld treuhänderisch verwaltet. Deshalb möchte Mrs. Burton-Cox natürlich nicht, daß er heiratet, oder wenn doch, dann höchstens jemanden, den sie absolut billigt oder auf den sie Einfluß hat.«

»Ja, das leuchtet mir ein. Sie ist keine angenehme Person, nicht wahr?«

»Nein«, gab Poirot zu. »Mir hat sie nicht besonders gefallen.«

»Und deshalb wollte sie nicht, daß Sie sie besuchen und herauskriegen, was sie plant.«

»Möglich.«

»Haben Sie sonst noch was erfahren?«

»Ja, ich erfuhr von Chefsuperintendent Garroway, daß die schon ältliche Haushälterin sehr schlecht sah.«

»Paßt das irgendwie?«

»Es könnte passen«, sagte Poirot. Er sah auf seine Uhr. »Ich glaube, ich muß gehen.«

»Sie fahren zum Flughafen?«

»Nein. Meine Maschine fliegt erst morgen früh. Aber heute muß ich noch wohin – an einen Ort, den ich mir mit eigenen Augen ansehen möchte. Draußen wartet ein Wagen, der mich hinfährt . . .«

»Was möchten Sie sich denn ansehen?« fragte Mrs. Oliver neugierig.

»Es gibt da nicht viel zu sehen, eher zu fühlen. Ja, das ist das richtige Wort . . . zu fühlen und festzustellen, was man fühlt . . .«

## 18

Hercule Poirot trat durch das Friedhofstor, ging einen Pfad entlang, und blieb vor einer moosbewachsenen Mauer stehen. Er sah auf das Grab hinunter. Ein paar Minuten stand er still da, betrachtete das Grab und sah hinaus auf die Dünen und das Meer. Auf dem Grab lagen frische Blumen, ein kleiner Strauß Wiesenblumen, wie ein Kind sie gepflückt haben könnte, aber Poirot glaubte nicht, daß es ein Kind gewesen war. Er las die Inschrift auf dem Grabstein.

Zur Erinnerung an
DOROTHEA JARROW gestorben 15. Sept. 1960
und an
MARGARET RAVENSCROFT gestorben 3. Okt. 1960
ihre Schwester
und an
ALISTAIR RAVENSCROFT gestorben 3. Okt. 1960
deren Gatten
Im Tode wurden sie nicht getrennt

Vergib uns unsre Schuld
Wie wir vergeben unsern Schuldigern
Herr, erbarme dich unser
Christus, erbarme dich unser
Herr, erbarme dich unser

Poirot blieb noch kurze Zeit dort stehen. Er nickte ein paarmal mit dem Kopf. Dann verließ er den Friedhof und schlug den Pfad ein, der hinaus zu den Klippen führte. Kurz darauf blieb er wieder stehen und sah aufs Meer hinaus. Er redete laut mit sich selbst. »Ich bin überzeugt, daß ich jetzt weiß, was geschah und warum. Was für eine Tragik! Das Schweizer Mädchen muß es gewußt haben – aber wird sie's mir erzählen? Der

Junge glaubt, daß sie es tun wird. Um ihretwillen – um Celias und Desmonds willen. Sie können kein gemeinsames Leben beginnen, ehe sie nicht die Wahrheit wissen.«

## 19

»Mademoiselle Rouselle?« sagte Hercule Poirot und verbeugte sich.

Mademoiselle Rouselle reichte ihm die Hand. Ungefähr fünfzig, dachte Poirot. Eine ziemlich energische Person. Dürfte ihren Kopf durchsetzen. Intelligent, intellektuell, zufrieden mit ihrem Leben; hat die Freuden genossen und die Sorgen getragen, die das Leben so mit sich bringt.

»Ich habe schon von Ihnen gehört«, sagte sie. »Sie haben viele Freunde, wissen Sie, hier in der Schweiz wie auch in Frankreich. Ich weiß nicht recht, was ich für Sie tun kann. Sie schrieben es mir zwar in Ihrem Brief, aber . . . Es betrifft eine Geschichte, die weit zurückliegt? Bitte, setzen Sie sich doch! Da ist Konfekt, und die Karaffe steht auf dem Tisch.« Sie strahlte Ruhe und Gastfreundlichkeit aus, ohne jede Aufdringlichkeit. Sie war nicht nervös, einfach nur liebenswürdig.

»Sie waren früher Erzieherin bei einer bestimmten Familie«, begann Poirot. »Den Ravencrofts. Vielleicht erinnern Sie sich nicht mehr?«

»O doch! Ich finde, man vergißt Dinge, die sich in der Jugendzeit ereignet haben, nicht so leicht. Sie hatten ein Mädchen und einen vier oder fünf Jahre jüngeren Jungen, reizende Kinder. Ihr Vater war General.«

»Es gab auch noch eine Schwester.«

»Ach ja, ich erinnere mich! Zuerst war sie nicht dort. Ich glaube, sie hatte eine zarte Gesundheit. Sie war irgendwo in einem Sanatorium.«

»Erinnern Sie sich an die Namen?«

»Die eine hieß Margaret, glaube ich. Den andern weiß ich heute nicht mehr.«

»Dorothea.«

»Ach ja. Aber sie nannten sich Molly und Dolly. Es waren eineiige Zwillinge. Wie ähnlich sie sich sahen! Beides waren sehr hübsche junge Frauen.«

»Und sie hingen aneinander.«

»Ja, sehr. Dorothea heiratete einen Major – warten Sie – ach ja, einen Major Jarrow. Und Margaret . . .«

»General Ravenscroft«, ergänzte Poirot.

»Ja, richtig. Komisch, wie schlecht man doch Namen behält. Margaret war hier in einem Pensionat. Als sie nach ihrer Heirat an Madame Benoit, die Pensionatsleiterin, schrieb, ob sie nicht eine geeignete Erzieherin für ihre beiden Kinder wüßte, wurde ich empfohlen. So kam ich in die Familie. Die Schwester war nur während eines Teils meiner Zeit bei den Kindern dort. Das eine Kind war ein Mädchen von etwa sechs oder sieben Jahren. Sie hatte einen Namen wie aus einem Stück von Shakespeare, erinnere ich mich. Rosalin oder Celia.«

»Celia.«

»Der Junge war erst drei oder vier Jahre alt. Er hieß Edward. Ein übermütiges, liebes Kind. Ich war glücklich bei ihnen.«

»Und Sie liebten sie sehr, wie ich höre. Sie waren sehr liebevoll mit ihnen.«

*»Moi, j'aime les enfants«,* sagte Mademoiselle Rouselle.

»Sie nannten Sie ›Maddy‹.«

Sie lachte. »Ach, das Wort höre ich gern. Es bringt vergangene Zeiten zurück.«

»Kannten Sie auch einen Jungen mit Namen Burton-Cox?«

»O ja. Er wohnte irgendwo in der Nachbarschaft. Wir hatten mehrere Nachbarn, die Kinder kamen oft zum Spielen zu uns. Er hieß Desmond. Ja, ich erinnere mich.«

»Waren Sie lange dort, Mademoiselle?«

»Nein. Höchstens drei oder vier Jahre. Dann wurde ich zurückgeholt. Meine Mutter war sehr krank. Ich mußte zurückkommen und sie pflegen. Sie starb etwa eineinhalb Jahre später. Danach eröffnete ich hier ein kleines Pensionat, nur für größere Mädchen, die Sprachen lernen wollten. Seitdem habe ich England nicht mehr besucht, aber ein paar Jahre lang riß der Kontakt zu dem Land nicht ab. Und die Kinder schickten mir immer Weihnachtsgrüße.«

»Fanden Sie, daß General Ravenscroft und seine Frau glücklich zusammen waren?«

»Sehr glücklich. Und sie liebten ihre Kinder.«

»Sie paßten gut zusammen?«

»Ja, sie schienen alle Voraussetzungen für eine gute Ehe zu haben.«

»Sie sagten, Mrs. Ravenscroft mochte ihre Zwillingsschwester sehr, war das umgekehrt auch der Fall?«

»Nun, ich hatte wenig Gelegenheit, das zu beurteilen. Offengestanden, ich fand, daß die Schwester – Dolly, wie sie sie nannten – ein ausgesprochener Fall für den Psychiater war. Ein- oder zweimal benahm sie sich sehr merkwürdig. Sie war sehr eifersüchtig, und soviel ich weiß, stand sie mal kurz vor ihrer Verlobung mit Major Ravenscroft. Er hatte sich zuerst in sie verliebt, später aber doch die Schwester umworben, was ich für sehr gut hielt, denn Molly war eine ausgeglichene entzückende Frau. Was Dolly betrifft – manchmal dachte ich, sie bete ihre Schwester an, manchmal, daß sie sie haßte. Sie war wirklich eine sehr eifersüchtige Frau und fand, daß die Kinder zu sehr verwöhnt würden. Aber da gibt es jemanden, der darüber viel besser Bescheid weiß als ich. Mademoiselle Meauhourat. Sie wohnt jetzt in Lausanne. Sie kam ein oder zwei Jahre nach mir zu den Ravenscrofts. Und blieb einige Jahre bei ihnen. Später kehrte sie als Gesellschafterin für Mrs. Ravenscroft zurück, als Celia ins Pensionat kam.«

»Ich werde sie besuchen. Ich habe ihre Adresse«, warf Poirot ein.

»Sie weiß viel mehr als ich und ist eine reizende und zuverlässige Person. Eine tragische Geschichte, die sich dann ereignete. Wenn irgend jemand, kennt sie den Grund. Sie ist sehr diskret. Mir hat sie nie etwas erzählt. Ich weiß nicht, ob sie es Ihnen sagen wird. Vielleicht, vielleicht auch nicht.«

Einen Augenblick stand Poirot da und sah Mademoiselle Meauhourat nur an. Er war schon von Mademoiselle Rouselle beeindruckt gewesen, und auch die Frau, die nun vor ihm stand, gefiel ihm sehr. Sie mußte mindestens zehn Jahre jünger sein, wirkte lebhaft, war attraktiv, hatte wache Augen und schien sich sehr gut ihr eigenes Urteil über andere Leute bilden zu können, ohne Sentimentalität. Sie ist, dachte Hercule Poirot, eine ausgesprochene Persönlichkeit.

»Ich bin Hercule Poirot, Mademoiselle.«

»Ich weiß. Ich habe Sie schon erwartet.«

»Haben Sie meinen Brief erhalten?«

»Nein. Er ist sicher noch bei der Post. Unser Briefträger ist ein bißchen unzuverlässig. Nein. Ich bekam von jemand anders einen Brief.«

»Von Celia Ravenscroft?«

»Nein. Aber der Schreiber steht Celia sehr nahe – ein junger Mann namens Desmond Burton-Cox. Er bereitete mich auf Ihre Ankunft vor.«

»Ah. Jetzt verstehe ich. Ein intelligenter Bursche. Er verschwendet keine Zeit! Er hat mich sehr gedrängt, Sie zu besuchen.«

»Das schrieb er mir. Offenbar gibt es Schwierigkeiten. Probleme, die er bereinigen möchte, und Celia auch. Glauben Sie, daß Sie ihnen helfen können?«

»Ja, und die beiden glauben, daß Sie *mir* helfen können.«

»Sie lieben sich und wollen heiraten?«

»Ja, aber man legt ihnen Schwierigkeiten in den Weg.«

»Desmonds Mutter vermutlich. Das hat er angedeutet.«

»Gewisse Vorfälle in Celias Leben haben seine Mutter gegen seine Heirat mit ihr eingenommen.«

»Es war eine tragische Geschichte.«

»Ja. Celia hat eine Patin, die von Desmonds Mutter gebeten wurde, Celia nach den genauen Umständen, unter denen dieser Selbstmord geschah, auszufragen.«

»Das hat keinen Zweck«, sagte Mademoiselle Meauhourat. Sie wies auf einen Sessel. »Bitte, setzen Sie sich doch! Ich glaube, wir werden ein bißchen Zeit für unsere Unterhaltung brauchen. Celia kann ihrer Patin nichts erzählen – es ist Mrs. Ariadne Oliver, die Schriftstellerin, nicht wahr? Ich erinnere mich! Celia konnte ihr die Information nicht geben, weil sie sie selber nicht hat.«

»Sie war nicht zu Hause, als es passierte, und niemand hat ihr Näheres erzählt. Ist das richtig?«

»Ja. Es schien nicht ratsam zu sein.«

»Aha! Und billigten Sie diese Entscheidung?«

»Das ist schwer zu sagen. Sehr schwer. Nach all den vielen Jahren, die seitdem vergangen sind, bin ich mir noch immer nicht klar darüber. Soweit ich weiß, war Celia nie beunruhigt über das ›Warum‹ und ›Weshalb‹. Sie akzeptierte die Tatsachen, wie man ein Flugzeugunglück oder einen Autounfall akzeptiert. Sie war jahrelang im Ausland im Pensionat.«

»Welches Sie leiteten, Mademoiselle Meauhourat.«

»Das stimmt. Ich habe mich erst vor kurzem zurückgezogen. Eine Kollegin führt es weiter. Celia wurde zu mir geschickt. Man bat mich, ein gutes Pensionat für die Vervollständigung ihrer Erziehung zu suchen. Viele Mädchen kommen aus diesem Grund in die Schweiz. Ich hätte verschiedene Institutionen empfehlen können. Doch ich nahm sie in meinem eigenen Pensionat auf.«

»Celia hat Sie nicht gefragt und Aufklärung verlangt?«

»Nein. Das war ja, bevor sich diese Tragödie ereignete.«

»Ach so. Das hatte ich nicht richtig verstanden.«

»Celia kam ein paar Wochen vor dem tragischen Ereignis hier an. Ich selbst war damals noch bei General und Lady Ravenscroft. Ich sorgte für Lady Ravenscroft, war eigentlich mehr ihre Gesellschafterin als Celias Erzieherin, denn sie war damals noch im Internat. Aber man entschloß sich ganz plötzlich, daß Celia in die Schweiz fahren und ihre Erziehung dort abschließen sollte.«

»Lady Ravenscrofts Gesundheit war nicht die beste, nicht wahr?«

»Ja. Aber nichts Ernstes, wie sie befürchtet hatte. Sie hatte unter großen nervlichen Belastungen gelitten, unter einem Schock.«

»Sie sind bei ihr geblieben?«

»Meine in Lausanne lebende Schwester holte Celia ab und brachte sie in das Institut. Dort sollte sie ihre Studien beginnen und meine Rückkehr abwarten. Ich kam drei oder vier Wochen später.«

»Sie waren also in Overcliffe, als es geschah.«

»Ich war in Overcliffe. General und Lady Ravenscroft machten einen Spaziergang, wie so häufig. Sie gingen fort und kehrten nicht zurück. Sie hatten sich erschossen, die Waffe lag neben ihnen. Sie gehörte General Ravenscroft. Er hatte sie immer in einer Schreibtischschublade in seinem Arbeitszimmer aufbewahrt.

Auf dieser Waffe wurden Fingerabdrücke gefunden von beiden. Es gab keinen Hinweis, wer sie als letzter in der Hand gehabt hatte. Die naheliegende Lösung war: doppelter Selbstmord.«

»Sie hatten keinen Grund, das anzuzweifeln?«

»Die Polizei fand keinen.«

»Aha.«

»Wie bitte?«

»Nichts, nichts. Ich überlege nur.«

Poirot sah sie an. Braunes Haar, kaum eine graue Strähne,

festgeschlossene Lippen, graue Augen, ein Gesicht, das kein Gefühl verriet. Sie hatte sich vollkommen in der Gewalt.

»Sonst können Sie mir nichts weiter erzählen?«

»Ich fürchte, nein. Es ist schon so lange her!«

»Sie erinnern sich aber noch recht gut.«

»Etwas so Trauriges kann man nicht vergessen.«

»Und Sie waren einverstanden, daß man Celia keine näheren Einzelheiten erzählte?«

»Habe ich Ihnen nicht gerade gesagt, daß ich keine zusätzlichen Informationen hatte?«

»Sie waren dort, Sie lebten schon eine ganze Zeit vor der Tragödie in Overcliffe, nicht wahr? Vier oder fünf Wochen, vielleicht sechs.«

»Sogar schon länger. Zwar war ich früher Celias Erzieherin, aber ich kam zurück, um Lady Ravenscroft zu unterstützen.«

»Lady Ravenscrofts Schwester wohnte damals auch gerade im Haus, nicht wahr?«

»Ja. Sie war einige Zeit zur Behandlung im Krankenhaus gewesen. Ihre Gesundheit hatte sich wesentlich gebessert, und die Ärzte meinten, daß es gut für sie wäre, ein normales Leben bei ihren Verwandten und in häuslicher Atmosphäre zu führen. Da Celia im Internat war, schien es Lady Ravenscroft der geeignete Zeitpunkt, um ihre Schwester einzuladen.«

»Mochten sich die beiden Schwestern gern?«

»Das war schwer zu sagen«, meinte Mademoiselle Meauhourat. Ihre Brauen zogen sich nachdenklich zusammen, als ob Poirots Frage ihr besonderes Interesse geweckt hätte. »Ich habe darüber nachgedacht, wissen Sie. Ich habe seitdem soviel überlegt. Es waren eineiige Zwillinge. Es bestand eine Bindung zwischen ihnen, aus gegenseitiger Abhängigkeit und Liebe, sie waren sich in vieler Hinsicht sehr ähnlich. Aber in manchen anderen Dingen waren sie sich gar nicht ähnlich.«

»Was wollen Sie damit sagen? Ich wäre sehr froh, wenn ich wüßte, was Sie meinen.«

»Ach, das hat nichts mit dem Ereignis zu tun. Aber da war ein gewisser – wie soll ich es sagen –, ein gewisser physischer oder psychischer Defekt – wie immer Sie das auch bezeichnen wollen . . . Manche Leute vertreten heutzutage ja die Theorie, daß es für jede geistige Störung eine physische Ursache gibt. Ich glaube, daß die Medizin ziemlich klar erkannt hat, daß eineiige Zwillinge mit einer starken Bindung zueinander geboren wer den, einer großen Charakterähnlichkeit, daß, auch wenn sie in verschiedener Umgebung aufwachsen, ihnen zur gleichen Zeit die gleichen Dinge zustoßen. Sie entwickeln sich ähnlich. Manche in der Medizin angeführten Beispiele sind ganz ungewöhnlich. Da sind zum Beispiel zwei Schwestern. Die eine lebt in England, die andere vielleicht in Frankreich. Sie haben den gleichen Hund, den sie sich ungefähr zur selben Zeit ausgesucht haben. Sie heiraten Männer, die sich ähnlich sind. Sie bringen ein Kind zur Welt, fast genau im selben Monat. Es ist, als hätten sie immer dem gleichen Plan zu folgen, egal, wo sie sind, und ohne zu wissen, was der andere tut. Und dann gibt es das genaue Gegenteil. Eine Art Ablehnung, fast Haß, so daß die eine Schwester die andere zurückstößt, oder ein Bruder den andern meidet, als ob sie vor der Gleichheit, der Ähnlichkeit, der Gemeinsamkeit fliehen wollten. Und das kann zu sehr eigenartigen Resultaten führen.«

»Ich habe davon gehört«, sagte Poirot, »und es ein paarmal selbst erlebt. Liebe kann sehr leicht in Haß umschlagen. Es ist leichter zu hassen, wo man einmal geliebt hat, als gleichgültig zu werden.«

»Sie wissen gut Bescheid«, sagte Mademoiselle Meauhourat.

»War Lady Ravenscrofts Schwester ihr sehr ähnlich?«

»Im Aussehen waren sie sich sehr ähnlich, obwohl ihr Gesicht anders war. Sie befand sich in einem Spannungszustand, den Lady Ravenscroft nicht an sich kannte. Sie hatte eine starke Abneigung gegen Kinder. Warum, weiß ich nicht. Vielleicht hatte sie früher einmal eine Fehlgeburt. Vielleicht hatte sie sich immer ein Kind gewünscht und nie eines bekommen. Aber irgendwie konnte sie Kinder nicht ausstehen. Sie mochte sie nicht.«

»Das hat auch ein- oder zweimal zu ernsten Schwierigkeiten geführt, nicht wahr?«

»Hat Ihnen das jemand erzählt?«

»Ich habe einiges von Leuten erfahren, die die beiden Schwestern kannten, als sie in Indien waren. Lady Ravenscroft lebte mit ihrem Mann dort, und ihre Schwester Dolly besuchte sie. Damals hatte ein Kind einen Unfall, und man sagte, daß Dolly zum Teil dafür verantwortlich war. Es gab keine definitiven Beweise, aber soviel ich hörte, ließ Mollys Gatte seine Schwägerin nach England bringen, wo sie wieder zur Behandlung in ein Sanatorium kam.«

Ja, so ähnlich muß es gewesen sein. Natürlich weiß ich das nicht aus eigener Anschauung.«

»Ich sehe eigentlich auch keinen Grund, diese lang zurückliegende Geschichte wieder ins Bewußtsein zu rufen. Es ist wohl besser, die Dinge ruhen zu lassen, wenn man sie einmal akzeptiert hat. – Jene Tragödie in Overcliffe hätte verschiedenes sein können, Doppelselbstmord, Mord oder etwas anderes. Man hat Ihnen berichtet, was geschah, aber aus einer kleinen Bemerkung von Ihnen entnehme ich, daß Sie es schon wußten. Sie wissen, was damals passierte, und ich glaube, Sie wissen auch, was einige Zeit davor geschah – oder sagen wir besser, was da begann. Zu der Zeit, als Celia in die Schweiz fuhr und Sie noch in Overcliffe waren. Ich möchte Ihnen eine Frage stellen. Wie waren Ihrer Meinung nach die Gefühle General Ravenscrofts gegenüber den beiden Schwestern?«

»Ich weiß, was Sie meinen.«

Zum ersten Mal änderte sich ihr Verhalten ein wenig. Sie war nicht länger auf der Hut, sie beugte sich vor und antwortete, als ob das Sprechen eine große Erleichterung für sie wäre. »Beide waren sehr hübsch«, begann sie. »Das habe ich von vielen Leuten gehört. General Ravenscroft verliebte sich in Dolly, die geistesgestörte Schwester. Wenn sie auch nicht ganz normal war, so war sie doch überaus attraktiv – sinnlich. Er liebte sie sehr, doch dann entdeckte er wohl irgend etwas, das ihn beunruhigt haben muß oder abstieß. Vielleicht erkannte er den beginnenden Wahnsinn, die damit verbundenen Gefahren. Er wandte sich ihrer Schwester zu. Er verliebte sich in sie und heiratete sie.«

»Sie meinen, er liebte sie beide. Nicht zur gleichen Zeit, aber jedesmal war es echte Liebe.«

»Ja. Er war Molly sehr ergeben, verließ sich ganz auf sie. Er war ein sehr liebenswerter Mann.«

»Entschuldigen Sie«, sagte Poirot, »aber ich glaube, auch Sie haben ihn geliebt.«

»Sie – wie können Sie es wagen, so etwas zu sagen?«

»Ich will damit nicht andeuten, daß Sie eine Affäre hatten, absolut nicht. Ich sage nur, daß Sie ihn geliebt haben.«

»Ja«, gab Zélie Meauhourat zu. »Ich habe ihn geliebt. In gewissem Sinn liebe ich ihn noch. Es ist nichts, weswegen ich mich schämen müßte. Er vertraute mir und verließ sich auf mich, aber er hat mich nie geliebt. Man kann lieben und dienen, und dabei glücklich sein. Mehr hab' ich nicht gewollt. Vertrauen, Sympathie . . .«

»Und«, unterbrach sie Poirot, »Sie taten, was Sie konnten, um ihm in einer schrecklichen Krise seines Lebens zu helfen. Gewisse Dinge wollen Sie mir nicht verraten. Aber ich möchte Ihnen von meiner Theorie erzählen, die auf bestimmten Informationen basiert. Bevor ich Sie besuchte, habe ich manches gehört, von Leuten, die nicht Lady Ravenscroft allein, sondern auch Dolly kannten. Und ich weiß einiges von Dolly und der Tragödie ihres Lebens, von ihrem Kummer, ihrem Unglück und auch von dem Haß, dem Stückchen Bösen, dem Hang zur Zerstörung, die sich in einer Familie weitervererben können. Wenn sie den Mann liebte, mit dem sie verlobt war, muß sie, als er ihre Schwester heiratete, Haß gegen diese Schwester empfunden haben. Vielleicht hat sie ihr nie ganz verziehen. Aber was war mit Molly Ravenscroft? Stieß ihre Schwester sie ab? Haßte sie sie?«

»Aber nein«, antwortete Zélie Meauhourat, »sie liebte ihre Schwester, mit großer beschützender Liebe. Das weiß ich genau. Sie wollte immer, daß Dolly bei ihnen leben sollte. Sie wollte ihrer Schwester helfen, sie vor sich selbst retten. Sie hatte oft entsetzliche Wutanfälle. Manchmal hatte Molly Angst. Nun, Sie sagten ja schon, daß Dolly eine merkwürdige Abneigung gegen Kinder hatte.«

»Sie meinen, sie mochte Celia nicht?«

»Nein, nein, nicht Celia! *Edward!* Zweimal hatte Edward beinahe einen Unfall. Einmal hatte sie an einem Wagen herumgefingert, ein andermal hatte sie einen Wutausbruch. Ich weiß, daß Molly froh war, als Edward wieder zur Schule zurückmußte. Er war sehr jung, viel jünger als Celia. Höchstens acht oder neun. Und so sensibel. Molly hatte Angst um ihn.«

»Ja, das kann ich verstehen. Seltsam ist auch die Sache mit den Perücken. Vier Stück – das sind reichlich viele. Ich weiß, wie sie aussahen, daß eine Französin nach London fuhr und sie bestellte. Es gab auch einen Hund. Einen Hund, den General und Lady Ravenscroft an jenem Unglückstag auf den Spaziergang mitnahmen. Kurze Zeit vorher hatte dieser Hund sein Frauchen – Molly Ravenscroft – gebissen.«

»Hunde sind nun mal so«, meinte Zélie Meauhourat. »Man darf ihnen nie ganz trauen.«

»Ich werde Ihnen jetzt erzählen, was sich meiner Ansicht

nach an jenem Tag ereignete und was sich vorher ereignete, einige Zeit vorher.«

»Und wenn ich Ihnen nicht zuhören möchte?«

»Sie werden mir zuhören. Danach können Sie mir sagen, daß meine Theorie falsch ist. Ja, dazu wären Sie vielleicht wirklich imstande, obwohl ich es nicht annehme. Glauben Sie mir, was wir brauchen, ist die Wahrheit! Keine Vermutungen oder Spekulationen. Celia und der junge Mann lieben sich und haben Angst vor der Zukunft, weil sie nicht wissen, was damals wirklich geschah, ob Celia durch ihren Vater oder ihre Mutter erblich belastet ist. Celia ist ein rebellisches Mädchen, begabt, vielleicht etwas schwierig, aber intelligent, vernünftig, gefühlvoll, mutig. Und sie braucht – wie manche Menschen – die Wahrheit. Weil sie die Wahrheit ertragen können. Sie nehmen die Wahrheit mit jener mutigen Bereitschaft an, die man braucht, wenn man ein gutes Leben will. Und der junge Mann, den sie liebt, ist ganz auf ihrer Seite. Wollen Sie mir zuhören?«

»Ja«, antwortete Zélie Meauhourat, »ich werde Ihnen zuhören. Sie sind sehr klug, glaube ich, und wissen mehr von der ganzen Tragödie, als ich ahnte. Sprechen Sie!«

## 20

Hercule Poirot stand auf den Klippen, sah hinunter zu den Felsen und beobachtete, wie sich die Wellen an ihnen brachen. Hier hatte man die beiden Leichen gefunden. Und hier war ein paar Wochen vorher die Schwester hinuntergestürzt.

»Warum ist es passiert?« hatte Chefsuperintendent Garroway gefragt.

Ja, warum? Was war das Motiv? Ein Unfall – und ein paar Wochen später zwei Selbstmorde. Alte Sünden, die lange Schatten warfen . . . Vor langer Zeit hatte alles begonnen, und Jahre später kam das tragische Ende. Heute würden sich hier ein paar Menschen treffen: Ein junger Mann und ein Mädchen, die die Wahrheit wissen wollten. Und zwei Leute, die sie kannten.

Hercule Poirot wandte sich vom Meer ab und ging den schmalen Pfad zurück. Bis zum Haus war es nicht weit. Ein Wagen stand an der Gartenmauer, die Umrisse des Hauses hoben sich gegen den Himmel ab. Es war unbewohnt und mußte neu gestrichen werden. Das Schild eines Maklers hing am Tor, daß es zu verkaufen sei. Zwei Menschen kamen Poirot entgegen, Desmond Burton-Cox und Celia Ravenscroft.

»Ich habe vom Makler einen Brief bekommen«, sagte Desmond, »wir können uns das Haus anschauen. Ich habe den Schlüssel, falls wir hineingehen wollen. Es hat in den letzten fünf Jahren zweimal den Besitzer gewechselt . . . Jetzt dürfte wohl kaum noch was zu finden sein, oder?«

»Ich kann's mir nicht vorstellen«, meinte Celia. »Schließlich hat es ja danach schon verschiedenen Leuten gehört. Sie fanden es alle zu einsam. Und jetzt verkauft es der Besitzer wieder. Vielleicht spukt es.«

»Glaubst du wirklich an so was?« fragte Desmond.

»Na ja, eigentlich nicht. Aber hier wär's möglich, nicht? Nach allem, was passiert ist, und so, wie es jetzt aussieht . . .«

»Das finde ich nicht«, mischte sich Poirot ein. »Hier gab es Leid und Tod, aber auch Liebe.«

Ein Taxi kam die Straße entlang. »Das ist vermutlich Tante Ariadne«, sagte Celia. »Sie wollte mit dem Zug fahren und am Bahnhof ein Taxi nehmen.«

Zwei Frauen stiegen aus, Mrs. Oliver und eine große, elegante Person. Poirot, der von ihrem Kommen wußte, war nicht überrascht. Er beobachtete Celia.

Da lief Celia auf die Frau zu und rief mit strahlendem Gesicht: »Zélie! Ja, das ist tatsächlich Zélie! Aber ich – ich wußte gar nicht . . .«, sie schwieg, drehte sich um und sah Desmond an. »Desmond, warst du das?«

»Ja. Ich schrieb Mademoiselle Meauhourat – Zélie, wenn ich sie noch so nennen darf.«

»Ihr könnt mich immer so nennen, ihr beide«, meinte Zélie. »Ich bin mir nicht sicher, ob es klug von mir war, zu kommen, aber ich hoffe es.«

»Wir beide möchten die Wahrheit wissen«, erklärte Celia. »Desmond dachte, du könntest uns helfen.«

»Monsieur Poirot hat mich besucht«, sagte Zélie. »Er überredete mich, herzukommen.«

Celia hängte sich bei Mrs. Oliver ein. »Ich wollte, daß du auch dabei bist, Tante Ariadne, weil du die Sache ins Rollen brachtest, nicht wahr? Du hast Monsieur Poirot dazugekriegt, mitzumachen und selbst soviel unternommen.«

»Ja. Ein paar Leute haben mir was erzählt«, sagte Mrs. Oliver, »von denen ich dachte, sie erinnerten sich noch. Vieles stimmte, und vieles war falsch. Das war sehr verwirrend. Aber Monsieur Poirot meinte, das sei nicht wirklich wichtig.«

»Nun«, antwortete Poirot, »es ist genauso wichtig wie zwischen Hörensagen und Tatsachen unterscheiden zu können. Was Sie für mich herausbekommen haben, *Madame,* von den Elefanten . . .« Er lächelte.

»Wieso Elefanten?« fragte Mademoiselle Zélie.

»So nennt sie sie«, sagte Poirot.

»Elefanten vergessen nie«, erklärte Mrs. Oliver. »Das war die Idee, mit der alles anfing. Die Menschen können sich an Dinge erinnern, die weit zurückliegen, genau wie die Elefanten. Nicht alle Menschen selbstverständlich, aber normalerweise können sie sich wenigstens an *etwas* erinnern. Einen großen Teil von dem, was ich erfuhr, gab ich an Monsieur Poirot weiter, er hat eine Methode . . . also, wenn er Arzt wäre, würde ich es als Diagnose bezeichnen.«

»Ich stellte eine Liste auf«, erklärte Poirot. »Über alle Punkte, die mir auf das hinzudeuten schienen, was damals tatsächlich geschah. Ich werde Ihnen die einzelnen Punkte vorlesen, damit Sie, die Beteiligten, feststellen können, ob sie von Bedeutung sind oder nicht. Vielleicht verstehen Sie den Sinn nicht, vielleicht jedoch begreifen Sie ihn genau.«

»Ich möchte wissen«, sagte Celia, »ob es Selbstmord war oder Mord. Hat jemand – ein Außenstehender – meinen Vater und meine Mutter aus einem uns unbekannten Grund getötet, aus einem bestimmten Motiv heraus? Ich werde immer glauben, daß es so war. Es ist schwierig, aber . . .«

»Wir wollen hier draußen bleiben«, sagte Poirot, »und noch nicht ins Haus gehen. Dort haben inzwischen andere Leute gewohnt, es hat jetzt eine veränderte Atmosphäre. Vielleicht entscheiden wir uns anders, wenn wir mit unserer Untersuchung fertig sind.«

»Es ist also eine Art Untersuchung?« fragte Desmond.

»Ja. Über das, was damals tatsächlich geschah.« Poirot ging auf ein paar Eisenstühle zu, die im Schatten einer Magnolie standen, und nahm einen beschriebenen Bogen Papier aus seiner Mappe.

»Sie wollen eine endgültige Antwort, Celia, ob es Selbstmord war oder Mord«, begann er.

»Eins von beiden muß es ja gewesen sein«, antwortete Celia.

»Und ich sage Ihnen, daß es beides war und noch mehr. Wenn mein Verdacht stimmt, haben wir hier nicht nur einen Mord und einen Selbstmord, sondern noch etwas anderes, das ich einmal als Exekution bezeichnen möchte, und eine Tragödie. Die Tragödie zweier Menschen, die sich liebten und für ihre Liebe gestorben sind. Es gibt nicht nur bei Romeo und Julia eine Liebestragödie, nicht nur junge Menschen leiden an der Liebe und sind bereit, für sie zu sterben. Nein!«.

»Ich verstehe sie nicht«, sagte Celia.

»Noch nicht! Am besten erzähle ich Ihnen jetzt, was meiner Meinung nach geschah und wie ich dahinterkam. Als erstes fiel mir auf, daß verschiedene, von der Polizei ermittelte Beweise nicht zu erklären waren. Manches ganz alltägliche Dinge, eigentlich überhaupt keine Beweise. Zum Beispiel die vier Perücken der toten Margaret Ravenscroft.« Poirot wiederholte: »Vier Perücken.« Er sah Zélie an.

»Sie trug nicht immer eine Perücke«, mischte Zélie sich ein. »Nur gelegentlich. Wenn sie verreiste, oder wenn sie nicht beim Friseur war und rasch wieder ordentlich aussehen wollte. Manchmal trug sie eine Abendperücke.«

»Jedenfalls«, sagte Poirot, »schienen mir vier Perücken reichlich viel. Ich überlegte, warum sie so viele brauchte. Laut Polizeiprotokoll hatte sie keine Glatze, sie hatte normales Haar, es war in gutem Zustand. Eine der Perücken hatte eine graue Strähne, wie ich später erfuhr. Ihre Friseuse erzählte mir das. Eine andere Perücke bestand aus lauter kleinen Löckchen. Sie trug sie an ihrem Todestag.«

»Ist das von Bedeutung?« fragte Celia. »Sie könnte doch irgendeine aufgehabt haben.«

»Möglich. Außerdem erfuhr ich, daß die Haushälterin der Polizei berichtet hatte, daß sie gerade diese Perücke die letzten Wochen vor ihrem Tod fast ständig getragen hatte. Offenbar mochte sie sie besonders.«

»Ich begreife einfach nicht . . .«

»Dann das Sprichwort, das Chefsuperintendent Garroway erwähnte: Derselbe Mensch – anderer Hut. Es machte mich stutzig.«

»Ich verstehe wirklich nicht . . .« protestierte Celia.

»Außerdem, der Hund«, fuhr Poirot unbeirrt fort. »Auch ein Beweis . . .«

»Ein *Hund?*«

»Der Hund hat sie gebissen. Der Hund soll sehr an seinem Frauchen gehangen haben – aber in den letzten Wochen ihres Lebens hat er sie mehrmals angefallen und ziemlich heftig gebissen.«

»Wollen Sie damit sagen, er wußte, daß sie Selbstmord begehen würde?« fragte Desmond erstaunt.

»Nein, viel einfacher . . .«

»Wieso . . .«

»Nein«, sagte Poirot, »er wußte, was sonst niemand zu wissen schien. Er wußte, daß es nicht sein Frauchen war. Sie sah aus wie sie – die Haushälterin, die schlechte Augen hatte und schwerhörig war, beschrieb eine Frau, die Molly Ravenscrofts Kleider trug und die auffälligste Perücke, die mit den vielen Löckchen. Die Haushälterin sagte aus, daß Lady Ravenscroft in den letzten Wochen ihres Lebens ziemlich verändert gewesen sei . . . ›Gleicher Mann – anderer Hut‹, wie Garroway sagte. Und plötzlich kam mir ein Gedanke: dieselbe Perücke, aber eine andere Frau. Der Hund wußte es, weil seine Nase es ihm verriet. Eine andere Frau, nicht die Frau, die er liebte, sondern verabscheute und fürchtete. Nun überlegte ich: angenommen, diese Frau war nicht Molly Ravenscroft – wer konnte sie dann sein? Etwa Dolly, die Zwillingsschwester?«

»Aber das ist doch unmöglich!« rief Celia.

»Nein, ganz und gar nicht. Schließlich waren sie eineiige Zwillinge. Nun muß ich auf die Punkte zu sprechen kommen, auf die mich Mrs. Oliver hinwies und die ihr ihre ›Elefanten‹ erzählten oder andeuteten . . . Daß Lady Ravenscroft im Krankenhaus gewesen war und geglaubt hatte, sie litte an Krebs. Der medizinische Befund spricht allerdings dagegen. Trotzdem kann sie es gedacht haben. Nach und nach erfuhr ich ihre Lebensgeschichte und die ihrer Zwillingsschwester. Sie hatten sich sehr gern gehabt, wie es bei Zwillingen häufig vorkommt. Sie trugen die gleichen Kleider, erlebten die gleichen Dinge, waren zur gleichen Zeit krank, heirateten ungefähr zur gleichen Zeit. Aber wie bei vielen Zwillingen, wollten sie schließlich nicht mehr gleich sein, im Gegenteil. Sie wollten sich so unähnlich sein wie möglich. Und zwischen ihnen entstand eine gewisse Abneigung. Mehr noch. Es gab einen wichtigen Grund. Als junger Mann verliebte sich Alistair Ravenscroft in Dorothea Preston-Grey, den älteren Zwilling. Aber dann wandte er sich der Schwester zu, Margaret, und heiratete sie. Zweifellos kam da die Eifersucht ins Spiel, die zu einer Entfremdung zwischen den Schwestern führte. Margaret mochte ihre Schwester nach wie vor sehr gern, aber Dorothea empfand nichts mehr für sie. Das scheint mir viele Dinge zu erklären. Dorothea war eine tragische Gestalt. Nicht aus eigenem Verschulden, sondern aus Gründen der Vererbung, der Geburt, sie war nie geistig ganz normal gewesen. Aus bisher ungeklärten Gründen hatte sie eine Abneigung gegen Kinder. Es spricht alles dafür, daß ein Kind durch sie den Tod fand. Die Beweise waren nicht definitiv, genügten aber, um sie in psychiatrische Behandlung zu geben. Sie war jahrelang in einer Irrenanstalt. Als man sie als gesund entließ, nahm sie ihr normales Leben wieder auf, besuchte häufig ihre Schwester und reiste auch nach Indien, als die Ravenscrofts dort stationiert waren. Und dort ereignete sich wieder ein Unfall. Ein Nachbarskind. Und wieder scheint es, obwohl die Beweise fehlten, als ob Dorothea dafür verantwortlich gewesen war. Sie kehrte nach England zurück und kam wieder in ärztliche Obhut. Und wieder schien sie geheilt und wurde entlassen. Margaret glaubte, daß diesmal alles in Ordnung war. Aber ich vermute, General Ravenscroft war überzeugt, daß sie weiterhin geisteskrank war und diese Geisteskrankheit von Zeit zu Zeit wieder aufflackern konnte und sie laufend überwacht werden mußte, damit nicht noch mehr passierte.«

»Wollen Sie damit sagen«, fragte Desmond, »daß sie es war, die die Ravenscrofts erschoß?«

»Nein«, antwortete Poirot, »das ist nicht die Lösung. Ich glaube aber, daß Dorothea ihre Schwester tötete. Als sie auf den Klippen spazierengingen, stieß Dorothea Margaret hinunter. Die latente Besessenheit von Haß und Abneigung gegen die Schwester, die, obwohl ihr so ähnlich, geistig und körperlich gesund war, ertrug sie nicht mehr. Haß, Eifersucht, das Verlangen zu töten, kamen an die Oberfläche und beherrschten sie. Ich glaube, es gab einen Außenstehenden, der das alles wußte, der zur Zeit des Geschehens bei den Ravenscrofts war. Sie wußten Bescheid, Mademoiselle Zélie!«

»Ja«, gab Zélie Meauhourat zu, »ich wußte Bescheid. Ich war damals hier. Die Ravenscrofts machten sich ihretwegen Sorgen. Das begann, als sie versuchte, dem kleinen Edward zu schaden. Edward wurde auf die Schule zurückgeschickt, und ich und Celia fuhren in die Schweiz. Nachdem ich Celia im Pensionat untergebracht hatte, kehrte ich zurück. Bis auf General Ravenscroft, Dorothea, Margaret und mich war niemand im Haus, niemand hatte mehr Angst. Und dann passierte es. Die Schwestern gingen gemeinsam weg, aber Dolly kam allein zurück. Sie war in einer sehr merkwürdigen, nervösen Verfassung. Sie kam ins Zimmer und setzte sich an den Teetisch. Da entdeckte General Ravenscroft, daß ihre rechte Hand voll Blut war. Er fragte sie, ob sie gestürzt sei. Sie antwortete: ›Nein, nein. Ich habe mich nur an einem Rosenstrauch gekratzt.‹ Aber in den Hügeln gab es keine Rosen. Es war eine völlig verrückte Erklärung, und wir waren beunruhigt. Wenn sie gesagt hätte, ein Ginsterstrauch, hätten wir es vielleicht geglaubt. General Ravenscroft ging hinaus, und ich folgte ihm. Er wiederholte immerzu: ›Margaret ist etwas zugestoßen. Ich bin sicher, daß Molly etwas zugestoßen ist.‹ Wir fanden sie auf einem Felsvorsprung, unterhalb vom Klippenpfad. Man hatte mit einem Felsbrocken und Steinen auf sie eingeschlagen. Sie war noch nicht tot, blutete aber sehr. Wir wagten nicht, sie zu bewegen. Wir hätten sofort einen Arzt holen müssen, aber da klammerte sie sich an ihren Mann und sagte, nach Atem ringend: ›Ja, es war Dolly! Sie wußte nicht, was sie tat, oder warum. Sie kann nichts dafür. Du mußt es mir versprechen, Alistair . . . Nein, nein, wir haben keine Zeit mehr, einen Arzt zu holen, und er könnte mir doch nicht mehr helfen. Versprich mir, daß du sie schützt! Versprich mir, daß die Polizei sie nicht verhaftet! Versprich mir, daß sie nicht wegen Mordes verurteilt und ihr ganzes Leben als Mörderin eingesperrt wird! Bitte, es ist das letzte, um was ich dich bitte! Ich liebe dich mehr als alles auf der Welt . . . Und du, Zélie, du hast mich geliebt und du hast die Kinder geliebt. Darum mußt du Dolly retten! Du mußt der armen Dolly helfen! Bitte! Um aller Liebe willen, die wir füreinander haben, muß Dolly beschützt werden.‹«

»Und dann«, sagte Poirot, »was taten Sie dann?«

»Sie starb. Sie starb nach zehn Minuten, und ich half ihm, die Leiche zu verstecken, an einer etwas entfernteren Stelle, am Fuß der Klippen. Wir trugen sie über Felsbrocken und Steine und deckten ihren Körper zu, so gut wir konnten. Alistair Ravenscroft sagte wieder und wieder: ›Ich habe es ihr versprochen. Ich muß mein Wort halten.‹ Nun, wir haben es getan . . . Dolly war zu Hause. Sie hatte Angst, sie war verrückt vor

Angst, aber gleichzeitig trug sie eine schreckliche Genugtuung zur Schau. Sie sagte: ›Ich hab's immer gewußt, ich wußte seit Jahren, daß Molly richtig böse war. Sie hat dich mir weggenommen, Alistair. Du gehörtest mir – aber sie hat dich mir weggenommen, und du mußtest sie heiraten. Ich hab' immer gewußt, daß ich es ihr eines Tages heimzahlen würde. Jetzt habe ich Angst. Was werden sie mit mir tun? Was werden sie sagen? Ich lasse mich nicht wieder einsperren. Das halte ich nicht aus! Ich würde verrückt. Du wirst mich nicht einsperren lasssen, Alistair. Sie werden mich abholen und behaupten, es wäre Mord. Aber es war kein Mord. Ich hab' es einfach tun müssen. Ich muß manchmal seltsame Dinge tun. Ich wollte das Blut sehen, weißt du. Aber ich hielt es nicht aus zu warten, bis Molly starb. Ich lief weg. Aber ich wußte, daß sie sterben würde. Ich hoffte nur, du würdest sie nicht finden. Sie fiel einfach über die Klippen. Die Leute werden sagen, es war ein Unfall.‹«

»Was für eine schreckliche Geschichte«, sagte Desmond.

»Ja«, meinte Celia, »eine schreckliche Geschichte. Aber es ist besser, daß wir die Wahrheit wissen. Viel besser. Sie tut mir nicht einmal leid. Meine Mutter, meine ich. Ich weiß, sie war liebenswert. Ich weiß, daß nie auch nur eine Spur Böses in ihr war – sie war durch und durch gut –, und ich kann verstehen, warum mein Vater Dolly nicht heiraten wollte. Er heiratete meine Mutter, weil er sie liebte und entdeckt hatte, daß mit Dolly etwas nicht stimmte. Daß etwas Böses in ihr war. Aber wie – wie habt ihr es vertuscht?«

»Wir haben viele Lügen erzählt«, erwiderte Zélie. »Wir hofften, daß ihre Leiche nicht gleich gefunden würde, so daß man sie später – vielleicht nachts – wegbringen konnte. Es sollte so aussehen, als sei sie ins Meer gestürzt. Aber dann fiel uns ein, daß Dolly schlafwandelte. Was wir zu tun hatten, war eigentlich ganz einfach. Alistair Ravenscroft sagte: ›Es ist entsetzlich. Aber ich hab's versprochen – ich schwor es Molly, als sie starb. Ich schwor, daß ich ihre Bitte erfüllen würde. Es gibt einen Weg, Dolly zu retten, wenn sie nur ihre Rolle richtig spielt. Ich weiß nicht, ob sie dazu imstande ist.‹ Als ich fragte, was Dolly denn tun sollte, antwortete er: ›Molly spielen und behaupten, daß es Dorothea war, die im Schlaf fortlief und die Klippen hinunterstürzte.‹

Wir schafften es. Wir brachten Dolly in eine leerstehende Hütte, ich blieb einige Tage bei ihr. Alistair Ravenscroft er zählte den Leuten, Molly sei ins Krankenhaus gekommen, um sich von dem Schock über den Tod ihrer Schwester zu erholen. Dann brachten wir Dolly zurück – als Molly – in einem Kleid von Molly und mit ihrer Perücke. Ich besorgte zusätzlich noch Perücken – die mit den Löckchen, in der sie wirklich ganz echt wirkte. Die gute alte Janet, die Haushälterin, sah sehr schlecht. Dolly und Molly waren sich sehr ähnlich, wissen Sie, auch in ihrer Stimme. Jeder akzeptierte ohne weiteres, daß Molly sich ab und zu etwas merkwürdig benahm, schließlich stand sie noch unter dem Schock. Es wirkte alles ganz echt. Das war die schrecklichste Seite an der ganzen Sache . . .«

»Aber wie hielt sie durch?« fragte Celia. »Es muß doch entsetzlich schwierig gewesen sein.«

»Nein, sie fand es nicht, denn sie hatte ja, was sie wollte, was sie immer gewollt hatte: Alistair . . .«

»Aber wie konnte Alistair Ravenscroft das ertragen?«

»Er sagte mir, warum und wie – an dem Tag, als er meine Rückkehr in die Schweiz beschlossen hatte. Er erklärte mir, was ich zu tun hatte und was er tun wollte. Er sagte: ›Für mich gibt es nur eins. Ich habe Margaret versprochen, daß ich Dolly nicht der Polizei übergebe und es nie herauskommt, daß sie eine Mörderin ist, und daß die Kinder es nie erfahren. Niemand braucht zu wissen, daß Dolly einen Mord beging. Sie lief eben im Schlaf weg und stürzte über die Klippen – einfach ein trauriger Unfall. Molly wird hier auf dem Friedhof und unter Dollys Namen beigesetzt.‹ – ›Wie können Sie das zulassen?‹ fragte ich. Es war beinahe nicht mehr zu ertragen. Er sagte: ›Verstehen Sie doch, Dolly darf nicht länger leben. Wenn sie unter Kindern ist, wird sie noch mehr Leben vernichten . . . die arme Seele, sie ist so hilflos. Und ich werde meine Tat mit meinem eigenen Leben bezahlen. Ein paar Wochen werden wir hier noch ruhig leben, Dolly spielt die Rolle von Molly, und dann ereignet sich noch eine Tragödie.‹

Ich verstand nicht, was er meinte. Er erklärte es mir: ›Die Welt erfährt nur, daß Molly und ich, daß wir beide Selbstmord begingen. Ich glaube nicht, daß die Ursache jemals bekannt wird. Man wird vermuten, sie sei krebskrank gewesen – oder, daß ich es glaubte . . . alles mögliche. Sie müssen mir helfen, Zélie! Sie liebten Molly und die Kinder. Wenn Dolly sterben muß, bin ich der einzige, der es tun kann. Sie wird nichts spüren oder Angst haben. Ich erschieße sie, und dann töte ich mich selbst. Man wird ihre Fingerabdrücke auf dem Revolver finden, weil sie ihn vor kurzem in der Hand hatte. Und meine werden auch darauf sein. Die Gerechtigkeit muß ihren Lauf nehmen. Ich habe beide geliebt – und liebe sie noch immer. Molly liebte ich mehr als mein Leben. Dolly tat mir so leid.‹ Er fügte noch hinzu: ›Vergessen Sie das nie . . .‹«

Zélie stand auf und trat auf Celia zu. »Nun kennst du die Wahrheit«, sagte sie. »Ich versprach deinem Vater, daß du sie nie erfahren würdest – ich habe mein Wort gebrochen. Ich wollte sie nie verraten, weder dir noch irgend jemand anderem. Aber Monsieur überzeugte mich. Es ist eine so schreckliche Geschichte . . .«

»Ich verstehe gut, was du gefühlt hast«, antwortete Celia. »Vielleicht hattest du von deinem Standpunkt aus recht, aber ich – ich bin froh, daß ich die Wahrheit weiß. Mir ist ein großer Stein vom Herzen gefallen . . .«

»Weil«, sagte Desmond, »wir jetzt beide die Wahrheit kennen. Und dieses Wissen wird uns nie belasten. Es *war* eine Tragödie. Wie Monsieur Poirot sagte, die Tragödie zweier Menschen, die sich liebten. Aber sie töteten sich nicht gegenseitig aus Liebe. Der eine wurde ermordet, und der andere richtete die Mörderin. Man muß ihm vergeben, wenn er falsch gehandelt hat, aber ich glaube, daß es nicht falsch war.«

»Sie war eine böse Frau«, bemerkte Celia. »Sogar als Kind hab' ich mich vor ihr gefürchtet, nur wußte ich nicht, warum. Jetzt weiß ich es! Ich glaube, mein Vater war ein tapferer Mann. Er tat, worum ihn meine Mutter mit ihrem letzten Atemzug gebeten hatte. Er rettete ihre Zwillingsschwester, die sie immer sehr geliebt hatte. Ich möchte gern glauben – ach, sicher ist es dumm von mir, so was zu sagen . . .« Sie sah Hercule Poirot zweifelnd an. »Vielleicht denken Sie anders. Es steht auf ihrem Grabstein: ›Im Tode wurden sie nicht getrennt.‹ Natürlich bedeutet es nicht, daß sie zusammen starben, aber ich glaube, daß sie jetzt zusammen sind. Zwei Menschen, die sich zärtlich liebten . . . und meine arme Tante, über die ich nun anders denke – sie mußte nicht für eine Tat leiden, für die sie nichts konnte. Offen gestanden«, fuhr Celia, nun wieder mit ihrer Alltagsstimme fort, »sie war keine nette Person. Man kann nichts dafür, wenn man Leute nicht mag, weil sie einem nicht sympathisch sind. Vielleicht hätte sie sich ändern können, wenn sie wirklich gewollt hätte, vielleicht konnte sie es auch nicht. Und wenn das stimmt, dann muß man sie als eine unheilbar Kranke ansehen – wie zum Beispiel einen Menschen, der in einem Dorf wohnt und die Pest hat, und die Leute wollen ihn nicht rauslassen oder ihm zu essen geben, und er kann nicht unter Menschen gehen, weil dann das ganze Dorf gestorben wäre. Irgend so etwas . . . Ich werde versuchen, Mitleid mit ihr zu haben. Über meine Eltern brauche ich nicht länger nachzugrübeln. Sie haben sich sehr geliebt, und auch die arme, unglückliche, haßerfüllte Dolly haben sie geliebt.«

»Ich finde, Celia«, sagte Desmond, »wir sollten so rasch wie möglich heiraten. Und ich möchte dir noch eines sagen: Meine Mutter wird kein Wort von der Geschichte erfahren. Sie ist nicht meine richtige Mutter und auch nicht der Mensch, dem ich ein solches Geheimnis anvertrauen möchte.«

»Ihre Adoptivmutter, Desmond«, mischte sich Poirot ein, »versuchte – und für diese Behauptung habe ich gute Gründe – sich zwischen Sie und Celia zu drängen und Sie in dem Gedanken zu bestärken, daß sie von ihren Eltern irgendwelche schrecklichen Veranlagungen geerbt hätte. Aber wie Sie wissen – oder vielleicht wissen Sie es nicht, doch ich sehe keinen Grund, es Ihnen nicht zu sagen –, vermachte Ihnen Ihre leibliche Mutter, die vor nicht allzulanger Zeit starb, ihr ganzes Geld. Sie erhalten eine sehr große Summe, wenn Sie fünfundzwanzig sind.«

»Wenn wir heiraten, brauchen wir natürlich welches«, meinte Desmond. »Ich weiß, daß meine Adoptivmutter sehr hinter dem Geld her ist. Neulich schlug sie vor, daß ich einen Anwalt aufsuchen sollte. Jetzt, da ich über einundzwanzig bin, müßte ich ein Testament machen. Sicher glaubte sie, sie würde das Geld bekommen. Aber wenn Celia und ich heiraten, werde ich es natürlich Celia vermachen. Es hat mir außerdem gar nicht gefallen, wie meine Mutter mich gegen Celia auszuspielen versuchte.«

»Ich glaube, Ihr Verdacht stimmt genau«, meinte Poirot. »Wahrscheinlich redete sie sich ein, daß sie nur das Beste wollte, daß Sie über Celias Herkunft Bescheid wissen müßten, ob es ein Risiko für Sie wäre. Aber . . .«

»Na schön«, unterbrach ihn Desmond, »ich weiß, daß ich undankbar bin. Schließlich hat sie mich adoptiert und aufgezogen. Wenn genug Geld da ist, kann sie ja was kriegen. Celia und ich werden auch mit dem Rest glücklich sein. Von Zeit zu Zeit werden wir ein bißchen traurig sein, wegen allem, was passiert ist, aber wir brauchen nun nicht mehr darüber nachzugrübeln, nicht wahr, Celia?«

»Ja«, sagte Celia, »nie mehr. Ich finde, mein Vater und meine Mutter waren großartige Menschen. Ihr Leben lang versuchte meine Mutter für ihre Schwester zu sorgen, aber es war wohl einfach zu hoffnungslos. Man kann die Menschen nicht ändern.«

»Meine lieben Kinder«, sagte Zélie. »Entschuldigt, wenn ich euch so nenne, denn ihr seid ja längst erwachsen. Ich bin so froh, euch wiedergesehen zu haben und zu wissen, daß ich mit meinem Verhalten niemand geschadet habe.«

»Es war so nett, dich wiederzusehen, liebe Zélie.« Celia umarmte sie. »Ich habe dich immer schrecklich gern gehabt.«

»Und ich dich auch«, sagte Desmond. »Du hast so wunderschön mit uns gespielt.« Er wandte sich an Mrs. Oliver. »Bei Ihnen möchte ich mich auch bedanken, Mrs. Oliver. Sie waren sehr freundlich zu uns und haben soviel für uns getan. Und vielen Dank, Monsieur Poirot!«

»Ja, herzlichen Dank«, sagte auch Celia. »Ich bin Ihnen so dankbar.« Celia und Desmond verabschiedeten sich. Die anderen sahen ihnen nach, bis ihr Auto verschwunden war.

»Monsieur Poirot«, sagte Zélie dann, »müssen Sie irgend jemandem den wahren Sachverhalt berichten?«

»Es gibt nur einen Menschen, den ich ins Vertrauen ziehen möchte. Einen pensionierten Polizeibeamten. Er ist nicht mehr aktiv. Ich glaube nicht, daß er es für seine Pflicht halten wird, sich einzumischen. Die Zeit ist darüber hinweggegangen. Wenn er noch im Dienst wäre, wäre es vielleicht etwas anderes.«

»Eine schreckliche Geschichte«, sagte Mrs. Oliver, »schrecklich. Und die vielen Leute, mit denen ich sprach . . . ja, sie haben sich alle an *etwas* erinnert. Etwas, das uns bei der Suche nach der Wahrheit nützlich war, obwohl es schwierig war, die Einzelheiten zusammenzusetzen. Außer natürlich für Monsieur Poirot, der noch bei den ausgefallensten Sachen Rückschlüsse ziehen kann. Wie bei Perücken und Zwillingen, zum Beispiel.«

Poirot fragte Zélie, die über das Meer in die Ferne schaute. »Sie sind mir nicht böse, daß ich Sie besuchte und überredete, die Wahrheit zu verraten?«

»Nein. Ich bin froh darüber. Sie hatten recht. Sie sind ganz reizend, die beiden. Sie passen gut zusammen und werden glücklich miteinander sein. Hier haben einmal zwei Liebende gelebt, hier sind zwei Liebende gestorben, ich mache ihm keinen Vorwurf. Vielleicht war es falsch, was er tat – ich nehme es fast an –, aber ich kann ihm keine Vorwürfe machen. Er war mutig und tapfer.«

»Sie haben ihn auch geliebt, nicht wahr?« fragte Poirot.

»Ja. Immer. Schon als ich in ihr Haus kam. Ich habe ihn geliebt. Ich glaube nicht, daß er es wußte. Zwischen uns hat es nie etwas gegeben. Er vertraute mir und hatte mich gern. Ich liebte sie beide. Ihn und Margaret.«

»Noch etwas wollte ich Sie fragen. Hat er Dolly genauso geliebt wie Molly?«

»Bis zum Schluß. Er liebte sie beide. Und das war auch der Grund, warum er Dolly retten wollte und Molly ihn darum bat. Welche Schwester er wohl mehr geliebt haben mag? Das frage ich mich von Zeit zu Zeit immer wieder. Die Antwort darauf werde ich wohl nie erfahren«, schloß Zélie. »Ich habe sie nie gewußt und werde sie sicher auch nie erfahren.«

Poirot sah sie einen Augenblick schweigend an, dann meinte er zu Mrs. Oliver: »Wir müssen nach London zurückfahren. Zurück in den Alltag und diese Tragödie, diese Liebesgeschichte vergessen.«

»Elefanten vergessen nie«, sagte Mrs. Oliver, »aber wir sind Menschen, und Menschen können gottlob vergessen.«